Tabea Bach

# DIE KAMELIEN-INSEL

Roman

BASTEI LÜBBE TASCHENBUCH
Band 17 631

Dieser Titel ist auch als E-Book erschienen

Originalausgabe

Copyright © 2018 by Bastei Lübbe AG, Köln
Titelillustration: © Ildigo Neer/Arcangel; © www.buersosued.de;
© photoNN/shutterstock; © Wiert nieuman/shutterstock;
© Wiert nieuman/shutterstock; © Del Boy/shutterstock;
© Julia Kuleshova/shutterstock; © Julia Kuleshova/shutterstock;
© Eugenia Vysochyna/shutterstock
Umschlaggestaltung: www.buerosued.de
Satz: Urban SatzKonzept, Düsseldorf
Gesetzt aus der Garamond
Druck und Verarbeitung: CPI books GmbH, Leck – Germany
Printed in Germany
ISBN 978-3-404-17631-1

5  4  3  2  1

Sie finden uns im Internet unter www.luebbe.de
Bitte beachten Sie auch: www.lesejury.de

Ein verlagsneues Buch kostet in Deutschland und Österreich jeweils überall dasselbe.
Damit die kulturelle Vielfalt erhalten und für die Leser bezahlbar bleibt,
gibt es die gesetzliche Buchpreisbindung. Ob im Internet, in der Großbuchhandlung,
beim lokalen Buchhändler, im Dorf oder in der Großstadt – überall bekommen Sie Ihre
verlagsneuen Bücher zum selben Preis.

*Für meine Mutter,
die mir zeigte, was es bedeutet,
bedingungslos zu lieben.*

*Ein Tropfen Liebe ist mehr
als ein Ozean Verstand.*

Blaise Pascal

# 1
## *Die Erbschaft*

Der Himmel glühte in feurigen Farben und spiegelte sich tausendfach im Lack der Fahrzeuge, die sich in einer endlosen Kolonne auf der Schnellstraße Zentimeter für Zentimeter voranschoben. Sylvia, die mitten darin in einem Taxi festsaß, konnte das Schauspiel der fedrigen Wolkenformationen, die jeden Augenblick in einem anderen Gelborangeton aufleuchteten, allerdings nicht genießen. Zum hundertsten Mal sah sie auf ihre Armbanduhr, sich darüber bewusst, dass die Zeit unerbittlich weiterlief. Und dass sie es mit ziemlicher Sicherheit nicht mehr rechtzeitig nach Hause schaffen würde.

Sylvia seufzte. Es war jener Freitag, an den ihr Mann Holger sie immer wieder erinnert hatte. Und wie außerordentlich wichtig der Termin dort draußen am Starnberger See für ihn sei. Und dass sie sich unter keinen Umständen verspäten dürfe. Sie hatte extra einen Flug früher genommen, hatte den Termin mit ihrem Auftraggeber fast schon unhöflich kurz gehalten, war zum Flughafen geeilt, hatte eingecheckt und war an Bord gegangen, nur um dort gemeinsam mit den übrigen Passagieren startbereit und angeschnallt mehr als eine Stunde warten zu müssen. In regelmäßigen Abständen hatte sie der Flugkapitän darüber informiert, dass sie die Genehmigung zum Starten noch immer nicht erhalten hatten. Und jetzt standen sie im Stau auf dem Weg in die Münchener Innenstadt.

In diesem Moment hörte man ein Martinshorn, dann ein zweites, ein drittes. Die zweispurige Autokolonne schob sich scheinbar widerstrebend auseinander, um Platz für Polizei und Rettungswagen zu machen.

»Was meinen Sie?«, fragte Sylvia, »könnten Sie sich an den dranhängen?« Der Fahrer riss das Steuer herum, trat aufs Gaspedal, sodass Sylvia unsanft gegen ihre Rückenlehne gedrückt wurde, und folgte den Rettungswagen, als gehörte er zu einer Spezialeinheit. Auf einmal ging alles ganz schnell. Unbehelligt passierten sie auf dem Seitenstreifen die Unfallstelle, und zehn Minuten später hielt das Taxi in der Königinstraße. »Das haben Sie großartig gemacht«, sagte Sylvia, bezahlte die Rechnung, gab ein großzügiges Trinkgeld und bestellte den Fahrer für den nächsten Morgen um Viertel nach sieben.

»Wo soll die Fahrt hingehen?«

»Wieder zum Flughafen«, antwortete Sylvia und lachte, als sie das verdutzte Gesicht des Taxifahrers sah.

Am überquellenden Briefkasten erkannte sie erleichtert, dass ihr Mann noch nicht nach Hause gekommen war. Im Fahrstuhl sah sie den Poststapel kurz durch. Unter dem weißgrauen Einerlei der Geschäftspost stach eine Postkarte aus Venedig mit einer Ansicht der Seufzerbrücke hervor. Sylvia drehte sie um und musste lachen.

*Liebste Sylvia*, stand da in einer ausdrucksvollen Frauenhandschrift, *bereu es ruhig, dass du nicht mitgekommen bist. Ich trinke einen Spritz für dich mit.* Baci, *Veronika*.

Mit einem leisen Klingelton kam der Fahrstuhl zum Stehen. Veronika hatte gut spotten – als Übersetzerin technischer Texte konnte sich ihre Studienfreundin die Arbeit einteilen. Immer wieder quälte sie Sylvia mit den verrücktesten Ideen: Lass uns doch mal nach Venedig fahren und Spaß haben! Bitte, bitte! Nur ein einziges verlängertes Wochenende!

Dass auch Sylvia in der Lage wäre, ihre Arbeitszeiten selbst zu bestimmen, wie Veronika immer wieder völlig richtig bemerkte, war nur in der Theorie der Fall. Tatsächlich schaffte sie es schon seit zwei Jahren nicht mehr, sich auch nur eine einzige Woche freizunehmen.

Während sie die Tür zu ihrer Wohnung, einem großzügigen Penthouse direkt am Englischen Garten, aufschloss, fiel ihr zum Glück noch ein, dass sie Sandra herbestellt hatte. Sie waren einst im selben Mietshaus groß geworden und sozusagen Freundinnen aus Kindertagen. Sandra war Visagistin geworden, und nun half sie Sylvia gelegentlich, sich für die Partys und Empfänge zu stylen, die diese mit ihrem Mann, der ein erfolgreicher Immobilienmakler war, immer wieder zu besuchen hatte. Sandra hatte einen Wohnungsschlüssel und kam ihr schon entgegen.

»Da bist du ja endlich«, rief sie und strahlte Sylvia an. »Lass mich raten: Der Flug hatte Verspätung? Du Ärmste!«

»Es war zudem noch die Hölle auf der Straße…« Sylvia seufzte und verfrachtete ihren Aktenkoffer ins Arbeitszimmer, hängte ihren Mantel an die Garderobe und streifte die hochhackigen Pumps ab. »Freitagabend eben.«

»Na, da wird dir eine schöne Wohlfühlmassage guttun«, bemerkte Sandra. »Ich hab schon alles vorbereitet. Welches Öl magst du lieber: Rose oder Limette?«

Das nun fast violett schimmernde Abendlicht fiel durch die große Fensterfront in Sylvias Schlafzimmer, wo Sandra bereits die Massageliege aufgebaut und ihren Make-up-Koffer bereitgestellt hatte. Über den Dächern von Schwabing stand noch die Sonne, während in den Baumwipfeln des Englischen Gartens bereits die Schatten hingen. Doch Sylvia hatte keinen Blick für die Schönheiten der Umgebung.

»Für eine Massage hab ich keine Zeit, Sandra. In einer halben Stunde muss ich gestiefelt und gespornt sein, das hab ich Holger versprochen. Hilfst du mir?«

Zwanzig Minuten später war Sylvia geduscht, Sandra hatte ihr halblanges dunkelblondes Haar zu einer eleganten Frisur hochgesteckt und sie perfekt geschminkt.
»Was ziehst du an?«, fragte Sandra.
Sylvia ging zu ihrem Schrank, griff vorsichtig nach einem rauchblauen Seidenkleid und hielt es vor sich. »Wie findest du das?«
Sandra nahm das Kleid, öffnete den Reißverschluss und half Sylvia hinein. »Das ist vielleicht mal ein raffinierter Schnitt«, sagte sie anerkennend und zog den Rückenverschluss vorsichtig zu. »Was für eine tolle Figur du hast, Sylvia! Und die Farbe bringt deine Augen richtig zum Leuchten! Das Kleid ist wie für dich gemacht.«
»Schau mal, dazu passen die doch gut, oder?«
Sylvia holte eine Schmuckschatulle aus der Schublade ihrer Kommode und öffnete sie. Zum Vorschein kamen zwei prächtige Diamantohrgehänge.
»Wahnsinn! Sind das die, die dir Holger zum zehnten Hochzeitstag geschenkt hat?«, fragte Sandra. »Sylvia, du ... du bist die glücklichste Frau, die ich kenne.«
Sylvia schwieg verlegen, während Sandra ihr half, die Ohrringe anzulegen. Sie wusste, dass ihre Freundin, die seit einem halben Jahr geschieden war, sie beneidete. Zwischen ihr und ihrem Ex Martin tobte ein erbitterter Kampf um das Reihenhaus draußen in Ismaning, das sie gemeinsam bewohnt hatten, und um jeden weiteren Cent. Während Martin mit seiner viel jüngeren neuen Partnerin eine Weltreise machte, musste Sandra sehen, wie sie über die Runden kam. Sie

war selbstständig, und das Geschäft lief nicht sonderlich gut.

Auch das war ein Grund, warum Sylvia Sandra so oft wie möglich buchte, selbst wenn sie am Ende nie die Zeit hatte, das volle Wohlfühlprogramm in Anspruch zu nehmen. Sylvia wusste aus eigener Erfahrung, wie es war, jeden Cent zweimal umdrehen zu müssen, ehe man ihn ausgab. Der Wohlstand, in dem sie mit Holger heute lebte, war ihr keineswegs in die Wiege gelegt worden. Auch sie hatte schon andere Zeiten durchgemacht und erlebte Tag für Tag während der Arbeit, wie sich durch ein paar wenige unglückliche Entscheidungen ein Leben vollständig wenden konnte. Und eines wollte Sylvia nie wieder werden: arm. Deshalb half sie Sandra gern aus und bezahlte sie großzügig.

»Allein diese Partys«, schwärmte Sandra weiter. »Wie sehr ich dich darum beneide. All die Promis, die du dort triffst. Und alle engagieren sie Holger, wenn sie eine Villa suchen...«

Wie aufs Stichwort stürmte Sylvias Mann zur Tür herein.

»Bist du fertig, Sylvia?«, rief er, während er sich seine Krawatte band. Wie immer sah er ausgesprochen gut aus, seine schlanke, durchtrainierte Golferfigur steckte in einem schwarzen Maßanzug.

»Das kann man sagen«, antwortete Sylvia. »Aber wie wär's zuerst mit einer Begrüßung?«

Holger warf über Sylvias Schulter hinweg einen prüfenden Blick auf sein Spiegelbild. Dann nickte er Sandra kurz zu und sah Sylvia zum ersten Mal richtig an.

»Entschuldige, mein Schatz«, sagte er und gab ihr von hinten einen Kuss auf die Wange. »Du siehst toll aus. Können wir los?«

Wenige Minuten später saß Sylvia neben ihrem Mann in dessen Porsche Spyder. Holger steuerte den schnittigen Wagen aus der Stadt und über die E 533 in Richtung Starnberg. Ein paar Kilometer weiter, in der Nähe von Bernried, hatte der Schauspieler Sebastian Schnell zur Housewarming Party in seine frisch über Holgers Immobilienfirma erworbene Traumvilla geladen, und zwar die Schönsten und Reichsten der Republik samt der Prominenz aus Film und Fernsehen. Keiner außer dem Gastgeber, Holger und ihr wusste, dass sich der Schauspieler vertraglich zu dieser Party verpflichtet hatte, um der Immobilienfirma potenziell kaufkräftige Kunden zuzuführen. Dafür hatte Holger ihm einen Teil des Kaufpreises erlassen. Die Gäste ahnten natürlich auch nicht, dass keineswegs Sebastian Schnell selbst, sondern Holger die Party finanzierte.

»Dafür muss dieser Abend aber mindestens drei Neukunden bringen«, hatte Sylvia ihrem Mann bei einem Sonntagmorgenfrühstück, einer der seltenen gemeinsamen Mahlzeiten, vorgerechnet, »sonst zahlst du drauf.« Nicht umsonst war sie Unternehmensberaterin. Sie fand es bedauerlich, dass ihr eigener Mann ihre Kompetenzen nie in Anspruch nahm, aber vielleicht war es besser so. Ein Mann, der auf den professionellen Rat der eigenen Frau hörte, musste wohl erst noch geboren werden. Und schließlich hatten sie von Anfang an eine klare Abmachung getroffen: Keiner mischte sich in die Geschäfte des anderen ein, es sei denn, der andere fragte ihn um seinen Rat. Oder um »Beistand«, so wie Holger, wenn er Sylvia bat, ihn zu den mondänen Anlässen seiner Kunden zu begleiten.

Die nächsten Stunden stand Sylvia strahlend neben ihrem Mann, begrüßte Menschen, die sie allenfalls im Fernsehen oder auf der Kinoleinwand gesehen hatte, und tauschte persönlich klingende Unverbindlichkeiten mit ihnen aus. Holger wusste genau, warum er seine Frau bei diesen Gelegenheiten unbedingt dabeihaben wollte. Sylvia sprach fließend Englisch, Französisch und Italienisch und verstand es außerdem, Menschen, die sie selbst nicht kannte, miteinander bekannt zu machen, ja sogar hartnäckige Einzelgänger zu integrieren. Sie hatte das Gespür, die Gäste zum richtigen Zeitpunkt zum Lachen zu bringen oder sich selbst fast unsichtbar zu machen. Sie wurde auch angesichts von Weltstars nicht verlegen, behandelte jeden mit derselben natürlichen Freundlichkeit und war deswegen sehr beliebt.

Auch dieser Abend verlief ganz zu Holgers Zufriedenheit. Der offizielle Gastgeber, Sebastian Schnell, sonnte sich im Licht seiner neuen Villa mit Seegrundstück samt Bootshaus, und Holger überreichte Visitenkarte um Visitenkarte, sprach hinter vorgehaltener Hand von Traumobjekten in der Toskana, im Tessin, in Cornwall, an der Loire oder auf Sylt, einzigartige Perlen, die angeblich so gut wie nie auf den Markt kamen und die er nur für ganz besondere Kunden reserviert hielt.

Als Sylvia später am Abend sah, dass ihr Mann in seinem Element war und die verbliebenen Gäste zufrieden in kleinen Gruppen beieinandersaßen, folgte sie einem Impuls und verließ unauffällig die Party. Sie überquerte die verlassene Terrasse, zog ihre Schuhe aus und ging barfuß in der Dunkelheit hinunter bis ans Ende des Bootsstegs. Ein Ruderboot dümpelte im Wasser, das glucksend gegen die Bohlen platschte. Am gegenüberliegenden Ufer glitzerten die Lichter von Ambach. Dann plötzlich, so als hätte jemand eine riesige Laterne entzündet, kam der volle Mond hinter einer Wolke hervor und tauchte den See, das Ufer und Sylvia in sein silbernes Licht.

Sylvia hielt den Atem an. Es waren solche Momente, die

ihr immer wieder Kraft gaben, die Kraft, die sie benötigte, um in der Hektik ihres Berufsalltags den Anforderungen, die von allen Seiten an sie gestellt wurden, gerecht zu werden. Und genau so wollte sie es auch. Während das Mondlicht auf den gekräuselten Wellen des Sees zu zittern schien, atmete Sylvia tief aus. Ein Gefühl von Zufriedenheit durchströmte sie. Sie hatte mit ihren fünfunddreißig Jahren alles erreicht, was sie sich bereits als kleines Mädchen vorgenommen hatte. Sie hatte einen wunderbaren Mann und einen Beruf, der ihr gutes Geld einbrachte und sie vor finanziellen Sorgen bewahrte ...

»Sylvia!«, ertönte Holgers Stimme von der Terrasse.

Sylvia schreckte auf, zog ihre Schuhe wieder an, lief den Steg entlang und zum Grundstück zurück. Dort fand sie ihren Mann in einer lebhaften Diskussion mit Thomas Waldner, ihrem guten Freund, Anwalt und Steuerberater.

»Hier bin ich«, rief sie und ging auf die beiden zu.

Holger fuhr bei ihrem Anblick zusammen und verstummte mitten im Satz. »Wo bist du gewesen?«, fragte er schroff.

»Ich hab mir den Mond angesehen, sieh doch nur ...«

Doch Holger wandte nicht einmal den Kopf.

»Wir sollten dringend einen Termin machen, Sylvia«, sagte Thomas, »und zwar zu dritt.«

»Gern«, antwortete Sylvia. »Das ist wahrscheinlich längst einmal wieder fällig.« Und als sie Thomas' ernstes Gesicht sah, fügte sie hinzu: »Gibt es Probleme?«

»Nein. Wie kommst du darauf?«, antwortete Holger rasch und nahm ihren Arm. »Thomas hat alles im Griff. Wie immer. Komm, lass uns die Abschiedsrunde einläuten.« Und damit zog er sie zurück in die Villa.

Sebastian Schnell hatte mehr getrunken, als ihm guttat, und

gerade als sie sich von ihm verabschieden wollten, verfiel er auf die Idee, sie alle könnten doch noch ein Mitternachtsbad im See nehmen. »Im Adams- und Evakostüm, so wie der Herr Regisseur im Himmel uns erschaffen hat.«

Es dauerte eine weitere Stunde, bis Holger ihn davon abbringen konnte. Er sorgte dafür, dass Schnell nicht im letzten Moment den Abend noch ruinierte, sondern sich in seine Privaträume zurückzog, um zu Bett zu gehen. Das tue er nur, wie er Holger mindestens ein Dutzend Mal versicherte, und ausschließlich nur der reizenden Gattin Sylvia zuliebe, die ein Engel sei und die er, der Halsabschneider Holger von Gaden, auf keinen Fall verdient habe.

Es war schließlich zwei Uhr, als Sylvia wie immer den Autoschlüssel in Empfang nahm, um ihren Mann, der an solchen Abenden natürlich mit viel zu vielen Menschen anstoßen musste und sich besser nicht mehr hinters Steuer setzte, nach München zurückzufahren, und schon fast drei Uhr, bis sie endlich ihr Make-up und alle Nadeln aus ihrer Hochsteckfrisur entfernt hatte. Sie packte ihren Aktenkoffer und die Reisetasche für das Wochenendtraining, zu dem einer ihrer besten Kunden, der Manager eines Global Players, seine Mitarbeiter verdonnert hatte, und stellte den Wecker auf sechs Uhr dreißig. Dann sank sie in die Kissen und fiel augenblicklich in tiefen Schlaf.


»Weißt du eigentlich«, sagte Holger beim Sonntagsfrühstück eine gute Woche später, »dass du geerbt hast?« Er köpfte gerade sein Ei mit einer Akkuratesse, die Sylvia zusammenzucken ließ.

»Geerbt? Ich? Machst du Scherze?«

Holger streute sorgfältig Salz auf sein Ei und bohrte seinen

Perlmutteierlöffel dann in den Dotter. »Du hast mir nie von Lucie Hofstetter erzählt.«

Sylvia ließ ihre Tasse sinken. »Was ist mit Tante Lucie?«

Holger blickte auf und hob die Augenbrauen. »Sie ist gestorben, und du bist ihre Erbin.«

»Sie ist gestorben?«

»Sieh an«, feixte Holger. »Da kennt man sich eine halbe Ewigkeit, ist seit zehn Jahren miteinander verheiratet und hat doch noch Geheimnisse voreinander. In welchem verwandtschaftlichen Verhältnis standest du zu ihr?«

»Sie war die jüngere Schwester meiner Mutter.«

»Bei unserer Hochzeit war sie nicht, oder? Und auch sonst hast du nie von einer Tante Lucie erzählt.«

Sylvia schwieg betroffen. Holger hatte recht. Seit vielen Jahren hatte sie keinen Kontakt mehr zu ihrer Tante gehabt. Sylvia war ein kleines Mädchen gewesen, als sie Lucie das letzte Mal gesehen hatte. Damals hatte es irgendeinen schrecklichen Streit in der Familie gegeben, danach war der Name Lucie Hofstetter nie wieder erwähnt worden. Sie war selbst dabei gewesen, als es jemand dennoch gewagt hatte. Ihr Großvater hatte einen solchen Tobsuchtsanfall erlitten, dass ihn fast der Schlag getroffen hätte.

Worum war es bei diesem Familienskandal eigentlich gegangen?

»Sag mal, hörst du mir überhaupt zu?«

Sylvia blickte auf und direkt in Holgers dunkle, vorwurfsvolle Augen.

»Ent…entschuldige«, stammelte sie, »es kommt nur so … so überraschend. Woher weißt du das alles?«

»Aus dem Schreiben eines französischen Nachlassgerichts. Deine Tante hat dir einen Trümmerhaufen vermacht, am Ende der Welt.«

»Einen Trümmerhaufen?«

»Eine Gärtnerei. Total heruntergekommen. Ich hab sie mir angeschaut vergangene Woche. Ich war ja ohnehin in Frankreich. Die Schwester deiner Mutter mag eine reizende Dame gewesen sein, aber wirtschaften konnte sie nicht. Jedenfalls hast du dein Talent nicht von ihr geerbt. Sie war bankrott und hat dir jede Menge Schulden hinterlassen.«

In Sylvias Kopf drehte sich alles. Da sie beide so viel reisen, kümmerte sich der, der gerade zu Hause war, um die Post. In der Regel informierten sie den jeweils anderen über das Wichtigste.

»Du warst sogar schon dort?«, wunderte sie sich. »Aber ... warum erfahr ich das erst jetzt?«

»Du warst doch in Hamburg. Und kaum zu erreichen. Und danach hatte ich wie gesagt an der Loire zu tun. Ich dachte, ich tu dir einen Gefallen, wenn ich mich darum kümmre. Das Schreiben sah so offiziell aus. Ich hab's gut gemeint. Ich wollte dir das abnehmen. Tut mir leid, wenn es dir nicht recht ist ...«

»Natürlich ist es mir recht«, lenkte Sylvia ein. »Das ist wirklich lieb von dir, Holger. Ich bin nur ... Na ja, sie war meine Tante. Auch wenn wir keinen Kontakt mehr hatten ... war sie doch meine letzte Verwandte, nachdem Mama gestorben war ...«

»Das haben die Ämter dort auch herausgefunden. Hat wohl eine Weile gedauert, deine Tante Lucie Hofstetter ist schon seit einigen Monaten tot ...«

Tante Lucie ... Auf einmal war sie da, die Erinnerung, so frisch wie jener Morgen am Meer. Sylvia war damals fünf oder sechs Jahre alt gewesen, und auf einmal sah sie alles wieder ganz deutlich vor sich: Sie trug ein Kleid mit mauvefarbenen Blüten, das aus demselben Stoff genäht war wie Lucies Kleid.

Ihre Tante war noch jung, Mitte zwanzig ungefähr, und gemeinsam liefen sie einen Strand entlang, lachend, einander jagend. Lucie hatte dasselbe dunkelblonde Haar wie sie heute, dieselben kornblumenblauen Augen, dasselbe Lachen. Auf einmal wurde Sylvia bewusst, dass jenes kleine Mädchen, das sie einmal gewesen war, Lucie sehr gemocht hatte, damals, in jenem Sommer am Meer. Sie hörte ihre Stimme: *Komm, Sylvie, komm schneller!* Sie nahm den Duft ihrer Haut wahr, spürte die Berührung ihres Armes, wenn sie den eigenen, so viel kleineren, dagegenpresste, um zu prüfen, wer von ihnen beiden gebräunter war. Und sie fühlte sich wieder hochgehoben, hörte sich juchzen und schreien und darum betteln, die Tante möge sie wieder und wieder in die Lüfte werfen ...

»Sylvia«, riss Holger sie aus ihrer Erinnerung, »ist alles in Ordnung mit dir?«

Sylvia fuhr sich mit der Hand über die Augen. »Was? Ja ... alles in Ordnung«, versicherte sie. »Ich bin dir wirklich dankbar, dass du das in die Hand genommen hast. Was ... was wollen wir wegen der Schulden unternehmen?«

Holger nahm einen Schluck Kaffee und wischte sich danach mit seiner Serviette sorgfältig den Mund ab.

»Zum Glück«, fuhr er fort, »gehört ziemlich viel Land zu der Gärtnerei. Ich hab eine Idee, wem ich es zum Kauf anbieten könnte. Einer meiner Kunden sucht schon lange ein Objekt in der Art. Ich bin sicher, er wird begeistert sein. Wenn er interessiert ist und du einverstanden bist, können wir das Grundstück zu Geld machen. Du könntest die Schulden damit begleichen. Darüber hinaus würde dir sicher noch ein schönes Sümmchen bleiben. Quasi als Erinnerung an deine Tante Lucie.«

Eine Gärtnerei, das sah Lucie ähnlich. Sylvia erinnerte sich jetzt auch daran, dass ihre Tante sich schon damals für Blumen und Pflanzen interessiert hatte. Wie schade, dass sie offenbar geschäftlich gescheitert war. Sylvias Mutter hatte jedes Mal die Lippen zusammengepresst, wenn die Rede auf ihre jüngere Schwester gekommen war. Und sich geweigert, auch nur ein Wort zu dem verhängnisvollen Skandal zu sagen. Und so hatte Sylvia ihre junge Tante mit der Zeit vergessen. Hatte die Briefe, die sie in den Jahren nach den Geschehnissen von ihr erhalten hatte, unbeantwortet gelassen. Nicht weil sie keinen Kontakt gewollt hatte, sondern weil sie zuerst noch zu klein und dann immer zu beschäftigt gewesen war. Abitur, Studium ... Sie hatte Betriebswirtschaft studiert und war gleichzeitig auf die Übersetzerschule gegangen. Nun war sie nicht nur Unternehmensberaterin, sondern auch staatlich geprüfte Übersetzerin für Englisch, Französisch und Italienisch. Da hatte vieles zurückstehen müssen.

Sylvia war noch ein Baby gewesen, als ihr Vater gestorben war, und ihre Mutter hatte sie nicht finanziell unterstützen können. Deswegen musste sich Sylvia ihren Lebensunterhalt immer selbst verdienen, was sie nicht daran hinderte, ausgezeichnete Universitätsabschlüsse abzulegen. Danach war sie in die USA gegangen, um ihren Master zu machen und nebenher in renommierten Unternehmensberatungsfirmen zu arbeiten. In Los Angeles hatte sie auf einem Empfang Holger kennengelernt. Der hatte mit sanfter Hartnäckigkeit um sie geworben, sodass sie schließlich nachgegeben und das verlockende Angebot, in eine weltberühmte Consultingkanzlei einzusteigen, ausgeschlagen hatte, um nach München zurückzukehren und sich selbstständig zu machen. Für ihre Tante war kein Platz mehr in ihrem geschäftigen Leben gewesen.

Jetzt war es zu spät. Lucie war tot. Sylvia würde nie erfahren, warum die Familie Hofstetter sie damals so herzlos ausgestoßen hatte.

»Dann bist du einverstanden?« Sylvia hob den Kopf und blickte Holger verwirrt an. »Ich meine, möchtest du, dass ich den Verkauf in deinem Namen tätige, falls ich meinen Kunden überzeugen kann?«

»Ja«, sagte Sylvia. Sie fühlte, wie plötzlich alles von ihr abfiel: die Kindheitserinnerungen an die junge Lucie, die Reue über die verpassten Gelegenheiten, die ungenutzten Chancen eines Wiedersehens. »Ich denke, das wird das Beste sein. Danke, dass du dich darum kümmerst.«

Als Holger ihr nach dem Frühstück die Vollmachten vorlegte, unterschrieb Sylvia, ohne zu zögern, alle notwendigen Dokumente.


Während der folgenden zwei Wochen war Sylvias Terminkalender eine einzige logistische Herausforderung. Von einem Mitarbeitertraining in einem Frankfurter Versicherungsunternehmen flog sie direkt nach Berlin, wo sie die Personalstrukturen eines Zeitungsverlags unter die Lupe nahm. Zwischen zwei Terminen in Stuttgart schaffte sie sogar noch einen »Feuerwehreinsatz«, wie sie kurzfristige, brisante Krisensitzungen nannte. Ein Unternehmer und dessen Sohn taten sich mit dem Generationswechsel schon seit etlichen Monaten schwer und brauchten dringend professionelle Unterstützung.

Als sie nach diesem Gespräch zufrieden, aber erschöpft zu Hause eintraf, wartete zu ihrer Überraschung Holger schon auf sie.

»Zieh dir was Schönes an«, bat er sie und nahm sie in die Arme, »heute gehen wir aus.«

Sylvia lachte. »Lass mich doch erst mal ankommen. Ich bin total erledigt. Zu welchem Kunden geht es dieses Mal?«

»Zu keinem Kunden«, sagte Holger ernst. »Heute Abend feiern wir uns selbst.«

Sylvia sah ihren Mann überrascht an. Dann ging ein Strahlen über ihr Gesicht. Das hatte es schon lange nicht mehr gegeben. Sich selbst zu feiern – das war früher für sie beide ein festes Ritual gewesen. Es bedeutete, dass sie miteinander ausgingen, einfach so, ohne beruflichen Anlass.

»Gib mir eine halbe Stunde«, sagte sie begeistert, »dann bin ich zu allem bereit.«

Als sie später in dem Restaurant, in das Holger sonst nur seine besten Kunden einlud, bei Kerzenschein einander gegenübersaßen und der Kellner die Empfehlungen des Tages aufzählte, fühlte Sylvia auf einmal die Müdigkeit der vergangenen Wochen, ja, Monate. Sie war so erschöpft, dass für einen kurzen Augenblick das Gesicht des jungen Kellners zu flimmern schien und sie gar nicht aufnehmen konnte, was er sagte. Dann schwieg er und sah sie erwartungsvoll an, doch da war der Moment der Schwäche auch schon vorbei.

»Ich nehme den Fisch«, sagte sie mit fester Stimme, darauf vertrauend, dass wie immer auch ein Fischgericht auf der Tageskarte stand.

»Den Loup de Mer oder den Zander?«, frage der Kellner höflich.

»Den Loup de Mer.«

Während ein Amuse Gueule gereicht wurde, die Aufmerksamkeit des Hauses – ein herzförmiges kleines Omelette, belegt mit einem Hauch von Beluga-Kaviar –, und der Sommelier ihnen beiden ein wenig von dem Wein ins Glas schenkte, den sie zuvor ausgesucht hatten, versuchte Sylvia sich in ihr jüngeres Selbst hineinzuversetzen und dieselbe Freude und

Aufregung zu verspüren, die sie in den ersten Jahren ihrer Ehe bei solchen Gelegenheiten empfunden hatte. Sie nahm ihr Glas und atmete tief das zarte Bouquet des vorzüglichen Chardonnay ein. Ihre Augen suchten Holgers Blick, doch der verzog das Gesicht.

»Bitte bringen Sie uns eine neue Flasche«, sagte er. »Dieser hier schmeckt nach Korken.«

Der Mann verneigte sich leicht, nahm die Flasche und verschwand. Wenig später kam er mit einer neuen und mit sauberen Gläsern zurück und zeigte Holger das Etikett. Der nickte. Der Kellner öffnete die Flasche mit wenigen, fachmännischen Griffen und schenkte Holger ein wenig davon ein. Der nahm das Glas, ließ die Flüssigkeit darin kreisen, roch ausgiebig daran, nahm endlich einen Schluck und behielt ihn eine Weile auf der Zunge. Sylvia fühlte sich während dieser betont langsam durchgeführten Prozedur unangenehm berührt. Nach und nach schwanden ihre romantischen Gefühle.

»Ist in Ordnung«, sagte Holger schließlich zu dem geduldig wartenden Kellner. Der schenkte ihm nach, dann füllte er Sylvias Glas.

»Danke«, sagte sie.

Der Sommelier verzog keine Miene, verneigte sich erneut und zog sich zurück.

Holger sah sie an, als erwartete er ein Lob.

Der Wein schmeckte nicht nach Korken, wollte Sylvia sagen, er schmeckte ausgezeichnet. Doch genau wie all die Jahre zuvor schwieg sie lieber. Das Geheimnis einer guten Ehe ist die Selbstbeherrschung der Ehefrau, hatte ihre Mutter immer gesagt. Eine Frau, die alles besser weiß, muss sich nicht wundern, wenn sie verlassen wird. Damals hatte sie die Augen verdreht und im Stillen gedacht, dass sie es einmal ganz anders machen würde. Sie würde immer sagen, was sie dachte. Nun musste sie erkennen, dass sie das Mantra ihrer Mutter bis ins Letzte verinnerlicht hatte.

Vielleicht hatte es ja an ihr gelegen, dass der Abend nach dieser kleinen, unangenehmen Episode nicht mehr so richtig in Schwung gekommen war. Dass sie zwischen den Gängen lieber geschwiegen hatten, weil Sylvia nichts eingefallen war, worüber sie mit ihrem Mann hätte sprechen wollen. Vielleicht war sie überarbeitet und konnte deshalb nicht richtig entspannen, als sich später gegen ihre Gewohnheit nicht jeder in sein eigenes Schlafzimmer zurückzog, sondern sie sich gegenseitig auszogen, wobei Holger sich alle Mühe zu geben schien, nicht hastig zu wirken. Vielleicht war sie zu verspannt, als dass sie sich seinen Händen mit derselben Leidenschaft hätte hingeben können wie früher, als sie übereinander hergefallen waren und nicht schnell genug aus den Kleidern hatten kommen können. An diesem Abend ging Sylvia alles zu rasch. Sie fühlte sich noch nicht wirklich bereit, als Holger in sie eindrang, sie versuchte, seiner Lust hinterherzukommen, und doch war dann alles viel zu früh zu Ende.

Vielleicht brauche ich eine Auszeit, dachte Sylvia, während Holger neben ihr tief und fest schlief, einen Arm über ihre Brust gelegt, eine Geste, die sie als besitzergreifend empfand und es doch nicht wagte, sich zu befreien, aus Furcht, ihn aufzuwecken.

Meine Freundinnen beneiden mich um diesen Mann, dachte sie. Was ist nur los mit mir? Holger sah gut aus, er war erfolgreich, wenn auch manchmal etwas schroff. Sie waren sich doch immer einig, vor allem in den wirklich wichtigen Dingen, zum Beispiel, dass sie keine Kinder wollten, dass bei ihnen beiden die berufliche Karriere an erster Stelle stand. »Ich liebe dich«, hatte Holger vorhin über ihr stöhnend ausgestoßen, wieder und wieder, und war mit einer Wucht gekommen, die von großer Leidenschaft zeugte. Oder nicht?

Was ist los mit mir?, fragte sich Sylvia erneut und atmete erleichtert auf, als Holger sich im Schlaf umdrehte und den Arm von ihr nahm.

# 2
## *Die Reise*

Als Sylvia eine Woche später von einer ausgedehnten Geschäftsreise nach Hause zurückkam, fand sie auf dem Anrufbeantworter eine Nachricht von ihrem Freund Thomas vor, der sie bat, ihn dringend zurückzurufen. Holger war verreist, irgendwo auf der Suche nach einzigartigen Immobilien. Sylvia versuchte vergeblich, sich zu erinnern, in welchem Winkel Europas.

Sie nahm eine Dusche und fuhr dann den Computer hoch, um ihre Mails durchzusehen. Erschrocken stellte sie fest, dass es bereits sieben Uhr abends war, zu spät, um bei Thomas Waldner in der Kanzlei anzurufen. Morgen früh, nahm sie sich fest vor. Ein Blick in ihren Terminkalender erinnerte sie daran, dass sie bereits mit dem 14-Uhr-Flug weiter nach Zürich musste zu einem neuen Klienten, der sie nach dem ersten Kennenlernen vier Monate zuvor gleich für den gesamten Monat Mai gebucht hatte.

Sylvia lehnte sich in ihrem Schreibtischstuhl zurück und schloss die Augen. Eigentlich brauchte sie dringend Erholung. Doch immer, wenn sie ein paar freie Wochen einplanen wollte, kam eine Anfrage dazwischen, und sie konnte es sich einfach noch nicht leisten, Klienten mit einem Nein zu verprellen. Jedenfalls glaubte sie das.

Ihre Freundin Veronika sah das ganz anders. Schon im Studium hatte die lebensfrohe Vero mit den Sommersprossen und den widerspenstigen roten Locken über Sylvia, die zwischen ihren beiden Studiengängen hin und her gehetzt war, liebevoll gespottet. Heute machte sie sich Sorgen um ihre Freundin. Doch Veronika war auch nicht unter so schwierigen Verhältnissen aufgewachsen wie sie. Die gemütliche Dreizimmeraltbauwohnung im Lehel hatte Veronikas Vater seiner Tochter zum Studienbeginn geschenkt, als der Stadtteil noch längst nicht so angesagt war wie heute. Sylvia hatte sich aus Kostengründen weiterhin eine kleine Wohnung mit ihrer Mutter geteilt. Und während es mit Sylvias Karriere ständig bergauf ging, begnügte sich ihre Freundin mit dem, was sie als Übersetzerin verdiente. Sie hatte ihre Wohnung behalten, fuhr mit Leidenschaft Mini Cooper und sah überhaupt keine Veranlassung, mehr zu arbeiten als unbedingt notwendig. Veronika verstand es, das Leben zu genießen.

Sylvia seufzte und begann, ihre Arbeitsunterlagen für den Termin in Zürich vorzubereiten. Es war Mitternacht, als sie ihren Koffer packte. Dann ging sie endlich schlafen.

Als sie am Tag darauf ihre Mails checkte, fand Sylvia eine Nachricht des Züricher Klienten vor. *Leider müssen wir aus innerbetrieblichen Gründen alle bei Ihnen gebuchten Leistungen stornieren*, las sie zu ihrer Bestürzung. So etwas war ihr schon lange nicht mehr passiert. Zum Glück hatte sie Stornogebühren vereinbart, und falls die Firma nicht etwa schon insolvent war, würde sie diese auch bekommen. Sylvia sah in die Unterlagen, die sie bis spät in die Nacht noch vorbereitet hatte. Ihr Blick fiel auf das Flugticket. Erst da wurde ihr bewusst, dass sie freihatte. Für den kommenden Monat war kein anderes Projekt geplant. Bei dem Gedanken wurde ihr fast schwindlig.

Sylvia packte den Koffer wieder aus und räumte ihren Schreibtisch auf. Dann ging sie in die Küche und fand den Kühlschrank leer. Was tat man, wenn man freihatte? Kurz entschlossen rief sie Veronika an.

»Stell dir vor«, sagte sie, »ich hab nichts zu tun in den kommenden vier Wochen.«

»Bist du sicher, dass du dich nicht vertust?«, klang die fröhliche Stimme ihrer Freundin an ihr Ohr. »Ich meine, du und frei? Du bist doch nicht etwa krank?«

»Nein!« Sylvia lachte. »Ich bin kerngesund. Ein Kunde hat im letzten Moment abgesagt. Ich kann es immer noch nicht fassen. Was soll ich denn jetzt bloß machen?«

Am anderen Ende der Leitung brach Jubel aus. »Wir gehen erst einmal frühstücken«, bestimmte Veronika. »Und dann gebe ich dir Nachhilfe in Sachen Freizeit. Was hältst du davon?«


Eine Viertelstunde später saßen die beiden im XII Apostel, Veronikas Lieblingslokal, und bestellten Kaffee und Croissants.

»Das ist also dein erster freier Tag seit wie lange?«, wollte Veronika wissen.

»Na ja«, meinte Sylvia, »es ist ja nicht so, dass ich nie einen Tag freihätte. Erst am vorletzten Sonntag...«

»Ah...«, Veronika grinste, »am vorletzten Sonntag. Na, das ist ja üppig. Und wo geht es morgen hin?«

»Das ist es ja«, meinte Sylvia und betrachtete versonnen ihr Frühstückshörnchen. »Ich hab den ganzen Monat frei. Stell dir vor, den ganzen Mai.«

Veronika hätte sich beinahe an ihrem Kaffee verschluckt.

»Ach du lieber Himmel«, rief sie, »und jetzt hast du Sorge, dass du das finanziell nicht verkraftest, was?«

»Nein.« Sylvia lachte. »Natürlich nicht. Ich weiß nur nicht ... Ich meine, ich wollte das ja schon längst mal machen. Aber es hat nie geklappt. Und jetzt so von einem Moment auf den anderen ... In zwei Stunden wäre mein Flieger gegangen, verstehst du, ich weiß überhaupt nicht, wie mir geschieht.«

Veronika grinste. »Glaub mir«, sagte sie, »Freizeit zu haben ist nichts Schlimmes, überhaupt nicht. Wir können miteinander einen Wellnesstag machen, mit Sauna, Dampfbad, Massage, das ganze Programm. Dann schläfst du erst mal drei Tage, das schwör ich dir, so ausgepowert, wie du bist, kannst du das brauchen. Wenn du willst, fahren wir zusammen nach Baden-Baden und machen so richtig einen drauf: tagsüber Thermen und abends Casino. Oder wir holen uns Karten fürs Festspielhaus. Oder wir fliegen nach Paris und gehen so richtig toll shoppen. Oder willst du lieber nach New York? Mensch, Sylvia, endlich hast du Zeit, das viele Geld, das du verdienst, auch auszugeben!« Sylvia lächelte und lehnte sich zurück. Veronika hatte recht. Und doch war es nicht das, was sie jetzt wollte. Nicht Paris, nicht Mailand und nicht New York. Sylvia schloss die Augen und sah Wasser vor sich. Wellen. Das Meer. Himmel. Ein paar Möwen, die durch das Blau segelten. Vielleicht sollte sie ans Meer fahren, an die Ostsee. Oder an den Atlantik. Sie würde es herausfinden. »Wenn du einen ganzen Monat Zeit hast«, sagte Veronika gerade, der der Stimmungswechsel ihrer Freundin nicht entgangen war, »dann musst du dich ja nicht gleich heute entscheiden. Lass es auf dich zukommen. Du lebst doch sonst immer nach festem Plan. Ich bin hier, und wann immer du Lust hast, etwas zu unternehmen, ruf einfach an.« Und dann erzählte Veronika von ihrer Venedig-Reise und dem aufregenden Juristen aus München, den sie dort rein zufällig kennengelernt hatte, just in dem Moment, als sie die Ansichtskarte an Sylvia schrieb. »Er wollte wissen«, Veronika lächelte, »warum ich zwei Gläser Spritz vor mir stehen hätte, ob davon eines eventuell für ihn sei. Und weißt du was? Ich hab mich sofort in ihn verliebt.«

Sylvia lachte. Veronika hatte immer einen Verehrer, einen Geliebten oder Freund. »Nur dauerhaft ins Haus«, so pflegte sie zu sagen, »kommt mir kein Mann.«

Aus dem gemütlichen Frühstück wurde ein ausgedehnter Brunch, dann überredete Veronika ihre Freundin zu einem Spaziergang im Englischen Garten. Veronikas Einladung, am Abend mit ihrem neuen Lover und ihr ins Theater zu gehen, lehnte Sylvia dankend ab.

»Ich werde ihn schon irgendwann kennenlernen«, sagte sie, »wenn er bis dahin noch aktuell sein sollte.« Auf einmal fühlte sie sich schrecklich müde. »Freimachen ist ganz schön anstrengend«, gestand sie und stöhnte. »Ich bin weit weniger kaputt, wenn ich den ganzen Tag gearbeitet habe.«

Veronika lachte. »Na«, meinte sie, »da gewöhnst du dich schon noch dran! Also, du weißt Bescheid. Wenn dir nach Gesellschaft ist, ruf einfach an!«


An diesem Abend ging Sylvia früh zu Bett. Sie nahm ein Buch mit, das sie seit Wochen lesen wollte, doch schon auf der ersten Seite wurden ihr die Lider schwer. Sylvia wachte am nächsten Morgen erst um halb zehn wieder auf. Sie hatte dreizehn Stunden wie eine Tote geschlafen. Und jetzt fühlte sie sich wie neu geboren.

Am Nachmittag kam Holger schlecht gelaunt von seiner Reise zurück. Sylvia war von ihm in dieser Hinsicht zwar einiges gewöhnt, doch so aufgebracht hatte sie ihn selten erlebt.

»Der hat doch tatsächlich den Notartermin im letzten

Augenblick platzen lassen«, schnaubte er ohne eine weitere Erklärung und verschwand in seinem Arbeitszimmer.

Erst beim Abendessen erfuhr sie, dass er sich wegen des Verkaufs von Tante Lucies Grundstück so aufregte. Der Käufer hatte kurzfristig um einen neuen Termin gebeten, weil er verhindert gewesen war. Doch der wäre laut Holger frühestens in vier bis sechs Wochen möglich. Sylvia wunderte sich, dass sich in ihr ein Gefühl der Erleichterung ausbreitete. Sie empfand diese Wochen plötzlich als geschenkte Zeit.

»Weißt du was«, sagte sie spontan, »ich fahre hin, bevor wir es verkaufen.«

Holger sah sie an, als wäre sie nicht recht bei Trost.

»*Wohin* willst du fahren?«

»Nach Frankreich. Zu Tante Lucies Gärtnerei.«

»Wieso das denn?«, fuhr er sie barsch an. »Das ist reine Zeitverschwendung. Und überhaupt ... Ich denke, du bist ausgebucht!« Ärger stieg in Sylvia auf, obwohl ihr Verstand ihr sagte, dass es sich nicht lohnte, mit Holger zu streiten. Auch wenn er immer wieder in einem Ton mit ihr sprach, der objektiv gesehen unmöglich war, so wusste sie doch, dass er es nicht böse meinte. An diesem Abend jedoch konnte sie nicht anders, als wütend zu werden. »Du hast doch keine Zeit für so etwas«, setzte Holger in schmeichelndem, etwas ruhigerem Ton nach. Offenbar hatte er gemerkt, dass er über das Ziel hinausgeschossen war. »Und glaub mir, es lohnt sich wirklich nicht. Was ist mit deinem neuen Klienten in Zürich?«

»Er hat den Auftrag gecancelt«, gab Sylvia kurz und knapp zur Antwort.

Wenn Holger in einer solchen Stimmung war, lohnte es sich nicht, mit ihm zu streiten. Und so schluckte sie ihren Ärger hinunter. Was allerdings nicht hieß, dass sie klein beigab. So weit käme es noch, dass er ihr Vorschriften machte. Sie würde sich

Lucies Gärtnerei anschauen, ehe sie verkauft wurde. Und wenn Holger sich auf den Kopf stellte.

Sylvia wartete am anderen Tag, bis ihr Mann die Wohnung verlassen hatte. Dann ging sie in ihr Büro und suchte die Kopie der Vollmachten heraus, mit der sie ihren Mann ermächtigt hatte, ihr Erbe zu veräußern. Sie fand die Adresse des Anwesens, fuhr ihren Computer hoch und gab sie in die Suchmaschine ein. Was sie erwartete, war ein Fleck mitten in der französischen Provinz, irgendwo im Nirgendwo. Umso mehr staunte sie, als der Bildschirm sich auf die äußerste Nordwestküste verengte.

»Bretagne?«, murmelte sie vor sich hin. So wie es aussah, lag die Gärtnerei direkt am Meer.

Eine Weile saß sie regungslos da und dachte an alles und nichts. Lucie... Dort hatte sie also gelebt, am anderen Ende Europas, mehr als tausend Kilometer entfernt. Während sie selbst in den vergangenen Jahren ihrer Karriere hinterhergehechelt war, hatte ihre Tante Pflanzen angebaut. Gemüse wahrscheinlich. Kohl und Rüben. Oder Artischocken. Dafür war die Bretagne doch berühmt.

Sylvia aktivierte den Routenplaner, um die genaue Entfernung berechnen zu können. Sie besaß kein Auto, weil man in einer Stadt wie München und mit einem Beruf wie dem ihren besser mit dem Taxi fuhr. Längere Strecken legte sie immer mit der Bahn oder dem Flugzeug zurück. Der nächstgelegene Flughafen war Brest. Von dort könnte sie einen Mietwagen nehmen...

Auf einmal zögerte sie. Eine innere Stimme sagte ihr, dass sie sich der Heimat ihrer verstorbenen Tante anders nähern sollte als ihren Klienten. Schon lange hatte sie davon geträumt, einmal quer durch Frankreich zu reisen. Warum nicht gleich hier einen Wagen mieten?, überlegte sie. Warum sich nicht Zeit lassen für die vierzehnhundert Kilometer? Sie hatte vier Wochen, vier Wochen ganz für sich allein. Ihr Herz schlug höher bei dem Gedanken, quer durch Frankreich gen Westen zu fahren, einfach so, bis sie an der Küste ankam.

Sylvia rief kurzerhand den Autohändler an, bei dem Holger seine Wagen zu kaufen pflegte. Sie waren auch privat befreundet.

»Für vier Wochen leih ich dir ein Fahrzeug, Sylvia«, sagte er sofort, »aber klar, überhaupt kein Problem. Das ist im Service mit drin bei so guten Kunden. Ich hab grad einen hübschen Boxster hier stehen, einen Jahreswagen, frisch überholt. Den kannst du haben. Wann soll es denn losgehen?«

»Morgen«, sagte Sylvia und erschrak vor sich selbst.

»Alles klar«, hörte sie die ruhige Männerstimme am anderen Ende der Leitung. »Wenn du willst, lass ich ihn dir gleich bringen. Ist dir das recht?«

»Natürlich«, sagte Sylvia. »Vielen Dank! Das ist wirklich sehr großzügig von dir.«

»Um fünf steht er bei euch vor der Tür. Schlüssel und Papiere lass ich in den Briefkasten werfen. Gute Reise, Sylvia! Und fahr nicht zu schnell! Der Kleine hat immerhin 265 PS.«

Sie lachte, bedankte sich noch einmal und legte auf. Was hatte sie nur für ein unverschämtes Glück.


Wie bringe ich es Holger bei?, ging es Sylvia durch den Kopf, während sie einmal mehr ihren Koffer packte. Dieses Mal konnte sie die Businesskostüme im Schrank hängen lassen. Sie entschied sich für bequeme Jeans, großzügig fallende Blusen aus Leinen, zwei Kleider, obwohl sie nicht glaubte, dass sie sie brauchen würde, ein paar dicke Pullover und seidene Tücher, immer noch in Gedanken bei dem seltsamen Streit, dessen Eskalation sie am Abend zuvor nur mit Mühe hatte verhindern können.

Doch dann besann sie sich. Es widerstrebte ihr, im Streit loszufahren, aber musste sie sich rechtfertigen, weil sie den Ort, an dem ihre Tante gelebt hatte, vor dem Verkauf besuchen wollte? Das war ja geradezu lächerlich.

Umso erleichterter war sie, als Holger ihr eine SMS schickte. *Muss heute noch für 3 Tage in die Toskana. Kannst du mir meinen Koffer packen – ausnahmsweise? Mein Flieger geht um 15 Uhr. Lena holt ihn. Du bist ein Schatz, H.* Im Nu hatte sie das Gepäck bereitgestellt. Als Holgers Sekretärin Lena Weinhalter klingelte, eine pummlige Fünfzigjährige mit Brillengläsern so dick wie Panzerglas, war alles fertig. Selbst wenn Sylvia gewollt hätte, es gab keine Gelegenheit, ihren Mann über ihre genauen Pläne zu informieren.

Punkt fünf Uhr nachmittags beobachtete Sylvia von ihrer Dachterrasse aus, wie ein junger Mann den Porsche in eine Parklücke vor ihrem Haus lenkte. Der Wagen war leuchtend rot, und Sylvia lächelte, als sie sich vorstellte, in diesem unglaublichen Fahrzeug durch Frankreich zu brausen. Wenig später holte sie Schlüssel und Papiere aus dem Briefkasten. Ihr Gepäck stand bereits im Flur, ein Hotelzimmer für die Übernachtung auf halber Strecke war gebucht.

Am liebsten wäre Sylvia sofort losgefahren. Doch es war Freitagabend, und sie widerstand dem Impuls, sich gleich in den roten Flitzer zu setzen und gen Westen aufzubrechen. Sie würde nur im Stau stehen, kein guter Start für ihre Auszeit und Spurensuche ...

Spurensuche? Was versprach sie sich von dieser Reise? Sylvia war es gewohnt, die Motivationen ihrer Klienten sorgfältig zu hinterfragen. Es war wirklich Zeit, es bei sich selbst auch zu tun. Warum wollte sie überhaupt Lucies heruntergekommene Gärtnerei besuchen?

Eine Weile stand sie einfach nur da, regungslos, gedankenverloren. Dann ging sie in ihr Arbeitszimmer und scannte ihre Regalwand ab. Schließlich zog sie ganz oben, wo sie selten etwas suchte, ein altes Fotoalbum heraus, in grobes, beiges Leinen gebunden. Sie schenkte sich ein Glas Wein ein, setzte sich auf das Sofa im Wohnzimmer, schaltete die Stehlampe an, zog die Füße unter sich und schlug das Album auf. Die Fotos waren ihr wohlvertraut, auch wenn sie sie schon lange nicht mehr betrachtet hatte. An diesem Abend suchte sie gezielt nach dem Gesicht eines bestimmten Menschen, ihrer Tante Lucie, und sie war enttäuscht, es auf so wenigen Bildern zu finden. Es waren die von jenem Strandurlaub, an den sie sich noch gut erinnerte.

Lucie war eine ausgesprochene Schönheit gewesen, sehr schlank und mit einem hinreißenden Lachen. Neben ihr wirkte Sylvias Mutter Annie fast plump, obwohl auch sie zweifellos eine hübsche Frau gewesen war.

Vielleicht war der Grund für den Familienbann eine skandalöse Liebesgeschichte, überlegte Sylvia. So wie Lucie auf den Fotos aussah, hätte sie sicher jeden Mann verrückt machen können.

Sylvia stellte auf einmal fest, dass sie ihrer Tante verblüffend ähnlich sah – ganz so, als wäre sie Lucies Tochter, nicht die ihrer Schwester. Nur dass ich nicht so schön bin, dachte sie und blätterte weiter. Es folgten Bilder mit ihrem Großvater, einem streng dreinblickenden weißhaarigen Mann. Sylvia hatte wenige gute Erinnerungen an ihn und wendete rasch die folgenden Seiten um. Als sie das Album gerade zuklappen und weglegen wollte, stieß sie auf das Gruppenbild einer Hochzeit, vor dem Portal einer Kirche aufgenommen. Sie entdeckte sich selbst in einem weißen Spitzenkleid, die Füße in weißen Söckchen und weißen Lackschuhen, in der Hand ein Körbchen mit Blüten. Ihre Mutter stand hinter ihr, sie hatte die Hände auf ihre Schultern gelegt. Auf einmal war es Sylvia, als könnte sie diese Berührung immer noch spüren, schwer und belastend, es war dasselbe Gefühl, das sie immer hatte, wenn Holger seinen Arm auf ihrem Körper liegen ließ, während er einschlief.

Doch um welche Hochzeit handelte es sich hier? Sylvia konnte sich an dieses Fest überhaupt nicht erinnern.

Sie betrachtete den Bräutigam, der ihr völlig fremd erschien. Aber als sie das Gesicht der Braut genauer studierte, hätte sie vor Überraschung beinahe das Album fallen lassen: Es war ihre Tante Lucie.

Sylvia blätterte die letzten Seiten um, doch auf keinem weiteren Bild war ihre Tante mehr zu sehen. Als wäre sie mit ihrer Heirat aus dem Kreis der Familie ausgeschieden, dachte Sylvia und nahm erneut den Bräutigam in Augenschein. War am Ende er der Grund für das Zerwürfnis? Wieso stand hier dann die gesammelte Familie, auch der strenge Großvater, einträchtig um das Hochzeitspaar versammelt? Sylvia legte das Album beiseite und nahm einen Schluck Wein.

Und auf einmal wusste sie, warum sie in die Bretagne fahren wollte. Es war nicht die Gärtnerei, die sie interessierte, und auch nicht die Tatsache, dass Lucie offenbar keine gute Geschäftsfrau gewesen war. Sylvia war neugierig zu erfahren, was aus ihrer Tante nach ihrer Heirat geworden war. Sie hoffte, in ihrer Hinterlassenschaft Hinweise darauf zu finden, was für ein Mensch sie gewesen war. Vermutlich wünschte sie sich, ein wenig von dem nachholen zu können, was sie zu Lebzeiten ihrer Tante versäumt hatte – ein Stück ihrer eigenen Wurzeln wiederzufinden, jetzt, da niemand mehr lebte, den sie fragen konnte. Und natürlich lockte sie auch das Meer.


Sylvia hatte ihren Wecker auf fünf Uhr gestellt. Sie war es gewohnt, früh aufzustehen, und sprang geradezu aus dem Bett. Sie trank eine Tasse Kaffee, dann fuhr sie los. Bald hatte sie die Autobahn erreicht, es war eine reine Freude, dem spritzigen Zweisitzer ein wenig Stoff zu geben. Zwischen Ulm und Stuttgart traf sie auf die üblichen Baustellen, doch es war ein Samstagmorgen außerhalb der Ferienzeit, und es gab kaum Verkehr. Gegen neun Uhr überquerte sie die Grenze zwischen Deutschland und Frankreich, und von da an war sie fast allein auf der Autobahn. Sie aß in der Nähe von Metz zu Mittag, als ihr Handy klingelte. Es war Veronika.

»Wo steckst du?«, klang die fröhliche Stimme ihrer Freundin an Sylvias Ohr. »Wollen wir bei diesem super Wetter nicht in die Berge fahren? Wie lange ist es her, dass du wandern warst?«

Sylvia lachte. »Ich bin in Frankreich, in der Nähe von Metz.«

Veronika ließ einen langen Seufzer hören. »Ein neuer Kunde?«

»Nein«, beeilte sich Sylvia zu antworten. »Ich bin ... einfach so unterwegs.«

»Einfach so?«, fragte Veronika misstrauisch. »Das glaube ich dir nicht. Wo fährst du hin?«

»In die Bretagne«, sagte Sylvia. »Urlaub machen.«

Eine Weile war es still am anderen Ende der Leitung. Das kam selten vor bei Veronika.

»Komm schon, sei ehrlich«, bat sie dann.

»Na ja ...«, antwortete Sylvia, der es falsch vorkam, ihre beste und einzige richtig gute Freundin anzulügen, »weißt du, eine Tante ist gestorben und hat mir was vererbt. In Frankreich.«

»Cool«, meinte Veronika. »Was ist es denn? Ein verfallenes Häuschen? Wildromantisch auf einer Klippe über dem Atlantik?«

»Nein«, antwortete Sylvia, »eine Gärtnerei. Holger hat sie sich angesehen und meint, wir sollten sie verkaufen. Er hat auch schon einen Kunden.«

Wieder war es verdächtig still am anderen Ende der Leitung. »Und warum fährst du dann noch hin?«

Sylvia schnaubte genervt. Was war in ihre Freundin gefahren, dass sie schon daherredete wie Holger?

»Weil das Grundstück meiner Tante gehörte. Und weil ich es einfach vor einem Verkauf sehen will. Und weil ich eh freihabe. Reicht das?«

»Tut mir leid!« Veronikas Stimme klang schuldbewusst. »Es ist nur ... Normalerweise fährst du nicht durch halb Europa, ohne einen triftigen Grund zu haben.«

Sylvia lachte. »Du hast recht. Ist doch schön, dass ich dich mal überraschen kann und nicht immer nur du mich. Wie läuft's denn mit dem Juristen aus Venedig?«, fragte sie, um das Thema zu wechseln.

»Ach«, antwortete Veronika, »wir haben festgestellt, dass wir nicht dieselbe politische Meinung haben.«

»Seit wann interessierst du dich für Politik?«, frotzelte Sylvia.

»Politik interessiert mich nicht die Bohne«, gab Veronika zurück. »Aber wenn einer meint, wir sollten unser Asylrecht ändern, und zwar schleunigst, dann hat er in meinem Herzen nichts zu suchen.«

Sylvia lachte. »Mach dir nichts draus«, tröstete sie ihre Freundin, »du findest bald einen Besseren.«

»Das will ich hoffen«, antwortete Veronika. »Und du, halt mich auf dem Laufenden, ja?«
Sylvia versprach es.


Schon am Nachmittag erreichte sie ihr erstes Ziel in der Nähe von Reims. Das Hotel, in dem sie übernachten wollte, stand in einem verträumten Ort mit einem Wasserschloss, das Holger sicherlich interessant gefunden hätte. Sylvia machte einen großen Spaziergang, die Bewegung tat gut nach der Fahrt und half ihr, den Kopf freizubekommen. Das Bewusstsein, dass außer Veronika niemand auf der Welt ahnte, wo sie sich im Augenblick befand, machte sie schwindelig vor Glück. Sie wusste kaum, was sie mit ihrem Tatendrang anfangen sollte, so voller Energie fühlte sie sich.

Das Hotel La Châtelaine, das sie auf gut Glück gebucht hatte, gefiel ihr. Die Zimmer waren vor Kurzem renoviert worden, ohne dass sie den Charme der alten *auberge*, die sie einmal gewesen war, eingebüßt hätten. Sie kam mit der Besitzerin ins Plaudern und erfuhr, dass das Gebäude einst zum Schloss gehört und die Jagdverwaltung beherbergt hatte.

»Es stammt aus dem 17. Jahrhundert«, sagte die Hausherrin Madame Bertrand stolz und drückte Sylvia ein kleines Büchlein in die Hand, das der örtliche Chronist verfasst hatte. »Das Schloss ist übrigens noch in Privatbesitz«, erklärte sie, »und heute Abend haben wir hier im Haus eine Hochzeitsgesellschaft. Die Enkelin des *châtelain* heiratet. Selbstverständlich ist Madame eingeladen mitzufeiern.« Die Französin lächelte, als sie Sylvias verdutztes Gesicht sah. »Das ist bei uns so Sitte«, fügte sie augenzwinkernd hinzu. »Kommen Sie ruhig, Sie werden ohnehin kein Auge zumachen, solange gefeiert wird.«

Mit gemischten Gefühlen begab sich Sylvia auf ihr Zimmer.

Vielleicht hatte sie mit dieser Unterkunft doch keinen Glücksgriff getan? Eine Hochzeitsfeier bis tief in die Nacht war nicht gerade das, was sie sich als erholsame Zwischenstation gewünscht hatte. Ob sie wirklich hingehen sollte, so ganz allein als Fremde? Sie glaubte nicht, dass das eine gute Idee war.

Sylvia entkleidete sich bis auf die Unterwäsche, legte sich ins Bett und zog die Decke über ihre Ohren. So oder so war es kein Fehler, sich ein wenig auszuruhen nach dem anstrengenden Tag.


Sylvia erwachte vom Klang unzähliger Gewehrsalven. Erschrocken setzte sie sich auf. Sie hatte keine Ahnung, wo sie sich befand. Es war dunkel geworden, die schemenhaften Umrisse des Zimmers verwirrten sie.

Da fiel ihr alles wieder ein. Draußen brandete Jubel auf. Sie war in Frankreich, und unten rückte die Hochzeitsgesellschaft an, von der Madame Bertrand gesprochen hatte. Sylvia ließ sich zurück ins Kissen fallen und seufzte. Wie spät mochte es sein?

Ihre Hand tastete nach ihrer Armbanduhr. Es war sieben. Sie hatte zwei Stunden geschlafen wie eine Tote. Mühsam widerstand sie der Verlockung, ihrer bleiernen Müdigkeit nachzugeben. Selbst wenn sie es fertigbrachte, trotz des Lärms, der unten immer lauter wurde, weiterzuschlafen, würde sie spätestens in sechs Stunden hellwach und ausgeschlafen sein. Das hieß, um ein Uhr in der Nacht. Es war also besser aufzustehen.

Sylvia erhob sich gähnend, streckte und dehnte sich, dann gab sie sich einen Ruck. Sie duschte eiskalt und stellte fest, dass sie großen Hunger hatte. Also gut, dachte sie, wenn ich schon zur Hochzeit eingeladen bin, dann werde ich auch hingehen.

Nach dem Essen konnte sie sich ja wieder auf ihr Zimmer zurückziehen.

Sie suchte aus ihrem Koffer das hübscheste der beiden Kleider heraus, das seidene in Taubenblau. Während ihres Studiums hatte Sylvia eine Zeit lang in Frankreich gelebt und wusste, dass man in diesem Land so gut wie nie *overdressed* war. Hier wussten die Frauen sich zu kleiden. Sie schminkte sich mit Sorgfalt, dann war sie bereit.

Als sie den Saal betrat, kam ihr Madame Bertrand schon entgegen. »Wie nett, dass Sie kommen, ich habe Sie bereits angekündigt. Darf ich Sie dem Brautpaar und den Eltern vorstellen?«

Ehe Sylvia sichs versah, hatte sie zahlreiche Wangen geküsst und war aufs Herzlichste willkommen geheißen worden. Die Braut war eine reizende Brünette mit großen Augen, die wie polierte Kastanien glänzten. Sie trug ein gewagtes Kleid mit einem tiefen Rückenausschnitt, der Bräutigam machte in einer Uniform eine gute Figur.

»Frédéric hat gerade die Leitung der Jagd übernommen«, erklärte die Hausherrin Sylvia, während sie ihr einen Platz zuwies. »Und seit 1689 trägt jeder Jagdleiter bei uns diese Uniform.«

Sylvia fand sich zwischen einer lebhaften Dame ihres Alters und einem verschmitzt dreinblickenden Herrn, der ihr Vater hätte sein können, wieder.

»Ich bin Margot«, stellte sich die Frau vor, deren üppige Figur von einem schulterfreien Korsagenkleid in Form gehalten wurde. »Chantal, die Braut, ist meine Nichte. Und der griesgrämige Herr neben Ihnen ist mein Mann Albert.«

»*Enchantée*«, sagte Sylvia.

Albert neben ihr begann zu lachen. »Glauben Sie ihr kein Wort«, gluckste er. »Griesgrämig werde ich nur, wenn es nichts zu essen gibt. Aber wie ich mir habe sagen lassen, werden wir heute aufs Feinste verwöhnt. Sie mögen doch Wild, meine Liebe?«

Albert behielt recht, und auch vom Essen, das vorzüglich war, abgesehen, hatte Sylvia einen der vergnüglichsten Abende, an die sie sich je erinnern konnte. Zwischen den Gängen wurden Reden gehalten, und wenn das Sylvia normalerweise eine Gänsehaut über den Rücken jagte, so musste sie an diesem Abend ihre Meinung revidieren: Es gab überaus lustige Reden, sodass sie sich alle vor Lachen kaum halten konnten, es gab philosophische, die das Kunststück schafften, weder lehrerhaft noch langweilig zu sein. Vor allem aber die Rede des Bräutigams rührte Sylvia so, dass es ihr die Tränen in die Augen trieb. Er erklärte in ihr seine Liebe zu dem kessen Mädchen mit den kastanienbraunen Augen auf eine Weise, die zu Herzen ging und die Sylvia hoffen ließ, dass die beiden sich ihr Glück und das Bewusstsein über die Einmaligkeit desselben bewahren würden, jetzt und in alle Ewigkeit.

Und dann, während alle jubelnd Beifall klatschten und die Gläser auf das Wohl des frisch vermählten Paares erhoben, während jemand ein Lied anstimmte, das den Zauber dieses Wunsches noch bestärken sollte, befiel Sylvia eine plötzliche Melancholie. Sie dachte an ihre eigene Hochzeit, die prächtiger kaum hätte sein können, sah sich selbst in dem mit Perlen bestickten Kleid, das ein Vermögen gekostet hatte, erinnerte sich auf einmal mit einer Deutlichkeit, die ihr fast unheimlich war, an den Moment in der Kirche, als der Priester ihre Hände auf Holgers gelegt und sie gesegnet hatte. Sie erinnerte sich an das gerührte Gesicht ihrer Mutter, die so unendlich stolz auf sie gewesen war, stolz, dass ihre Tochter einen Mann wie Holger hatte »erobern« können, den Traum einer jeden Schwiegermutter. Sie erinnerte sich auch an ihre eigenen Träume von der

Zukunft, von denen sie fast alle verwirklicht hatte. Sandra hatte recht, sie hatten es geschafft, hatten sich einen großen Besitz erarbeitet und waren ein gutes Team.

Aber reichte das? Ein gutes Team zu sein? Eine gute Figur zu machen, wenn man gemeinsam Hände schüttelte und Small Talk zelebrierte? Reichte es, sich einen Traum von einer Wohnung in der nobelsten Lage Deutschlands leisten zu können und ein Auto im Wert eines Einfamilienhauses zu fahren? Wog das alles die lieblosen Bemerkungen auf, die Holger tagtäglich ihr gegenüber so gedankenlos machte? Reichte es, zweimal im Monat Liebe zu machen und ansonsten getrennte Schlafzimmer zu haben, weil jeder von ihnen zu den unmöglichsten Zeiten zum Flughafen eilen musste oder zu nachtschlafender Zeit nach Hause kam, und sonst unentwegt rund um den Globus unterwegs war, eingespannt in das Uhrwerk ihres Erfolgs?

Sylvia beobachtete Chantal, die sich für den Brauttanz erhob und ihr Kleid zurechtzupfte. Man hatte ein paar Tische abgeräumt und eng zusammengestellt, und nun hob Frédéric seine junge Frau unter begeisterten Rufen hinauf, sprang selbst hinterher, und zum Klang der Musik begannen die beiden, sich auf dieser provisorischen Tanzfläche zu drehen. Es dauerte nicht lange, und alle restlichen Tische waren aus dem Saal geräumt, die Stühle wurden entlang der Wand für diejenigen aufgereiht, die nicht tanzten oder sich zwischendurch ausruhen wollten.

»Darf ich?«, hörte Sylvia eine Stimme hinter sich, und schon hatte Albert sie zu sich umgedreht und in die Arme genommen. »Das ist eine Musette«, erklärte er, »so etwas wie ein Walzer.«

Es war eine gefühlte Ewigkeit her, dass sich Sylvia im Dreivierteltakt gedreht hatte, denn Holger tanzte nicht, und doch fanden unter Alberts gewandter Führung ihre Füße wie von selbst die Schritte.

»Wo ist Margot?«, wollte Sylvia wissen, doch Albert lachte nur und wies mit dem Kopf in die Richtung, wo seine Frau mit dem Brautvater reichlich Platz für ihre ausladenden Tanzschritte beanspruchte.

Der Abend verging wie im Flug. Sylvia schien es, als hätte sie sich mit jedem einzelnen der Hochzeitsgäste unterhalten. Von einem zum anderen weitergereicht und vorgestellt, erfuhr sie die absonderlichsten Familienanekdoten, die man ihr als völlig Fremder offenbar besonders gern darbot, in immer neuen Varianten. Und als es schließlich zu später Stunde noch eine Suppe gab, ein Consommé vom Rebhuhn, stellte Sylvia zu ihrer Überraschung fest, dass es bereits weit nach Mitternacht war und dass die ersten Gäste aufbrachen.

»Was sind Ihre Pläne, Chantal?«, fragte Sylvia die Braut, als sie zu ihr kam, um mit ihr anzustoßen.

»Unsere Pläne?«, fragte die junge Frau, »ganz einfach. Frédéric wird die Verwaltung unserer Landwirtschaft übernehmen. Wir produzieren hauptsächlich Sonnenblumen und Mais. Und ich bin Grundschullehrerin. Leben werden wir im Schloss, so wie unsere Ahnen.« Chantal lachte. »Klingt das sehr langweilig?«

Sylvia schüttelte den Kopf. »Die Hauptsache ist«, sagte sie ernst, »Sie bewahren sich Ihre Zuneigung.«

Chantal warf den Kopf in den Nacken und lachte wieder. Ihre Augen funkelten. »*Mais bien sûr*«, sagte sie, »das versteht sich doch von selbst.«


Am nächsten Morgen schlief Sylvia aus. Sie hatte Urlaub, und schließlich wartete in der Bretagne niemand auf sie. Beim

Frühstück traf sie so manchen Hochzeitsgast wieder. Auch ihre Tischnachbarn tunkten müde und doch äußerst zufrieden Croissants in ihren Milchkaffee.

»Wo reisen Sie denn eigentlich hin?«, fragte Margot.

Noch ehe Sylvia antworten konnte, betrat das Brautpaar die Gaststube und löste ein riesiges Hallo aus. Theatralisch verabschiedeten sich die beiden von jedem Einzelnen, und am Ende begleiteten sie alle hinaus vor die Tür, wo ihr Wagen stand, ein himmelblauer Citroën 2CV, an dessen Auspuff ein Bündel bunter Luftballons an seinen Leinen zerrte.

»Sie fahren in ihren *lune de miel*«, rief Albert Sylvia aufgeregt zu, »in die Flitterwochen! Kommen Sie nur, wir müssen sie doch ordentlich verabschieden.«

Es dauerte noch eine Weile, bis das halbe Dorf auf dem Platz versammelt war, dann fuhren die beiden Frischvermählten unter lautem Hupen und riesigem Jubel der Zurückbleibenden davon.

Als auch Sylvia eine Stunde später in ihrem Boxster die Ortschaft verließ, hingen ihre Gedanken noch eine Weile dem jungen Paar nach. »Das versteht sich doch von selbst«, hatte Chantal leichthin geantwortet. Sylvia hoffte, nicht enttäuscht gewirkt zu haben. Oder gar verbittert. Vielleicht hatte die junge Frau ja recht, und die Liebe verstand sich für andere Menschen tatsächlich »von selbst«.

Es war Nachmittag, als sie Quimper erreichte. Von hier aus musste sie ihrem Navigationssystem vertrauen, denn den Ort, an dem sich die Gärtnerei befand, hatte sie auf keiner Landkarte gefunden. Das Navi führte sie über eine von Platanen gesäumte Landstraße in Richtung Westen, bis sie zum ersten Mal auf dieser Reise vor sich das Meer aufleuchten sah. Die bereits tief stehende Sonne blendete Sylvia, sodass sie ihr Tempo drosselte, um ihre Sonnenbrille aus der Handtasche angeln und aufsetzen zu können. Eine winzige Ortschaft, eigentlich nur eine Ansammlung grauer Natursteinhäuser, die sich eng aneinanderzudrücken schienen, tauchte vor ihr auf. Sylvia durchquerte sie langsam. Kinder blieben am Wegesrand stehen, dann liefen sie eine Weile lachend und schreiend hinter dem knallroten, sportlichen Wagen her.

Sylvia wünschte sich auf einmal, ein weniger auffälliges Auto zu fahren. Einen Renault zum Beispiel, möglichst verbeult, so wie die wenigen Wagen, die ihr hier entgegenkamen.

Wo mochte sie der Weg nur hinführen? Gleich war sie am Wasser, weit und breit sah sie keine Gärtnerei. Hatte Holger nicht gesagt, dass ausgedehnte Ländereien zu dem Anwesen gehörten?

Sylvia kam zu einer Kreuzung, und da entdeckte sie ein Schild. Sie hielt an und las: JARDIN AUX CAMÉLIAS. Eine stilisierte Blüte war neben der Schrift abgebildet, ein Pfeil zeigte in Richtung Meer. Sylvia folgte ihm mit ihrem Blick und hielt die Luft an. Jetzt erst entdeckte sie eine schmale Landbrücke, die hinaus ins Meer führte. Lag die Gärtnerei etwa auf einer Insel? Aber nein, dieser Kameliengarten konnte ja wohl kaum ihr Erbe sein. Sie blickte ratlos auf die Anzeige auf ihrem Navigationsgerät. Der rote Pfeil wies zweifelsfrei zu dem schmalen Damm.

Sylvia startete den Motor und fuhr langsam weiter in die angegebene Richtung. In ihrer Magengegend kribbelte es. Dieses Gefühl hatte sie ganz selten, und zwar immer dann, wenn etwas Erstaunliches bevorstand. Es war eine Art Vorgefühl, eine Erwartung, die sich Sylvia nie mit dem Verstand erklären konnte. Sie hatte es schon eine Ewigkeit nicht mehr gespürt, aber jetzt war das Gefühl da und breitete sich immer weiter aus, je näher sie der Landbrücke kam. Es war tatsächlich nicht viel mehr als ein Damm, auf dem eine Straße entlangführte. Wieder entdeckte Sylvia ein Schild mit einer Blüte. Es wies hinauf auf diese Straße, die über den Wogen des Atlantiks zu schweben schien.

Sylvia holte tief Luft. Sie hasste solche Passagen. Auch wenn sie objektiv betrachtet breit genug waren, um darauf zu fahren, irritierte sie das ungewohnte Element Wasser. Doch sie riss sich zusammen und lenkte den Wagen auf den Damm.

Die Sonne schien ihr genau in die Augen und blendete sie trotz der Brille. Sylvia fuhr langsam und konzentriert, um ja nicht von der Fahrbahn abzukommen. Sie sah weder nach rechts noch nach links, wo die Wellen beunruhigend nah an die Fahrbahnbegrenzung schlugen. Und dann, nach einer gefühlten Ewigkeit, war die Passage zu Ende. Der Boxster rollte auf festes Land, Sylvia atmete erleichtert auf. Sie stellte fest, dass sie sich während der wenigen Kilometer auf der Landbrücke an ihr Lenkrad geklammert hatte. Über sich selbst den Kopf schüttelnd brachte sie den Wagen zum Stehen und stieg aus. Ein Windstoß schlug ihr die offenen Haare ins Gesicht, es fühlte sich an wie eine sachte Ohrfeige.

Danke für den Willkommensgruß, dachte Sylvia lachend, und strich sich die Strähnen von den Augen. Sie sah, dass sie sich tatsächlich auf einer Insel befand. Vor ihr ragte ein imposantes Gebäude auf, das aus demselben grauen Naturstein erbaut war wie die Häuser auf dem Festland, jedoch war es viel größer. Es wirkte wie eine Mischung aus Herrenhaus und Wehrbefestigung und grenzte an eine hohe Mauer, in die ein Tor eingelassen war. Die uralten, von der Salzluft gebleichten Holzflügel standen einladend offen. Über dem Tor entdeckte sie wieder den Schriftzug. *Le Jardin aux Camélias – Bienvenus.*

Sylvia fühlte erneut das seltsame Kribbeln. Der Wind nahm ihr den Atem und machte, dass ihr leicht schwindlig wurde. Sie stemmte sich gegen die Böen und durchschritt das Tor.

Hinter den hohen Mauern war es mit einem Mal vollkommen windstill und schattig. Sylvia nahm ihre Sonnenbrille ab. Einen Moment lang kam sie sich vor wie eine Blinde. Dann hatten sich ihre Augen an den Schatten gewöhnt. Vor ihr breitete sich eine Landschaft aus, die so völlig anders war als die Kargheit der Küste. Im Schutz der hohen Mauern lag auf einem riesigen, sanft abfallenden Gelände ein blühender Park, durchzogen von weiß schimmernden Kieswegen. Gleich hinter dem Tor reckten knorrige Bäume ihre Äste in den stahlblauen Himmel, voller dunkelgrüner, wie gelackt wirkender Blätter, zwischen denen Sylvia weiße, rosafarbene und rote Blüten entdeckte, wundervoll üppig, fast wie die von Rosen.

»Kamelien«, flüsterte Sylvia.

Das Nachmittagslicht brach sich golden in den Zweigen, spiegelte sich auf den Blättern und tauchte die weitläufige Anlage in einen milden, unwirklichen Glanz. Ganz hinten am Horizont erkannte Sylvia ein glitzerndes blaues Band – das Meer.

Eine Weile stand sie einfach nur da und staunte. Auch wenn sie in die Irre gefahren war und dies keineswegs die Gärtnerei ihrer Tante sein konnte, so hatte der Weg sich doch gelohnt. Schließlich hatte sie Zeit. Warum nicht diesen fantastischen Ort erkunden?

Sylvia blickte sich um, konnte jedoch keine Menschenseele entdecken. Und ehe sie es sich anders überlegen konnte, schritt sie den Weg, der vor ihr lag, entlang, über einen Teppich aus Blütenblättern, und tauchte in das prächtige Grün der Anlage ein.

Offenbar hatte man die ersten Kamelien gleich hinter dem

Haus gepflanzt und die Anlage Stück für Stück erweitert. Hinter den Bäumen säumten zunächst hohe Sträucher die Kieswege, weiter hinten waren sie niedriger. Die Pflanzen waren zu Gruppen zusammengefasst, wie Sylvia den am Wegrand angebrachten Schildern entnehmen konnte. *Camellia Japonica Rosiflora*, las sie beispielsweise, und *Camellia Japonica Shuchuka* bei einer besonders hübschen, weiß-rosa gesprenkelten Sorte. Sylvia ging weiter und staunte, blieb immer wieder selbstvergessen stehen, schnupperte hin und wieder an einer Blüte, betastete vorsichtig die zarten Blütenblätter. Ihr war, als hätte sie noch nie etwas so Schönes gesehen. Dass eine einzige Pflanze eine solche Vielfalt an Variationen hervorbringen konnte! Und immer, wenn sie glaubte, dass es keine prächtigere Blüte mehr geben könne, entdeckte sie ein paar Meter weiter eine Kamelie, die sie noch mehr zum Staunen brachte.

Schließlich näherte sie sich dem unteren Teil der Anlage, wo die kleinsten Sträucher gepflanzt waren, Jungpflanzen, wie Sylvia vermutete. Dort unten entdeckte sie einen Mann, der sich über einen Strauch beugte. Er wirkte konzentriert, in seinen Händen blitzte etwas im letzten Sonnenlicht auf. Sylvia erkannte, dass es eine Gartenschere war. Jetzt richtete er sich auf und stemmte die Hände in die Hüften. Sylvia verstand nicht, warum ihr Herz auf einmal so heftig zu klopfen begann. Ob sie hier unerlaubt eingedrungen war?

Plötzlich fröstelte sie. Wie lange war sie schon hier?

Ihr Blick hing an der Gestalt, und sie fühlte, dass das Kribbeln in ihrer Magengegend stärker wurde. Der Mann blickte hinaus aufs Meer, als erwartete er eine Antwort oder die Lösung für ein Problem. Dann wandte er sich halb zu ihr um. Das späte Licht legte einen goldenen Schein auf sein Gesicht, sein Haar.

Ich sollte umkehren, dachte Sylvia. Sie kam sich vor wie ein

Eindringling, wie jemand, der kein Recht hatte, an diesem zauberhaften Ort zu sein. In diesem Moment hatte der Gärtner sie auch schon entdeckt. Er hob grüßend die Hand. Sie winkte verlegen zurück. Er lächelte und kam in raschen Schritten auf sie zu.

»*Bonjour, Madame*«, sagte er und strahlte sie an.

»*Bonjour*«, erwiderte Sylvia seinen Gruß und bemerkte zu ihrer Verwunderung, dass ihr heiß wurde. »Entschuldigen Sie, dass ich hier einfach so eingedrungen bin. Aber am Eingang war niemand.«

Der Mann lachte und zeigte blitzende Zähne. Seine Haut war braun gebrannt, seine Augen hatten die Farbe des Meeres, grünlich blau.

»Das haben Sie richtig gemacht«, sagte er, »Solenn ist aufs Festland gefahren. Und sonntags haben die Angestellten frei.«

»Dann sind Sie der Besitzer dieses wunderschönen Gartens?«, fragte Sylvia.

Ihr Gegenüber schüttelte den Kopf und fuhr sich mit der Hand durchs Haar. Sein Blick schweifte über die Anlage, und Sylvia bemerkte zu ihrer Bestürzung, dass das Leuchten in seinen Augen erlosch.

»Nein, das nicht«, sagte er. »Aber ich habe das alles angelegt, alles, was Sie hier sehen.«

»Es ist unglaublich schön«, beeilte sie sich zu sagen, »noch nie habe ich so etwas Wunderschönes gesehen.«

Der Mann lächelte höflich. Im selben Augenblick verschwand die Sonne hinter der Mauer, und Sylvia war es, als hätte jemand das Licht gelöscht. Wieder durchfuhr sie ein Frösteln, diesmal noch stärker.

»Kommen Sie«, sagte der Mann. »Gehen wir zurück. Gleich wird es ungemütlich.«

Sie gingen schweigend den Hauptweg hinauf zum Haus. Sylvia konnte ihr klopfendes Herz fühlen. Was ist los mit mir?, fragte sie sich. Es schien ihr so vertraut, neben diesem Mann herzugehen, als hätte sie dies schon ein Leben lang getan. Ihr war, als ginge eine Wärme von seinem Körper aus, die sie anzog und dafür sorgte, dass sie sich wohlfühlte in seiner Gegenwart.

Mein Gott, Sylvia, rief sie sich zur Ordnung, er ist ein wildfremder Mann. Ein Gärtner!

Doch ihrem Herzen schien das egal zu sein. Es klopfte unbeirrt heftig weiter, als wollte es ihr etwas sagen.

»Ich sollte mich wohl lieber verabschieden«, sagte Sylvia, als sie das Tor erreichten.

Der Mann sah sie belustigt an.

»Wo wollen Sie denn hin?«

»Ich muss mir noch eine Unterkunft suchen«, gab sie zur Antwort und blickte ihm tapfer in die unglaublich grünblauen Augen. »Vielleicht können Sie mir ein Hotel empfehlen?«

»Hier auf der Insel gibt es nur uns«, sagte der Mann und lächelte.

»Dann muss ich wohl zurückfahren«, entgegnete Sylvia.

»Ich glaube kaum, dass das möglich ist.«

»Warum?«

Der Mann winkte Sylvia, ihr zu folgen, und ging zum Tor. Als sie neben ihn trat, wäre ihr beinahe das Herz stehen geblieben. Dort, wo gerade noch eine Straße gewesen war, sah sie nichts als Wellen. Als hätte es die Landbrücke nie gegeben.

»Sie sollten Ihren Wagen besser oben auf den Parkplatz stellen«, meinte der Gärtner grinsend. »Sonst bekommt er heute Nacht nasse Reifen.«

Sylvia sah ihn fassungslos an. »O mein Gott«, stieß sie schließlich hervor. »Und wo soll ich heute übernachten?«

»*Pas de problème*«, sagte ihr Begleiter. »Wir haben Gästezimmer für unsere Kunden. Wer es bis hierher schafft, der bleibt meist über Nacht.«

Sylvia atmete erleichtert auf. Dann fiel ihr noch etwas ein.

»Und Ihre Frau«, sagte sie, »Solenn. Sie wird es auch nicht mehr zurückschaffen!«

Der Mann lachte. »Solenn ist nicht meine Frau«, sagte er amüsiert. »Sie ... nun ja, sie leitet die Gärtnerei. Und heute Abend besucht sie ihre Schwester. Sie kommt erst morgen früh zurück.«

Sylvia kam sich lächerlich vor. Natürlich kannten sich die Einheimischen mit den Gezeiten aus, ganz im Gegensatz zu ihr. Und die Frage nach seiner Frau war ihr jetzt mehr als peinlich. Sie warf ihm einen verlegenen Blick zu. Doch der Gärtner sah ihr freundlich in die Augen, seine Züge wurden weich.

»Ich heiße übrigens Maël«, sagte er, »willkommen auf der Kamelieninsel! Darf ich Sie einladen, mein bescheidenes Abendessen mit mir zu teilen?«


Sylvia folgte Maël in die gemütliche Küche des Herrenhauses und sah ihm dabei zu, wie er einen großen Kochtopf aus dem Kühlschrank holte und auf den Herd stellte. Er säuberte zwei Makrelen unter fließendem Wasser, schnitt sie in drei Zentimeter große Stücke und gab sie samt einer Handvoll Miesmuscheln in den dampfenden Topf.

»Oh«, sagte Sylvia und schnupperte, »das riecht fantastisch!«

»Nur eine einfache *godaille*«, antwortete Maël und servierte kurz darauf die Fischsuppe mit Kartoffeln, Lauch und Möhren. »Eine *godaille* wurde früher aus dem gemacht, was die Fischer für sich selbst behielten oder was sie auf dem Markt nicht verkaufen konnten. Sie brachten es heim, und die Frauen warfen es in eine Gemüsebrühe – eine Brasse, ein paar Heringe, Makrelen oder Meeresfrüchte. Schmeckt's dir?«

»Sehr!«

Danach gab es Baguette mit einem schönen, reifen *Pont-l'Évêque*. Nach zwei Gläsern trockenem Cidre fühlte sich Sylvia schläfrig.

Sie hatte mit heimlicher Freude bemerkt, wie selbstverständlich Maël im Laufe der Mahlzeit zum Du übergegangen war. Sie fühlte sich unglaublich wohl in der Gegenwart dieses Mannes, und die Tatsache, dass sie beide allein unter einem Dach schlafen würden, erfüllte sie mit einer Aufregung, für die sie sich fast vor sich selbst schämte. Du bist glücklich verheiratet, Sylvia, sagte sie sich, und doch schien das für ihr Herz nicht die geringste Rolle zu spielen. Es pochte und pochte, und das Kribbeln in ihrer Magengegend war einem warmen Pulsieren in ihrem Unterleib gewichen. War sie etwa dabei, sich zu verlieben?

Ja, das war sie, und zwar mit Haut und Haar. Sylvia erschrak. Was passierte nur mit ihr? Da war ein sehnlicher Wunsch in ihr nach ... Ja, was denn nur? Als sich ihre Hände zufällig kurz berührten, fühlte sie einen kleinen elektrischen Schlag, angenehm weich und warm. Maël warf ihr einen Blick zu, und Sylvia fühlte, wie sie rot wurde.

Ob er das auch gespürt hatte? Gab es tatsächlich so etwas wie Liebe auf den ersten Blick?

»Ich glaube«, sagte sie nach einem Moment des Schweigens, »ich sollte jetzt lieber schlafen gehen.«

»Ich zeig dir dein Zimmer«, sagte Maël mit seltsam rauer Stimme, stand auf und nahm Sylvias Koffer, den sie im Flur abgestellt hatte.

»Hier entlang«, sagte Maël. »Wir sind vorhin zur Hintertür hereingekommen, das hier ist der Haupteingang.«

Sylvia folgte ihm in eine Eingangshalle, sah die große Haustür, eine Holztreppe, die zum Obergeschoss führte, einen gemauerten Kamin in der Natursteinwand. Davor eine Sitzgruppe aus Lehnstühlen.

»Wie alt ist dieses Haus?«, fragte sie.

»Es ist aus dem 18. Jahrhundert«, antwortete Maël. »Aber es wurde kernsaniert, als Lucie es übernahm.«

Sylvia stockte der Atem. In ihren Ohren rauschte es. Hatte sie sich verhört?

In diesem Moment fiel ihr Blick auf ein Ölgemälde, das über dem Kamin hing, und sie erstarrte. Es gab keinen Zweifel. Das lächelnde Gesicht, in das sie schaute, war das ihrer Tante Lucie, und es sah so aus, als wollte sie sagen: Wie schön, dass du endlich gekommen bist, meine Kleine!

## 3
### *Die Kamelieninsel*

Sylvia erwachte am frühen Morgen mit einem Lachen. Sie hatte geträumt, und wenn sich der Traum auch sofort wie ein Nebelhauch in der Sonne auflöste, so blieb ihr doch die Erinnerung an Blütenduft, an sanftes Licht auf ihrem Gesicht und an die Gegenwart einer jungen Frau ...

Als Sylvia die Augen öffnete, fiel ihr Blick auf Leinenvorhänge, die kunstvoll mit Weißstickerei und Spitze verziert waren. Sie bewegten sich sanft vor einem strahlend blauen Himmel im Wind. Wo war sie?

Sylvia blinzelte, dann fiel ihr alles wieder ein. Ihre Reise. Der Blumengarten. Und dieser Mann mit den meergrünen Augen ... Maël.

Sie schlug die Bettdecke zurück und setzte sich auf. Ihre nackten Fußsohlen berührten blank geschliffene honigfarbene Holzdielen, die sich warm anfühlten, denn die Morgensonne hatte sich durch eines der Fenster einen Weg gebahnt und breitete einen goldenen Lichtteppich zu ihren Füßen aus.

Das Gästezimmer, in das Maël sie am Abend zuvor geführt hatte, lag im oberen Stock des Hauptaues. Es war ein geräumiges Eckzimmer mit Fenstern gen Osten und Süden. In der Nische zwischen beiden Fenstern wartete ein Ohrensessel, der mit einem gelb-orange gemusterten Leinenstoff bezogen war, darauf, dass man es sich auf ihm gemütlich machte. Direkt neben der Tür zum Badezimmer befand sich ein gemauerter, offener Kamin, auf dem das Sonnenlicht lustige Flecken zeichnete.

Sylvia stand auf und ging barfuß zu dem Fenster, durch das die Morgensonne hereinschien. Sie beschien das Stück Meer, das die Insel vom Festland trennte. Das Wasser hatte sich weit zurückgezogen, die Landbrücke ragte ein paar Meter über den wogenden Meeresspiegel. Schwarz glänzten Felsen am Ufer im Morgenlicht, hier und dort sah Sylvia leuchtendes Grün von Algen zwischen den sanft, aber beharrlich anrollenden Wellen. Offenbar stieg das Wasser schon wieder.

Sylvia ging hinüber zum Südfenster. Als sie die Vorhänge aufzog, hielt sie den Atem an. Vor ihren Augen breitete sich der Kameliengarten bis weit hinunter zu einem dunkelblau glitzernden Streifen vor dem Horizont aus – dem Meer. Der Anblick der mit so viel Liebe und Hingabe gepflanzten Bäume und Sträucher, das Muster, das die geschwungenen Wege in dieser Oase der Schönheit zeichneten, all das strahlte eine solche Harmonie aus, dass Sylvia das Herz aufging. Dieses Paradies hatte Tante Lucie erschaffen?

Mit einem Mal entdeckte sie Maël. Er stand unten im Hof und sprach mit einer blonden Frau, die gerade eine Tür mit der Aufschrift *RÉCEPTION* aufschloss. Sie nickte, dann klemmte sie etwas unter die Tür, sodass sie offen blieb, und trug ein Schild auf einem schmiedeeisernen Gestell in Richtung Tor. Sylvia entzifferte: *OUVERT*. Darunter befand sich ein Pfeil, der zum Verkaufsbüro zeigte. Als hätte Maël Sylvias Blick gespürt, schaute er zu ihr hoch und winkte ihr zu.

»Guten Morgen«, rief er. »Hast du gut geschlafen?«

»Wunderbar!«, antwortete sie und fühlte, wie ihr Herz eine Spur schneller schlug.

»Ich mache heute Vormittag eine Runde über die Insel«, rief Maël zurück, »möchtest du mitkommen?«

»Oh ja«, antwortete Sylvia, »ich zieh mich nur schnell an.«
»Keine Eile...« Maël lachte. »Ich warte in der Küche auf dich.«

Sylvia machte Katzenwäsche, dann schlüpfte sie in ihre Jeans und zog eine azurblaue Bluse an, die ihre Figur sanft betonte, schlang sich einen leichten Schal um den Hals und nahm ihre winddichte Jacke vom Haken.

Schon auf der Treppe empfing sie der Duft von Kaffee. Sylvias Magen begann zu knurren. Dennoch verharrte sie in der Diele kurz vor Lucies Porträt. Der Blick ihrer Tante erschien ihr an diesem Morgen seltsamerweise nachdenklich. Sylvia holte tief Atem, dann betrat sie die behagliche Küche.

»Möchtest du auch einen?« Maël gab dampfenden Kaffee in einen *bol*.

»Ja, gern, danke«, sagte Sylvia und ergriff vorsichtig mit beiden Händen die weiße Keramikschale, die man im ländlichen Frankreich für den Morgenkaffee benutzte.

»Milch?«

Sylvia schüttelte den Kopf, langte aber dankbar nach einer Madeleine, die sie in einer Blechbüchse auf dem Tisch entdeckte.

»Darf ich?«

»Aber natürlich! Du solltest dich stärken, ehe wir losfahren.«

»Fahren?«, fragte Sylvia verblüfft.

»Aber ja!« Maël lachte wieder. »Zu Fuß wären wir kaum zum Mittagessen wieder zurück.«


Eigentlich wollte Sylvia an diesem Morgen Holger anrufen. Schließlich wusste er noch immer nicht, wo sie war. Doch mit dem letzten Schluck aus dem *bol* war jeder Gedanke an ihren

Mann aus ihrem Kopf verschwunden. Stattdessen folgte sie Maël hinter das Haus zu einem alten Peugeot Pick-up, dem man ansah, dass die salzige Luft schon eine Weile am Lack genagt hatte. Als sie die Beifahrertür öffnen wollte, gelang es ihr nicht.

»Warte!« Maël kam zu ihr herum und riss die Tür für sie auf. »Sie klemmt ein bisschen.«

Er setzte sich hinters Steuer, und los ging es. Sylvia hatte am Abend zuvor gar nicht bemerkt, dass die Insel weit größer war als der umfriedete Bereich mit Haus und Park.

»Wir fahren zu den kommerziellen Pflanzungen«, erklärte ihr Maël, »zu den Feldern, auf denen wir die Sträucher und Bäume für den Verkauf züchten.«

»Und die Kamelien beim Haus?«, fragte Sylvia erstaunt.

»Das ist unser Schaugarten«, antwortete Maël und lächelte. »Sie würden kaum den Bedarf decken.« Sylvia horchte auf. Hatte Holger nicht gesagt, Lucie sei bankrott gewesen? »Schau mal«, fuhr Maël fort, bevor Sylvia noch etwas fragen konnte, und wies nach vorne. »Von hier aus hat man einen schönen Blick.«

Sie hatten eine kleine Anhöhe erreicht. Maël brachte den Wagen zum Stehen, stieg aus und ging zur Beifahrerseite, um Sylvia die Tür zu öffnen. Draußen schlug ihr eine starke Brise das Haar um den Kopf. Sylvia musste lachen und bändigte es im Windschatten des Wagens mit ihrem Tuch. Dann blickte sie sich um, und es verschlug ihr die Sprache.

Die Insel hatte die Form eines Seesterns – oder einer Blüte. Sie stand an der Stelle, wo sich bei einer Blüte die Staubgefäße befinden würden und hatte einen Rundblick über das gesamte Eiland. Drei schroffe Felsnasen ragten ins Meer hinaus, die mittlere zeigte direkt nach Westen in den offenen Atlantik, und die anderen beiden spreizten sich mehr nach Süden und nach

Norden. Zum Festland hin bildeten zwei der Blütenblätter eine geschützte Bucht, in der Sylvia ein paar Boote ausmachte – ein Naturhafen.

»Früher«, erklärte Maël auf Sylvias Frage, »war die Insel tatsächlich mit dem Festland verbunden. Das Meer nagt weiter an dem schmalen Streifen Land. Wir befestigen den Damm regelmäßig im Frühjahr. Pierrick ist darin Spezialist, er weiß genau, wie die Strömungen verlaufen und von welcher Seite die größte Gefahr des Abtragens droht.«

Dann lenkte er Sylvias Augenmerk auf eine ausladende Senke direkt vor ihnen. Von den West- und Nordwinden gut geschützt erstreckten sich hier die Pflanzungen, von denen Maël gesprochen hatte. Sie bildeten Tausende dunkelgrüner Tupfer zwischen grauem Gestein.

»Sie haben hier das ideale Klima«, erklärte der Gärtner. »Die natürliche Senke hält den Wind ab, und die Steine speichern die Wärme. Der Boden hat genau die richtige Zusammensetzung an Mineralien, die Kamelien lieben. Im Winter wird es kalt, doch hier fällt die Temperatur niemals unter null Grad, dafür sorgen der Golfstrom und die salzhaltige Luft. Und die Niederschlagsmenge ist auch gerade richtig.«

»Wie viele Quadratmeter sind das denn?«

»Sechzehn Hektar«, sagte Maël und warf ihr einen erstaunten Blick zu.

»Eine Menge Arbeit«, sagte Sylvia. »Das schaffen Solenn und du sicherlich nicht allein.«

»Nein«, antwortete Maël, »wir haben natürlich Angestellte.« Er beschattete seine Augen mit einer Hand und blickte angestrengt in die Senke. »Wie ich sehe, sind Coco und Gurvan schon da.« Jetzt sah auch Sylvia zwei winzige Gestalten, die sich zwischen den Pflanzen bewegten. »Komm«, rief Maël und ging zurück zum Wagen. »Lass uns runterfahren.«

»Habt ihr das Gelände gepachtet?«, fragte Sylvia.

»Nein«, antwortete Maël, »die Insel war immer schon in Privatbesitz. Früher lebte hier eine alteingesessene Familie von Fischern. Heute gehört alles zur Gärtnerei.«

Sylvia schwieg beeindruckt. Und dann wurde ihr schlagartig bewusst, dass die Insel jetzt ihr gehörte. Jedenfalls im Augenblick noch. Sie musste Holger unbedingt fragen, welche Pläne der Käufer hatte. Wer auch immer es war, die Gärtnerei musste auf alle Fälle bestehen bleiben...

»Was für eine Kamelie schwebt dir denn vor?«, fragte Maël, während er den Wagen geschickt einen unbefestigten Weg voller Schlaglöcher hinunter in die Senke steuerte. Im ersten Moment wusste Sylvia nicht, was er meinte. Doch dann wurde ihr klar, dass er sie für eine Kundin hielt. Natürlich. Und vielleicht war das auch besser so. »Ein Baum oder eher ein Strauch?«, fragte Maël weiter. »Hast du schon Kamelien in deinem Garten? Du warst noch nie bei uns, richtig? Ich würde mich an dich erinnern.«

Sylvia warf ihm einen raschen Blick zu und bemerkte, dass er leicht errötete. Oder bildete sie sich das nur ein?

»Ich habe eine Dachterrasse«, sagte sie, »und bislang noch keine Kamelie. Ich bin mehr oder weniger ... zufällig vorbeigekommen. Ich dachte, ich hätte mich verfahren.«

Maël lachte. »Dann bist du also eine Touristin«, stellte er mehr fest, als er fragte.

Sollte sie diesem Mann die Wahrheit sagen? Es schien ihr nicht der richtige Augenblick. Außerdem war offensichtlich nicht er der Geschäftsführer, sondern diese Solenn, von der sich Sylvia noch kein Bild machen konnte, leitete den Betrieb. Und doch kam sie sich vor wie eine Betrügerin, als sie schließlich antwortete.

»In gewisser Weise, ja. Ich habe mir ein paar Wochen freigenommen und ...« Sie wusste nicht, wie sie ihre Erklärung beenden sollte, ohne sich zu sehr in Lügen zu verstricken.

»Verstehe«, kam ihr Maël unbewusst zu Hilfe. »Ich freue mich, dass dich dein Weg zu uns geführt hat. Es kommen öfter Menschen zu uns, die sich einfach nur für Kamelien interessieren. Sie wohnen ein paar Tage hier und sehen sich alles an. Vielleicht kommen sie eines Tages wieder und kaufen etwas, vielleicht auch nicht. Uns sind alle willkommen. Hauptsache, sie bringen keine Planierraupen mit.«

»Was meinst du damit?«, fragte Sylvia überrascht.

»Ach ... nichts«, gab Maël zur Antwort, so als bereute er seine Worte. »Vergiss, was ich gesagt habe. So, hier sind wir schon.«

Sie stiegen aus und betraten die Plantage. Linker Hand entdeckte Sylvia ein lang gestrecktes einstöckiges Gebäude aus demselben Naturstein, aus dem die gesamte Insel zu bestehen schien. Von Weitem war es kaum zu sehen gewesen.

»*Bonjour, Coco*«, sagte Maël und schlug einer jungen Frau auf die Schulter, die mit ihrem kurzen, karottenrot gefärbten Haarschopf aussah wie ein Junge. »*Ça va?*«

»*Ça va*«, antwortete Coco und warf Sylvia aus ihren leuchtend grünen Augen einen prüfenden Blick zu.

»Das ist Sylvia. Sie ist zu Besuch da. Wie geht es den neuen Stecklingen? Hat Gurvan sie schon eingepflanzt?«

»Ja, heute Morgen«, antwortete Coco. »Wir haben das Substrat verwendet, das du für sie gemischt hast.«

Vorn im Gebäude befand sich eine Art Büro. Sylvia konnte durchs Fenster einen uralten Computerbildschirm und ein paar Regale mit Ordnern erkennen. Es muss nicht immer die neueste EDV-Anlage sein, dachte sie nachsichtig, manchmal tut es auch das althergebrachte System. Und doch konnte sie nicht umhin, in ihrer Vorstellung hier bereits ein modernes

Besucherzentrum zu sehen. Sicherlich wäre es für die Züchtungen auch hilfreich, ein speziell entwickeltes Computerprogramm zu verwenden. Waren das dahinten tatsächlich Karteikartenschränke? Es war lange her, dass Sylvia so etwas gesehen hatte.

»Das ist nur mein Büro«, hörte sie Maël hinter sich verlegen sagen. »Nicht besonders interessant, schätze ich. Möchtest du sehen, wie wir die Kamelien vermehren?«

»Aber ja«, beeilte sich Sylvia zu sagen, »natürlich!«

Hier in der Senke war es windstill und warm. Sylvia zog ihre Jacke aus und band sie sich um die Hüften. Hinter dem Büro befanden sich Gewächshäuser. Daran angrenzend reihten sich, von einer einfachen Überdachung geschützt, etliche Pflanztische aneinander, auf denen Sylvia Tausende winziger Blumentöpfe entdeckte.

»Was du hier siehst«, erklärte Maël, »ist die Vermehrung mithilfe von Stecklingen. Wir schneiden von ausgewachsenen Bäumen ganz bestimmte Zweige ab und stecken sie in ein besonderes Substrat in der Hoffnung, dass sie wurzeln.«

»Und«, fragte Sylvia, »tun sie das?«

»In der Regel schon«, erwiderte Maël. »Allerdings variiert das Bedürfnis der Stecklinge von Sorte zu Sorte. Bei seltenen oder neuen Arten müssen wir oft experimentieren, bis es uns gelingt.«

Sylvia betrachtete die ordentlich beschrifteten Tische mit den vielen kleinen Pflanzenkindern. Alle trugen drei bis vier dunkelgrüne Blätter, die sich bei genauem Hinsehen in Form und Größe von Sorte zu Sorte voneinander unterschieden. Allen war jedoch dieser wunderschöne Glanz eigen, als wären sie mit einer Schicht Wachs bedeckt.

»Und wie werden diese hier blühen?«, fragte sie und zeigte auf den Tisch direkt vor ihnen.

»Das sind Stecklinge der Sorte *Masayoshi*«, antwortete Maël, »eine halb gefüllte pinkfarbene Blüte mit einem weißen Strichelmuster. Bei Liebhabern ist die *Masayoshi* sehr begehrt.«

Er führte sie weiter und zeigte ihr Stecklinge mit der Bezeichnung *Marinto*.

»Es gibt nicht viele Kamelien, die duften«, fuhr er fort. »Hier ist eine sehr seltene Sorte aus der Familie der *Sasanquas* mit lachsroten Blüten. Wir haben davon nur einen einzigen Strauch drüben im Schaugarten, und dies hier ist mein erster Versuch, sie durch Stecklinge zu vermehren. Halt mir die Daumen, dass es gelingt.«

»Gibt es denn noch andere Möglichkeiten, Kamelien zu vermehren?«, fragte Sylvia. »Das geht doch sicher auch mit den Samen, oder nicht?«

»Natürlich«, sagte Maël. »Allerdings ist das aus Sicht des Gärtners ein sehr aufwendiger und unsicherer Weg der Vermehrung.«

»Warum?«

»Eine Kamelie braucht je nach Sorte sechs bis acht Jahre, bis sie überhaupt Blütensamen ausbildet. Und dann ist es in einem gemischten Garten, wie wir und die meisten anderen Kamelienparks ihn haben, ziemlich ungewiss, welche Pflanze die Blüte befruchtet hat. Auf diese Weise entstehen viele neue Varianten, neue Blattformen und Blütenzeichnungen. In den allerseltensten Fällen jedoch sieht eine Tochterpflanze aus wie ihre Mutter.« Maël führte sie weiter zu einem Feld in der Nähe. »Natürlich versuche ich mir auch dieses Phänomen zunutze zu machen. Schau mal, hier siehst du die Ergebnisse von aus Samen gezogenen Jungpflanzen. Sie sind vier Jahre alt. Noch blühen sie nicht, doch ich kann es jetzt schon kaum erwarten, auf welche Weise sie mich überraschen werden.«

Am Fuße jeder der rund einen halben Meter hohen Pflanzen entdeckte Sylvia ein Schild mit zahlreichen Abkürzungen.

»Das heißt, man braucht eine Menge Geduld.«

»Ein paar Jahre schon.« Maël lächelte. »Sieh mal, auf den Schildern notieren wir die Mutterpflanze, deren Alter bei Samenernte, Standort und Jahr des Keimens. Im Büro habe ich für jede dieser aus Samen gezogenen Pflanzen eine Karteikarte angelegt, auf der ich alles festhalte, was später von Interesse sein könnte. Während die Stecklinge exakte Klone ihrer Mutterpflanze sind, hoffen wir hier auf Varianten, die es bislang selten oder vielleicht überhaupt noch nie gab. Jede einzelne könnte eine Wundertüte sein, die uns die Kundschaft aus den Händen reißen will.«

»Woher kommen denn eure Kunden?«, fragte Sylvia interessiert.

»Von überall her«, erklärte Maël. »Aus allen Ländern Europas, den USA. Sogar aus Asien, worauf wir besonders stolz sind, denn das ist die Heimat der Kamelie. Neuerdings interessieren sich auch die Frauen reicher arabischer Scheichs für Kamelien. Je seltener die Sorte, desto verrückter sind sie danach. Am liebsten möchten sie alle einen Baum, den es kein zweites Mal auf der Welt gibt. Dieser Wunsch ist jedoch schwer zu erfüllen.«

»Aber eine dieser Pflanzen hier, aus Samen gezogen, könnte ein Unikat sein?«, fragte Sylvia.

Der Gedanke faszinierte sie. Ein Erzeugnis, das es nur ein einziges Mal auf der Welt gab ... Wo fand man denn so etwas? Ihr Geschäftssinn war geweckt. Daraus konnte man eine Goldgrube machen.

»Na ja«, antwortete Maël bescheiden, »nicht alle Tage gelingt eine neue Züchtung. Hin und wieder allerdings schon. Natürlich überlasse ich nicht alles dem Zufall. Komm, ich zeig dir noch etwas.«

Er ging ihr mit großen Schritten voraus zu einem zwischen den Felsen gut verborgenen Gewächshaus. Dabei passierten sie ein Feld, in dem Coco kniehohe Sträucher mit Bambusstäben abstützte. Sylvia fing einen argwöhnischen Blick der Gärtnerin auf, ja, sie konnte ihn noch eine Weile in ihrem Rücken spüren. Ob Maël alle Besucher hierher führte? Oder war sie eine Ausnahme? Und wieder fühlte sie dieses Flattern in ihrer Magengegend, wie von Schmetterlingen, die sich verfangen hatten.

»Hier ist es«, sagte Maël, nachdem er die Tür sorgfältig hinter ihr geschlossen hatte. »Mit gezielter Bestäubung versuche ich, neue Sorten zu züchten. Natürlich bin ich nicht der Einzige auf dieser Welt, der das versucht«, fügte er hinzu, als er Sylvias ehrfürchtigen Blick sah. »Aber es sind mir schon einige Neuheiten gelungen. Schau dir diese hier an.«

Er führte Sylvia zu einer Pflanze, die ihr bis zu den Oberschenkeln reichte. Maëls Augen leuchteten, als er auf die einzige Blüte wies, die sich inmitten des dunklen Laubs geöffnet hatte. Ihre cremefarbenen äußeren Blütenblätter spielten ins Grünliche, ganz innen, um die fast schwarzen Staubgefäße, glühte ein karmesinrotes Herz.

»Sie ist wunderschön«, flüsterte Sylvia.

»Soweit ich weiß«, sagte Maël ganz nah an ihrem Ohr, denn sie hatten sich beide über die Pflanze gebeugt, »gab es eine solche Variante bislang noch nie. Ich habe ihr Foto an alle mir bekannten Züchter und Sammler geschickt, von Südamerika bis Japan. Keiner hat so etwas schon einmal gesehen.«

Eine Weile schweigen sie, ganz versunken in die Schönheit der Blüte. Von ihr ging eine Reinheit und Perfektion aus, die Sylvia fast den Atem nahm. Je länger sie sich in den Anblick vertiefte, desto mehr Details nahm sie wahr. Die hauchfeinen zartvioletten Äderchen, die sich am Rand der sahnefarbenen mittleren Blütenblätter entlangzogen, so diskret, dass man sie nur aus nächster Nähe wahrnahm. Das blasse Lindgrün der Stiele der Staubgefäße, das sich in dem leichten Grünschimmer der äußeren Blütenblätter wiederholte. Sylvia konnte sich nicht sattsehen.

»Sie werden sie dir aus den Händen reißen«, sagte sie schließlich, und Bewunderung klang in ihrer Stimme mit.

»Wir versuchen, einen guten Preis zu verhandeln«, bemerkte Maël. »Aber wenn ich ganz ehrlich bin, würde ich sie am liebsten überhaupt nicht verkaufen.«

Und dann, mit einem Mal, veränderte sich sein Gesichtsausdruck. Seine Augen, die eben noch so geleuchtet hatten, wendeten sich von der Blüte ab, auf die er, so rechnete Sylvia sich aus, sicherlich zehn Jahre gewartet hatte, wenn nicht länger. Ohne sich nach ihr umzusehen, verließ er das Gewächshaus, ging zu Gurvan, der mit einer Schubkarre voller Erde den Weg heraufkam, wechselte ein paar Sätze mit ihm und eilte dann mit großen Schritten zurück zum Wagen. Sylvia folgte ihm verwirrt.

»Was ist?«, fragte sie. »Habe ich etwas Falsches gesagt?«

Maël schüttelte den Kopf, fuhr sich mit der Hand über die Augen, dann sah er sie bekümmert an. »Tut mir leid, Sylvia«, sagte er. »Ich bin sehr unhöflich. Entschuldige bitte. Es ist nur ... Wir haben ... wir haben Schwierigkeiten. Aber das hat natürlich überhaupt nichts mit dir zu tun. Komm, lass uns zurückfahren. Bitte, sei mir nicht böse, ja?«

Also hatte Holger doch recht. Die Gärtnerei steckte in Schwierigkeiten. Während sie in den Wagen stieg und Maël den Motor startete, fragte Sylvia sich, warum. Nach allem, was sie an diesem Morgen gesehen und erfahren hatte, könnte dies eine wahre Goldgrube sein. Wenn sie sich doch nur die Bücher anschauen könnte, die Bilanzen der vergangenen Jahre. Wenn sie nur wüsste, wie hoch die Schulden waren, die ihre Tante gemacht hatte, dann könnte sie sicherlich einen Weg finden, um die Gärtnerei auf ein solides Fundament zu stellen. Sie musste sobald wie möglich mit dieser Solenn sprechen und ihr sagen, wer sie war. Es wurde Zeit, dass sie aufhörte, so zu tun, als wäre sie eine Touristin, die sich zufällig an das westlichste Ende der Bretagne verirrt hatte. Am besten erklärte sie sich Maël hier und jetzt, ehe alles nur noch schwieriger wurde.

»Maël«, sagte sie und holte tief Luft, »ich muss dir etwas sagen...«

Doch dann rang sie um Worte und wusste nicht, wie sie beginnen sollte. Maël brachte den Wagen zum Stehen und sah sie an.

»Sag nichts«, sagte er. Seine Augen schienen noch nie so grün gewesen zu sein wie in dem Augenblick, als er sich über sie beugte und sich ihre Lippen berührten. Und obwohl Sylvias Verstand ihr sagte, dass dies das Dümmste war, was sie tun konnte, dass sie eine verheiratete Frau war und dieser Mann hier von völlig falschen Voraussetzungen ausging, obwohl ein Teil von ihr in aller Klarheit die verschiedensten Komplikationen vor sich sah, Verwicklungen, wie es sie in ihrem Leben bislang noch nie gegeben hatte und niemals geben sollte, schlang sie den Arm um Maëls Hals und versank mit jenem anderen Teil, von dem sie bislang nicht einmal gewusst hatte, dass er in ihr steckte, in diesem Kuss, der nicht nur ihre Lippen zum Glühen, sondern ihren gesamten Körper zum Beben brachte, einem Kuss, der eine Verheißung war und ein Versprechen und der Wahnsinn schlechthin. Wie lange sie sich so umarmt hielten, wusste sie später nicht mehr. Es war, als wäre die Zeit stehen geblieben. Als sie sich endlich voneinander lösten, wirkte Maël glücklich wie ein Kind. »Das wollte ich schon gestern tun«, raunte er ihr ins Ohr, »als du auf einmal so verloren im Garten standest, ganz allein. Dich hat ein glücklicher Wind hergeweht, Sylvie ...«

Sie antwortete nicht. Das Motorgeräusch brachte sie zurück in die Wirklichkeit. Was sollte sie jetzt nur tun? Als sie den Jardin aux Camélias erreichten und das Tor passierten, musste sich Sylvia eingestehen, dass sie noch nie in ihrem Leben so verwirrt gewesen war wie in diesem Augenblick.


Im Hof stand eine Frau, klein, gedrungen, mit sonnengegerbtem Gesicht und kurzen dunklen Haaren. Sie hatte die Hände tief in den Taschen ihrer langen dunkelblauen Wolljacke vergraben und sprach mit einer Kundin, deren Mann eben dabei war, die Rückbank seines Wagens umzulegen, um Platz für eine gut verpackte Pflanze zu schaffen. Während sie mithalf, die Kamelie sicher zu verstauen, streifte sie Maël und Sylvia, die aus dem Pick-up stiegen, mit einem Blick, und Sylvia kam es so vor, als wüsste diese Frau alles, was zwischen ihr und Maël geschehen war.

Die Frau sah ihren Kunden nach, bis deren Wagen durch das Tor verschwunden war. Dann wandte sie sich zu ihnen um.

»Sylvia«, sagte Maël, »darf ich dir Solenn vorstellen? Solenn, Sylvia kam gestern an und ist unser Gast.«

Solenn trat auf sie zu und taxierte sie mit einer Direktheit, die sie in Verlegenheit brachte. Das passierte ihr nicht oft. Ihr war, als studierte diese Frau ihre Züge, als läse sie gleichzeitig ihre Gedanken.

»*Bienvenue*«, sagte Solenn schließlich weder besonders freundlich noch unfreundlich, sondern so höflich und reserviert, wie sie wohl jedem Kunden gegenüber war. »In einer Viertelstunde gibt es Mittagessen.« Dann wandte sie sich ab und ging ins Haus.

Beim Essen lernte Sylvia Gwen kennen, die sie schon am Morgen im Hof an der Rezeption gesehen hatte. Sie scherzte auf Bretonisch mit Pierrick, der aussah wie der knorrige Stamm eines alten Kamelienbaumes. Er war im Jardin aux Camélias, wie Maël ihr erklärte, Gärtner und Hausmeister und Mann für alles.

»Wenn es ein neues Beet anzulegen gibt«, erklärte Pierrick fröhlich, und sein Gesicht legte sich in unzählige Lachfalten, »oder eine Steinmauer einstürzt, wenn das Tor klemmt und der Pick-up nicht anspringen will, dann ruft man Pierrick.« Sylvia hatte Mühe, ihn zu verstehen, so stark war sein Akzent.

Sie saß vor ihrer duftenden *galette* aus Buchweizenmehl, die Solenn mit Schinken und Spiegelei serviert hatte, lauschte dem Gespräch und versuchte, Maëls Blicken auszuweichen.

»Schmeckt es dir nicht?«, fragte Solenn sie unvermittelt auf Deutsch.

»Oh, doch«, beeilte sich Sylvia zu sagen und schob sich eine Gabel voll in den Mund. Ihr wurde heiß unter den dunklen Augen der Bretonin, die auf ihr ruhten.

»Wie kommt es, dass Sie Deutsch sprechen?«, fragte sie.

»Das bleibt nicht aus«, erwiderte Solenn und lächelte zum ersten Mal in Sylvias Gegenwart, »wenn man sein Leben mit einer Deutschen teilt.« Sylvia kam es vor, als ginge im Gesicht der Älteren die Sonne auf. Sie vergaß weiterzukauen ... wenn man sein Leben mit einer Deutschen teilt? Wie war das denn gemeint? Solenn sah sie unverwandt an, ihr Lächeln erschien Sylvia jetzt voller Traurigkeit. »Meine Lebensgefährtin ist leider vor neun Monaten gestorben«, sagte sie. Dann erhob sie sich und wandte sich ab, um das Käsebrett zu holen.

Das war es also, dachte Sylvia, während sie ein kleines Stück Camembert für sich abschnitt und das Brett dann weiterreichte. Das war der Grund, warum man Lucie so rigoros aus der Familie ausgeschlossen hatte. Sie hatte Frauen geliebt.

Aber ... sie hatte doch geheiratet!

Sylvia erinnerte sich an das Hochzeitsfoto in ihrem Album. Und irgendwann ist sie davongelaufen, beantwortete sich Sylvia ihre Frage selbst. Hatte Reißaus genommen und war nach Frankreich gegangen. Ans andere Ende ihrer Welt, in die Bretagne ... Hier musste sie Solenn kennengelernt haben. Sicher hatte das gereicht, um den Zorn ihres Vaters, Sylvias Großvaters, zu erregen.

Sylvia sah, wie die anderen sorgfältig die weiche weiße Rinde aus Edelschimmel von ihren Camembertstücken abschnitten und nur das weiche Innere genussvoll mit einem kleinen Stückchen Brot aßen. Sie machte es genauso, wandte viel Sorgfalt auf diese Tätigkeit, sodass sie den Kopf gesenkt halten und in Ruhe nachdenken konnte. Ihre wunderschöne Tante hatte eine Frau geliebt, jene Frau, die hier am Tisch saß und deren Gast sie war. Lucie war so mutig gewesen, aus ihrer Ehe auszubrechen, um sich an einem weit entlegenen Ort, vom Meer beschützt, ein neues Leben aufzubauen und ihr Glück zu finden, so wie sie es sich vorgestellt hatte. Und auf einmal fühlte Sylvia eine große Zärtlichkeit ihrer Tante gegenüber, gemischt mit Bewunderung und Stolz. Sie musste unglaublich stark gewesen sein.

»Möchtest du ein Stück *tarte*?«

Erst jetzt fiel Sylvia auf, dass Solenn sie von Anfang an geduzt hatte. Vielleicht tat sie das immer bei jüngeren Frauen, vielleicht war es hier so üblich.

»Nein, danke«, sagte sie. »Ich bin schon so satt!«

Und dann sagte sie lange Zeit nichts mehr. Denn außer der herzhaften *galette* und dem Käse gab es eine ganze Menge mehr, was sie zu verdauen hatte.

Nach dem Essen entschuldigte Sylvia sich und floh auf ihr Zimmer. Eine halbe Stunde lang saß sie auf dem Bett und starrte vor sich auf den Fußboden, als gäbe es nichts Interessanteres als die Maserung der Holzdielen. Noch immer schien es ihr, als könnte sie Maëls Lippen auf den ihren fühlen. Das machte es ihr schwer, einen klaren Gedanken zu fassen. Sie befand sich im Haus ihrer verstorbenen Tante, deren Erbin sie war. Eben erst hatte sie deren Lebensgefährtin kennengelernt. Unzählige Fragen wirbelten in ihrem Kopf herum. Warum hatte Lucie nicht Solenn die Gärtnerei vererbt? Das wäre doch das Nächstliegende gewesen. Sie beide hatten diesen Ort aufgebaut, hier gelebt und gemeinsam gearbeitet. Warum gab es kein Testament? Hatte sie einen Unfall gehabt?

Sylvia wurde klar, dass sie nichts, aber auch gar nichts von ihrer Tante wusste, und wieder einmal schämte sie sich, Lucies Briefe nicht beantwortet zu haben. Wie schade, dachte sie, und die Reue über das Versäumte machte ihr das Herz schwer.

Sylvia stand auf und ging im Zimmer auf und ab. Für eine Begegnung mit ihrer Tante war es zu spät. Nicht allerdings dafür, sich um ihr Erbe zu kümmern. Wie gut, dass sie hergekommen war.

Gedankenverloren trat sie ans Fenster und sah hinaus. Auf einmal wurde ihr bewusst, dass sie nach jemand Bestimmtem Ausschau hielt, nach Maël.

Erschrocken trat sie zurück. War sie tatsächlich auf dem besten Weg, sich in einen völlig fremden Mann zu verlieben? Herrgott, war sie denn von allen guten Geistern verlassen?

Rasch holte sie ihr Handy aus der Tasche und schaltete es ein. Sie musste unbedingt mit Holger sprechen. Sie musste wissen, wer der Käufer war und welche Absichten er hatte. Außerdem musste sie ganz dringend die vernünftige Stimme ihres Mannes hören, dann würde sie wieder die Alte sein, und all die

Verwirrungen, die von ihr Besitz ergriffen hatten, würden sich in Wohlgefallen auflösen. Doch als das Smartphone endlich hochgefahren war, stellte sie fest, dass sie im Haus keinen Handyempfang hatte.

Sie prüfte die verfügbaren Netze – es gab keines. Wie konnte das möglich sein? Es war lange her, dass sich Sylvia an einem Ort ohne Mobilfunknetz befunden hatte, und das unangenehme Gefühl, von der Außenwelt abgeschnitten zu sein, überfiel sie.

Sie sprang auf, lief zum Fenster, um den Stand der Gezeiten zu überprüfen, und biss sich auf die Lippen. Das Wasser hatte die Höhe der Fahrbahn erreicht, schon leckten die ersten Wellen über den Asphalt. Es war nicht daran zu denken, jetzt aufs Festland zurückzufahren.

Mit einem Seufzer ließ Sylvia sich in den Sessel fallen. Sie saß hier fest. Für wie lange? Sie hatte keine Ahnung. Sie war eine Städterin und wusste nichts vom Rhythmus der Gezeiten. Für einen kurzen Moment stieg so etwas wie Panik in Sylvia auf. Sie sprang wieder auf, lief hinunter, vorbei an Lucies Porträt und in die Küche, die sie verwaist vorfand, hinaus in den Hof, wo sie niemanden antraf, und schließlich in das Empfangsbüro, wo Gwen erstaunt von ihrer Arbeit aufsah.

»Gibt es hier kein Mobilfunknetz?«, fragte sie atemlos.

Gwen schüttelte bedauernd den Kopf.

»Tut mir leid, nein«, antwortete sie. »Das stört viele Gäste. Auf dem Festland ist es kein Problem, aber bis hierher reicht es nicht...«

»Meinen Sie«, fragte Sylvia, »ich könnte das Telefon benutzen?«

»*Mais bien sûr*«, antwortete die junge Frau freundlich. »Und du kannst ruhig Gwen zu mir sagen. Hier in der Bretagne sind wir nicht so förmlich. Komm, setz dich auf Solenns Platz.«

Sie wies auf den Schreibtisch, der ihrem genau gegenüberstand.

»Du musst eine Null vorwählen«, erklärte Gwen, während sie ihr das altmodische moosgrüne Telefon hinüberschob, eines, bei dem der Hörer noch mit einem spiralförmigen Kabel mit dem Apparat verbunden war.

Sylvia hob den Hörer ab und starrte das Telefon an. Sie war es nicht gewohnt, in Gegenwart fremder Menschen zu telefonieren. Ob Gwen wohl Deutsch verstand? Sie gab sich einen Ruck und wählte Holgers Mobiltelefonnummer. Eine Weile krachte es vorsintflutlich in der Leitung, dann erklang die wohlbekannte Computerstimme, die ihr mitteilte, dass der Teilnehmer nicht zu erreichen sei. Wieder einmal hatte Holger sogar seine Mobilbox abgeschaltet.

Sylvia unterbrach die Verbindung und wählte die Festnetznummer ihrer Münchener Wohnung, nur um ihre eigene Stimme zu hören, die ihr freundlich mitteilte, dass bei von Gadens niemand zu Hause sei, dass man aber eine Nachricht hinterlassen könne. Sie wusste nicht, was sie sagen sollte, und legte auf. Eine Weile saß sie da und beobachtete Gwen, die sich an einem uralten Computerbildschirm zu schaffen machte.

»Gibt es denn wenigstens Internet?«, fragte Sylvia.

Sie hielt auf einmal alles für möglich, auch, dass die Kunden mit dem Jardin aux Camélias auf dem Postweg kommunizieren mussten. Aber Herrgott, dachte sie in einem Anflug von völlig unprofessioneller Ungeduld, wenigstens einen Internetauftritt muss die Gärtnerei doch haben!

»Ja«, bestätigte Gwen, »es war nicht einfach, aber Madame Lucie hat lange dafür gekämpft. Leider ist die Verbindung sehr langsam. Nun ja«, sie lachte und zuckte mit den Schultern, »dafür sind wir hier auf einer Insel, nicht? Und wenn es auch lange dauert, eine E-Mail zu verschicken, so ist das doch immer noch schneller als der Postweg.«

Sylvia bemühte sich zu lächeln. Sie stellte sich ihre Tante vor, wie sie hier gesessen und mit der Telefongesellschaft um einen Internetanschluss für die Insel gekämpft hatte. In diesem Jahr wäre sie sechsundfünfzig Jahre alt geworden. Das war doch kein Alter! Woran zum Teufel war sie überhaupt gestorben?

Ich weiß nichts von ihr, gestand sich Sylvia frustriert ein. Rein gar nichts. Sie wollte sich schon erheben, als ihr auf einmal Veronika einfiel. Halt mich auf dem Laufenden, hatte sie gesagt. Wann war das gewesen? Erst vor zwei Tagen? Sylvia kam es vor wie Jahre. Und schon wählte sie Veronikas Nummer.

»Wie ist es in der Bretagne?«

Es war gut, die vertraute Stimme ihrer Freundin zu hören.

»Es ist – wie soll ich sagen? – irgendwie atemberaubend.«

»Sag das noch einmal.«

»Warum?«

Veronika kicherte. »Weil ich mir nicht sicher bin«, sagte sie, »ob du von einem Mann sprichst oder von einer Landschaft.«

Sylvia schluckte. Vielleicht hätte sie doch nicht anrufen sollen. Veronika kannte sie einfach viel zu gut.

»Was ist los mit dir, Sylvia?«, hörte sie Veronika fragen. Ihre Stimme klang jetzt wirklich ernst. »Muss ich mir Sorgen machen?«

»Aber nein, Vero.« Sylvia hörte selbst, dass sie nicht besonders überzeugend klang.

»Jetzt mache ich mir aber wirklich Sorgen. Wo genau bist du?«

»Auf einer Insel, abgeschnitten vom Rest der Welt.«

»Na ja, das haben Inseln so an sich, oder?« Eine Weile war es still zwischen ihnen. »Wie heißt denn diese Insel?«

»Der Name ist unaussprechbar, und der Ort ist auf keiner Karte verzeichnet.«

Veronika stutzte, dann lachte sie. »So etwas gibt es doch gar nicht mehr. Nicht in Europa. Du willst mich verscheißern, stimmt's? Und wie ist die Gärtnerei?«

Sylvia lächelte. Was sollte sie ihrer Freundin erzählen? Dass Tante Lucies Besitz das schönste Fleckchen Erde war, was sie je kennengelernt hatte? Dass hier Kamelien gezüchtet wurden, die ihresgleichen auf der Welt suchten? Dass sie ausgerechnet hier den verführerischsten Mann der Welt getroffen hatte?

»Sie würde dir gefallen«, sagte Sylvia. »Magst du Kamelien?«

»Kamelien?«, fragte Veronika überrascht zurück. »Wachsen dort etwa Kamelien?«

»Ungefähr zehntausend ... Grob geschätzt.«

»Wirklich?«

In diesem Augenblick sah Sylvia Maël im Hof. Er blickte sich um, als suchte er jemanden, und Sylvias Herz begann einen Trommelwirbel.

»Hör zu, Veronika«, sagte sie, »ich ruf dich wieder an. Ja?«

»Moment mal«, protestierte ihre Freundin, »nicht so eilig. Du bist also auf einer Insel, auf der Kamelien wachsen, und du klingst, als wärst du total durch den Wind. Ist wirklich alles in Ordnung mit dir?«

»Ja«, sagte Sylvia ergeben, während sie sah, wie Maël den Pick-up bestieg und durch das Tor fuhr, »mir geht es gut.«

»Du klingst aber nicht so.«

»Ich bin durcheinander, Vero.«

Sie konnte direkt hören, wie ihre Freundin in München die Luft anhielt.

»Du bist durcheinander?«, fragte Veronika alarmiert. »Du

warst noch niemals durcheinander, seit ich dich kenne. Das passt einfach nicht zu dir. Was ist passiert?«

»Ich weiß es noch nicht, Vero. Es ist ... alles so anders, als ich dachte.«

Eine Weile war es still.

»Soll ich kommen?«, fragte dann Veronika. »Wenn du willst, bin ich morgen da.«

»Nein«, protestierte Sylvia. »Das brauchst du nicht. Ich komme schon klar, mach dir keine Gedanken.«

»Bist du sicher?«

»Absolut!«

Sylvia bereute bereits, die Freundin angerufen zu haben. Sie kam sich auf einmal schrecklich albern vor.

»Also gut«, hörte sie Veronika sagen. »Aber eines sollst du wissen, Sylvia. Wann immer du mich brauchst, ich bin da. Ja? Und ich komme auch auf jede unaussprechliche Insel, selbst auf die, die in keiner Karte verzeichnet ist. Hast du gehört?«

Sylvia nickte gerührt. »Danke, Vero«, sagte sie.

»Anruf genügt.«

»Ist gut. Ich melde mich wieder.«

»Tu das«, sagte Veronika. »Und genieße es, was immer du da machst! Schließlich hast du Urlaub.«


Als Sylvia das Büro verließ, fühlte sie sich viel besser. Veronika hatte recht. Was kümmerten sie Internetempfang und Mobilfunknetze, schließlich hatte sie sich freigenommen. Was auch immer das bedeutete. Und auf einmal musste sie über sich selbst lachen.

Ihre Füße trugen sie wie von selbst die weißen Kieswege entlang in den Kameliengarten, wo sie in der Nähe der Mauer ein windstilles Eckchen suchte. Schließlich entdeckte sie hinter einem besonders prächtig blühenden Baum eine steinerne Bank, und als sie sich setzte, hielt sie die Luft an. Von hier eröffnete sich ihr ein herrlicher Blick über die Anlage hinweg bis aufs Meer. Moospolster in allen Grüntönen bedeckten die Platten zu ihren Füßen, in der Natursteinmauer hatten Farne Platz genug gefunden, um Wurzeln zu schlagen. Seevögel, für die Sylvia keine Namen hatte, schossen wie Pfeile über den blauen Himmel und stießen raue Schreie aus. Vor der Bank befand sich ein Beet mit hüfthohen Sträuchern, die über und über mit einfachen karminroten Blüten übersät waren, acht Blütenblätter zählte Sylvia um ein sonnengelbes Zentrum aus leuchtenden Staubgefäßen. Im Vergleich zu der eleganten, gefüllten Blüte, die sie am Morgen im Gewächshaus bewundert hatte, waren diese Blüten äußerst schlicht, und doch strahlten auch sie einen Zauber aus, den sich Sylvia kaum erklären konnte.

Noch nie in ihrem Leben war sie an einem Ort gewesen, der so voller Gegensätze war. Da waren der raue Wind und das milde Sonnenlicht, das wilde Meer und die zarte Blütenpracht, das Geschrei der Möwen und das sanfte Summen der Bienen, die von Blüte zu Blüte flogen, ihren Nektar aufsogen und dabei möglicherweise eine weitere kostbare Kamelie schufen, indem sie den Blütenstaub von Stempel zu Stempel trugen – Gärtnerinnen und Bestäuberinnen, Züchterinnen nach einer verborgenen Ordnung, die die Schöpfung so eingerichtet hatte, um immer neue Varianten der Schönheit und Harmonie hervorzubringen.

Ein Gefühl der Zeitlosigkeit und des Friedens senkte sich über Sylvia, ein ganz und gar ungewohntes Gefühl, und während sie die Augen schloss, dem Summen der Insekten lauschte, dem Geschrei der Möwen, dem Rauschen des Meeres, das aus der Ferne an ihr Ohr drang und allen anderen Geräuschen

Grundton und Rhythmus gab wie ein Herzschlag, der niemals verebbte, verstand sie, was ihre Tante bewogen haben musste, an diesem Ort zu bleiben, hier zu leben, hier zu lieben und auch zu sterben. Und auf einmal verspürte auch Sylvia den Wunsch, diesen Ort nie wieder verlassen zu müssen.

## 4

*Der Investor*

Als Sylvia ihr Zimmer betrat, fiel ihr sofort auf, dass etwas anders war als am Morgen. Neben dem Sessel stand ein kleiner Tisch, darauf eine Vase mit einer einzigen weißen Kamelienblüte und ein altmodisches Bakelit-Telefon. Ein Zettel lehnte daran. *Damit du dich nicht von der Außenwelt abgeschnitten fühlst, Solenn,* las sie.

Sylvia musste lächeln. Wie aufmerksam von ihrer Gastgeberin. Sie zog ihre Jacke aus, schlüpfte in einen Pullover und rieb sich die kalten Finger. Kaum war die Sonne hinter der Mauer verschwunden gewesen, war es im Garten empfindlich kalt geworden.

Leise klopfte es an der Tür, und Sylvias Herzschlag setzte kurz aus. Doch als sie die Tür öffnete, stand da nicht Maël, wie sie insgeheim erwartet hatte, sondern Pierrick mit einem großen Korb voller Holzscheite.

»Solenn meint, ich soll dir besser ein Feuer machen«, sagte er. »Es wird frisch, wenn die Sonne erst mal weg ist, nicht wahr?«

»Das kann man sagen.«

Sylvia lächelte und bat den alten Mann herein. Fasziniert sah sie zu, wie der Bretone mit geübten Handgriffen ein Feuer entfachte und schließlich noch ein paar Scheite auflegte.

»So«, meinte er zufrieden, »gleich wird es wärmer. Den Korb lass ich hier stehen, dann kannst du nachlegen.«

»Danke«, sage Sylvia.

»*Il n'y a pas de quoi*«, antwortete der Bretone und schenkte ihr ein herzliches Grinsen. »Abendessen gibt es übrigens um sieben.« Und schon war er wieder weg.

Sylvia nahm im Sessel Platz und sah ins prasselnde Feuer. Die Flammen tauchten das Zimmer in ein warmes, flackerndes Licht. Draußen senkte sich die Dämmerung über die Insel wie ein blauseidenes Tuch. Von der weißen Blüte auf dem Tisch ging ein eigenes Leuchten aus, als saugte sie das noch vorhandene Licht in sich auf, um es gebündelt wieder von sich zu geben.

Alles kam Sylvia so vollkommen unwirklich vor. Sie dachte an ihre Wohnung in München und an ihr hektisches Leben, und auf einmal erschien ihr die Sylvia von Gaden, die von Termin zu Termin hetzte, wie eine Fremde, wie eine Figur aus einem Film, aus einem Hochglanzmagazin. Doch war das nicht ihr eigenes Leben, das, was sie sich immer erträumt hatte, das, worum sie so lange gekämpft hatte?

Sie sollte Holger anrufen. So vieles musste sie mit ihm besprechen. Hier stand das Telefon. Warum zögerte sie? Vielleicht, weil ein Zauber brechen könnte? Weil sich zwei Welten miteinander vermischen würden – diese hier auf der Insel, auf der sie unvernünftige Dinge tat und sich wie ein Teenager hatte küssen lassen, und ihr normales Leben, in dem sie eine nüchtern denkende Geschäftsfrau war, Ehefrau außerdem?

Sylvia schüttelte den Kopf. Was war nur in sie gefahren? Sie musste unbedingt mit Maël sprechen und dem Ganzen ein Ende bereiten. Sie musste sich ihm und Solenn zu erkennen geben und die Sache mit dem Erbe klären. Sie musste Ordnung in dieses Gefühlsdurcheinander bringen, und darum gab sie sich einen Ruck, nahm den Hörer ab und wählte erneut Holgers Nummer.

»Ja?«, bellte er nach kurzem Klingeln in den Hörer. »Was gibt's?«

»Ich bin's«, antwortete Sylvia überrascht. Du lieber Himmel, so unfreundlich hatte sie ihren Mann noch nie erlebt.

»*Wer* ist dran?«

Hatte sie sich etwa verwählt?

»Spreche ich nicht mit Holger von Gaden?«

»Doch, natürlich ... Mein Gott, Sylvia, bist du das?«

»Ja ...«, antwortete Sylvia verwirrt. Was war nur los mit Holger?

»Wieso hast du diese französische Nummer? Wo bist du?«

Sylvia holte tief Luft. Ihr wurde wieder bewusst, wie schwierig es sein konnte, mit Holger ein vernünftiges Gespräch zu führen, wenn er aufgebracht war. Und heute war er das, was auch immer der Grund dafür sein mochte.

»Jetzt hör mir einfach mal zu«, sagte sie in besänftigendem Ton. »Um dir das zu sagen, versuche ich dich schon seit einer Weile zu erreichen. Ich bin in der Bretagne. Im Haus meiner Tante. Und wir müssen dringend über ein paar Dinge miteinander sprechen.«

Auf einmal war es vollkommen still in der Leitung. Und gerade, als Sylvia sich vergewissern wollte, dass sie nicht etwa unterbrochen worden waren, hörte sie Holger sagen: »*Wo* bist du? Ich hab dich nicht richtig verstanden.«

»Ich bin auf der Kamelieninsel. Auf dem Anwesen, das ich von meiner Tante geerbt habe.« Wieder wurde es ungewöhnlich still. »Sag mal, Holger«, fuhr Sylvia fort, »was ich dich fragen wollte ... Was ist das eigentlich für ein Kaufinteressent? Was hat er denn vor mit der Gärtnerei?«

»Was er damit vorhat? Woher soll ich das wissen? Und wieso interessiert dich das? Sylvia, er bezahlt fünfzehn Millionen für den Laden. Da frag ich doch nicht nach Einzelheiten.

Ist am Ende ja wohl seine Sache, was er damit macht. Oder etwa nicht?«

Sylvias Blick fiel auf die Kamelienblüte neben dem Telefon. Fünfzehn Millionen. Was sollte sie mit all diesem Geld? Konnte es das tanzende Sonnenlicht auf den Wellen aufwiegen? Die tausendfache Perfektion der Blütenwunder, von denen keines dem anderen glich? Die Ruhe, die sie noch vor einer Stunde auf der steinernen Bank erfüllt hatte? Und so vieles mehr, wofür sie keine Worte hatte?

»Das, was du Laden nennst«, antwortete Sylvia ruhig, »ist eine Insel. Mit einer Goldgrube von einer Gärtnerei.« Mal davon abgesehen, dass sie ein verzauberter Garten ist, fügte sie in Gedanken hinzu.

»Deswegen ist der Preis ja auch so beachtlich. Fünfzehn Millionen sind ...«

»Aber wir brauchen doch keine fünfzehn Millionen«, gab Sylvia zurück. »Jeder von uns verdient weit mehr, als wir jemals ausgeben könnten. Schon allein deshalb, weil wir überhaupt keine Zeit dazu haben.«

Sylvia hörte, wie ihr Mann heftig die Luft ausstieß. »Schatz...«, begann Holger dann ungewohnt sanft, »wir waren uns doch einig...«

Doch Sylvia hatte plötzlich keine Lust mehr zu diskutieren. »Frag ihn«, hörte sie sich freundlich, aber bestimmt sagen. »Frag ihn, was er plant. Wenn er nicht vorhat, die Gärtnerei zu erhalten, die Leute, die hier arbeiten, weiterzubeschäftigen, den Laden auf solide Beine zu stellen, dann verkaufe ich nicht an ihn.«

Sylvia lauschte ihren eigenen Worten nach und lächelte. Sie war wieder die Alte.

Sie hörte ein Keuchen am anderen Ende der Leitung. Dann wurde es wieder still.

»Sylvia, Liebes«, sagte Holger schließlich, »ganz wie du willst. Ich sprech mit ihm. Jetzt gleich. Und dann rufe ich dich wieder an, damit du beruhigt sein kannst. Erreiche ich dich unter dieser Nummer?«

Sylvia atmete auf. »Ja. Es gibt keinen Handyempfang auf der Insel. Aber ich habe hier ein Telefon. Ruf mich an, wenn du mit ihm gesprochen hast. Und sag ihm, ich möchte seinen Businessplan sehen.«

Erst als sie aufgelegt hatten, wurde Sylvia bewusst, dass er sie überhaupt nicht danach gefragt hatte, wie es ihr ging. Hatte er sich Sorgen um sie gemacht? Hatte er sie vermisst? Wohl kaum. Dass sie sich tagelang nicht sahen, gehörte zu ihrem Alltag. Doch dann wurde ihr bewusst, dass auch sie nicht gefragt hatte, was um alles in der Welt ihm derart die Laune verdorben hatte.

Auch Sylvia hatte lange schon aufgehört, ihren Mann nach seinem Befinden zu fragen. Wie soll es mir schon gehen?, war seine Standardantwort. Gefühle werden überbewertet, hatte er am Anfang ihrer Beziehung immer gesagt. Es gibt nichts Unbeständigeres als Gefühle. Willst du darauf dein Leben aufbauen?

Nein, das wollte Sylvia nicht. Das hatte sie einmal getan und war damit auf die Nase gefallen. Damals hatte sie beschlossen, dass ihr das nicht ein zweites Mal passieren würde. Holger war zuverlässig, er war treu, verantwortungsvoll und weitsichtig. Mit ihm würde sie niemals böse Überraschungen erleben, und darum hatte sie ihn am Ende geheiratet. Ja, sie war auch verliebt in ihn gewesen, die Liebe war mit der Zeit gewachsen, langsam, beharrlich, so wie die Kameliensträucher wuchsen, und sie hatte wundervolle Blüten getrieben.

Es ist das eine, verliebt zu sein, sagte sich Sylvia, während sie auf das Bakelit-Telefon starrte und auf Holgers Rückruf wartete, und etwas anderes, sich die Liebe im Alltag zu erhalten. Das hatte sie schon mehrmals zu ihrer Freundin Veronika gesagt, die in der Liebe quasi das genaue Gegenteil von dem lebte, was Sylvia für sich gewählt hatte. Veronika setzte auf die großen Gefühle, mit dem Ergebnis, dass ihre Beziehungen nie länger als ein paar Monate dauerten. Ihre standhafteste Liebe hatte ein halbes Jahr gewährt, danach hatte sie dem armen Mann die Kleider aus dem Fenster und den Koffer hinterhergeworfen.

Das ist es, was mit dir passiert, wenn du dich ausschließlich deinen Gefühlen hingibst, hatte Sylvia damals gedacht. Die Basis für ein gemeinsames Leben sind sie mit Sicherheit nicht.

Sylvia vertrat stattdessen die These, dass die Gefühle auf einem soliden Fundament der gemeinsamen Interessen erst richtig wachsen können. So wie die Erde, das Substrat, am Ende entschied, ob der Steckling wachsen und gedeihen würde...

Maël hatte ihr das gesagt. Warum pochte ihr Herz immer wieder so unsinnig, wenn sie auch nur an ihn dachte?

Sylvia begann, unruhig im Zimmer auf und ab zu gehen. Auf einmal fühlte sie auf ihren Lippen wieder die samtige Berührung des Kusses, und alles an ihr fing an zu pulsieren. Es dauerte eine Weile, bis sie sich eingestand, dass es nichts nützte, wütend auf sich selbst zu sein. Es nützte auch nichts, an Holger zu denken, denn der hatte noch nie derartige Empfindungen in ihr wachgerufen. Wenn Sylvia ganz ehrlich zu sich war, dann hatte sie bis zum heutigen Vormittag nicht die geringste Ahnung davon gehabt, dass es solche Empfindungen überhaupt gab...

Sie rückte den Sessel näher ans Feuer und kuschelte sich in ihn hinein. Da hatte sie jahrelang die teuersten Designermarken nach einem annehmbaren Sessel durchforstet und fand die ultimative Bequemlichkeit schließlich hier am Ende der Welt in diesem uralten, offenbar vor Kurzem aufgepolsterten Fauteuil. Wieder sah Sylvia ihre Tante vor sich, wie sie hier gewirkt haben mochte, alles, auch die Einrichtung dieses Gästezimmers, zeugte von Harmonie, jedoch auch von der Beschränkung auf das Wesentliche. Wer auch immer es eingerichtet hatte, war nicht zu Kompromissen bereit gewesen. Weder im Leben noch in dem, was ihn oder sie umgab ...

Das Telefon schrillte. Sylvia, an die sanften, synthetischen Klänge moderner Mobiltelefone gewöhnt, fuhr zusammen.

»Hallo?«, sagte sie in den Hörer, der schwer in ihrer Hand lag.

»Ich hab mit ihm gesprochen«, hörte sie Holgers Stimme, die so gut gelaunt und munter klang wie schon lange nicht mehr. »Er sagt, du hast vollkommen recht. Er will nicht nur die Gärtnerei erhalten, sondern sie sogar ausbauen und modernisieren. Selbstverständlich wird er die Experten vor Ort übernehmen, die das aufgebaut haben. Diese Kamelienzucht ist einzigartig auf der Welt, hat er gesagt. Es gibt wenige, die sich mit ihr messen können. Du kannst also beruhigt sein, Sylvia. Und dann lässt er dir ganz persönlich noch ausrichten, dass du jederzeit als Gast willkommen bist, denn er versteht, dass dies ein sehr besonderer Ort für dich ist, wo doch deine Tante dort gelebt hat. Na, bist du jetzt zufrieden?«

Sylvia atmete auf. Sie fühlte, wie sich der Druck in ihrem Brustkorb löste, und wunderte sich über sich selbst. War ihr Lucies Besitz schon derart ans Herz gewachsen? Und doch, bei aller Erleichterung, behielt die Geschäftsfrau in ihr einen kühlen Kopf.

»Kann er mir das schriftlich geben? Sag ihm, er soll mir seine Pläne schicken.«

Holger lachte. »Wie du willst, ich richte es ihm aus. Im

Ernst, Schatz, du kannst ganz beruhigt sein. Alles ist in bester Ordnung. Wann kommst du eigentlich wieder nach Hause? Ich vermisse dich.«

Sylvia presste den Hörer an ihr Ohr und fühlte, wie sich ihre Anspannung löste. Das Gefühl von Vertrautheit und Zärtlichkeit brandete in ihr auf, das, was sie ihr »Holger-Gefühl« nannte.

»Ich vermisse dich auch«, sagte sie ehrlich. Sie vermisste ihr wohlgeordnetes Leben, die Struktur, die ihrem Alltag ein Rückgrat gab, die Disziplin, die sie stets auf dem richtigen Gleis zu halten schien. Ja, auf einmal erschien ihr das Nichtstun weit anstrengender als ihr umtriebiges Berufsleben. »Aber ich bleibe noch ein bisschen in der Gegend«, sagte sie dennoch. »Jetzt, da ich so unerwartet freihabe und schon mal hier bin, schau ich mir die Bretagne noch ein bisschen genauer an.«

»Wie du willst«, sagte Holger.

Hatte sie diesen Satz an diesem Abend nicht schon mehrmals gehört? Eigentlich gehörte er nicht gerade zum Standardrepertoir ihres Mannes.

An diesem Abend fehlte Maël beim Abendessen, und Sylvia war erleichtert und enttäuscht zugleich. Solenn erzählte beiläufig, er sei aufs Festland gefahren, um ein paar Dinge zu erledigen, und würde wohl erst in zwei Tagen wiederkommen. Sylvia fühlte einen leisen Stich in der Herzgegend. Sie fragte sich, warum er sich nicht von ihr verabschiedet hatte. Schließlich konnte er nicht sicher sein, dass sie noch da sein würde bei seiner Rückkehr. Bedeutete ihm denn so ein Kuss überhaupt nichts? Doch dann rief sie sich zur Ordnung. Auf diese Weise blieb ihr wohl so manche Verlegenheit erspart.

Auch Gwen sei aufs Festland gefahren, wo sie bei ihren Eltern wohne, erklärte Pierrick bei der Fischpastete. So war Sylvia mit ihm und Solenn allein. Nach dem Käse fasste sie sich ein Herz und fragte, ob es recht sei, wenn sie noch ein paar Tage bleibe.

Solenn richtete ihren Blick auf sie, und wieder schien es Sylvia, als könnte diese seltsame Frau in sie hinein- und durch sie hindurchsehen.

»Bleib«, sagte sie dann schlicht und einfach, »bleib, solange du möchtest.«

Dann stand sie auf und begann, die leeren Teller abzuräumen. Als Sylvia ihr helfen wollte, bemerkte sie nur: »Das brauchst du nicht, Sylvie. Du bist sicherlich müde. Die Luft hier wirft jeden um, der neu ankommt. Ruh dich nur aus.«

Sylvia wagte es nicht, ihr zu sagen, dass sie nicht wirklich wusste, was es hieß, sich auszuruhen. Dass es in ihrem Kopf unentwegt weiterarbeitete und dass sie sich sicherlich besser fühlen würde, wenn ihre Hände etwas zu tun bekämen. Während des gesamten Abendessens hatte sie versucht, sich vorzustellen, wie es hier in einigen Monaten zugehen würde. Ob wirklich alles so weiterlief wie gehabt? Ob sich Solenn und der neue Besitzer einig werden würden? Solenn wirkte nicht wie jemand, der sich gern sagen ließ, was sie zu tun und zu lassen hatte. Und doch war es wohl das Beste zu verkaufen. Ein Glück, dass der Interessent das Potenzial der Insel erkannt hatte.

Sylvia wünschte Solenn eine gute Nacht und trat hinaus in die Diele. Hier jedoch, unter Tante Lucies rätselhaftem Blick, der ihr jedes Mal, wenn sie ihn auf sich ruhen fühlte, verändert erschien, kehrte die seltsame Unruhe wieder zurück. Ganz so, als ob Lucie es missbilligte, dass sie ihr Erbe verkaufen wollte. Ganz so, als ob sie ihre Nichte zu etwas auffordern wollte.

Gerade so, als ob sie um ein Geheimnis wüsste, das mit ihr, Sylvia, zu tun hatte.

»Was ist es, was du mir sagen willst?«, flüsterte sie.

Hinter der Küchentür hörte sie das Klappern von Töpfen, das Rauschen des Wasserhahns. Draußen heulte der Wind ums Haus. Einen Moment lang blieb Sylvia noch unter dem Gemälde stehen, dann ging sie rasch hinauf in ihr Zimmer. Dort empfing sie die wohlige Wärme des Kaminfeuers und der Sessel. Sylvia starrte in die Flammen, bis ihr Tanz immer kleiner wurde und schließlich nur noch Glut übrig war, dann ging sie zu Bett, ohne nachzusehen, wie spät es war. Und obwohl es ihrem Gefühl nach noch recht früh war, fiel sie sofort in einen tiefen, traumlosen Schlaf.


Sylvia hörte weder den Wind, der um die Insel brauste, noch den gewaltigen Wolkenbruch, der sich über Land und Meer ergoss. Als sie am nächsten Morgen die Augen öffnete, strahlte der Himmel in unschuldigem Blau, und das Meer hatte sich zurückgezogen. Der Landweg war frei.

»Ich glaube, ich mache heute einen Ausflug aufs Festland«, sagte sie zu Solenn, als sie in der Küche ihren Milchkaffee trank.

»Da könntest du mir einen Gefallen tun«, meine Solenn. »Würde es dir etwas ausmachen, mir ein paar Lebensmittel mitzubringen?«

»Aber nein, das mache ich gern«, meinte Sylvia erfreut. »Schreib mir alles auf, was du brauchst.«


Es war ein seltsames Gefühl, den Wagen über den Damm zu steuern, der die Insel wie eine Nabelschnur mit dem Festland verband. Zwei Nächte erst hatte Sylvia auf der Insel verbracht, und doch fühlte sie sich dort schon fast wie zu Hause. Und sie ertappte sich dabei, dass sie sich jetzt schon darauf freute zurückzukehren.

»Der Damm ist noch bis gegen zwei Uhr passierbar«, hatte Solenn ihr erklärt. »Aber du kannst den ganzen Tag auf dem Festland verbringen und erst zum Abendessen zurückkommen.«

»Ist das nicht ganz schön kompliziert, ich meine das mit den Gezeiten?«, hatte Sylvia gefragt. Doch Solenn hatte nur gelacht.

»Wir haben selbstverständlich auch ein Boot«, hatte sie geantwortet. »Mit Pierricks sogar zwei. Wenn man hier lebt, muss man sich natürlich von Ebbe und Flut unabhängig machen. Und doch gibt es Zeiten, da stürmt es dermaßen, dass man die Insel tagelang nicht verlassen kann. Das macht mir nichts aus. Man hat wirklich seine Ruhe hier. Ich schätze das sehr. Und außerdem bin ich hier zu Hause.«

Dann war auf einmal etwas wie eine düstere Wolke über Solenns Gesicht gezogen, und sie hatte sich brüsk abgewandt. Ob sie sich wohl Sorgen um die Zukunft machte? Sylvia war froh, dass sie diese bald würde zerstreuen können. Sie hoffte, in Kürze die konkreten Pläne des zukünftigen Besitzers zu erhalten, auch das war ein Grund, dem Festland einen Besuch abzustatten. Vielleicht hatte Holger ihr das Schreiben des Käufers ja bereits gemailt. Ohnehin hatte Sylvia vor, sich seinen Namen geben zu lassen und ein wenig zu recherchieren. Oder am besten selbst mit ihm zu sprechen. Ja, das sollte sie tun. Wenn nur Holger nicht so empfindlich wäre ...

Als sie das Festland erreichte, folgte sie der schmalen Küstenstraße nach Norden, bis sie zu dem Fischerstädtchen gelangte, das ihr Solenn genannt hatte. Auf dem Kirchplatz stellte sie den Wagen ab und schlenderte die Straßen entlang bis zum Hafen. Obwohl es noch früh im Jahr war, versprach die Morgensonne einen herrlichen Tag. Golden spielte ihr Licht auf den trutzigen Häusern aus gelblich grauen Steinen, brachte die anthrazitfarbenen Schieferdächer zum Glänzen, tanzte auf dem Wasser im Hafenbecken, in dessen kleiner Werft ein Fischkutter lag, dem man seine vielen Jahre auf See ansah. Am anderen Ende der Mole entdeckte Sylvia einen putzigen kleinen Leuchtturm, die untere Hälfte weiß, die obere samt der Laterne rot. Ein paar Sportjachten dümpelten vertäut auf einer Seite des Hafens, sie schienen darauf zu warten, dass die Tage länger und wärmer wurden und ihre Besitzer sie startklar machten, um hinaus aufs Meer zu fahren.

Sylvia bemerkte bei ihrem Gang durch den Ortskern, dass einige Ladengeschäfte, Bistros und Restaurants jetzt, in den ersten Maitagen, noch geschlossen waren. Alles wirkte gemächlich und verschlafen. In der Metzgerei, in der Sylvia Solenns Bestellungen erwarb, wurde sie von der Verkäuferin und zwei Kundinnen, die wohl noch nicht mit Touristen rechneten, neugierig gemustert.

Sylvia grüßte die erstaunten Bretoninnen freundlich, machte ihre Besorgungen, brachte ihre Einkäufe zum Wagen und verstaute sie in einer Kühltasche, die Solenn ihr mitgegeben hatte. Dann ging sie die Kirche besuchen, die grau und streng über dem Ort zu wachen schien und ihren schlanken, spitzen Turm in den vergissmeinnichtblauen Himmel reckte. Das Innere war ebenso schlicht und streng gehalten wie das Äußere, doch die Strahlen der Morgensonne, die durch die Fensterrosette direkt auf den Altar fielen, verliehen dem Gotteshaus etwas geradezu Überirdisches. Sylvia setzte sich auf den geflochtenen Sitz eines der Holzstühle, die hier anstelle von Bänken standen, und nach einer Weile ging die Ruhe, die diese alten

Steine ausstrahlten, in sie über. Licht, Stein, Meer und Wind – aus diesen Elementen schien die Welt hier gemacht. Als sie den Kopf in den Nacken legte, entdeckte sie, dass jede einzelne Säule in einem anders gestalteten Kapitell endete. Die Säule, die ihr am nächsten war, war gekrönt mit gemeißelten Blüten – Kamelien.

Es war kühl in der Kirche, und nach einer Weile beschloss Sylvia, irgendwo etwas Warmes trinken zu gehen. Vor dem Kirchenportal sah sie sich um und entdeckte schräg gegenüber ein Lokal. CRÊPERIE & SALON DE THÉ stand in verschnörkelten Buchstaben auf einem Metallschild, das über der blau gestrichenen Eingangstür hing.

Ein feines Klingeln ertönte bei ihrem Eintreten. Drinnen duftete es nach Vanille und heißer Butter. Einige Frauen, die an einem runden Tisch vor dampfenden Teetassen saßen, blickten kurz auf, dann steckten sie wieder die Köpfe zusammen. Sylvia sah, dass die Hände einer der Bretoninnen in emsiger Bewegung eine filigrane Handarbeit aus weißem Garn ausführten, und als sie genauer hinsah, erkannte sie, dass sie Spitze häkelte.

In einer kleinen Fensternische nahm sie Platz. Ein dünnes, rothaariges Mädchen, das nicht älter wirkte als sechzehn, brachte ihr die Karte. Sylvia bestellte ein Kännchen weißen Tee und nach kurzem Zögern die Spezialität des Hauses, einen *crêpe au beurre salé*.

Während sie auf ihre Bestellung wartete, stieg schon wieder die gewohnte Unrast in Sylvia auf. Sie prüfte, ob sie Handyempfang hatte, und als sie sah, dass er ausgezeichnet war, atmete sie auf. Dann kam auch schon der Tee. Sylvia legte das Smartphone beiseite, ihr Postfach füllte sich mit Hunderten von Mails, Benachrichtigungen, entgangenen Anrufen und Kurznachrichten. In diesem Moment brachte die Kellnerin den Crêpe, der so unsagbar verführerisch duftete, dass Sylvia alles andere für einen Augenblick vergaß.

Schade, dass Veronika nicht da ist, dachte sie, als sie den ersten Bissen gekostet hatte. Winzige Salzkristalle aus der Butter, mit der diese hauchzarte Köstlichkeit bestrichen war, zergingen auf ihrer Zunge und bildeten einen ungewohnten Kontrast zu deren Vanillearoma. Doch gerade, als sie sich den nächsten Bissen in den Mund schieben wollte, horchte sie auf.

»... und was mit dem Jardin aux Camélias geschieht, ist ein Skandal«, hörte sie eine Frau am Tisch hinter ihr sagen.

»*Mais bien sûr*«, antwortete eine andere, »Solenn kann einem leidtun.«

»Aber mit Mitleid ist ihr nicht geholfen«, erwiderte die erste erregt. »Wir müssen etwas unternehmen. Es kann ja nicht sein, dass diese Erbin alles zerstört, was Solenn und Lucie miteinander aufgebaut haben in all den Jahren.«

Sylvia hielt die Luft an. Sie wagte kaum, sich zu rühren.

»Wer ist denn das überhaupt, diese Erbin?«

»Ach, irgendeine Nichte aus Deutschland. Hat sich ihr Leben lang hier nicht blicken lassen. Glaubst du, sie hätte ihre Tante ein einziges Mal besucht? Nicht einmal, als sie so krank war. Sie kam auch nicht zur Beerdigung. Nicht einmal nach Lucies Tod hat sie sich herbemüht. Stattdessen hat sie alles so einem Makler überlassen, und jetzt haben wir den Salat. Wenn wenigstens ...«

Die Eingangstür öffnete sich, zwei Männer traten ein, und unter dem harmonischen Klingklang der Türglocke ging der Rest der Unterhaltung am Nachbartisch unter. Sylvia saß da wie erstarrt. Ihre Wangen brannten vor Scham. Diese Leute hatten recht. Genau so musste es sich für die Einheimischen darstellen. Und sie hatte keine Entschuldigung für ihr Verhalten vorzubringen. Wenigstens wusste sie, dass die Frauen sich umsonst Sorgen machten. Sie hatte sich zwar bisher nicht wie eine Nichte verhalten, würde jetzt jedoch wiedergutmachen, was möglich war.

»... ein Ferienressort. Mit einem gigantischen Golfplatz...«, hörte Sylvia eine männliche Stimme.

»Ein Hotel«, fiel die weibliche Stimme wieder ein. »Hab ich doch gesagt. Die werden alles kaputt machen.«

Sie sah sich vorsichtig um. Die beiden Männer hatten sich an den runden Tisch zu den Frauen gesetzt.

»Éric sagt, es sei eine Hotelkette mit vielen solcher Anlagen auf der ganzen Welt. In einem halben Jahr werden wir die Kamelieninsel nicht wiedererkennen...«

»Aber das geht doch nicht...«, unterbrach ihn eine der Frauen, »das werden wir nicht zulassen...«

Am liebsten wäre Sylvia aufgestanden und hätte sich zu den Leuten gesetzt, um ihnen zu erzählen, was wirklich mit der Insel geschehen würde. Doch so mutig sie auch sonst war, sie wagte es nicht. Und dann meldete sich auf einmal eine kleine, leise Stimme in ihr, die Zweifel anmeldete. Zweifel an dem, was Holger ihr gesagt hatte. Sie blickte aus dem Fenster, ohne irgendetwas wahrzunehmen – weder den gepflasterten Platz noch die schlichte Kirchenfassade, auch nicht die vielen großen Blumenkübel mit den zurückgeschnittenen Pflanzen darin, die im Sommer hier blühen würden, wenn sie schon längst wieder in ihrem alten Leben abgetaucht sein würde.

Sylvia merkte nicht, wie auf dem Teller vor ihr der halb aufgegessene Crêpe matschig wurde und ihr Tee kalt. Sie war versunken in die Erinnerung an das Telefonat mit Holger, rekonstruierte in Gedanken Wort für Wort. *Sylvia, Liebes... ganz wie du willst...*, hörte sie ihn sagen. Sein merkwürdig angestrengtes Lachen, das so gar nicht zu ihm passte, sein Räuspern und Luftholen, sein überaus fröhlicher Ton bei seinem Rückruf jagte ihr auf einmal einen Schauer über den Rücken.

»Aber wir werden das nicht hinnehmen ...« Wieder sprach einer der Männer, und Sylvia schreckte aus ihren Gedanken auf. »Die werden uns Bretonen noch kennenlernen.«

Sylvia wurde klar, dass sie sich Gewissheit holen musste. Doch woher?

Entschlossen griff sie nach ihrem Smartphone. Noch immer trafen neue Nachrichten ein, doch sie scherte sich nicht darum. Sie suchte in ihren Kontakten die Nummer von Lena Weinhalter, Holgers Sekretärin, und wählte sie. Lena meldete sich gleich.

»Kann ich meinen Mann sprechen?«, fragte Sylvia, inständig hoffend, dass Holger unterwegs war.

»Tut mir leid«, antwortete die Sekretärin. »Er hat gesagt, er kommt heute gar nicht mehr rein. Kann ich ihm etwas ausrichten?«

»Ach so«, tat Sylvia enttäuscht. »Na ja. Aber ... vielleicht können Sie mir helfen, Lena. Wären Sie so nett, mir die Anschrift des Käufers herauszusuchen, der sich für die Gärtnerei meiner Tante interessiert? Ich kann sie leider nirgends mehr finden.«

»Von dem Hotelinvestor?«, fragte Lena. Sylvia wäre beinahe das Herz stehen geblieben. »Ich kann Ihnen die Kontaktdaten per Mail schicken. Wäre Ihnen das recht?«

Sylvia musste sich räuspern, ehe sie zu einer Antwort fähig war. »Das wäre wunderbar, Lena. Vielen Dank, Sie sind ein Engel!«

»Hier hab ich ihn schon«, hörte sie die Stimme der Sekretärin. »In zwei Minuten ist alles bei Ihnen. Kann ich sonst noch etwas für Sie tun, Frau von Gaden?«

»Nein«, sagte Sylvia mit schwacher Stimme. »Vielen Dank.

Und ... verraten Sie es nicht meinem Mann«, fügte sie hinzu. »Er regt sich immer so auf, wenn ich die Sachen verliere.«

Als ob sie jemals irgendwelche Daten verlöre. Doch zum Glück wusste Lena das nicht.

Die Sekretärin lachte gutmütig auf. »Keine Sorge«, antwortete sie in verschwörerischem Ton. »Das bleibt unter uns.«


Sylvia bat um die Rechnung. Sie bemerkte das betroffene Gesicht der Bedienung, als sie den nur knapp zur Hälfte aufgegessenen Crêpe sah.

»Hat es Ihnen nicht geschmeckt?«, fragte das Mädchen besorgt.

»Doch, doch«, erwiderte Sylvia verlegen, »er war ganz wunderbar. Aber ... ich hatte auf einmal keinen Hunger mehr. Ach ... gibt es hier vielleicht ein Internetcafé?«

»Nein, tut mir leid«, antwortete die Kellnerin, »aber gleich hier um die Ecke ist unsere Stadtbibliothek. Man kann das WLAN dort umsonst nutzen, und der Lesesaal ist sehr gemütlich.«

Sylvia bedankte sich, ließ ein großzügiges Trinkgeld da und verließ die Crêperie.

An der frischen Luft musste sie erst einmal tief durchatmen. Alles in ihr weigerte sich zu glauben, was sie eben gehört hatte. Wenn all das Gerede doch stimmte, hieß das dann nicht, dass ...

Sylvia blieb stehen und zwang sich, regelmäßig zu atmen und sich zu beruhigen. Wenn das alles stimmte, dann hatte Holger sie belogen. Aber warum? Da war ein Schmerz in ihrer Brust, eine alte Wunde, die sie für endgültig verheilt gehalten hatte. Jetzt brach sie wieder auf. Der Schmerz, betrogen worden zu sein. Verraten und verkauft. Sylvia rieb sich die Stirn.

Das konnte nicht wahr sein. Holger war der zuverlässigste Mensch, den sie in ihrem Leben kennengelernt hatte. Es konnte nicht sein, es musste sich um einen Irrtum handeln. Doch was immer auch der Grund für dieses Durcheinander war, sie musste Klarheit über die Fakten bekommen, und zwar sofort.

Ihre Beine setzten sich fast wie von selbst in Bewegung. Eine Straße weiter fand sie, genau wie die Bedienung gesagt hatte, die Bibliothek in einem ehemaligen Herrenhaus, das behäbig und altertümlich wirkte. Sylvia stöhnte. An einem solchen Ort erwartete sie betagte Computer mit ebenso behäbiger Netzverbindung. Umso erstaunter war sie, als sie im Lesesaal ein gutes Dutzend hochmoderner Rechner mit Flachbildschirmen ausmachte, die auf Benutzer warteten.

»Ist es hier immer so ruhig?«, fragte Sylvia die Bibliothekarin, die ihr den Zugangscode gab.

Die lachte. »Warten Sie mal, bis die Schule aus ist«, meinte sie, »dann geht es hier zu wie im Taubenschlag.«

Obwohl die Verbindung erstklassig war, dauerte es fast eine halbe Stunde, bis alle Mails heruntergeladen waren, die sich in Sylvias Postfach angesammelt hatten. Das Warten war eine Tortur, Sylvias Nerven waren bis zum Zerreißen gespannt. Sie lehnte sich auf ihrem Stuhl zurück und schloss die Augen, zwang sich erneut, tief und ruhig zu atmen. Alles, was sie im Augenblick interessierte, war die Mail von Holgers Sekretärin, und als die endlich eintraf, öffnete Sylvia sie sofort.

> Golf-Hotel, Resort & Spa
> PLENILUNIO
> Sir James Ashton-Davenport
> Eigentümer

Die digitale Visitenkarte enthielt noch alle denkbaren Kontaktdaten sowie die Internetseite des Konzerns. Sylvia gab sie in den Browser ein und fand ihre schlimmsten Befürchtungen bestätigt. Elf maßgeschneiderte Urlaubsparadiese an den schönsten Flecken der Erde, jedes einzelne mit einem ausgedehnten Golfplatz, Pools und Wellnessoasen, so exklusiv, dass es Sylvia schwindelte. Auch die Preise waren exorbitant. *Von allem nur das Beste*, las sie.

Sylvia schlug die Hände vors Gesicht und ließ sich in die Stuhllehne zurücksinken. Warum tat Holger das? Sie rieb sich die Augen, die auf einmal schrecklich brannten, klickte dennoch ein PLENILUNIO-Resort nach dem anderen an und stellte fest, dass dem Konzern zum perfekten Dutzend nur noch die letzte Perle fehlte – ein Resort in Frankreich. Und waren auch die anderen Orte wunderschön, so konnten sie sich doch nicht mit der Kamelieninsel messen.

Vor ihrem geistigen Auge nahm die Anlage bereits Gestalt an. Der sanfte Schwung der Inseloberfläche und die Felder, die Maël für die Züchtungen angelegt hatte, boten die beste Voraussetzung für ein Golfplatzareal. Wasser war ausreichend vorhanden, das Klima geeignet. Der Kamelienschaugarten beim Haupthaus würde ein herrlicher Hotelpark werden. So gesehen waren die fünfzehn Millionen, die Holger erwähnt hatte, ein viel zu niedriger Preis. Doch das war es nicht, was Sylvia den Magen zusammenschnürte und ihren Kopf dröhnen ließ. Ihr wurde mit einem Mal klar, dass sie überhaupt nicht verkaufen wollte. Weder an Sir James Ashton-Davenport noch an sonst jemanden. Und das Schlimmste war, was Holger ihr da antat. Sie konnte es nicht fassen. Er hatte sie tatsächlich belogen, erst am Abend zuvor noch. Es war *ihr* Erbe, und er hatte von Anfang an alles darangesetzt, dass sie es verkaufte, ohne auch nur einen Blick darauf zu werfen.

Und sie? Hatte es geschehen lassen. War ihm sogar dankbar gewesen. Hatte allem zugestimmt und ihm blind vertraut...

Und dann geschah etwas, das die freundliche Bibliothekarin in höchste Bestürzung versetzte. An dem einzigen besetzten Computerarbeitsplatz brach die elegante, fremde Frau ohne jede Vorwarnung in Tränen aus.

5

*Die Vertrauensfrage*

Der Wind schlug Sylvia ins Gesicht, doch sie spürte nichts. Seit zwei Stunden lief sie einfach immer nur geradeaus, ohne darauf zu achten, wohin. Ihr Gesicht war nass, ob von Tränen oder von dem plötzlich einsetzenden feinen Sprühregen aus dem graublauen Himmel, sie wusste es nicht. Es war ihr unmöglich, einen klaren Gedanken zu fassen. Sie lief und lief, als läge irgendwo vor ihr die Lösung für das Chaos.

Holger hatte sie belogen. Warum? Was hatte ihn dazu gebracht, ihr am Telefon dieses Theater vorzuspielen? Wenn sie daran dachte, begannen ihre Wangen vor Wut und Scham zu brennen. Wer war sie denn, dass sie sich so anlügen ließ? Wer war er denn, dass er so mit ihr umging?

Sylvia blieb abrupt stehen. Vor ihr war das Land zu Ende. Einige Meter unter ihr brachen die Wellen gegen eine Befestigungsmauer und sprühten ihr Wolken aus Gischt entgegen. Irgendwo da draußen war die Kamelieninsel. Sylvia wandte sich ab und schlug die Hände vors Gesicht.

Was sollte sie denn jetzt nur tun? Nach Hause fahren und mit Holger reden? Ihr Gepäck hatte sie auf der Kamelieninsel zurückgelassen, das musste sie erst holen. Doch sie wusste, dass sie es mit dem neuen Wissen nicht fertigbringen würde, zu Solenn und Maël zurückzukehren. Wie sollte sie ihnen unter die Augen treten? Nein, das war unmöglich. Dennoch musste sie Holger zur Vernunft bringen und zur Not auch ohne ihn den absurden Verkauf unterbinden. Genau. Das war es. Schließlich war es ihr Erbe.

Sylvia sah sich um. Das Städtchen hatte sie längst hinter sich gelassen. Eine Weile war sie einfach der Straße gefolgt, dann in einen Fußweg eingebogen, der entlang der Küste verlief. Sie stand auf einem ausgedehnten Parkplatz, der in den Sommermonaten vermutlich überfüllt war, jetzt aber verlassen dalag. Der Fußweg führte weiter in eine Senke hinunter, in der sich windschiefe Kiefern um ein steinernes Monument scharten. Als Sylvia näher kam, erkannte sie, dass es riesige, säulenartige Felsbrocken waren, von denen zwei ihre verwitterten Spitzen gen Himmel reckten. Ein dritter lag quer neben ihnen wie ein gefällter, uralter Baum. Er war in zwei Teile zerbrochen.

Sylvia vergaß einen Moment lang ihre Sorgen und sah sich die Steine näher an. Zwischen den Wolken brach jetzt wieder die Sonne hindurch und schickte ein unwirkliches Licht auf sie nieder. Als Sylvias Fingerspitzen vorsichtig die kühle, borkige Oberfläche der Steinmale berührten, kam sie sich auf einmal unglaublich klein vor. Gut und gern zehn Meter mussten die beiden aufrecht stehenden Steine messen, der eine überragte seinen Bruder sogar um einiges. Sylvia schwindelte es, als sie an ihnen emporblickte. Ob dies Exemplare der berühmten Menhire waren, Obelix' Hinkelsteine? Wie lange standen sie schon hier? Jahrtausende? Was hatten sie schon alles gesehen? Wie viele Menschenleben überdauert?

Sylvia lehnte ihre Stirn gegen den Findling und schloss die Augen. Ihr war, als fühlte sie eine Kraft in dem Fels, eine Energie, die ihr fremd war und sie verwirrte. Diese Welt hier war unvorstellbar alt. Wer hatte die Stärke und den Mut besessen, solche Ungetüme von Steinen aufzurichten und offenbar so gut zu verankern, dass sie auch heute noch standen, unverrückbar und majestätisch? Was hatte den dritten der steinernen Brüder umgeworfen? Wann war er zerbrochen und warum?

»Uns sind alle willkommen«, hatte Maël gesagt, »Hauptsache, sie bringen keine Planierraupen mit.« Sylvia stöhnte auf. Sie wussten bereits, was auf sie zukam, er und Solenn. Sie wussten es und machten doch weiter, so wie zuvor. Kümmerten sich unbeirrt um die Kamelien, pflanzten Stecklinge, warteten auf die eine, einzigartige Blüte.

Sie sei hier zu Hause, hatte Solenn gesagt. Und wenn Sylvia es sich recht überlegte, waren dies die letzten Worte gewesen, die Solenn zu ihr gesagt hatte am Morgen, ehe sie losgefahren war.

Das goldene Licht verschwand, und der feine Sprühregen verwandelte sich in einen Wolkenbruch. Energisch wandte sich Sylvia von den Steinriesen ab und setzte sich wieder in Bewegung. Ihr war kalt. Auch wenn die wasserdichte Jacke jedes Werbeversprechen hielt, so klatschte der Regen ihr doch gegen die Beine, und sie hatte im Nu durchnässte Schuhe und Jeans. Sie ging schneller, zog die Kapuze über ihr nasses Haar, fühlte, wie das Wasser, das sich darin gesammelt hatte, ihren Nacken hinunter- und ihre Wirbelsäule entlanglief. Sie erschauerte. Zu allem Überfluss trieb ihr der Wind die Tropfen wie eisige Nadeln ins Gesicht.

Wohin sollte sie gehen? Sie sah auf die Uhr. Es war kurz nach zwei, die Landbrücke war unpassierbar. Für den Fall, dass sie zurück zur Insel wollte, musste sie warten bis zum Abend. Sylvia sehnte sich danach, dort in ihrem Zimmer am Kamin zu sitzen, sich aufzuwärmen, die klammen Finger um einen *bol* mit heißem Tee. Aber vorerst musste sie sich darum kümmern, dass die Planierraupen nicht kamen. Sie musste dafür sorgen, dass alles so bleiben konnte, wie es war. So, wie ihre Tante Lucie es hinterlassen hatte.

»Aber warum, verdammt noch mal«, rief Sylvia in den Regen, während sie mit gesenktem Kopf den Weg, den sie gekommen war, zurückging, »warum um alles in der Welt hat sie *mir* das alles vermacht? Warum nicht ihrer Lebensgefährtin Solenn?«

Sie gelangte wieder zur Landstraße, versuchte sich zu erinnern, wie weit es noch bis zu dem Ort war, in dem sie das Auto hatte stehen lassen. Ein Wagen fuhr in eine Pfütze, und das schmutzige Spritzwasser traf ihre Beine. Sie hörte, wie sich von hinten ein weiteres Fahrzeug näherte, und lief so nah am Straßengraben wie irgend möglich. Doch es verlangsamte sein Tempo, kam neben ihr zum Stehen. Das Beifahrerfenster des ramponierten Geländewagens glitt nach unten.

»Madame«, hörte Sylvia eine Frauenstimme, »steigen Sie ein.«

Das ließ sich Sylvia nicht zweimal sagen. Sie öffnete die Tür, glitt auf den Sitz. »Ich fürchte«, sagte sie, während sie versuchte, die Kapuze zurückzuschieben, ohne allzu viel Nässe zu hinterlassen, was ein hoffnungsloses Unterfangen war, »ich ruiniere Ihnen gerade den Sitz. Tut mir leid...«

»*Mais non*«, antwortete die Frau mit einem Lachen. Sie trug einen handgestrickten Pullover, der ihre Fülle kaum verbarg. Sylvia schätzte sie auf um die fünfzig Jahre, ihre kurz geschnittenen rotblonden Haare schimmerten an den Schläfen wie wintergraues Gras. »Das trocknet schon wieder. Bei diesem Wetter kann ich Sie doch nicht auf der Straße herumlaufen lassen. Hatten Sie eine Panne?« Panne, dachte Sylvia, während sie erleichtert sah, dass sie bereits das Ortsschild passierten. So kann man das auch nennen. Mein ganzes Leben ist gerade *en panne*. »Wo steht denn Ihr Wagen?«

»Auf dem Kirchplatz«, sagte Sylvia und merkte erst jetzt, wie sehr sie fror. »Ich wollte einen Spaziergang machen.«

»Sicherlich zu den *peulvans*«, sagte die Frau herzlich. »Sind sie nicht beeindruckend? Nun, ich kenne sie schon seit meiner Kindheit, und immer noch bin ich von ihnen fasziniert. Irgendwie gewöhnt man sich nicht an sie. Obwohl sie zu uns gehören wie die See.«

»Sind das Menhire?«, wollte Sylvia wissen.

»Ja, genau«, antwortete die Frau. »*Maen-hir*, Langstein, wie wir Bretonen sagen. Sie sind nicht von hier, *n'est-ce-pas?*« Die Frau sah sie kurz von der Seite an. Es war eine Feststellung, auch wenn es wie eine Frage klingen sollte. Sylvia schüttelte den Kopf. Ihr wurde bewusst, dass ihre Wangen heiß wurden. Wie bald würde man in ihr Lucies hartherzige Nichte erkennen, die den Untergang der Kamelieninsel heraufbeschworen hatte? »Sie sprechen sehr gut Französisch«, fuhr die freundliche Frau fort. »Und wissen Sie was? Sie erinnern mich an jemanden. Ich komme nur gerade nicht darauf, an wen...«

»Wie alt sind denn diese *peulvans*?«, fragte Sylvia, um dem Gespräch eine andere Richtung zu geben.

»Oh, das weiß man nicht so genau«, gab die Frau zur Antwort. »Man sagt, sie seien während der Jungsteinzeit errichtet worden. Vor rund fünftausend Jahren. Es können aber gut und gern zweitausend mehr sein.«

Sie hatten den Marktplatz erreicht. Der rote Porsche stand einsam im Regen und wirkte wie ein Fremdkörper, den die steingrauen Häuser staunend betrachteten.

»Vielen Dank fürs Mitnehmen«, sagte Sylvia. »Das war wirklich sehr nett von Ihnen.«

»*Pas de quoi*«, wehrte die Frau herzlich ab. Zahlreiche Lachfältchen erschienen in ihrem Gesicht. »Es war mir ein Vergnügen. Übrigens«, fügte sie hinzu, »ich bin Rozenn. Ich habe eine Töpferei ein Stück nördlich der *peulvans*. Wenn Sie Lust haben, schauen Sie doch mal vorbei.«

»Das mach ich gern«, versicherte ihr Sylvia, verabschiedete sich und stieg aus. Rozenn winkte beim Davonfahren, Sylvia sah ihr nach, bis der Geländewagen zwischen den Häusern verschwand.

Der Regen hörte ebenso plötzlich auf, wie er begonnen hatte. Finger aus Licht rissen die graphitgraue Wolkendecke auf und verwandelten den gepflasterten Marktplatz in einen silbernen Tanzplatz.

Fröstelnd riss sich Sylvia von diesem magischen Anblick los, stieg in ihren Wagen, startete den Motor und fuhr los. Doch wo sollte sie hin? Die Passage zur Insel war noch versperrt. Sie brauchte dringend ein heißes Bad und trockene Kleidung. Einen Augenblick fühlte sie sich vollkommen orientierungslos, ein Gefühl, das ihr absolut fremd war, sodass sie sich selbst fast nicht wiedererkannte. Dann, an der nächsten Straßenkreuzung, sah sie ein Schild, und ihr Entschluss stand fest: Sie würde nach Quimper fahren. Vorerst hatte sie genug vom Landleben, vom Meer, dem Licht und seiner verwirrenden Magie.

Schon bei dem Gedanken, bald wieder in einer Stadt zu sein, atmete Sylvia auf. Quimper mochte keine Metropole sein wie München, doch das war ihr im Augenblick egal. Hauptsache, sie fand ein paar Geschäfte, und Hauptsache, dort gab es ein Hotel, in dem man die behagliche Anonymität und jenen gewissen Komfort erwarten konnte, der überall auf der Welt ab einem entsprechenden Preisniveau garantiert war. Das brauchte sie jetzt dringend, um sich einen vernünftigen Plan zurechtzulegen. Und dazu brauchte sie wiederum einen kühlen Kopf, Internet und Handy-Empfang. Endlich war sie wieder Herrin über ihre fünf Sinne.

Sylvia gab in das Navigationsgerät die Suchanfrage »Hotel Quimper« ein und wählte das mit den meisten Sternen aus.

Eine Stunde später bog sie dort auf den Parkplatz ein. Sie buchte die teuerste Suite, die es gab, und erkundigte sich nach dem nächsten Modegeschäft.

»Wir haben eine Boutique hier im Haus, Madame«, sagte die junge Dame am Empfang und erklärte ihr den Weg.

In dem kleinen Laden gleich neben dem Restaurant erstand Sylvia eine weiße Jeans, ein weißes T-Shirt und ein rosenholzfarbenes Longshirt, dazu eine Mohairstrickjacke in einem warmen Mauve, zwei Paar Tennissocken und einige Slips. Alles, was sie sonst brauchte, von der Zahnbürste bis zum Kamm, fand sie im Badezimmer der Suite.

Sie ließ warmes Wasser in die Wanne ein und schlüpfte endlich aus ihren nassen Sachen. Als sie in den knisternden Badeschaum eintauchte, atmete sie mit einem Seufzen aus. Was für eine Wohltat! Sie schloss die Augen und lehnte sich zurück. In ihren Zehen kribbelte es, doch schließlich füllte sie die Wärme vollständig aus.

Mit einem Mal kam Bewegung in das Badewasser, Wellen bäumten sich auf, und Sylvia fand sich in einem riesigen Meer, das an ihr zog und zog, und sie hatte nichts, woran sie sich festhalten konnte. Da bekam sie etwas Langes, Dünnes zu fassen, einen Ast vielleicht. Sie zog das Etwas zu sich heran und erkannte, dass es der geschmeidige Stamm eines jungen Kamelienbaumes war. Jemand hatte ihn gefällt. Wie sie trieb er im Wasser, während in seiner dunkelgrünen Krone noch immer die Blüten schimmerten, leuchtend rot wie Blutstropfen...

Sylvia schreckte auf. Sie war eingeschlafen und hatte geträumt. Ihre beiden Hände hielten den Duschkopf umklammert, als hinge ihr Leben davon ab.

Mein Gott, dachte sie, ich muss die Kamelieninsel retten. Ich darf keine Zeit mehr verlieren.

Eine Viertelstunde später schlüpfte sie in ihr neues Outfit und föhnte ihr Haar trocken. Noch immer war sie sich nicht sicher, wie sie vorgehen sollte. War es besser, Holger direkt damit zu konfrontieren, dass sie die Wahrheit kannte? Oder sollte sie einen diplomatischeren Umweg wählen? Doch welchen? Sie hatte keine Übung in Heimlichkeiten, auch ihren Klienten riet sie stets zu Ehrlichkeit und Transparenz. Die meisten Schwierigkeiten entstanden aus mangelhafter Kommunikation, aus Lügen und Ausflüchten. Wenn sie daran dachte, was Holger gerade tat, wurde ihr richtiggehend übel.

Sylvia nahm den großen Notizblock mit dem Logo des Hotels vom Schreibtisch und den Kugelschreiber. »Wenn Sie sich nicht sicher sind, was Sie tun sollen«, pflegte sie ihren Klienten zu sagen, »dann schreiben Sie die möglichen Konsequenzen jeder einzelnen Handlung, die Sie zur Auswahl haben, auf. Später ziehen Sie einen Vergleich.« Genau das würde Sie jetzt machen.

*Ich erkläre Holger klipp und klar, dass die Kamelieninsel nicht zu verkaufen ist*, schrieb sie oben auf das erste Blatt.

*Konsequenzen*:

*1. Er versucht, mich umzustimmen.*

*2. Er sagt den Verkauf ab.*

*3. ...*

Sylvia starrte lange auf die Nummer drei. Gab es die Möglichkeit, dass er sie weiter belügen würde? Dass er ihr zusagte, den Verkauf abzusagen, und es dann doch nicht tat?

Sie warf den Block auf den Tisch. Wie konnte sie nur so etwas denken? War ihre Beziehung nicht auf Vertrauen aufgebaut?

*Und doch hat er dich gestern belogen*, sagte eine klare, unbarmherzige Stimme in ihr. *Und nicht nur gestern. Von Anfang an. Sagte er nicht, die Gärtnerei sei völlig heruntergekommen?*

Hatte er nicht verschwiegen, dass es um ein kostbares Stück Land inmitten des Atlantiks ging, um eine Insel, von der man kaum zu träumen wagte? Er hatte ihr bereits einen Kunden präsentiert, noch bevor sie erfahren hatte, was ihre Tante ihr hinterlassen hatte.

»Und das ist Betrug«, sagte sie halblaut vor sich hin.

Sylvia hatte das Gefühl, der Boden unter ihr würde sich auftun. Sie wurde von Panik ergriffen, von einem Gefühl der unendlichen Verlorenheit, so als schwebte sie in einem luftleeren Raum, ganz allein, von der Menschheit verlassen. Dieses Gefühl kannte sie, auch wenn sie es so lange vergessen und abgetan hatte, als Überbleibsel aus einem anderen Leben. Ihrem Leben vor Holger. Ihrer Liebe vor Holger. Ihrer einzigen großen, leidenschaftlichen Liebe, die sie sich je in ihrem Leben erlaubt hatte. Und die sie so jämmerlich betrogen hatte, damals, vor so vielen Jahren.

Sie dachte an die Zeit zurück. Er hieß Robert und war Maler, und sie liebte alles an ihm: seinen rotlockigen Haarschopf, der ihm jungenhaft in die Stirn fiel, seinen Körperduft nach Moos und wilden Gräsern, die Art, wie er sie anfasste mit seinen rauen Malerhänden, den Geruch nach Balsamterpentin in seinem Atelier und die Bilder, die er malte. Sie liebte seine Art, zu lachen und sie anzusehen, die Unbedingtheit, mit der er sie begehrte, sie wurde nicht müde, ihm zuzuhören, wenn er über seine Arbeit sprach, ihm zuzusehen, wenn er vollkommen in sich versunken seine Farben mischte. Sie konnte nicht genug davon bekommen, von ihm auf dem alten Jugendstilsofa in seinem Atelier geliebt zu werden, sie glaubte ihm jedes Wort, wenn er von seiner großen Liebe zu ihr und ihrer gemeinsamen, wunderbaren Zukunft sprach, sie gab ihm alles, darunter auch ihr damals hart verdientes Geld. Sie war gerade erst mit dem Studium fertig geworden, hatte tagsüber unbezahlte

Praktika in großen Unternehmensberatungsfirmen gemacht, sich und ihn mit nächtlichen Übersetzungen von Gebrauchsanweisungen für Haushaltsgeräte finanziert, fest davon überzeugt, dass eines Tages eine namhafte Galerie auf ihn aufmerksam werden würde. Als dies nach drei Jahren endlich der Fall war, als er sein erstes großes Leinwandbild zu einem schwindelerregenden Preis verkaufte und sie mit einer Flasche Champagner, die sie sich vom Essen abgespart hatte, in sein Atelier kam, fand sie ihn mit einer anderen auf dem Jugendstilsofa, auf dem er, wie sie geglaubt hatte, ausschließlich sie geliebt hatte.

Hatte er nicht.

Warum erfuhr man die Wahrheit eines untreuen Geliebten erst dann, wenn die Sache vorbei war? Warum wagten selbst die besten Freundinnen es nicht, einem die Wahrheit zu sagen, solange man noch von der Illusion geblendet war, die Einzige zu sein?

Das Schlimmste aber war: Trotz allem war es schließlich Robert gewesen, der ihr, Sylvia, den Laufpass gegeben hatte. Der sie mitsamt ihrer Flasche Dom Pérignon nach Hause schickte und seinen Durchbruch mit anderen feierte. Der nichts mehr von ihr wissen wollte und kein Wort des Dankes dafür hatte, dass sie ihn all die Jahre finanziell über Wasser gehalten hatte, ja, er war sich dessen vermutlich nicht einmal bewusst. Er trat ihre Liebe mit Füßen und verschwand aus ihrem Leben, als hätte es ihre leidenschaftliche Zweisamkeit nie gegeben.

Damals durchlitt Sylvia alle Qualen derjenigen, die mit jeder Zelle ihres Körpers und mit jeder Faser ihrer Seele lieben und sich diese Liebe nicht einfach so über Nacht aus dem Herzen reißen konnten – die Qualen der Verschmähten, der Hintergangenen, der Belogenen. Und als sie endlich wieder in der Lage war, klar zu denken, fasste sie einen Beschluss. Sie schwor, sich nie mehr ausschließlich von ihren Gefühlen leiten zu lassen, sondern eine Beziehung, so sie denn überhaupt noch einen Mann an sich heranlassen würde, vor allem auf dem aufzubauen, was sie miteinander verband. Gemeinsame Werte. Gemeinsame Ziele. Gemeinsame Prioritäten. Und nach langen durchweinten und durchwachten Nächten kam sie zu dem Ergebnis, dass ein gemeinsamer Lebensplan schwerer wog als romantische Gefühle, die, wie sie hatte lernen müssen, ohnehin nicht von Dauer sein konnten.

Es hatte lange gedauert, bis sie sich überhaupt wieder auf eine Beziehung hatte einlassen können. Sie hatte ohnehin keine Zeit für einen Mann, wie sie nicht müde wurde, ihrer Freundin Veronika zu versichern, die sie immer wieder mit irgendwelchen Typen zusammenbringen wollte. Bis Holger in ihr Leben trat, damals auf jenem Empfang in Los Angeles. Sie hatte sich nicht Hals über Kopf in ihn verliebt, und er hatte nicht ahnen können, dass gerade das sein Vorteil gewesen war. Holger war attraktiv, keine Frage, er hatte eine fast altmodische Art, seinen Smoking zu tragen, so als wäre er seine zweite Haut, sein Cocktailglas in der Hand zu halten, als wäre er damit schon auf die Welt gekommen, und seinen Gesprächspartner mit seinem Blick zu hypnotisieren, als könnte er sich niemanden vorstellen, mit dem er im Augenblick lieber spräche.

Das alles hatte Sylvia in den ersten fünf Minuten erkannt und durchschaut. Ebenso seinen Willen zum Erfolg, seine Zähigkeit, mit der er ein Ziel so lange verfolgte, bis er es erreichte. Seinen Jagdinstinkt, der ihm sagte, wann ein Geschäft sich lohnte und wann nicht. Und jene Verletzlichkeit, die sie mit ihm teilte: die Angst, wieder mit nichts dazustehen.

Sie hatte sich damals Zeit gelassen und sein Werben in aller Ruhe hingenommen wie eine Königin. Doch mit der Zeit hatte er sich unentbehrlich bei ihr gemacht, und nach und nach war die Zuneigung, die sie von Anfang an zu ihm empfunden hatte, zu einem warmen Gefühl der Verbundenheit herangewachsen, der Zusammengehörigkeit und schließlich zu Liebe. Sie waren wie Hänsel und Gretel, die sich in dieser schwierigen Welt an den Händen hielten, jederzeit bereit, den anderen zu schützen und zu verteidigen in dem Bewusstsein, dass sie gemeinsam stärker waren als allein. So hatten sie sich all die Jahre unerschrocken an dem Knusperhaus im Zauberwald bedient, ohne die böse Hexe aufzuwecken, bis sie geglaubt hatten, es gehörte ihnen, ganz und gar ...

Sylvia schüttelte den Kopf, stand auf und ging in der Suite auf und ab. Hänsel und Gretel? So ein Unsinn! Holger und sie waren ein Liebespaar, das zehn Jahre lang bewiesen hatte, wie ausgezeichnet es sich ergänzte. Das Höhen und Tiefen überstanden hatte und dessen gegenseitige Liebe von Respekt geprägt war. Und aus diesem Grund musste sie offen mit Holger reden. Was auch immer ihn dazu bewogen hatte, sie zu belügen, damit musste Schluss sein. Sie machte die Sache nicht besser, indem sie ihrerseits heimliche Spiele spielte. Davon abgesehen, dass ihr so etwas auch überhaupt nicht lag.

Ehe sie es sich anders überlegen konnte, griff Sylvia zu ihrem Telefon und rief ihren Mann an. Er meldete sich sofort, was sie für einen Augenblick verwirrte. Und dann wusste sie, wie sie die Sache anpacken würde. Ja, sie würde Holger eine Brücke bauen. Eine Brücke, um ihr doch noch die Wahrheit sagen zu können.

»Ich bin's«, sagte sie, »Sylvia. Bitte sei doch so lieb und gib mir die Telefonnummer von dem Kaufinteressenten. Ich möchte gern persönlich mit ihm sprechen.«

Holger hielt einen Moment lang die Luft an. Dann hatte er sich wieder gefasst. »Sylvia, Liebes«, sagte er betont liebevoll, doch sie konnte spüren, welch eine Selbstbeherrschung ihn das kostete. »Ich dachte«, fuhr er fort, »wir hätten gestern alles geklärt. Erst vorhin rief er noch mal an. Ich soll dir ausrichten, er braucht noch ein paar Tage, bis er dir den Businessplan schicken kann.«

»Holger«, sagte sie in ernstem Ton, »bitte, sag mir die Wahrheit!«

»Die Wahrheit?«, echote Holger plötzlich zornig. Seine Stimme überschlug sich fast. »Du bittest mich, dir die Wahrheit zu sagen? Ja, glaubst du denn, ich lüge dich an?«

Sylvia sah, wie die Brücke, die sie ihm gebaut hatte, langsam und unbarmherzig in sich zusammenstürzte. Ihre Stimme war glasklar, als sie zu sprechen begann. Sie hatte etwas von der Kälte, die sie zuvor im Regen gefühlt hatte.

»Du willst mir also wirklich sagen, Sir James Ashton-Davenport, der Besitzer der PLENILUNIO, arbeite tatsächlich an einem Businessplan, wie er die Kameliengärtnerei erhalten möchte? Ist das die Wahrheit, Holger?«

In der plötzlichen Stille, die von München über wer weiß welchen Satelliten, der in der Erdumlaufbahn seine Kreise zog, zu ihr übermittelt wurde, glaubte Sylvia zu hören, wie etwas zwischen ihr und ihrem Mann zerbrach. Es war wie das Erlöschen einer Kerzenflamme, und bei allem Schmerz, den sie in diesem Augenblick fühlte, war Sylvia doch voller Staunen, dass es nicht das Tosen eines Erdrutsches war, sondern nichts weiter als ein Knistern, ein Raunen. So ging also eine Beziehung zu Ende, die auf Vernunft aufgebaut war? Seltsam. Es tat weh, doch es war zu ertragen.

»Sag diesem Menschen«, fuhr sie fort, »dass ich nicht verkaufe. Und schon gar nicht an ihn.«

»Dazu ist es zu spät, Sylvia«, gab Holger zur Antwort. Seine Stimme klang nicht kalt, nicht zornig. Zu Sylvias Erstaunen klang sie müde, bedauernd. Und auch ein wenig resigniert.

»Weshalb?«, fragte sie.

»Weil wir einen Vorvertrag geschlossen haben. Und der ist bindend.«

»Das ist mir egal«, fauchte sie ins Telefon. »Lös ihn auf! Ich habe nicht zugestimmt.«

»Das musst du auch nicht«, hörte sie ihren Ehemann sagen. »Du hast mir alle Vollmachten erteilt, die dazu notwendig sind. Die Insel ist so gut wie verkauft. Verabschiede dich von ihr. Es ist vorbei.«

»Nein«, schrie Sylvia, außer sich vor Wut und Verzweiflung. Sie sah Maëls Gesicht vor sich, ganz nah, wie er sich über sie beugte, um sie zu küssen. Sie sah den unfassbar weiten Himmel, der die Insel überspannte, einen Himmel, über den zwischen magischen Sonnenspielen Wolken jagten. Sie sah Solenn am Herd und in der Gärtnerei, die einzigartige grünlich weiße Kamelienblüte mit dem purpurnen Herzen, die erste ihrer Art, die es jemals gegeben hatte. Und sie sah sich mitten darin, staunend und erfüllt von einem Glücksgefühl, wie sie es vorher nicht gekannt hatte.

»Nein«, sagte sie noch einmal, ruhig und bestimmt. »Die Insel wird nicht verkauft. Sie gehört mir, meine Tante hat sie mir vermacht. Wenn ich Konventionalstrafe bezahlen muss, um aus diesem Vorvertrag herauszukommen, dann ist mir jede Summe recht. Ich WILL NICHT VERKAUFEN, Holger, hast du das begriffen?«

Wieder war es still in der Leitung. Kann es so weit kommen, fragte sich Sylvia, dass ich diesen Mann, den ich zu lieben glaubte, einmal hassen werde?

»Ich will's versuchen«, sagte Holger schließlich. »Wenn dir so viel daran liegt, dann schau ich, was ich tun kann.«

Auf einmal kamen Sylvia die Tränen. »Du hast mich angelogen, Holger«, sagte sie und schluckte. Das fehlte noch, dass er mitbekam, dass sie weinte wie ein kleines Mädchen. »Und du weißt, was das für mich bedeutet.«

»Sylvia, Liebes«, hörte sie ihn flehend sagen, »wie hätte ich ahnen können, dass ausgerechnet du, die du dich nie in deinem Leben für auch nur eine müde Primel interessiert hast, so einen Narren an dieser Gärtnerei fressen würdest?«

Es ist nicht irgendeine Gärtnerei, wollte sie einwenden, doch sie schwieg. Holger würde es nicht verstehen. Und es war auch besser so. Denn in erster Linie, das wurde Sylvia in diesem Augenblick klar, war es nicht die Gärtnerei, nicht Tante Lucies Vermächtnis, das es ihr unmöglich machte, die Insel zu veräußern. Es waren die Menschen dort. Solenn. Pierrick. Gwen. Und natürlich allen voran Maël. Maël, dessen Augen die Farbe des Meeres hatten, eine Farbe, die sich änderte je nach seiner Stimmung, seinen Gedanken. Maël, der mit den Kamelien sprach und darauf hoffte, dass sie sich ihm in ihrer Vielfalt und Schönheit offenbarten, immer wieder neu. Maël, den sie unbedingt wiedersehen wollte, ihm in die Augen sehen, ohne sich schämen zu müssen ...

»Darf ich dich daran erinnern«, riss Holgers Stimme sie aus ihren Gedanken, »dass du mich darum gebeten hast, dir beim Verkauf behilflich zu sein? Du hattest keine Zeit, dich selbst darum zu kümmern. Schon vergessen? Weil du ständig von einem Ort der Welt zum anderen jagst. Nicht, dass ich dir einen Vorwurf mache. So warst du immer, und so bist du nun mal. Ich liebe dich so. Aber sag mir eines, Sylvia«, seine Stimme klang ehrlich verzweifelt, »was ist passiert, dass du dich so verändert hast? Dass du auf dieser Insel herumstreifst und unbedingt diese ... diese Gärtnerei retten willst, um jeden Preis? Dass du bereit bist, Geld zu verlieren, statt eine Unmenge Geld zu verdienen? Was ist los mit dir, Sylvia? Erklär es mir!«

Sylvia schluckte. Sie fühlte sich ertappt. War sie tatsächlich dabei, sich zu verändern? Und wenn ja, war es dann schlimm? Auf einmal tat ihr Holger leid. Er hatte recht mit dem, was er sagte. Sie fühlte sich schuldig. Sie ließ sich von fremden Männern küssen und führte sich auf wie ein Teenager. Und doch. Das gab ihm noch lange kein Recht, sie anzulügen.

»Wieso hast du mir nicht die Wahrheit gesagt gestern?«, fragte sie.

Er stöhnte auf. Sie konnte ihn förmlich vor sich sehen, wie er in seinem Büro auf und ab ging und sich mit der freien Hand durch sein dichtes, dunkles Haar fuhr.

»Das war dumm von mir«, sagte er fast demütig, »kannst du mir noch mal verzeihen? Aber ich hatte auf einmal das Gefühl, dass ich ... dass ich ...«

»Was für ein Gefühl hattest du?«, fragte Sylvia misstrauisch.

»Dass ich dich vor dir selbst schützen müsste. Du kommst mir so verändert vor, so ... irgendwie nicht du selbst. Sylvia, dieser Verkauf ist das Geschäft unseres Lebens. Und ausgerechnet du willst es ausschlagen? So eine Chance kommt nicht wieder, glaub mir ...«

»Und was fangen wir an mit dem vielen Geld?«, unterbrach ihn Sylvia. »Sollen wir uns irgendwo eine schöne Insel suchen und sie kaufen? Holger, begreif doch, die Kamelieninsel ist unbezahlbar. So ein Paradies findet man auf der ganzen Welt nicht ein zweites Mal. Diese Millionen, die brauchen wir doch gar nicht ...«

Sie hörte ein leises Stöhnen. »Menschen wie du und ich«, sagte Holger müde, »brauchen immer Geld. Wir brauchen das Geld. Glaub mir, Sylvia. Vertrau mir einfach. Lass uns den Deal machen und ...«

»Nein«, hörte Sylvia sich sagen, »die Insel ist nicht zu verkaufen. Das ist mein letztes Wort. Erklär es Sir James Ashton-Davenport. Sonst tu ich es.«

Die Stille fühlte sich jetzt eisig an. Als ob sich eine Gletscherspalte zwischen ihnen aufgetan hätte und ein kalter Hauch sie anwehte. Ganz kurz nahm Sylvia das wahr.

Dann sagte Holger mit mehr Wärme in seiner Stimme, als sie ihm je zugetraut hätte: »Ganz wie du willst. Ich spreche mit ihm. Und dann komm nach Hause, Liebes. Du fehlst mir. Und die Bretagne, nimm es mir nicht übel, aber ich hab das Gefühl, die tut dir nicht gut.«

»Ich komm nach Hause«, sagte Sylvia und meinte es auch so, »aber nur, wenn du mir versprichst, den Verkauf rückgängig zu machen.«

»Ich verspreche dir«, antwortete Holger ergeben, »ich werde tun, was ich kann.«

»Und wag es nie wieder, mich anzulügen! Hörst du?«

»Ich hab verstanden, Sylvia.«

»Denn wenn das auch nur noch ein einziges Mal vorkommen sollte, dann ist das das Ende. Habe ich mich klar ausgedrückt?«

»Vollkommen, Sylvia. Klarer geht es nicht. Ich muss jetzt Schluss machen, Sylvia, ein Anruf kommt rein. Du hörst von mir.« Und damit legte Holger auf.

Sylvia atmete tief und erleichtert ein und wieder aus. Holger würde sich für sie einsetzen, ganz gewiss würde er das. Sie stand auf. Da fiel ihr Blick auf den Schreibblock mit ihren fahrig hingeschriebenen Notizen. Sie las:

*Konsequenzen:*
*1. Er versucht, mich umzustimmen.*
*2. Er sagt den Verkauf ab.*
*3. ...*

Ihr Blick blieb auf der leeren Stelle hinter der Ziffer 3 hängen. Die dritte mögliche Konsequenz war und blieb:

*3. Er tätigt den Verkauf hinter meinem Rücken.*

»Nein«, sagte sie laut zu sich selbst. »Nein, nein, nein. So etwas tut Holger nicht. Ganz bestimmt nicht. Nicht nach diesem Gespräch.«

Sie zog entschlossen ihre Schuhe an, die nur noch ein klein wenig feucht waren, und schlüpfte in die neue Mohairjacke. Ihr Magen knurrte. Es war fast achtzehn Uhr, und sie hatte seit dem Frühstück nichts Richtiges mehr gegessen. Sie war gespannt, was das Restaurant zu bieten hatte. Den restlichen Abend würde sie die Wellnessabteilung des Hotels einem gründlichen Test unterziehen. Und am kommenden Morgen würde sie zurück zur Insel fahren. Es wurde Zeit, Solenn und Maël alles zu erklären.

## 6

*Der Zauber der Insel*

»Ich hab mir Sorgen gemacht!«

Maël sah sie an, und in seinen Augen spiegelten sich der klare Himmel und das leuchtende Meer. Sylvia hatte gerade die Einkäufe in die Küche getragen und, da sie Solenn nirgendwo entdecken konnte, im Kühlschrank verstaut. Im Hof war sie dann Maël begegnet, und ein Leuchten war in seinem Gesicht aufgegangen.

»Ich war in Quimper«, erklärte Sylvia verlegen. Sie zwang sich, ihren Blick von dem Farbenspiel seiner Augen zu lösen. »Und dann war es zu spät, um herzufahren. Ich hab in einem Hotel übernachtet.«

Sie konnte sehen, dass ihn ihre Antwort nicht wirklich befriedigte. Und sie hatte sich vorgenommen, ihm die Wahrheit zu sagen. Am besten tat sie das gleich, bevor sie erneut seinem unglaublichen Charme verfiel.

»Ich würde gern mit dir reden«, begann sie und sah sich scheu im Hof um. Pierrick schob gerade eine Schubkarre voller Erde an ihnen vorüber und nickte ihr freundlich zu, eine halb gerauchte Zigarette hing in seinem Mundwinkel. Sylvia grüßte lächelnd zurück, dann wandte sie sich wieder an Maël. »Könnten wir vielleicht irgendwo in Ruhe…?«

»*Mais oui*«, sagte Maël und schenkte ihr endlich jenes Lächeln, das sie jetzt schon, wie ihr bewusst wurde, vermisst hatte. »Komm mit. Ich zeig dir etwas. Einen besonderen Ort.«

Sie nahmen denselben unbefestigten Weg wie zwei Tage zuvor, als Maël ihr die Pflanzungen gezeigt hatte. Doch dieses Mal bog er oben auf der Kuppe scharf nach links ab. Sylvia konnte keine Straße erkennen, aber Maël steuerte den Wagen sicher über eine von Wind und Wetter blank gescheuerte Felspiste, bis sie ganz am Ende einer weit ins Meer hinausragenden Landspitze angekommen waren. An die hundert Meter unter ihnen stürmten hier die Wellen gegen die Insel an, türmten sich zu weißen Schaumbergen auf, um sich schließlich mit einem donnernden Tosen in Gischt zu versprühen.

»Komm«, rief Maël und führte Sylvia einen steilen Pfad an der östlichen Flanke der Felsküste entlang in die Tiefe. Umtanzt von einer kreischenden Schar von Silbermöwen kletterten sie immer tiefer hinunter, bis sie wenige Meter über dem Meeresspiegel eine geschützte Stelle erreichten. Sylvia ließ sich von Maël auf den letzten steilen Metern helfen, dann sah sie sich einem kleinen Wunder gegenüber – zwischen hohen Felsen, die den Wind abhielten, breitete sich ein natürliches Becken vor ihr aus. Hier hatte sich wie in einem Pool Meerwasser gesammelt, das still das tiefe Blau des Himmels reflektierte. »*Viens*«, sagte Maël erneut und nahm Sylvia an die Hand.

Es war ganz windstill in dieser Senke. An den silbergrauen Felsen wuchsen Flechten in leuchtendem Schwefelgelb, in hauchdünnen Spalten wurzelten Pflanzen mit winzigen violetten Blüten. Zwischen der Felswand und dem Naturbecken entdeckte Sylvia eine Art Strand mit Sand, so fein wie Puderzucker. Maël schlang seine Arme um sie, zog sie an sich.

Nicht, wollte sie sagen, wir müssen doch reden, aber dann wusste sie plötzlich nicht mehr, was sie sagen wollte. Und als Maël behutsam begann, ihre Bluse aufzuknöpfen, die Träger ihres BHs über ihre Schultern zu schieben, ihre Brüste zu befreien, zu liebkosen und sie sanft auf den Puderzuckersand zu ziehen, wuchs in ihr eine Lust, ihn zu umarmen und überall zu spüren, die jeden vernünftigen Gedanken auslöschte. Um sie her schien sich alles in leuchtendem Blau aufzulösen, der Himmel, das Wasser in dem Naturbecken, das Meer und vor allem Maëls Augen, dieses tiefe Grünblau, in das sie nun eintauchte, ganz und gar. Und während er ihren Körper erkundete und sie den seinen, der so sehnig war und stark, während sie seine Küsse schmeckte, salzig und süß zugleich, während sie sich öffnete und er in sie eindrang, wurde ihr mit Erschrecken klar, dass sie das, was sie gerade fühlte, noch nie in ihrem Leben erfahren hatte. Nicht mit Holger, nicht einmal mit Robert. Diesen Hunger, dieses unbedingte Wollen, diese Hingabe, dieses Verschmelzen, diese fast schmerzende Wollust, die sie aufstöhnen ließ, diese in Wellen ihren Körper überrollenden Explosionen, wieder und wieder, nicht enden wollend und unerschöpflich, bis sie langsam, ganz langsam abflauten, wie das Meer wiederkehrte und sich zurückzog, jedes Mal ein wenig mehr, um einer Süße und Glückseligkeit Platz zu machen, einem unendlichen Frieden in den Armen dieses fremden und doch so vertrauten Mannes, den sie schon seit Ewigkeiten zu kennen glaubte – das alles hatte Sylvia noch niemals erlebt.

Es war später Nachmittag, als sie endlich zurück zum Auto gingen. Sie schwiegen, und Sylvia dachte glücklich, dass es keine Worte gab, die jetzt noch irgendeine Bedeutung haben könnten. Während der ganzen Fahrt ließ Maël ihre Hand nicht los. Erst als sie den Jardin aux Camélias erreichten und das Tor passierten, als sie Solenns Gestalt erkannte, die sich ihnen zuwandte mit einer Direktheit, die nichts Gutes erahnen ließ, als ihr wieder Holger mit seinen Lügen einfiel, Sir James Ashton-Davenport und die verdammten Vorverträge – da kehrte die Realität mit voller Wucht zu ihr zurück. Sie hatte mit Maël reden, ihm alles erklären wollen. Und jetzt war sie noch tiefer in das Chaos ihrer Gefühle verstrickt.

Maël ließ ihre Hand nicht los, und in ihrem Schoß, an ihrem ganzen Körper konnte sie ihn noch immer fühlen. Vielleicht war sie wahnsinnig geworden, doch auf einmal hatte Sylvia keine Angst mehr. Irgendwie wird sich alles zum Guten wenden, dachte sie, als sie sich gegen die störrische Beifahrertür stemmte und es ihr tatsächlich gelang, sie zu öffnen. Maël kam um den Wagen herum und half ihr fürsorglich heraus.

»Ich muss nach Pierrick schauen«, sagte er ihr zärtlich ins Ohr. »Wir sehen uns beim Abendessen.«

Dann verschwand er zwischen den Kamelienbäumen im Garten.

Sylvia fuhr mit ihren Fingern durch ihr Haar und fragte sich, ob man ihr wohl ansah, was zwischen ihr und Maël geschehen war. Dann wandte sie sich Solenn zu und ging ihr entgegen.

»Ich hab die Einkäufe in den Kühlschrank geräumt«, sagte sie.

Solenn lehnte an der Küchentür, die Lider halb geschlossen, als dächte sie über etwas nach.

»Möchtest du auf einen Kaffee zu mir hereinkommen?«, fragte sie dann und sah Sylvia in die Augen. In ihnen lagen Schmerz und Sorge. »Ich würde gern etwas mit dir besprechen.«

Sylvia nickte. Jetzt war es also so weit. Die Stunde der Wahrheit war gekommen. Und es war gut so.

Sie folgte der Lebensgefährtin ihrer Tante ins Haus und wartete, was sie ihr zu sagen hatte. Doch Solenn ließ sich Zeit. Sie kochte Kaffee, als gäbe es nichts Wichtigeres auf der Welt. Sylvia setzte sich an den Küchentisch und beobachtete, wie Solenn Milch in eine verbeulte Kasserolle goss und die Gasflamme unter ihr entzündete, wie sie dann zwei Schalen aus dem Schrank holte. Sie wartete, bis sie ihr endlich den Kaffee einfüllte und kochende Milch dazugab. Dann endlich nahm Solenn ihr gegenüber Platz.

»Ich bin Lucies Nichte«, sagte Sylvia und wunderte sich, wie einfach es auf einmal war.

Solenne nickte. »Ich weiß.«

Sylvia riss vor Überraschung die Augen auf. »Du weißt das?«

»Aber natürlich. Ich hab dich sofort erkannt. Du bist ihr so ähnlich. *Mon Dieu*.« Solenn wischte sich mit der Hand über die Augen, wirkte auf einmal schrecklich erschöpft. »Sie hat oft von dir gesprochen«, fuhr sie fort. »Lucie hätte sich so gewünscht...« Solenn stockte, senkte den Blick auf ihren Milchkaffee und schüttelte fast unmerklich den Kopf. Sylvia fühlte sich hilflos. Dann zog Solenn plötzlich die Tischschublade auf und holte eine Mappe heraus, der man ansah, dass sie oft geöffnet worden war. »Das hat sie alles gesammelt.«

Solenns Stimme war nur mehr ein Raunen. Sie schob Sylvia die Mappe hin. Die nahm sie, öffnete sie mit klopfendem Herzen, stockte, als sie ihr eigenes Foto sah, das ihr entgegenblickte. *Karrieren: Die Frau, die Ordnung ins Chaos bringt* stand in Großbuchstaben über dem Artikel. Er war fünf Jahre alt und in einer großen deutschen Zeitschrift erschienen. Sie kannte den Artikel auswendig, es war der erste von vielen gewesen, und sie erinnerte sich an das Gefühl des Triumphes, das sie damals tagelang empfunden hatte. Sie hatte es geschafft, in eine Auflage von mehr als Hunderttausend. Und das war erst der Anfang gewesen.

Sylvia blätterte weiter. Da waren sie alle, schön chronologisch, einer nach dem anderen – das Interview in der *Wirtschaftswoche*, das Porträt im *Capital*. Homestorys in mehreren hochpreisigen Frauenmagazinen und so weiter und so fort.

Und schließlich der Höhepunkt: Ihre Wahl zu einer der zehn erfolgreichsten Businessfrauen Deutschlands.

»Sie war so unendlich stolz auf dich«, sagte Solenn.

Über jeden Artikel hatte Lucie mit ihrer kleinen, ordentlichen Handschrift das Datum und die Quelle notiert. Sylvia klappte die Mappe zu. Ihr war elend zumute. Doch jetzt gab es kein Zurück mehr.

»Woran ist sie gestorben?«, fragte Sylvia.

»Sie hatte einen Hirntumor.« Solenn sah auf und blickte Sylvia direkt in die Augen, als wollte sie sehen, wie sie auf diese Nachricht reagierte. »Wir wussten nicht, dass dieses Ding schon lange in ihrem Kopf lauerte«, fuhr sie fort. »Vorletztes Jahr an Weihnachten bekam sie Kopfschmerzen, und dann plagten sie die jede Nacht, sobald sie sich hinlegte. Tagsüber war alles gut, und Lucie sagte: Das ist nichts. Wahrscheinlich vertrag ich den Wein abends nicht mehr. Sie trank nur noch Kräutertee, doch die Kopfschmerzen wurden schlimmer. Manchmal war sie von ihnen, nun auch tagsüber, so benommen, dass sie wie ohnmächtig in ihrem Sessel saß. Als sie sich eines Tages am Gasherd die Hand verbrannte, ohne es zu merken, weil sie den Schmerz nicht mehr fühlte, bestand ich darauf, mit ihr ins Krankenhaus zu fahren. Zuerst fanden sie nichts und schickten sie wieder nach Hause. Ich ging bis nach Paris mit ihr. Als sie den Tumor endlich entdeckten, war es zu spät. Operieren konnte man ihn nicht, das hätte sie nicht überlebt. Sie starb im Sommer. Am Tag der Sonnenwende. Doch eigentlich ging sie schon viel früher ...« Solenn stand auf und wandte sich brüsk ab. Ihre Schultern bebten. Sylvia sah befangen auf ihre Hände, die die Mappe umschlossen hielten. Die Heftigkeit von Solenns Trauer erschütterte sie. Es dauerte eine endlos erscheinende Weile, dann hatte sich die Bretonin wieder gefasst. »So war das«, schloss sie, von Sylvia abgewandt.

Dann drehte sie sich wieder um. »Komm mit«, sagte sie entschlossen, »ich möchte dir etwas zeigen.«

Ohne Sylvias Antwort abzuwarten, ging sie zur Tür und öffnete sie. Sylvia folgte ihr, verwirrt von dem Stimmungswechsel der anderen. Mit großen Schritten ging Solenn über den Hof und hinein in den Kameliengarten, so rasch, dass Sylvia fast rennen musste, um hinterherzukommen. Bei der steinernen Bank, auf der Sylvia zwei Tage zuvor gesessen und eine so ungewöhnliche Ruhe gefühlt hatte, blieb Solenn stehen.

»Hier haben wir sie begraben«, sagte sie und wies auf das Beet der Bank gegenüber. »Sie hat es sich so gewünscht. Es wäre ohnehin unmöglich gewesen, sie aufs Festland zu bringen. Es war, als hätten sich Himmel und Wasser darüber erzürnt, dass sie einfach so dahinging, mitten aus dem Leben. Eine Woche lang herrschte Sturmflut. Als sich alles beruhigt hatte, kam der Priester zu uns und segnete das Grab. Nicht, dass es mir etwas bedeutet hätte. Aber Lucie hätte es gewollt. Und das allein zählte.«

Sylvia starrte auf die Sträucher, auf die ungefüllten fünfblättrigen Blüten, die so rot leuchteten wie Blut, und ihr wurde klar, dass sie von diesen Kamelien geträumt hatte. Wie sie hatte einer dieser Stämme im Meer getrieben. Sie trat näher heran und entdeckte jetzt erst den Stein, der aufrecht zwischen den Sträuchern stand wie ein kleiner *Maen-hir*.

## Lucie
### über alles geliebt

»Menschen von weit her kamen, um von ihr Abschied zu nehmen. Lucie war eine von uns geworden, obwohl sie Deutsche war und Fremde es hier oft schwer haben. Aber Lucie hatte etwas an sich, dem konnte sich niemand entziehen.«

Außer mir, fuhr es Sylvia durch den Kopf. Ich hab mich ihr entzogen. Ausgerechnet ich hab sie im Stich gelassen.

»Das hier war ihr liebster Rückzugsort«, hörte Sylvia Solenn sagen, »auf dieser Bank saß sie oft in der Abendsonne. Und wenn du mich fragst, hier ist noch immer ein Teil von ihr. Wenn ich hier sitze und die Augen schließe, dann kann ich sie fühlen. Ihre Ruhe. Ihre Heiterkeit. Ihre Liebe.«

Das war also sie, dachte Sylvia, und ihr Herz wurde auf einmal ganz heiß, dieser unglaubliche Frieden, den ich hier gespürt habe, der ging von ihr aus?

Und dann war es ihr, als wäre sie wieder das kleine Mädchen, das barfuß einen Strand entlangrannte, und neben ihr eine junge Frau, lachend, in einem Kleid aus demselben Stoff wie das ihre, meerblauer Grund und darauf malvenfarbene Blüten, die denen von Rosen so ähnlich sahen. Oder Kamelien? Sie glaubte, wieder das Lachen zu hören und diese Stimme, die ihren Namen rief. *Komm, Sylvie, komm, schneller*! Und dann fühlte sie sich emporgehoben und durch die Luft gewirbelt, atemlos sich an ihrem eigenen Lachen verschluckend, schwerelos und wieder fallend, in weiche Arme. Gemeinsam waren sie dann zu Boden gepurzelt, hatten sich über den weichen Sand, so fein wie Puderzucker, gekugelt. Tante Lucie. Ihre Lucietante. Ihr Ein und Alles einen herrlichen Sommer lang. Lucie, die ihrer Sylvie heimlich Eis kaufte, wenn die Mutter es verboten hatte. Lucie, die die schönsten Lieder kannte. Lucie, die jeden Tag ein neues Spiel erfand. Lucie, die ihr die Angst vor dem Wasser nahm, vor den Wellen, und ihr das Schwimmen beibrachte, damals an dem nördlichen Meer.

Und dann? Was war geschehen? Lucie hatte geheiratet. Und auf einmal war sie verschwunden.

»Ich kann gar nicht sagen, wie sehr sie mir fehlt«, sagte Solenn, und erst jetzt merkte Sylvia die Tränen, die ihr selbst über die Wangen liefen. Worum trauerte sie? Um ihre verlorene Kindheit? Um die Lucietante von damals? Um die

Lucie, die sie nie gekannt hatte, die sie vergessen und deren Briefe sie achtlos beiseitegelegt hatte? Weinte sie um die kleine Sylvie von damals, wie ihre Tante sie immer genannt hatte, oder um ihr heutiges Ich, um ihr Leben, ihre Liebe zu Holger oder gar um ihre Liebe zu Robert? Oder weinte sie ganz einfach, weil sie endlich begriff, dass sie so viele Jahre ihres Lebens etwas hinterhergelaufen war, das ihr heute keinen Trost mehr bieten konnte, jetzt, da Lucie tot war und in ihrer Ehe Misstrauen und Lügen Einzug gehalten hatten, jetzt, da es so aussah, als würde ihre so vernünftig gezimmerte Beziehung an ihren eigenen Regeln zerschellen?

Sylvia fröstelte. Wieder war die Sonne hinter der Mauer verschwunden. Ein eisiger Wind war aufgekommen, zerrte an ihrer Jacke, an ihren Haaren und an den blutroten Kamelien auf Lucies Grab. Ein Schwall Blütenblätter löste sich und jagte über ihre Köpfe hinweg und über die Mauer, schwarze Sturmvögel schossen auf und stießen spitze, klagende Schreie aus, und auf einmal wirkte dieser friedliche Ort zornig und kalt.

»Wir sollten besser reingehen«, sagte Solenn mit rauer Stimme, »wir sehen uns beim Abendessen«, und mit der ihr eigenen Schroffheit wandte sie sich ab und stapfte davon.

Sie hasst mich, dachte Sylvia und zog die Jacke fester um ihren Körper. Sie muss mich hassen. Ich an ihrer Stelle hätte mich längst zum Teufel gejagt.


In ihrem Zimmer hatte an diesem Abend keiner daran gedacht, ein Kaminfeuer zu entzünden. Sylvia legte mit klammen Fingern ein paar von den Holzscheiten, die Pierrick ihr gebracht hatte, auf den Rost und gab sich alle Mühe, sie zu entzünden. Streichholz um Streichholz riss sie mit klammen Fingern an – vergeblich. Sie hatte keine Erfahrung mit solchen Dingen.

Ärgerlich über sich selbst gab sie auf, zog sich einen zusätzlichen Pullover über und trat ans Fenster, das zum Festland hinausging. Dunkle Wolken türmten sich übereinander und bildeten einen festen Riegel zwischen Himmel und Erde. Und noch vor wenigen Stunden hatte die Sonne geschienen, als sie dort hinten am Naturbecken im Sand gelegen hatten ...

Sylvia schoss trotz der Kälte im Zimmer auf einmal Hitze in den Körper. Ihr wurde heiß vor Scham und gleichzeitig vor neu entflammtem Verlangen nach Maël. Mein Gott, sie war verrückt nach diesem Mann. Etwas in ihr dachte seit einigen Tagen ständig an ihn, dieses unbekannte Wesen in ihr war wie ein stilles, abwartendes Tier, das auf seine Gelegenheit lauerte und dann jegliche Vernunft lahmlegte. Ob Maël sie in dieser Nacht in ihrem Zimmer besuchen kommen würde?

Was um alles in der Welt war nur mit ihr passiert? In den zehn Jahren ihrer Ehe hatte sie nicht ein einziges Mal das Bedürfnis verspürt, eine Affäre anzufangen. An Gelegenheiten hätte es ihr nicht gemangelt. Ihre Klienten waren überwiegend Männer, Sylvia war begehrliche Blicke und tastende Versuche, wie weit man bei ihr gehen könnte, gewohnt. Darum hatte sie sich einen Schutzwall zugelegt, hatte Strategien entwickelt, um jegliche Annäherungsversuche auf respektvolle Art ins Leere laufen zu lassen. In gewisser Weise war sie zu einer Art Expertin darin geworden, Männern zu signalisieren, dass sie nicht zu haben war, ohne deren Eitelkeit zu kränken. So jemand wie Maël war ihr allerdings noch nie begegnet.

Maël. Er war so vollkommen anders. So unverstellt, so sehr er selbst. Ihn schien nicht zu interessieren, was jemand besaß oder welchen Rang er in der Gesellschaft einnahm. Kein einziges Mal hatte er sie gefragt, was sie eigentlich beruflich tat. Maël nahm sie einfach so, wie sie war, ohne Wenn und Aber. Er schien Sylvia wie ein Teil der Natur, die sie hier umgab: Entweder brachte die Sonne mit ihrem magischen Licht die Farben zum Glühen, oder der Wind peitschte Wellen und Regenwolken umher, sodass ihnen gar nichts anderes übrig blieb, als sich mit aller Macht zu verströmen. Die Berührungen dieses Mannes, seine Hände, taten auf eine selbstverständliche Art immer das Richtige.

Das Richtige, das war, Maël zu lieben. Es ging gar nicht anders. Es fühlte sich nicht an wie ein Fehler, und doch war es falsch. Gibt es das?, fragte sich Sylvia, dass das Falsche richtig ist und das Richtige falsch?

Mit einem Ruck wandte sich Sylvia vom Fenster ab. Solche Gedanken stellten alles infrage. Besser, sie tat endlich etwas Vernünftiges. Sie schaltete die Stehlampe an und beschloss, in der halben Stunde, die ihr bis zum Abendessen blieb, ihre E-Mails durchzusehen, die sie bislang ignoriert hatte. Fünfhundertachtundvierzig ungelesene Nachrichten meldete ihr Postfach, Sylvia machte sich seufzend an die Arbeit. Zum Glück waren viele darunter, die sie sofort löschen konnte. Die Klienten sortierte sie sofort in die entsprechenden Ablagen, sie hatte ihr eigenes System entwickelt, um ja keine der wichtigen Nachrichten zu übersehen oder womöglich im Eifer des Tagesgeschäfts zu verlieren. Bei einigen würde sie sich bald melden müssen.

Sylvia stutzte. Da war eine Nachricht des Steuerbüros Waldner. Thomas hatte vor ihrer Abreise dringend um einen Rückruf gebeten. Verflixt! Das hatte sie ganz vergessen. Auch das, so registrierte sie selbstkritisch, wäre ihr bis vor Kurzem nie im Leben passiert.

Doch ehe sie die Nachricht öffnen konnte, klopfte es an der Tür. Es war Maël.

»Hast du es auch schön warm?«, fragte er und streckte verlegen den Kopf ins Zimmer. »Soll ich ein Feuer machen?«

»Oh, das wäre wirklich nett«, antwortete Sylvia erleichtert.

Maël machte sich am Kamin zu schaffen. Unter seinen Händen loderten im Nu die Flammen auf.

»Wie machst du das?«, wollte Sylvia wissen. »Als ich es versucht habe, wollte es einfach nicht brennen.«

Maël lachte. »Am liebsten würde ich es dir gar nicht zeigen«, scherzte er, »dann hab ich immer einen Grund zu kommen. Schau mal, du beginnst mit diesen Hölzchen, die Pierrick ganz schmal gespaltet hat, baust daraus so etwas wie ein Indianer-Tipi und schichtest dann vorsichtig immer dickere Zweige darum herum. Wenn es richtig brennt, so wie jetzt, dann kannst du die dicken Holzscheite auflegen. Dafür muss der Kamin aber schon angewärmt sein. Siehst du? So ...«

Geschickt legte er die Scheite so übereinander, dass sie das kleine Feuer nicht erstickten, sondern die Flammen an ihnen lecken konnten, bis sie langsam ebenfalls zu brennen begannen.

Maël richtete sich auf und wandte sich ihr zu. Er sah so unglaublich glücklich aus, so unverschämt gut, dass Sylvia wieder das altbekannte Zittern in der Magengegend verspürte.

»Sylvia«, sagte er leise und trat auf sie zu.

Er schloss sie in die Arme und zog sie an sich. Sofort entflammte Sylvias Körper wieder, vollkommen ohne Sinn und Verstand schmiegte sie sich an ihn, spürte ihn und wollte ihn doch noch enger fühlen.

»Maël«, stöhnte sie leise und vergrub ihre Nase an der weichen Stelle, wo der Hals in die Schulter überging. Sie sog seinen Duft nach Wind, Meer und Erde in sich ein, fühlte seinen muskulösen Körper und wie sich seine Männlichkeit schon wieder erhob. »Wir müssen miteinander ...«, sagte sie, doch weiter kam sie nicht.

Sein Mund verschloss ihre Lippen fest. Wie um alles in der

Welt sollte sie da vernünftig sein, wie sollte sie noch einen klaren Gedanken fassen und gar mit ihm reden?

»Sylvie«, rief es energisch von unten, »*à table, s'il te plaît.*«

Es war Solenn, die zum Abendessen rief. Sylvia drückte Maël sanft von sich weg, sah ihm in die Augen, presste ihre Stirn gegen seine. Er keuchte, hatte Mühe, seine Erregung zurückzukämpfen.

»Und wenn wir einfach nicht runtergehen?«

Sylvia konnte nicht fassen, dass sie so etwas gesagt hatte.

Maël lachte leise. »Dann ist sie imstande und kommt hoch, um dich zu holen«, sagte er bedauernd, küsste noch einmal sanft ihren Mund, dann die Nase, zog sich von ihr zurück und fuhr sich durchs Haar. »Am besten«, sagte er dann, »du gehst schon mal nach unten. Ich komme gleich nach. Darf ich noch kurz dein Badezimmer benutzen?«

»Aber natürlich«, flüsterte Sylvia, holte tief Luft und verließ das Zimmer.

Am Küchentisch saßen Pierrick und Gwen schon bei ihrer Suppe. Solenn streifte Sylvia mit einem kurzen, prüfenden Blick, als sie ihr ebenfalls einen Teller hinstellte.

»Wo bleibt denn Maël?«, fragte Pierrick.

Im selben Moment öffnete sich die Tür zum Hof, und er trat ein. Sylvia zog fragend die Augenbrauen hoch. Hatte er sich tatsächlich die Mühe gemacht, um das Haus herumzugehen, um den Anschein zu erwecken, er käme von draußen? Auch schien er ihren Blicken auszuweichen.

*Aber sei doch dankbar*, sagte die Vernunftstimme in ihr, *es braucht ja nicht jeder zu wissen, dass* ... Ihre Hand, die den Löffel eben zum Mund führen wollte, stockte kurz. ... *dass wir eine Affäre haben.*

Und schon wieder nagte das schlechte Gewissen an ihr. Was sie hier tat, war unverantwortlich. Und das Schlimmste war, Maël wusste nicht, dass sie verheiratet war. Sie hatte keine Ahnung, wie sie ihm das beibringen sollte, nach allem, was zwischen ihnen schon geschehen war.

Nach dem Essen bestand Sylvia darauf, Solenn beim Abwasch zu helfen. Sie war ein Teil der Familie, fand sie, kein anonymer Gast aus München. Solenn ließ es gleichmütig geschehen, Sylvia konnte keine Gefühlsregung bei der Bretonin erkennen, so verschlossen war sie seit ihrem Gespräch an Lucies Grab. Sylvia hörte, wie Gwen den widerstrebenden Maël dazu überredete, sie aufs Festland zu fahren, irgendetwas an ihrem eigenen Auto war offenbar kaputt. Pierrick zog sich in sein Häuschen am Ende des Gartens zurück, und so war es auf einmal ganz still in der Küche. Nur das Klappern der Teller und das leise Klirren des Bestecks erfüllten den Raum.

Schließlich war alles getan. Solenn wandte sich um und nahm die Schürze ab.

»Komm«, sagte sie und versuchte ein Lächeln, »trinken wir noch ein Gläschen *lambig*.«

Sie holte eine Flasche mit einer goldenen Flüssigkeit aus dem Schrank und zwei tulpenförmige kleine Stielgläser.

»Was ist das, *lambig*?«, erkundigte sich Sylvia.

»Im Norden nennen sie ihn Calvados«, antwortete Solenn, während sie die beiden Gläser bis zur Hälfte füllte, »den kennst du, nicht wahr? Er wird aus Cidre gebrannt.«

»Ja«, sagte Sylvia und schnupperte.

Der *lambig* verströmte ein fruchtiges Aroma von Vanille und Äpfeln. Sylvia musterte die Flasche und sah, dass sie kein Etikett hatte.

»Der stammt von einem Freund von Maël«, erklärte Solenn, die Sylvias Blick bemerkt hatte, »er ist der beste in der ganzen Gegend. Das liegt an den Äpfeln. Brioc hat die richtigen Sorten in seinem Apfelhain. Denn in den *lambig* kommen süße, saure und bittere Äpfel. Das gibt ihm erst das gute Aroma. Genau wie im Leben, hat Lucie immer gesagt.« Solenn hob ihr Glas. »Lass uns auf sie anstoßen, auf deine Tante Lucie!«

Die Gläser schlugen mit einem glockenhellen Klang gegeneinander. Sylvia war zum Weinen zumute. Der Apfelschnaps schmeckte kühl und feurig zugleich, das fruchtige Aroma nach Sommer, Frische und einem wilden Glück nahm ihr kurz den Atem. Einen Moment später spürte sie den Alkohol. Vierzig Prozent, wenn nicht mehr, schoss es Sylvia durch den Kopf und nahm sich vor, sich in Acht zu nehmen.

»Ich wollte dich etwas fragen«, sagte Solenn und lehnte sich mit dem Rücken gegen das Küchenbuffet, »und bitte, nimm mir die Frage nicht übel. Aber ... ich wüsste gern, warum du gekommen bist.«

Sylvia senkte den Blick, sah in die bernsteinfarbene Flüssigkeit in ihrem Glas, atmete ihren Duft ein. Süße, saure und bittere Äpfel, ging es ihr durch den Kopf, genau wie im Leben.

»Ich wollte mir ansehen, wo Lucie gelebt hat«, sagte sie schließlich leise.

Es war die Wahrheit. Auch wenn es jetzt hier in dieser bretonischen Küche, die randvoll gefüllt war mit den Erinnerungen an ihre Tante, und angesichts der Bedrohung, die sie über diesen Ort gebracht hatte, wie eine hohle Ausrede klang.

»Aber warum erst jetzt?«, brach es aus Solenn heraus, »das ergibt doch keinen Sinn. Wieso bist du nicht früher gekommen?«

Weil ich keine Zeit hatte, dachte Sylvia. Weil ich mir die Zeit nicht genommen habe. Weil es mir nicht wichtig genug war.

Doch das konnte sie unmöglich sagen. Dennoch hing es unausgesprochen im Raum. Sylvia räusperte sich.

»Du hast mir die Mappe mit den Presseartikeln gezeigt«, sagte sie schließlich, »die Lucie gesammelt hat. Du weißt, was für ein Leben ich führe. Ich fürchte, ich habe nicht immer die richtigen Prioritäten gesetzt. Und glaub mir ...«

Solenn begann zu lachen, sodass Sylvia das, was sie eigentlich noch sagen wollte, im Halse stecken blieb. Sie wollte so gern sagen, wie leid es ihr tat. Doch aus Solenns Lachen wurde ein Schluchzen, und als Sylvia, einem Impuls folgend, zu ihr ging, um sie in die Arme zu nehmen, wehrte Solenn sie ab. Das Schluchzen verebbte, und Solenn hatte sich wieder in der Gewalt. Sie zog ein Taschentuch hervor, putzte sich die Nase, dann war ihre Miene wieder so verschlossen wie zuvor.

»Lucie sagte immer, du wärst anders als die anderen aus ihrer Familie«, sagte die Lebensgefährtin ihrer Tante. »Nun. Ich bin froh, dass sie diese Enttäuschung nicht mehr erleben musste.«

Sylvia fühlte, wie ihr die Schamesröte ins Gesicht stieg. »Es ist nicht so, wie du denkst«, begann sie. »Ich werde die Insel nicht verkaufen.«

Solenn sah sie an mit einem Blick, der sie zum Verstummen brachte.

»So?«, fragte sie. »Wirst du nicht? Wieso hast du uns dann diesen Kerl geschickt, diesen Makler? Wieso hast du zugelassen, dass der den Engländer herbrachte, der aus diesem Ort ein Ferienressort machen will? Warum? Um uns einen tüchtigen Schrecken einzujagen und dann herzukommen, inkognito, um dich an Maël heranzumachen und ihm seinen Frieden zu rauben? Weißt du nicht, dass drüben in Pont d'Kherkh bereits Bagger und Planierraupen darauf warten, um den Landweg zur Insel zu erhöhen und zu verbreitern? Dass erst gestern noch eine Schar Architekten und Landvermesser über die Insel geschwärmt ist wie die Heuschrecken? Du willst die Insel nicht verkaufen, sagst du? Sie gehört dir nicht einmal. Du warst gestern auf dem Festland. Hast du nicht erfahren, was dort schon die Spatzen von den Dächern pfeifen, nämlich dass die Tage des Jardin aux Camélias gezählt sind?«

Solenn ballte die Hände zu Fäusten und ging zum Waschbecken hinüber. Sie stieß einen Stuhl um, der ihr im Weg gestanden hatte, polternd fiel er zu Boden. Mit Entsetzen sah Sylvia, wie sich ihr Brustkorb vor Erregung hob und senkte.

»Solenn«, sagte Sylvia leise, »bitte hör mir zu. Ja, ich habe es gestern erfahren. Ich habe es nicht gewusst.« Die Bretonin schüttelte nur den Kopf. Wie um alles in der Welt, dachte Sylvia, soll ich ihr begreiflich machen, was zwischen mir und Holger geschehen ist? »Bitte«, flehte Sylvia, »du musst mir das glauben. Ich habe einen Fehler gemacht. Ich habe jemandem blind vertraut. Dieser Mensch hat mich getäuscht. Aber es ist nicht zu spät. Ich werde die Insel retten, Solenn. Wir werden gemeinsam eine Lösung finden. Ich bin Unternehmensberaterin, und wenn du einverstanden bist, dann werde ich sehen, was wir in der Gärtnerei optimieren können. Du musst mir nur Einblick in die Bücher gewähren...«

»Sylvia«, unterbrach Solenn sie und wandte sich wieder zu ihr um. »Jetzt hör mir mal gut zu. Lucie hat nicht im Traum daran gedacht, dir das alles zu vermachen. Sie hat ein Testament gemacht, zu meinen Gunsten. Wir haben das alles hier gemeinsam aufgebaut. Auch Maël hat sie darin bedacht, er ist ein guter Junge und so etwas wie ein Sohn für uns geworden. Es gibt keinen, der die Kamelien besser kennt als er. Und er hat ein Herz aus Gold. Das Problem ist nur... das Testament ist verschwunden. Nur darum bist du jetzt hier. Aber nie im Leben hätte ich gedacht, dass Lucies über alles geliebte Nichte so eigennützig handeln würde.«

Sylvia stellte ihr Glas auf den Tisch. In ihrem Kopf drehte sich alles. Solenn hatte recht. Und dennoch fühlte sie langsam Ärger gegen diese schroffe Frau in sich aufsteigen. Es tat weh, wenn ein anderer den Finger in die Wunde legte.

Dann war Sylvia auf einmal, als hörte sie wieder Lucies Stimme. *Süße, saure und bittere Äpfel ...* Sie schluckte und dachte an die Planierraupen.

»Solenn«, sagte sie schließlich, »ich verstehe deinen Zorn. Ich wäre an deiner Stelle genauso wütend. Aber das hilft uns jetzt nicht weiter. Ich habe dir gerade erklärt, weshalb es so weit gekommen ist. Dass ich getäuscht wurde. Aber jetzt sehe ich alles klar und bin entschlossen, die Insel zu retten. Doch das kann ich nicht allein, das können wir nur gemeinsam.«

Solenn musterte sie lange mit misstrauisch zusammengekniffenen Augen.

»Mag sein«, sagte sie schließlich. »Nur eines noch: Ich möchte, dass du die Finger von Maël lässt. Er hat Schlimmes erlebt. Und ich verbiete dir, ihm das Herz zu brechen. Das ist ihm schon einmal passiert, und ich weiß nicht, ob er ein weiteres Mal überlebt!«

# 7
## *Die Wahrheit*

In ihrem Zimmer war das von Maël so liebevoll angefachte Feuer schon fast heruntergebrannt. Vorsichtig legte Sylvia zwei Holzscheite in die Glut und sah zu, wie nach einer Weile kleine Flammen daran züngelten. Dann ging sie zur Tür und drehte entschlossen den Schlüssel herum. Nicht, dass sie sich unsicher gefühlt hätte im Haus ihrer verstorbenen Tante. Sie fürchtete sich vielmehr vor dem, was sie selbst zu tun imstande wäre, sollte Maël an ihre Tür klopfen.

Es war so weit. Diese *amour fou* musste enden. Hier und jetzt. Solenn hatte recht. Auch wenn sie noch nicht wusste, dass Sylvia verheiratet war. Oder wusste sie es etwa? Eigentlich wusste diese Frau doch alles über sie ...

Besser, sie lenkte sich ab. Besser, sie tat zur Abwechslung mal wieder etwas Vernünftiges. Sie nahm ihr Smartphone zur Hand mit dem festen Willen, Ordnung in ihre E-Mails zu bringen.

Sie öffnete die Nachricht ihres Steuerberaters und begann zu lesen. Erst war sie nicht wirklich bei der Sache, und die Sätze verschwammen vor ihren Augen. Dann auf einmal blieb ihr Blick an einem bestimmten Wort hängen, und im selben Augenblick war sie hellwach. Wie bitte? Träumte sie? Was geschah da gerade mit ihr? Was hatte das Wort »Insolvenz« im Zusammenhang mit ihrer und Holgers Buchhaltung zu suchen?

*Liebe Sylvia*, las sie noch einmal, *ich versuche gerade vergeblich, dich auf allen Kanälen zu erreichen, und mache mir sehr große Sorgen. Wir müssen UNBEDINGT miteinander sprechen und gemeinsam beraten, welche Strategie wir in Bezug auf Holgers drohende Insolvenz anwenden sollen. Wo auch immer du gerade stecken magst, ruf mich sobald wie möglich zurück, egal zu welcher Tages- oder Nachtzeit. Du hast ja auch meine private Handynummer. Thomas.*

Holger drohte die Insolvenz? Das konnte unmöglich wahr sein. Und doch wusste Sylvia, dass Thomas Waldner der verlässlichste Steuerfachanwalt war, den man sich wünschen konnte. Sie kannte ihn länger als Holger, er war sogar einer ihrer Trauzeugen gewesen. Es war nicht Thomas' Art, über solche Dinge zu scherzen. Sylvia bekam keine Luft mehr. Sie fühlte sich benommen, als hätte ihr jemand mitten ins Gesicht geschlagen.

Setzte Holger deswegen alles daran, die Kamelieninsel so schnell wie möglich zu Geld zu machen? Zu möglichst viel Geld? Sylvia fiel es wie Schuppen von den Augen. *Menschen wie du und ich brauchen immer Geld*, klang ihr wieder seine Stimme im Ohr. *Wir brauchen das Geld. Glaub mir, Sylvia! Vertrau mir einfach ...*

Vertrauen. Sie hatte ihm vertraut. So sehr, dass sie bei ihrer Heirat nicht auf einem Ehevertrag bestanden hatte, obwohl ihr Verstand ihr das geraten hatte. Und nicht nur ihr Verstand, auch Thomas und ihre Freundin Veronika. »Ausgerechnet du«, hatte sie gesagt, »solltest in dieser Sache einen kühlen Kopf bewahren. Wo du mir doch immer Vernunft predigst.«

Doch Holger hatte es nicht gewollt, er hatte sie angesehen mit seinen großen, dunklen Augen und gesagt: »So wenig vertraust du mir also?« Da hatte sie es nicht fertiggebracht, darauf zu bestehen. Er hat recht, hatte sie gedacht. Wie soll man eine vertrauensvolle Beziehung miteinander aufbauen, wenn man für den Notfall schon im Voraus die Notbremse zieht? Sylvia wusste, dass das dumm war, sie hatte es immer gewusst, und doch hatte sie sich gesagt, dass sie kein Risiko einging. Nicht mit Holger. Holger war ein vernünftiger, ein brillanter Geschäftsmann. Was zum Teufel war bloß passiert? Und warum um alles in der Welt verheimlichte Holger das vor ihr? Ausgerechnet vor ihr, die bekannt dafür war, Unternehmen in kritischen Situationen aus dem Schlamassel zu helfen? Wenn es wirklich so schlimm um sein Unternehmen stand, warum hatte er sie nicht um Hilfe gebeten, als noch Zeit war?

Sylvia sah auf das Datum der Mail. Thomas hatte sie zwei Tage zuvor abgeschickt. Wer weiß, was in diesen zwei Tagen an Schaden angerichtet worden ist, dachte sie. In solchen Situationen zählte mitunter jede Stunde. Und noch hatte Sylvia keine Ahnung, wie schlimm die Sache wirklich war.

Sie griff zum Hörer des alten Telefons und wählte Thomas' Nummer. Er meldete sich sofort.

»Mein Gott, Sylvia«, sagte er, »wo steckst du bloß?«

»In Frankreich«, sagte sie. »Ich mache endlich mal Urlaub. Was ist passiert?«

»Denkbar schlechte Zeiten für Urlaub. Was passiert ist? Du weißt also tatsächlich nicht, was los ist?«

Sylvia hatte das Gefühl, jemand schnürte ihr heimtückisch die Kehle zu.

»Was ist denn los, Thomas?«, fragte sie voller Angst. »Bitte, sag es mir!«

Sie hörte, wie ihr Steuerberater leise vor sich hin fluchte.

»Dein Mann hat sich verspekuliert. Ich weiß nicht, was mit ihm ist. Ich kenne ihn schon lange, aber so etwas hätte ich ihm nie zugetraut.«

»Wie schlimm ist es?«

»Ziemlich schlimm.«

Thomas stockte. Dann räusperte er sich.

»Sprich weiter, Thomas, bitte!«

»Also ... Er hat ein paar Immobilien gekauft, weil er dachte, er macht so mehr Geld als nur mit der Provision. Er wollte mit dem Verkauf des einen den Kauf des nächsten finanzieren und so weiter. Der Haken ist, die Kunden sind ihm abgesprungen. Jetzt steht er da und muss die Hosen runterlassen.«

Wieder machte ihr Freund eine Pause.

»Red weiter, Thomas«, bat ihn Sylvia. »Verdammt, nun rede schon!«

»Na gut. Seine Zahlungsverpflichtungen stehen momentan bei rund fünfzehn Millionen.«

Sylvia hatte das Gefühl, in ein Loch zu fallen. Zu fallen und zu fallen und nirgendwo anzukommen. Sie wollte etwas sagen, doch ihre Stimme versagte.

»Sylvia«, hörte sie Thomas besorgt ins Telefon rufen, »bist du noch da? Hörst du mich?«

Sylvia holte tief Atem. Räusperte sich. »Ich bin noch da, Thomas. Ich bin nur ...«

»Du hast es also wirklich nicht gewusst.«

Es war eine Feststellung, keine Frage.

Sylvia schüttelte den Kopf. »Nein«, sagte sie. Und dann wurde sie wütend. »Verdammt noch mal, nein!« Denn ihr Mann hatte es ihr verschwiegen und sie belogen.

»Holger sagt«, fuhr Thomas fort, »er komme an das Geld. Bald. Ich kann mir aber nicht vorstellen, wie. Und er will es mir nicht sagen. Ich bin mir nicht sicher, ob er noch weiß, was er tut.« Sylvia hatte Thomas stets als ruhigen, souveränen Berater erlebt. Jetzt war es nicht zu überhören, welch große Sorgen er sich machte. »Mein Gott, Sylvia«, fuhr er fort, als sie nicht reagierte, »ich hasse es, dass ausgerechnet ich dir diese schlechten

Nachrichten überbringen muss. Wirklich. Es tut mir so leid.«
Es muss dir nicht leidtun, dachte Sylvia, wenn es jemandem leidtun muss, dann Holger. Oder mir selbst. Weil ich so dumm war, ein zweites Mal einem Mann zu vertrauen. »Hast du eine Ahnung«, fuhr Thomas fort, »was Holger meinen könnte? Weißt du von einem Fünfzehn-Millionen-Euro-Deal?«

»Ja«, sagte Sylvia, und der fremde Klang ihrer eigenen Stimme erschreckte sie. »Ich weiß, was er meint. Ich habe eine Insel geerbt, in der Bretagne. Eine Insel, auf der Kamelien gezüchtet werden. Ein Paradies, wenn du verstehst, was ich meine, Thomas, einen verzauberten Ort.«

»Eine Insel? Als Privatbesitz?«

»Ja, genau.«

»Und ... gibt es einen solventen Kunden?«

»Ja, den gibt es. Holger will an eine internationale Hotelkette verkaufen.«

Sie konnte hören, wie Thomas aufatmete. »Mein Gott, Sylvia«, sagte er erleichtert, »was bin ich froh, das zu hören. Dann ist ja alles gut ...«

»Nein«, unterbrach sie ihn. »Nichts ist gut. Ich kann diese Insel nicht verkaufen.«

Es wurde still in der Leitung. Totenstill.

»Ich verstehe nicht ...«, hörte sie ihren Freund dann fragen.

»Thomas, es tut mir leid, aber da gibt es nichts zu verstehen«, antwortete Sylvia.

»Sylvia ...«

»Es geht einfach nicht.«

»Ist dir klar, was das bedeutet? Diese Erbschaft ist Holgers einzige Rettung ...«

»Hänge ich mit drin?«, fragte Sylvia mit tonloser Stimme. »Wenn es zur Insolvenz kommt, wird man mich dann zwingen, die Insel zu verkaufen?«

»Du willst also wirklich ...«

Thomas Waldner sprach nicht weiter. Sylvia verstand ihn. Er versuchte zu verstehen, dass Sylvia und Holger offenbar nicht mehr das Team waren, in dem einer für den anderen einsprang. Sie musste es selbst noch verstehen.

»Du meinst«, half ihm Sylvia, »ob ich ihn wirklich hängen lassen will? Ich habe keine andere Wahl, Thomas. Er hat mir das nicht nur verheimlicht, er hat mich nach Strich und Faden belogen. Aber meine Entscheidung, die Insel nicht zu verkaufen, ist schon vorher gefallen. Ich kann nicht zulassen, dass dieses Paradies hier zerstört wird. Und deshalb muss ich wissen: Hänge ich mit drin? Kann man mich zwingen zu verkaufen?«

Eine Weile war es still in der Leitung. »Nein, Sylvia, niemand kann dich zwingen, die Insel, die du geerbt hast, zu verkaufen. Falls es zur Eröffnung eines Insolvenzverfahrens gegen Holger kommen sollte, fließen dein Besitz und dein Vermögen nicht in die Konkursmasse mit ein.«

Sylvia atmete auf. Oft genug hatte sie Firmen in solch verzweifelten Situationen beraten. Dass sie einmal selbst von einer Insolvenz bedroht werden könnte, hatte sie sich niemals vorstellen können. »Aber sag mir, Thomas: Steht es wirklich so schlimm um Holgers Geschäfte? Wenn da eine Immobilie ist, dann hat sie doch noch immer ihren Wert. Auch wenn er momentan noch keinen Käufer hat, so kann sich das doch ändern ...«

»Er hat sich verspekuliert, Sylvia«, unterbrach Thomas sie. »Und wir sprechen nicht von einer Immobilie, sondern von dreien. Von einem Wasserschloss in Bayern mit einer Schwammkolonie in den Fundamenten, einer Finca in Südspanien in einem hochgefährdeten Erdbebengebiet und einem Palazzo auf Sizilien. Den hat er einem abgekauft, dem er gar nicht gehörte. Jetzt fordern die wahren Erben ihr Eigentum zurück, und der Betrüger ist unauffindbar. Sizilien eben.« Sylvia schüttelte den Kopf. Was war mit Holger los? Jeder konnte einmal Pech haben. Aber weshalb kaufte er Objekte, ohne vernünftige Gutachten erstellt zu haben? »Herrgott, Sylvia, ich verstehe ihn nicht mehr. Du bist schließlich Unternehmensberaterin. Wieso um alles in der Welt hat er dich nicht zurate gezogen?«

Sylvia schluckte. »Das frage ich mich auch«, sagte sie dann. »Ich bin ... fassungslos. Ich muss das alles erst einmal verdauen.«

»Komm zurück, Sylvia«, sagte Thomas, »und sprich mit Holger. Ihr seid doch sonst immer ein so gutes Team gewesen. Ich begreife nicht, dass so was ausgerechnet euch passieren soll.«

Ich auch nicht, dachte Sylvia, während sie mit den Tränen kämpfte. »Du hast recht«, sagte sie stattdessen. »Holger und ich müssen dringend miteinander reden. Das hätten wir schon längst tun müssen. Ich hatte nur ... ich hatte nicht die geringste Ahnung. Ich hab mich nie in Holgers Geschäfte eingemischt. Und er sich nicht in meine.«

»Vielleicht möchtest du dir das mit deinem Erbe ja noch mal in Ruhe überlegen, Sylvia«, schlug Thomas vorsichtig vor. »Du könntest deinem Mann eine Menge Ärger ersparen. Und dir selbst auch.« Sylvia blickte auf und sah sich im Gästezimmer um. Das Feuer war fast heruntergebrannt. Von den beiden Scheiten, die sie aufgelegt hatte, waren nur noch verkohlte Reste übrig, die schwach vor sich hin glühten. »Wenn dir das mit dem Resort nicht gefällt«, fuhr Thomas behutsam fort, »dann könnte Holger ja vielleicht einen anderen Käufer finden. Du musst es ja nicht heute entscheiden. Verdau das alles erst einmal. Und sprich mit Holger. Ich glaube, das wäre jetzt das Beste.«

»Danke«, sagte Sylvia. »Danke für alles.«

Sie beendete das Gespräch und legte auf.

Dann saß sie da, starrte in das ersterbende Feuer, ohne es zu sehen. Sie versuchte nachzudenken, ihre nächsten Schritte zu planen, doch es gelang ihr nicht, auch nur einen vernünftigen Gedanken zu fassen. Sie konnte sich nicht erinnern, je so ratlos gewesen zu sein.

Kurz darauf klopfte es leise an ihrer Tür. Sie antwortete nicht. Sie hörte Maël ihren Namen flüstern, konnte fühlen, wie er dort nah an die Tür gepresst stand, und die Tränen rannen ihr über die Wangen. Sie konnte nichts dagegen tun. Obwohl es ihr schwerfiel, obwohl sie Trost so dringend nötig gehabt hätte, antwortete sie nicht. Schließlich lauschte sie den leisen Schritten, die sich zögerlich entfernten, bis nichts mehr zu hören war als das Rauschen der Wellen, das Heulen des Windes und das Knacken im Gebälk des alten Hauses.

In der Nacht kam Sturm auf. Das Meer erhob ein Gebrüll, das Sylvia an ein wildes Tier erinnerte. Windböen brachten die Fenster zum Klirren, und als sie irgendwann besorgt aufstand, um einen Blick nach draußen zu werfen, kam es ihr so vor, als wollte der Atlantik die Insel verschlingen. Mit gewaltigen Brechern stürmte er gegen das kleine Stück Land, das sich aus ihm erhob, als wollte er nichts davon übrig lassen. Dunkle Wolken jagten über den Himmel. Der fast volle Mond goss immer wieder sein kaltes Licht auf das Naturschauspiel, das die Fontänen aus Gischt, die hinter der Steinmauer des Kameliengartens hochschossen, silbern aufleuchten ließ. Dann schoben sich die schwarzen Wolkentürme wieder vor die Mondscheibe, und das Licht wich einer dumpfen Dunkelheit.

Sylvia legte sich zurück in ihr zerwühltes Bett, in dem sie

sich doch nur, wie all die Stunden zuvor, ruhelos herumwarf. Sie wusste nicht, was sie tun sollte. Sie, die stets eine Lösung fand, sah keinen Ausweg. Was auch immer sie tun würde, es hätte verheerende Folgen. Folgte sie ihrem Herzenswunsch und verkaufte die Insel nicht, würde sie ihren Mann in den Ruin stürzen. Ließ sie zu, dass aus diesem verzauberten Ort ein internationales Golfressort würde, wusste sie nicht, wie sie in Zukunft noch in den Spiegel schauen könnte, ohne sich zu schämen. Dann würde sie das Lebenswerk ihrer Tante zerstören, und wenn sie sich auch nicht um diese gekümmert hatte, als sie noch lebte, so empfand Sylvia es nun gerade als ihre Pflicht, dafür zu sorgen, dass Lucies letzter Wunsch erfüllt wurde. Er war so einfach nachzuvollziehen – sie hatte gewollt, dass der Mensch, den sie geliebt hatte, das gemeinsame Lebenswerk weiterführen konnte. Und Sylvia rechnete es sich als schweres Versäumnis an, die Verantwortung so vernachlässigt zu haben, die durch den Verlust des Dokuments auf sie übergegangen war. Sie konnte dem Verkauf ganz einfach nicht zustimmen, das musste Holger einsehen.

Aber was geschah dann mit ihm? Was geschah mit ihnen beiden?

Sylvia warf sich auf die andere Seite. Der Sturm schien noch stärker zu werden. Kalte Luft drang durch die Fensterritzen und brachte die Leinenvorhänge zum Tanzen. Auf einmal schlug eines der Fenster mit solcher Wucht auf, als hätte ein Riese mit der Faust dagegengedonnert. Der Wind zerrte an den Vorhängen und riss sie hinaus, wo sie wie weiße Fahnen flatterten.

Sylvia sprang aus dem Bett und versuchte, die langen weißen Leinenschals wieder ins Zimmer zu ziehen und das Fenster zu schließen. Das war leichter gesagt als getan. Kaum beugte sie sich hinaus, war sie auch schon vom Regen durchnässt. Mehr als einmal riss ihr eine Böe den triefenden Stoff aus der Hand, schlug ihn ihr ins Gesicht, sodass sie blind nach den Fensterflügeln tasten musste. Endlich hatte sie den Kampf gegen die Naturgewalt gewonnen. Sie schob die Riegel vor, glättete den nassen Vorhangstoff, wischte sich das feuchte Haar aus dem Gesicht und ging ins Badezimmer, um sich abzutrocknen. Als sie dort ihr Bild im Spiegel erblickte, glaubte sie, eine Fremde vor sich zu sehen. War das wirklich sie, diese bleiche Frau mit den Augenringen und dem besorgten Blick?

Sie zog entschlossen ihr durchnässtes Nachthemd aus und hängte es über einen Haken. Dann schlüpfte sie in Jeans und Pullover. An Schlaf war ohnehin nicht mehr zu denken. Draußen tobte der Sturm so heftig, dass sie das Gefühl hatte, sich bereithalten zu müssen. Doch wofür? Von der Insel gab es im Moment kein Entkommen. Sie schaute aus dem Fenster nach der Landbrücke und war nicht überrascht, nichts als tosende Wellen zu sehen.

Sylvia beschloss, in die Küche zu gehen und sich einen Tee zu machen. Vorsichtig verließ sie ihr Zimmer und schlich die knarrende Treppe hinunter. Als sie vor der Küchentür angelangt war, erkannte sie unter der Schwelle einen schwachen Lichtschein. Sylvia zögerte. Doch dann öffnete sie beherzt die Tür.

Solenn saß am Tisch, vor sich eine dampfende Schale. Sie trug einen sichtlich abgenutzten blauen Flanellbademantel und an den Füßen flauschige Hausschuhe.

»Willst du auch einen Tee?«, fragte Solenn. »Teebeutel findest du in der Blechdose auf dem Regal dort. Das Wasser hat gerade gekocht.« Sylvia nahm sich einen *bol* aus dem Schrank, suchte sich unter den verschiedenen Sorten einen Tee mit beruhigenden Kräutern aus und hoffte inständig, dass sie auch wirkten. »Ganz schön was los da draußen, was?«, sagte Solenn.

»Aber mach dir keine Sorgen. Das Haus hat schon vielen Stürmen standgehalten.«

Dann verfiel sie in Schweigen. Sylvia musste der Versuchung widerstehen, die Teeschale mit auf ihr Zimmer zu nehmen. Statt das zu tun, setzte sie sich Solenn gegenüber an den Tisch.

»Wie habt ihr euch eigentlich kennengelernt, Lucie und du?«, fragte sie, möglicherweise erstaunter über diese plötzliche Frage als Solenn.

Die warf ihr wieder einmal einen prüfenden Blick zu, dann schaute sie erneut in ihren Tee. Sylvia biss sich auf die Lippen. Je mehr Zeit verstrich, desto peinlicher wurde ihr die Situation. Offensichtlich wollte die Bretonin nicht darüber sprechen.

»Es ist eine Ewigkeit her«, begann Solenn schließlich, als Sylvia schon nicht mehr mit einer Antwort rechnete, »und doch weiß ich noch alles ganz genau. Ich habe damals in einer Gärtnerei in der Nähe von Mont-Saint-Michel gearbeitet und meine Schwester besucht. Die wohnt drüben auf dem Festland. Du wirst es nicht glauben, sagte sie, wir haben jetzt ein Blumengeschäft im Ort. Eine Deutsche hat Gustave den alten Laden abgekauft, du musst dir das mal anschauen. Das hab ich getan. Und da stand sie, Lucie, in einem verblichenen Kleid mit Blütenmuster...« Solenn schaute gedankenverloren an Sylvia vorbei, dann nahm sie einen Schluck Tee. »Zuerst waren alle nur misstrauisch. Eine Touristin, die glaubt, hier einen Blumenladen halten zu können, haben sie gesagt, das ist doch lächerlich! Doch dann sind sie alle hingegangen und haben bei ihr gekauft. Auch die Leute, die sich vorher nichts aus Blumen gemacht haben.« Solenn lächelte, und sofort wirkte ihr sonst so verschlossenes Gesicht weich und voller Leben. »Was soll ich sagen?«, fuhr sie fort. »Es war Liebe auf den ersten Blick. Für Lucie war es eine Überraschung, es war ihr nicht bewusst gewesen, dass sie Frauen liebte. Sie wusste nur eines: Mit dem

Mann, den sie viel zu jung geheiratet hatte, wollte sie nicht ihr Leben verbringen. Sie war ihm weggelaufen, ein Jahr nach der Hochzeit. Ihre Familie hat ihr das nie verziehen. Aber das muss ich dir ja nicht erzählen, das weißt du besser als ich.«

»Nein«, sagte Sylvia, »ich weiß gar nichts. Ich war ein kleines Mädchen. Man hat mir nichts erzählt, und Fragen waren tabu. Tante Lucie war einfach irgendwann nicht mehr da. Mehr weiß ich bis heute nicht.« Solenn sah ihr in die Augen, als wollte sie prüfen, ob sie auch wirklich die Wahrheit sagte. »Wenn es dir nicht unangenehm ist«, fuhr Sylvia fort, »dann würde ich mich freuen, wenn du mir von euch erzählst! Wie kam es, dass ihr hierher gezogen seid? Wie kam es zum Kameliengarten?«

»Mit Kamelien habe ich im Norden schon gearbeitet«, erzählte Solenn, »und Lucie hatte ein solches Händchen für Pflanzen wie für Menschen, man musste sie einfach lieben. Diese Insel war jahrhundertelang im Besitz einer alteingesessenen Familie von Fischern. Zu ihren besten Zeiten besaßen die Kerguénnecs mehrere Boote, eine richtige kleine Flotte, und andere Fischer arbeiteten für sie. Doch das ist lange her. Die Fischereiquoten und Bannmeilen haben alles kaputt gemacht. Am Ende war nur noch der alte Nolff übrig, mit dem ich gut befreundet war. Mein Vater hatte noch für die Kerguénnecs gefischt, sie waren wie Brüder. Als Nolff sah, was wir vorhatten, verkaufte er uns die Insel für einen symbolischen Freundschaftspreis, dafür behielt er lebenslanges Wohnrecht. Wir pflegten ihn, bis er vor sechs Jahren starb.«

»Und die Kamelien?«

»Die waren schon vor uns hier, jedenfalls die ältesten Bäume hier direkt beim Haus. Die hatte Nolffs Großmutter Maï gepflanzt. Das Klima ist einfach fantastisch für sie. Und so wurde die Idee geboren, hier meinen Traum zu verwirklichen.

Für den alten Nolff war es eine Freude, seine Insel nach dem traurigen Niedergang seiner Familie noch einmal so erblühen zu sehen. Kurz bevor er starb, sagte er uns noch, dass es die beste Entscheidung seines Lebens gewesen sei, an uns zu verkaufen.« Sylvia betrachtete den großen, alten Holztisch, an dem sie saßen. Jede Kerbe, jeder Fleck schien eine Geschichte zu erzählen. Hier hatte der alte Nolff gesessen und sich an dem Leben erfreut, das Lucie und Solenn auf die Insel gebracht hatten. »Wir waren wie eine Familie«, hörte sie Solenn sagen, »und als Maël zu uns kam, war sie komplett.«

Sylvia wartete gespannt darauf, dass sie weitererzählte. Doch Solenn schwieg. Wie kam Maël denn zu euch?, wollte Sylvia so gern fragen. Aber sie wagte es nicht. Und eigentlich sollte sie das auch gar nichts mehr angehen. Sie hatte ihre Ehe zu retten. Und sie musste eine Möglichkeit finden, die Insel vor dem Verkauf zu bewahren. Auch wenn sie noch keine Ahnung hatte, wie.

## 8
*Der Sturm*

Sylvia erwachte aus bleiernem Schlaf. Sie hatte sich noch einmal hingelegt, obwohl die Nacht schon dem ersten Morgengrauen gewichen war, als sie und Solenn die Küche verlassen hatten. Dass sie tatsächlich noch einmal einschlafen würde, damit hatte sie nicht gerechnet. Jetzt war es halb elf. Und draußen tobte noch immer der Sturm.

Es war kalt im Zimmer. Sylvia schlüpfte in ihre Mohairjacke und versuchte sich daran zu erinnern, was Maël ihr erklärt hatte. Sie stapelte erst die dünnen Hölzchen, dann immer dickere Scheite zu einem wackligen Haufen übereinander. Fünf der langen Streichhölzer waren nötig, ihn zu entzünden. Eine kindliche Freude überkam sie, als sie vorsichtig in die kleinen Flammen blies, damit sie höher auflodern. Nach einer Weile legte sie große Holzscheite hinein. Kurz darauf brannte das Feuer lichterloh, und Sylvia konnte nicht umhin, stolz auf sich zu sein. Doch dann fielen ihr wieder Holgers Schulden ein, und ihre Freude erlosch.

Sie ging zum Fenster und sah hinaus in den Regen. Das Meer war stahlgrau, genau wie der Himmel. Wo die Wellen gegen Land stießen, war das Wasser weiß von der Gischt, es sah fast so aus, als hätte ein Riese Milch in die See gegossen. Der Wind schien etwas nachgelassen zu haben. Doch der Landsteg war immer noch überflutet.

Sie musste nach Hause, mit Holger sprechen. Nie war ein

klärendes Gespräch zwischen ihnen so dringend notwendig gewesen wie jetzt. Zwar hatte er ihr sein Wort gegeben, alles zu tun, um den Verkauf abzusagen. Doch angesichts der Umstände traute Sylvia ihm zu, dass er dieses Versprechen brechen würde. Was war schon ein gebrochenes Versprechen gegen einen derart gigantischen Ruin?

Sie war immer noch zornig, und noch immer tat es höllisch weh. Seit sie von Holgers Lügen erfahren hatte, war etwas in ihr zerbrochen. Wenn ihre Ehe eine Zukunft haben sollte, dann musste sie das Vertrauen zwischen ihnen beiden wiederherstellen.

Sylvia raffte sich auf und begann zu packen. Irgendwie musste sie aufs Festland kommen. Doch als sie sich auf die Suche nach Solenn machte, fand sie die Küche verwaist. Auch das Büro war geschlossen, Gwen war offenbar heute nicht zur Arbeit erschienen. Wie denn auch?, fragte sich Sylvia, als sie die kleine Tür in dem großen, hölzernen Tor gegen den Wind aufstemmte. Wenige Meter unterhalb des Parkplatzes, auf dem ihr Wagen stand, schlugen die Brecher gegen die Insel, sie konnte die Gischt auf ihrem Gesicht fühlen. Auch wenn sie sich mit den Gezeiten noch nicht auskannte, so ahnte Sylvia, dass an diesem Tag niemand die Insel würde verlassen können.

Der Wind riss ihr die Tür aus der Hand, schlug sie ganz auf und dann mit aller Gewalt wieder zu. Sylvia konnte gerade noch zur Seite springen, ehe das schwere Holz ins Schloss fiel. Innerhalb der Umfriedung war es seltsam windstill, und doch war das Heulen des Sturmes jenseits der Mauern auch hier drinnen ohrenbetäubend. Sylvia wandte sich um und betrachtete die alten Kamelienbäume, die Nolffs Großmutter Mitte des 19. Jahrhunderts gepflanzt haben musste. In dem milchig grauen Licht leuchteten die Blüten zwischen dem dunklen Laub, so als strahlten sie von innen.

Sie ging einen der weißen Kieswege entlang, die sie noch nicht kannte. In sanften Bögen führte er sie um das Haus herum in einen Bereich mit hohen Sträuchern, deren Laubwerk in dunklen Kaskaden bis auf den Boden herunterreichte. Wie Sterne schimmerten dazwischen die Blüten in hellem Rosé, cremefarben und in feurigem Rot. Gemeinsam bildeten die Sträucher eine hohe Wand, sie schienen einander zu stützen und ineinander zu verwachsen, sich zu umarmen und aneinanderzulehnen. Es war überraschend ruhig in diesem Labyrinth aus Kamelien. Das Knirschen von Sylvias Schritten im Kies war das einzige Geräusch, selbst das Tosen des Sturmes klang hier gedämpft.

Schließlich entdeckte Sylvia ganz am Ende des Weges ein kleines Haus aus grauem Stein. Aus dem Kamin kämpfte sich Rauch in die stürmische Luft, wurde von den Böen zerfetzt. Als sie näher kam, entdeckte sie Pierrick, der gerade einen Fensterladen reparierte.

»Den hat der Sturm heute Nacht aus den Angeln gerissen«, erklärte er ihr, nachdem er sie begrüßt hatte.

»Ist das dein Haus?«, fragte Sylvia.

Der alte Bretone nickte stolz und legte sein Werkzeug beiseite. »Ja«, sagte er. »Und da hinten wohnt Maël.« Er zeigte auf ein etwas größeres Haus am unteren Ende des Gartens. Es fügte sich mit seinen grauen Natursteinmauern derart perfekt in seine Umgebung ein, dass Sylvia es noch gar nicht bemerkt hatte. »Aber komm doch rein«, schlug Pierrick vor, »möchtest du einen Kaffee? Es ist noch welcher da, ich wärm ihn dir auf, wenn du willst.«

»Gern«, antwortete Sylvia. Sie hatte ja noch nicht einmal gefrühstückt.

Sie trat durch die niedrige Tür und befand sich in einem gemütlichen, schlichten Raum, der offenbar Wohnzimmer und

Küche in einem war. An den Wänden hingen vergilbte Stiche. Als sie näher trat, erkannte sie, dass es sich um die Darstellungen von Fischerbooten im Prozess ihrer Entstehung handelte, Bootsrümpfe, die in einer Werft lagen und unterschiedliche Baustadien zeigten. Wie das Gerippe eines riesigen Wales war auf einem Bild das Spantengerüst, die Grundkonstruktion des Bootes, zu sehen, auf dem nächsten waren die Spanten, die die Verschalung des Boots bildeten, schon teilweise aufgebracht.

»Das ist ein traditioneller *langoustier*«, erklärte Pierrick, während er sich an einem alten Gaskocher zu schaffen machte. »Ein Langustenfänger, so wie man sie früher benutzte. Aber das ist Geschichte. Heute gibt es die nur noch für Touristen. Zum Beispiel in Douarnenez im Freilichtmuseum, da kann man solche Boote noch anschauen.«

»Warst du früher Fischer?«, fragte Sylvia.

»Schiffsbauer, so wie mein Vater. Das ist lange her. Setz dich doch. Milch hab ich leider keine, nur Zucker. Nimmst du ihn auch schwarz?«

Sylvia nickte und sah sich weiter um. Da war ein alter Kanonenofen, der eine wohlige Wärme verbreitete, daneben ein einladender Schaukelstuhl mit vom Sitzen platt gedrückten Kissen. Und unter einem der Fenster entdeckte sie einen schlichten Tisch mit zwei Stühlen. Dorthin setzte sie sich.

»Was meinst du«, begann sie, »wird der Sturm heute noch nachlassen?«

»Der dauert noch bis morgen Abend«, antwortete Pierrick und goss eine schwarze Brühe in einen Becher. »Mindestens. Aber das Schlimmste haben wir hinter uns. Jetzt tobt er sich nur noch ein bisschen aus.«

Sylvia seufzte. So lange konnte sie nicht warten. Sie nahm den Becher, den ihr der Alte hingestellt hatte, in beide Hände, probierte einen Schluck. Dann nahm sie zwei Stückchen

Zucker aus einer abgeschlagenen Porzellanschale und rührte sie unter.

»Stark, nicht?« Pierrick grinste.

»Das kann man wohl sagen«, sagte Sylvia und lächelte. »Genau das Richtige nach einer solchen Nacht.«

»Du fürchtest dich doch nicht etwa?«, fragte er besorgt. »Das musst du nicht. Das große Haus hat schon viel Schlimmeres überstanden.«

»In der Nacht schlug auf einmal eines der Fenster auf«, erzählte Sylvia.

»Dann muss ich die Verriegelung überprüfen«, meinte Pierrick. »Gut, dass du mir das sagst. Die Windsbraut muss draußen bleiben, über den Wassern, da gehört sie hin.«

Sylvia nahm einen Schluck aus dem Becher und fühlte, wie das Koffein durch ihre Adern zu strömen begann.

»Glaubst du, ich komme heute irgendwie ans Festland?«, fragte sie.

Pierrick wiegte seinen Kopf und sah sie skeptisch an.

»Der Damm ist zu gefährlich«, meinte er. »Niedrigwasser ist heute gegen Mittag. Also noch eine gute Stunde. Aber das Meer ist dermaßen aufgewühlt, und der Sturm drückt die Dünung gegen das Festland. Mit deinem Sportwagen solltest du das besser bleiben lassen. Außer, er kann schwimmen.«

»Und mit dem Boot?«

Pierrick betrachtete sie amüsiert. »Du hast wohl genug von uns, was?«

Sylvia versuchte, ein unbefangenes Lächeln aufzusetzen. Wenn Pierrick wüsste! Zum Glück schien er nicht zu ahnen, dass sie in Wirklichkeit keine Kundin oder Touristin war.

»Ich muss etwas erledigen, Pierrick.«

Sylvia wand sich. Wie sollte sie ihm erklären, wie dringend es war?

»Ich habe nur ein kleines Fischerboot mit einem Außenbordmotor«, erklärte Pierrick, »das wird ganz schön ungemütlich. Und es ist keine Fähre. Dein Auto passt da nicht drauf.«

»Natürlich nicht.« Sylvia stimmte in Pierricks Lachen ein, obwohl ihr gar nicht danach zumute war. »Ich würde den Wagen hierlassen.«

»Es ist dir also ernst?«, fragte Pierrick. »Ihr jungen Leute! Seid immer so unruhig ... niemals habt ihr Zeit.« Er grinste. Dann sah er aus dem Fenster. »Ich kann es dir nicht versprechen. Das wird ganz schön schaukeln, Mädchen, bist du sicher, dass du dir das antun willst? Warum bleibst du nicht gemütlich in Solenns Küche sitzen und trinkst Tee mit ihr? Hast du es auch warm in deinem Zimmer? Soll ich dir ein Feuer machen?«

»Nein, danke«, wehrte Sylvia lächelnd ab, »ich hab das tatsächlich selbst hinbekommen. Aber ich ...«

Sie verstummte. Sah ebenfalls aus dem Fenster in den wolkenschweren Himmel. Wieso musste es ausgerechnet jetzt so stürmisch sein!

Pierrick stand auf und ging zu einem Gerät, das aussah wie ein altes Radio. Wenig später erfüllte Rauschen, Piepsen und atmosphärisches Summen den Raum. Der alte Mann wechselte die Frequenzen und suchte, bis unter den Störgeräuschen menschliche Stimmen zu vernehmen waren. Pierrick wirkte konzentriert, drehte weiter an Knöpfen und lauschte. Obwohl Sylvia nichts von den Sprachfetzen verstehen konnte, war ihr klar, was Pierrick suchte: Informationen zum Seewetter. Sie betrachtete das zerfurchte Gesicht des mageren, alten Mannes, der aufmerksam hinaus in den Äther horchte. Schließlich schaltete er das Gerät aus und sah sie an.

»Es sieht so aus«, sagte er, »als würde es gegen drei eine

kurze Wetterberuhigung geben. Wenn du also wirklich unbedingt willst und die Prognose zutrifft, dann setz ich dich über.«

»Das wäre großartig«, antwortete Sylvia erleichtert. »Hoffen wir das Beste!«

»Und hoffen wir«, gab Pierrick erneut grinsend zurück, »dass du seefest bist. Denn lustig wird das nicht, das kann ich dir versprechen.«


Zwei Stunden später stand Sylvia mit ihrem Koffer in der Küche des großen Hauses und wartete auf Pierrick.

»Ich weiß nicht«, sagte Solenn und zog ihre marineblaue Strickjacke fester um sich, »ob ich das gutheißen kann. Pierricks Boot ist eine Nussschale mit einem Außenbordmotor. Wenn nur nichts passiert!«

»Ich muss fahren, Solenn«, sagte Sylvia leise.

Die Ältere sah ihr in die Augen, dann wurde ihre Miene weich. »Wirst du dafür sorgen, dass wir hierbleiben können?«

Die Frage war so schlicht, so direkt, dass Sylvia der Atem stockte. »Das werde ich«, antwortete sie. »Ich werde alles dafür tun.«

»Es liegt in deinen Händen«, sagte Solenn. »So hart es klingen mag, aber unser Schicksal liegt in deinen Händen, Sylvia.«

Sylvia schluckte. »Ich weiß«, sagte sie mit belegter Stimme. Und das Schicksal meiner Ehe auch, dachte sie.

»Wie willst du eigentlich ohne deinen Wagen weiterkommen, wenn du erst auf dem Festland bist?«

»Ich dachte, ich nehme mir ein Taxi bis nach Brest. Und von dort einen Flug ...«

»Meine Schwester wird dich nach Brest fahren«, unterbrach

Solenn sie entschlossen. »Sie wird dich am Anleger abholen. Ich rufe sie gleich an, wenn ihr losfahrt.«

Pierrick klopfte von außen ans Fenster. Es wurde Zeit zu gehen.

»Hier.« Sylvia reichte Solenn ihre Visitenkarte. »Falls irgendetwas etwas sein sollte, ruf mich bitte sofort an!«

»Gute Reise«, sagte Solenn und nahm die Karte entgegen. Sie ging auf Sylvia zu und küsste sie auf beide Wangen. Dann wandte sie sich ab.

An der Tür zögerte Sylvia. »Ich hätte mich eigentlich gern von Maël verabschiedet«, sagte sie.

»Er ist nicht hier«, gab Solenn schroff zur Antwort, und Sylvia wurde klar, dass sie sich schon wieder vor ihr verschloss. »Er musste gestern Abend noch spät aufs Festland, ein paar wichtige Dinge erledigen. Aber wenn du möchtest, richte ich ihm einen Gruß von dir aus.«

Sie hat ihn absichtlich weggeschickt, dachte Sylvia, während sie mit Pierrick durch das schwere Holztor schritt und sich gegen den Wind stemmte, das hat sie getan, damit ich ihm nicht das Herz breche.

Auf dem Weg zur Anlegestelle rangen in Sylvia die widersprüchlichsten Gefühle miteinander. Ihr Verstand sagte, dass Solenn recht hatte. Doch ihr Herz sprach eine andere Sprache. Würde sie Maël je wiedersehen? Sie musste es einfach. Der Gedanke, es könnte nicht so sein, war unerträglich ...

Und dann sah Sylvia die Nussschale, wie Solenn das kleine Boot, das wie verrückt auf der Brandung tanzte, genannt hatte. Für einen Augenblick sank ihr das Herz. War sie verrückt geworden? Sollte sie das wirklich wagen? Sie nahm all ihren Mut zusammen und folgte Pierrick den Pfad hinunter zur Anlegestelle. Behände sprang der alte Mann ins Boot, nahm ihr den Koffer ab und verstaute ihn sicher unter einer Plane.

»Zieh das an«, rief er ihr zu und reichte ihr eine unförmige Hose und eine Kapuzenjacke aus Ölzeug. Sylvia schlüpfte in die Hose, die ihr viel zu weit war, und zog die Jacke über. Dann ergriff sie tapfer Pierricks Hand, sprang in das Boot und setzte sich auf den Platz, den der alte Mann ihr zuwies. Folgsam zog sie eine Schwimmweste, die er ihr reichte, über und zurrte die Gurte fest.

»Solltest du über Bord gehen«, schrie ihr Pierrick gegen den Lärm von Wind und Wellen ins Ohr und wies auf eine Schnur, »dann ziehst du daran, und die Weste bläst sich mit Luft auf. Das da ist eine Trillerpfeife, für alle Fälle. Und hier sind die Rettungsringe, alles klar?« Sylvia nickte tapfer. »Egal, was passiert«, fuhr Pierrick fort, »du bleibst hier sitzen und hältst dich fest. Auf keinen Fall aufstehen während der Überfahrt. Und wenn etwas ist, dann machst du mir ein Zeichen. Mit einer Hand, mit der anderen hältst du dich weiter fest. *D'accord?*«

»*D'accord.*«

Pierrick startete den Motor und steuerte das Boot vorsichtig aus dem kleinen Hafen. Es schwankte gefährlich hin und her, geriet dann ins Schlingern, und für einen kurzen Augenblick glaubte Sylvia, sie müsste sich auf der Stelle übergeben. Sie schloss die Augen, doch das machte alles noch schlimmer. Und so öffnete sie sie wieder und behielt stur den Blick auf das Festland gerichtet, das im Augenblick nichts weiter war als ein schmales, graues, entsetzlich schwankendes Band am Horizont. Sylvia vermied es, daran zu denken, welch riesige Mengen von aufgepeitschtem Wasser sie von der Küste trennte, und klammerte sich so sehr an den Handlauf, dass ihre Knöchel weiß hervortraten. Auf einmal bestand die Welt nur noch aus Himmel und Wasser. Immer wieder schlugen Wellen über den Rand des Bootes und ergossen sich über sie. Die kleine Nussschale kämpfte gegen die Wogen an, stieg Bug voraus steil auf, um im nächsten Augenblick zu Sylvias Entsetzen in ein tiefes Wellental zu stürzen.

Vielleicht war es doch keine gute Idee, dachte sie schaudernd. Doch dann stieg das Boot wieder auf, und sie konnte erkennen, wie das graue Band am Horizont unaufhörlich breiter wurde, um schließlich trotz der feuchtigkeitsschwangeren Luft als Land erkennbar zu werden. Land, auf dem sich Bäume und Häuser abzeichneten, ein Hafen mit einem Leuchtturm, halb weiß, halb rot, zuerst noch wie eine Verheißung, die immer wieder in neuen Wellentälern versank, um wieder aufzutauchen und deutlicher sichtbar zu werden, bis sie ihn schließlich endlich erreichten.

Es war der Hafen desselben Städtchens, das sie zwei Tage zuvor noch unbeschwert besucht hatte, der Ort, an dem sie von Holgers Lügen erfahren hatte und wo sie in der Bibliothek in Tränen ausgebrochen war. Nie hätte sie sich träumen lassen, eines Tages bei solchem Seegang in den Hafen einzufahren. Sie musste an die Fischer denken, an die Kerguénnecs und wie sie alle hießen, für die das zum Alltag gehört hatte oder noch immer gehörte.

Kaum hatten sie die Hafeneinfahrt passiert, wurde das Wasser ruhiger, und Sylvia atmete erleichtert auf. Pierrick steuerte das Boot behutsam an einen freien Anleger, sprang an Land, vertäute die Leinen, dann half er Sylvia heraus. Auf der Mole verlor sie kurz das Gleichgewicht, so seltsam erschien ihr der feste Grund unter ihren Füßen, doch Pierrick hielt sie fest.

»Tapferes Mädchen«, sagte er und grinste, während sie sich aus der Rettungsweste und dem Ölzeug schälte. »Na, hab ich dir zu viel versprochen?«

Dann sprang er wieder in sein Boot, reichte Sylvia ihren Koffer, winkte zum Abschied, und schon entfernte sich das Boot vom Anleger und nahm Kurs aufs offene Meer.

Da stand sie nun. Der Wind riss an ihren feuchten Haaren und an ihrer Jacke. Ihr war kalt ohne Pierricks dickes Ölzeug. Sie sah sich um. Vorn am Hafen entdeckte sie ein einsames Auto, das ihr irgendwie bekannt vorkam. Sylvia nahm ihren Koffer und ging ihm entgegen. Eine füllige Frau stieg aus dem Geländewagen und winkte ihr zu. Eine Böe zerzauste ihr rotblondes Haar.

»Wie schön, dich wiederzusehen!«, sagte die Frau, und ihr sommersprossiges Gesicht legte sich in viele freundliche Fältchen.

»Rozenn!«, rief Sylvia überrascht und erfreut zugleich. »Ich wusste nicht, dass Sie und Solenn Schwestern sind!«

»Man sieht es uns auch wahrlich nicht an«, sagte Rozenn. »Du dagegen bist Lucie wie aus dem Gesicht geschnitten. Ich frage mich, warum ich neulich nicht gleich draufgekommen bin. Und du kannst mich duzen. Aber jetzt steig erst einmal ein.«

Noch immer schien die Welt um Sylvia zu schwanken, und obwohl ihr Verstand sehr wohl wusste, dass sie sich nicht mehr auf stürmischer See befand, sondern sicher an Bord des Geländewagens von Solenns Schwester, hielt sie sich doch krampfhaft am Handgriff fest.

»Du bist ganz schön mutig«, sagte Rozenn und warf ihr einen Blick zu. »Bei diesem Wetter wäre ich mit meinem Boot nicht rausgefahren. Aber ich verstehe, dass du es eilig hast.«

»Solenn hat dir sicherlich alles über mich erzählt.«

Rozenn tätschelte ihr freundschaftlich das Knie. »Solenn kann manchmal recht hart sein«, sagte sie, »das darfst du ihr nicht übel nehmen. Lucies Tod hat sie schwer getroffen. Die beiden waren so glücklich miteinander. So als hätten sich zwei

Hälften einer Walnuss gefunden. Sie passten einfach gut zusammen, die zwei.« Sylvia schwieg. Langsam nahm das Sirren in ihren Ohren ab. »Für Solenn war das Leben nie einfach, musst du wissen«, fuhr Rozenn fort. »Erst als sie Lucie traf, fand sie das Glück, das jeder Mensch verdient. Sie hat sich eine raue Schale zugelegt. Aber sie hat ein Herz aus Gold.«

Sie verließen die Küstenstraße und tauchten ein in eine Landschaft aus Feldern und Wiesen, über Jahrhunderte durch Mauern aus grauen Steinen und niedrigen Hecken voneinander abgetrennt, eine Landschaft wie ein Flickenteppich.

»Es ist wirklich sehr nett von dir«, sagte Sylvia, »dass du mich nach Brest bringst.«

»Aber das ist doch selbstverständlich«, erwiderte die freundliche Bretonin. »Hauptsache, du kannst das in Ordnung bringen mit der Insel. Solenn hat mir gesagt, dass du den Verkauf unterbinden willst. Du musst wissen, dass die Menschen hier sehr aufgebracht über die Pläne des Kaufinteressenten sind. Vielleicht weißt du nicht, wie dickköpfig wir Bretonen sein können. Wir mögen es nicht, wenn Fremde kommen und unsere Traditionen missachten. Die Regierung wollte hier Kernkraftwerke bauen, aber es ist ihnen nicht gelungen. Damals sind alle auf die Straße gegangen, von Jung bis Alt. Wir sind sogar nach Paris gezogen. Und wir sind jederzeit bereit, so etwas wieder zu tun, wenn es notwendig ist. Dieses Resort ist hier nicht erwünscht, verstehst du?«

Sie sah Sylvia an, als erwartete sie eine Reaktion.

»Was wird geschehen?«, fragte Sylvia.

»Hoffentlich überhaupt nichts«, sagte Rozenn, und auf einmal hatte sie große Ähnlichkeit mit ihrer Schwester. Dasselbe energische Kinn, dieselbe Entschlossenheit. »Denn es wird ja nicht zu dem Verkauf kommen. Hab ich recht?« Wieder warf sie Sylvia einen prüfenden Blick zu.

»Wie lange fahren wir bis nach Brest?«, versuchte diese, das Thema zu wechseln.

»Wenn alles gut geht, eine gute Stunde«, antwortete Rozenn.

Und dann schwiegen sie beide eine Weile, jede in ihren Gedanken versunken.

Sylvia versuchte sich vorzustellen, was sie zu Hause erwartete. Noch nie hatte sie mit Holger eine derartige Situation erlebt. Es war auch sonst nicht einfach, mit ihm über wichtige Entscheidungen zu sprechen, wenn sie sich nicht einig waren. Genau aus diesem Grund hatte sie sich auch nie in seine Geschäfte eingemischt. Sie hatte nicht gewusst, dass er ihre Hilfe brauchte. Und statt sie darum zu bitten, hatte er versucht, sie zu überlisten. Warum? Hatte er schon geahnt, dass sie ihr Erbe nicht verkaufen würde, wenn sie wüsste, worum es sich handelte...?

»Du bist ziemlich blass«, schreckte Rozenn sie aus ihren Gedanken auf. »Sollen wir irgendwo anhalten? Möchtest du etwas essen oder trinken?«

»Wasser wäre nicht schlecht«, antwortete Sylvia dankbar. »Aber ich möchte keine Zeit verlieren. Ich weiß nicht einmal, ob heute noch ein Flugzeug nach München geht...«

»Um 20:05 Uhr, ein Direktflug«, erwiderte Rozenn mit einem zufriedenen Lächeln. »Ich hab im Internet nachgesehen, nachdem Solenn mich anrief. Es gibt noch genügend freie Plätze. Wir haben also ausreichend Zeit für eine kleine Pause.«

Sylvia sah sie verblüfft an. »Danke«, sagte sie leise. Rozenn sah es offenbar als ihren Auftrag an, ihr den Weg zu ebnen, damit sie die Insel retten konnte. »Dann würde ich sehr gern etwas trinken und eine Kleinigkeit essen.«

»Wie kamen eigentlich Pierrick und Maël zur Kamelieninsel?«, fragte Sylvia, als sie wenig später in einem gemütlichen Landgasthof saßen, *galettes* und Tee vor sich.

»Pierrick ist ein Urgestein«, begann Rozenn zu erzählen, »er hat schon dem alten Nolff geholfen, das Anwesen instand zu halten. Es war klar, dass er das auch weiterhin tun würde. Und Maël ist Lucie und Solenn quasi zugelaufen.«

Sie nahm einen ordentlichen Bissen von ihrem Buchweizenpfannkuchen und ließ ihn sich schmecken.

»Wie meinst du das ...«, fragte Sylvia, »... zugelaufen?«

»Maël war zwölf Jahre alt, als er plötzlich auf der Insel auftauchte. Keiner kannte ihn, keiner wusste, woher er kam. Damals war er sehr scheu, sprach ganz wenig, es war nichts aus ihm herauszubekommen. Er hängte sich an Pierrick und half ihm, war äußerst geschickt. Und dann entdeckte er die Kamelien für sich. Er fühlt die Pflanzen, hat Solenn einmal gesagt, so als könnte er ihre Gedanken lesen.« Rozenn lachte, dann nahm sie einen Schluck Tee. »Mit der Zeit taute er ein wenig auf. Natürlich stellte Lucie Nachforschungen an. Sie fand heraus, dass er niemanden mehr hatte. Sein Vater war zur See gefahren und bei einem Tankerunglück ums Leben gekommen. Seine Mutter hatte schon vorher einen anderen Mann gehabt, dem Maël ein Dorn im Auge war. Ich nehme an, er war nicht besonders nett zu ihm, wenn du verstehst, was ich meine. Da ist er weggelaufen und hat sich bis zur Kamelieninsel durchgeschlagen. Als Lucie die Mutter kontaktierte, erklärte sie sich damit einverstanden, dass Maël bei Solenn und Lucie leben durfte. Ich nehme an, sie war erleichtert, ihn los zu sein. Lucie sorgte dafür, dass er eine gute Ausbildung bekam. Er wurde Gärtner, das lag ihm im Blut.« Rozenn machte dem Kellner ein Zeichen, dass er die Rechnung bringen solle. »Ich nenne Maël hin und wieder im Spaß unser Findelkind«, fügte Rozenn verschmitzt ihrer Erzählung hinzu. »Nur dass er es selbst war, der sein neues Zuhause fand.«

Sylvia beglich die Rechnung, dann brachen sie auf. Als sie die Außenbezirke von Brest erreichten, ging ein Wolkenbruch nieder, Sturmböen bogen die Bäume am Straßenrand. Im Nu stand eine gute Handbreit Wasser auf der Fahrbahn.

»Ich dachte, der Sturm hätte nachgelassen«, sagte Sylvia seufzend.

»Das weiß man hier nie so genau«, erwiderte Rozenn, während sie die Scheibenwischer auf höchste Geschwindigkeit stellte, die ächzend versuchten, mit der Sturzflut fertigzuwerden. Endlich erreichten sie den Flughafen.

»*Merci*«, sagte Sylvia und küsste Rozenn auf beide Wangen.

»*Pas de quoi*«, antwortete Rozenn. »Und alles Gute!«


Sylvia war es gewohnt, in ein Flugzeug einzuchecken, und doch war diese Heimkehr vollkommen anders als sonst. Abgesehen von wenigen Turbulenzen verlief der Flug gut, und schließlich bestieg Sylvia wieder einmal ein Taxi, das sie nach Hause brachte. Scheinwerfer blendeten ihre müden Augen, als sie sie schloss, sah sie das Leuchten der Kamelienblüten aus dem nachtgrünen Laub. Sie sah blaue Unendlichkeit, Himmel und Meer. Und Augen, schimmernd wie die Brandung, unergründlich...

Es war fast elf, als sie ihre Wohnungstür aufschloss. Sie hatte ihr Kommen nicht angekündigt. Im Wohnzimmer brannte Licht.

»Sylvia!« Holger stand in der Tür, ein schwarzer Schemen. Seine Stimme klang überrascht. »Wie schön! Du bist endlich wieder zu Hause!«

Sylvia wappnete sich. So liebevoll, ja, fast überschwänglich, hatte ihr Mann sie in den ganzen zehn Jahren ihrer Ehe noch nie empfangen. Auch wurde sie normalerweise nicht in den Arm geschlossen, wenn sie von einer Reise heimkehrte. Sie ließ sich die Jacke abnehmen und ins Zimmer führen, bemerkte, dass bereits ein zweites Glas auf dem Couchtisch stand, und sah zu, wie Holger es für sie füllte.

»Woher hast du gewusst, dass ich komme?«

Holger sah sie an mit einem Lächeln, das sie schon lange nicht mehr an ihm gesehen hatte.

»Ich hatte so eine Intuition«, sagte er. »Und wie es aussieht, hat sie mich nicht getrogen.« Dann sah er auf sein Smartphone und runzelte die Brauen. »Bitte entschuldige mich einen Moment. Ich muss ganz kurz einen Rückruf tätigen. Ich bin gleich wieder bei dir.«

Und damit verließ er das Zimmer.

Sylvia fror. Noch immer waren ihre Kleider feucht. Doch ehe sie aufstehen konnte, um sich umzuziehen, war Holger schon wieder da, und wie in alten Zeiten, in denen sie noch nicht verheiratet gewesen waren, zog er ihr die Socken aus und rieb ihr die Füße warm.

»Wie war die Reise?«, fragte er. »Möchtest du vielleicht noch etwas essen?«

Sylvia schüttelte den Kopf. Sie war verwirrt. Das war so gar nicht »ihr« Holger. Und je freundlicher und fürsorglicher er war, desto mehr breiteten sich zwei widersprüchliche Gefühle in ihr aus. Benahm sich ihr Mann nicht wie jemand, der etwas zu verbergen hatte? Aber da war noch eine andere Stimme, die ihr im Geheimen die heftigsten Vorwürfe machte: Sie hatte ihren Mann, der so liebevoll war, betrogen, während er in Schwierigkeiten steckte und sie dringend gebraucht hätte. Und mit jedem freundlichen Wort von Holger wuchsen ihr Unbehagen und ihr schlechtes Gewissen.

»Holger«, unterbrach sie ihn schließlich, »das ist alles ganz schrecklich lieb von dir. Ich bin auch froh, wieder hier zu sein. Nur wird es Zeit, dass wir ernsthaft miteinander reden. Thomas hat mir alles erzählt.« Holger verstummte. Er sah gekränkt aus. »Weshalb hast du versucht, das alles vor mir zu verheimlichen?«

Sylvia fröstelte. Eigentlich sollte sie unter die Dusche und dann ins Bett. Doch sie hatten schon so viel Zeit verloren.

»Ich wollte nicht, dass du dir Sorgen machst.«

Sylvia starrte ihren Mann an. »Dass ich mir Sorgen mache? Du willst nicht, dass ich mir *Sorgen* mache? Holger, das ist mein Beruf. Das mache ich andauernd. Die Leute zahlen einen Haufen Geld dafür, dass ich sie vor einer Insolvenz bewahre. Und ausgerechnet mein Mann will das alles lieber allein mit sich ausmachen? Wieso um alles in der Welt...?«

»Ich krieg das schon hin, Sylvia«, schnitt Holger ihr das Wort ab. »Kein Grund, sich zu echauffieren. Es wird keine Insolvenz geben. Thomas übertreibt wieder einmal maßlos. Ich brauche deine guten Ratschläge nicht, Sylvia. Vielleicht braucht sie die ganze Welt. Aber *ich* krieg meine Geschäfte auch ohne dich hin.«

Sylvia war sprachlos. Hatte Thomas wirklich übertrieben? Das sah ihm gar nicht ähnlich.

»Ich kann mich nicht erinnern«, sagte sie ein wenig verwirrt, »dass Thomas jemals überreagiert hätte. Du weißt so gut wie ich, dass er absolut zuverlässig ist und die Dinge nüchtern be...«

»Aber dieses Mal ist er eindeutig übers Ziel hinausgeschossen!«

Holger sprang auf und begann erregt, im Raum auf und ab zu gehen. »Er hätte dich nicht so erschrecken dürfen«, fügte er ein wenig sanfter hinzu. Dann wandte er sich zu ihr um und lächelte entwaffnend. »Auch wenn ich wahrscheinlich seiner Panikmache verdanke, dass du endlich wieder hier bist.«

Sylvia starrte ihn an. Sie war all die Jahre oft und viel unterwegs gewesen. Häufig auch länger als eine Woche. Noch nie allerdings hatte Holger geäußert, dass er sie vermisst hatte. Sie konnte es ihm auch jetzt nicht recht glauben und fühlte sich doch schon wieder schuldig. Sie musste endlich Klarheit haben.

»Wie willst du aus dieser Sache rauskommen?«, fragte sie, entschlossen, nicht eher schlafen zu gehen, bis er es ihr erzählt hatte.

Er wandte sich von ihr ab, als fühlte er sich zurückgewiesen. »Geschäfte, Geschäfte«, klagte er und verzog das Gesicht. »Immer geht es dir nur um Geschäfte. Herrgott, Sylvia, es ist fast Mitternacht. Wir haben uns eine Ewigkeit nicht gesehen. Fällt dir da nichts anderes ein, wenn du nach Hause kommst, als nach meinen Geschäften zu fragen?«

Er sah sie an, und seine Augen waren voller Anklage. Sylvia fühlte sich schlecht. Er hatte ja recht. Dennoch musste sie es wissen. Ihre Existenz stand auf dem Spiel. Und die der Inselbewohner. Sie musste hart bleiben. Das war sie Solenn schuldig. »Sag mir bitte die Wahrheit«, bat sie. »Ist es so, wie ich vermute? Willst du dein Schuldenloch mit dem Verkauf der Kamelieninsel stopfen?«

Holger starrte sie böse an. »Und wenn es so wäre? Was wäre daran falsch? Du bist doch diejenige, die darauf besteht, dass meine Verluste auch dich betreffen. Wieso sollen wir sie nicht verkaufen, diese Insel?«

»Wir können das nicht tun, Holger.«

»Wieso nicht?«

»Weil ... weil ich es versprochen habe.«

Holgers Augen wurden schmal. »Du hast es ... versprochen? Wem hast du das versprochen?«

»Hör zu, Holger, das ist eine lange Geschichte ...«

»Aber hast du nicht zuvor mir ein Versprechen gegeben?« Sylvia blickte ihn verwirrt an. »Du hast gesagt, ich soll sie verkaufen, diese Insel. In deinem Namen. Du wolltest noch nicht einmal wissen, an wen. Du hast mir die Vollmachten erteilt und mir großzügig all die lästige Arbeit aufgehalst. Doch das alles zählt jetzt nichts mehr. Weil du irgendwelchen Leuten irgendwas versprochen hast.«

Holger war laut geworden. Die Stille, die nun herrschte, lastete umso schwerer auf ihr. Sylvia wusste nicht, was sie antworten sollte. Was Holger sagte, stimmte. Und auch wieder nicht. Hatte sie nicht das Recht, ihre Meinung zu ändern?

»Dinge können sich ändern«, sagte sie schließlich und hörte selbst, wie wenig überzeugend das klang. »Ich kannte die Umstände nicht. Es ist meine Schuld, ja. Ich hätte mich vorher erkundigen sollen, ehe ich ...« Doch dann besann sich Sylvia. Wie kam sie dazu, sich zu entschuldigen? Holger war *ihr* eine Erklärung schuldig, nicht sie ihm. »Tatsache ist doch«, fuhr sie fort, »dass du mir nicht die Wahrheit gesagt hast. Du hast mir erzählt, die Gärtnerei sei ein Trümmerhaufen. Keine Rede von einer Insel und ...«

»Ach, Sylvia«, unterbrach Holger sie. Er wirkte auf einmal fürchterlich traurig. So traurig, dass es Sylvia das Herz abschnürte. »Es ist nicht so, wie du denkst. Ich habe nicht vor, deine Insel zu verkaufen, wenn du das nicht mehr möchtest. Das hatte ich dir bereits am Telefon gesagt. Schon vergessen? Aber auf diese Weise hab ich wenigstens erfahren, wie schlecht du von mir denkst.«

Sylvia schloss die Augen. Sie hatte auf einmal das Gefühl, wieder in Pierricks schlingerndem Boot zu sitzen. Alles schien sich zu drehen. Holger hatte es erneut geschafft, sie ins Unrecht zu setzen.

»Und wie willst du dann zu Geld kommen?«, hörte sie sich fragen.

Holger antwortete nicht gleich. Sylvia öffnete die Augen und sah ihn an. Und erschrak über den kalten Ausdruck, mit dem er sie musterte.

»Es gibt einen Interessenten für die Finca in Andalusien«, sagte er schließlich und drehte sich weg. »Gute Nacht, Sylvia! Du hattest eine lange Reise. Es ist besser, du gehst jetzt schlafen.«

Und damit ging er in sein Schlafzimmer und schloss die Tür hinter sich.

9

*Die Versöhnung*


Es hatte lange gedauert, doch irgendwann hatte die Erschöpfung gesiegt, und Sylvia war in bleiernen Schlaf gesunken. Als sie am anderen Morgen erwachte, hatte sie keine Ahnung, wo sie war. Dann erkannte sie die behagliche Kühle ihrer Damastbettwäsche und drehte sich noch einmal wohlig um. Sie war zu Hause, wie gut. Sie hatte wirklich merkwürdige Dinge geträumt ...

Mit einem Mal schreckte sie auf. Was sie für schlimme Träume gehalten hatte, war Wirklichkeit, und plötzlich war alles wieder da. Die Diskussion mit Holger, die hässliche Wendung, die das Gespräch am Ende genommen hatte ... Wie um alles in der Welt war es so weit gekommen? War sie wirklich zu misstrauisch gewesen? Ja, dachte sie zerknirscht. Sie hatte Holger alles Mögliche unterstellt. Dabei wurde vielleicht alles wieder gut. Es gab einen Interessenten ... Und die Kamelieninsel war gerettet ...

Sylvia ließ sich zurück ins Kissen sinken. Auch wenn der gestrige Abend ziemlich unglücklich verlaufen war, so war doch die Insel gerettet. Eine ungeheure Erleichterung füllte sie aus bis in die Zehenspitzen. Solenn und Maël und all die anderen konnten dort bleiben. Und sie, Sylvia, würde höchstpersönlich dafür sorgen, dass die Geschäfte in Zukunft ausgezeichnet liefen. Nur das mit ihrem Mann, das musste sie unbedingt in Ordnung bringen.

Sylvia sprang aus dem Bett, zog ihren Kimono über und machte sich auf die Suche nach Holger. Doch er war nicht da. Nicht in der Küche, nicht im Wohnzimmer, nicht in seinem Schlafzimmer, auch nicht im Bad. Endlich fand Sylvia einen Zettel auf der Kommode im Flur.

»Muss dringend weg. Geschäfte rufen. H.«

Da erst sah Sylvia, dass es schon kurz vor elf war. Und sie starb fast vor Hunger.

Der Blick in den Kühlschrank fiel ernüchternd aus. Ein winziges, säuerlich riechendes Stück Butter. Ein paar Scheiben Schinken, die grünlich schimmerten. Im Schrank fand Sylvia zwei vertrocknete Scheiben Toastbrot, deren Ecken sich bereits wölbten. Und in der teuren Passionsfruchtkonfitüre hatte sich eine ansehnliche Schimmelkolonie breitgemacht. Angewidert warf sie alles in den Mülleimer.

Auf einmal musste sie an ihr letztes Treffen mit Veronika denken. War das wirklich erst eine Woche her? Ihr schien es, als wären inzwischen Jahre vergangen, so viel hatte sie erlebt, so vieles war geschehen.

Veronika meldete sich bereits beim zweiten Klingeln. »Bist du schon zurück aus der Bretagne?«, fragte sie überrascht.

»Lust auf ein gemeinsames Frühstück?«, fragte Sylvia zurück.

»Gern«, antwortete Veronika. »Ich hab zwar schon gefrühstückt, aber für ein zweites hab ich immer Zeit.«

Im XII Apostel bestellten Sylvia und Veronika Rührei mit Pfifferlingen, gebeizten Lachs, Vanillequark, eine große Schale mit Obstsalat und vieles andere mehr.

»Du siehst irgendwie verändert aus«, fand Veronika und musterte ihre Freundin aufmerksam.

»Ach ja?«, fragte Sylvia lächelnd. »Wie denn?«

»Irgendwie ... lebendiger. Steht dir gut, der Freizeitlook. Und das offene Haar.« Sylvia schwieg und verteilte Butter auf ihrer Semmel. Ihre Freundin betrachtete sie immer noch eingehend. »Hm...«, meinte Veronika schließlich, »wenn ich dich nicht so gut kennen würde und wüsste, dass das für dich überhaupt nicht infrage kommt, dann würde ich sagen, du hast einen anderen Mann kennengelernt.« Sylvia ließ vor Schreck ihr Brötchen fallen. »Hey«, rief Veronika und riss interessiert die Augen auf, »du wirst ja ganz rot. Sag mir nicht ... O mein Gott, das ist ja fabelhaft!«

Sylvia blickte sie konsterniert an. »Fabelhaft? Das ist eine Katastrophe.«

»Ach du lieber Himmel, es ist also wahr? Wie heißt er? Wie sieht er aus? Wie ist er so? Ich will jede Einzelheit wissen!«

Und so begann Sylvia zu erzählen. Erst stockend, dann immer flüssiger. Es tat gut, all das, was ihr auf der Seele brannte, endlich auszusprechen. Sie erzählte von ihrer Ankunft auf der Insel, von der atemberaubenden Schönheit der Landschaft und beschrieb den Moment, als sie Maël das erste Mal gesehen hatte, so gedankenverloren im Nachmittagslicht bei den Kamelien.

»Und ... habt ihr euch wenigstens schon geküsst?« Sylvia fühlte, wie ihr die Hitze ins Gesicht stieg. Veronika riss die Augen auf. »Okay, geküsst habt ihr euch schon. Und ... sonst?«

Sylvia konnte nicht anders, ein glückliches Lächeln stahl sich in ihr Gesicht. »Sonst? Na ja ... ich wollte ihm eigentlich dauernd erzählen, dass ich verheiratet bin...«

»Und?«, fragte Veronika atemlos vor Schreck, »hast du etwa?«

Sylvia schüttelte den Kopf. »Er hat mir irgendwie keine Gelegenheit gegeben. Und dann...« Veronika zog erwartungsvoll die Augenbrauen hoch. Schließlich gab Sylvia mit einem Seufzen jeden Widerstand auf. »Ja«, sagte sie. »Wir haben es getan. Und es war ...« Sylvia suchte nach einer Beschreibung, nach einem Wort, das fähig wäre wiederzugeben, was sie empfunden hatte und noch immer empfand. »Ich weiß nicht, was ich sagen soll. Es war ...«

»So wie bei Robert damals?«, fragte Veronika vorsichtig.

»Nein«, entgegnete Sylvia, und ein Hauch von Enttäuschung zog schon über Veronikas Gesicht. »Es war viel, viel besser«, fuhr Sylvia mit leuchtenden Augen fort, und die Freundin strahlte sie erleichtert an. »Einfach unbeschreiblich. Vero, es war das Schönste, was ich je erlebt habe.«

Und dann saßen sie ganz still und andächtig da, beide mit einem großen Lächeln im Gesicht, bis die Bedienung das Omelette brachte, schön zart innen und außen golden, so wie Sylvia es liebte.

Sie erzählte weiter, von ihrer Tante und von Solenn, die Lucies große Liebe gewesen war, und auch von ihrem Sterben. Ja, Sylvia hörte sich selbst erstaunt dabei zu, wie sie von der steinernen Bank beim Grab ihrer Tante erzählte, von der Ruhe und dem Gefühl des Friedens, von dem sie dort ergriffen worden war.

»Weißt du, Vero«, sagte sie und nahm einen Schluck Orangensaft, »ich hab mich dort so wohlgefühlt wie seit meiner Kindheit nicht mehr. Wenn du das sehen könntest, diesen unglaublichen Himmel, der sich jeden Augenblick verändert. Genau wie das Meer. Und mitten in dieser wilden Landschaft diese Blüten, die Kamelien ...«

Sylvia schwieg. Veronika betrachtete sie mit großen Augen. So hatte sie ihre Freundin noch nie erlebt.

»Und das alles gehört jetzt dir«, sagte sie nach einer Weile.

»Ich gratuliere dir. Ich glaube, du hast das ganz große Los gezogen, oder nicht?«

Sylvia nickte, doch auf einmal verlor sich das Strahlen aus ihrem Gesicht. Ihrer Freundin blieb die Veränderung nicht verborgen.

»Stimmt etwas nicht?«, fragte Veronika vorsichtig.

Sylvia seufzte.

»Ich weiß nicht ... Mit Holger ist gerade alles so schwierig.«

»Wann war es das nicht?« Sylvia sah ihre Freundin überrascht an. Die schlug erschrocken die Hand vor den Mund. »Entschuldige«, sagte Veronika. »Ich sollte so etwas nicht sagen. Du weißt, ich habe den Grundsatz, niemals auch nur ein Wort gegen die Ehemänner meiner Freundinnen zu sagen. Aber Holger ...«

»Was ist mit Holger?«

»Na ja«, Veronika wand sich sichtlich, »wann immer du etwas von ihm erzählst, klingt es schwierig. Und wenn ich ehrlich bin, ich mochte Holger noch nie besonders. Ich traue ihm nicht über den Weg. Aber wie gesagt, es geht mich nichts an.« Eine Weile war es still zwischen den Freundinnen. »Hey«, unterbrach Veronika dann das Schweigen, »du nimmst mir das doch nicht übel?«

Sylvia schüttelte den Kopf. »Aber nein, Vero. Ich bin dir dankbar für deine Ehrlichkeit. Wozu hat man Freunde, wenn sie einem nicht die Wahrheit sagen? Ich habe dir immer meine Meinung über deine Männer gesagt ...«

»Stimmt«, Veronika lachte und verdrehte die Augen, »und das jedes Mal völlig ungefragt. Aber am Ende hattest du immer recht. Leider.« Sie legte eine Scheibe Lachs auf ihren Toast und strich vorsichtig Meerrettichcreme darauf. »Aber sag mal, was ist mit diesem ... Wie heißt er noch, der bretonische Kameliengärtner mit dem Liebeszauber?«

»Mit Maël?«

»Genau. Was ist mit ihm? Seid ihr jetzt ... irgendwie ... zusammen?«

Sylvia schüttelte ein wenig zu energisch den Kopf. »Das geht doch nicht«, meinte sie und errötete erneut. »Wie stellst du dir das vor?«

»Wie ich mir das vorstelle?«, antwortete Veronika mit einem kessen Lächeln. »Nach allem, was du erzählt hast, stelle ich es mir ziemlich intensiv vor. Wenn es sogar besser war als mit Robert ... Autsch!«

Sylvia schlug lachend mit ihrer Serviette nach Veronika. Dann wurde sie wieder ernst. »Ich bin verheiratet«, sagte sie dann bestimmt. »Und wenn Holger auch schwierig ist, so ist er doch mein Mann. Seit zehn Jahren. Wir haben Höhen und Tiefen gemeinsam durchlebt. Das wirft man nicht einfach so weg für ...«

Sylvia stockte. Was hatte sie sagen wollen? Für einen Urlaubsflirt? War es nicht mehr als das gewesen? Und warum schlug ihr Herz so heftig? Ja, warum tat es auf einmal so weh in ihrer Brust?

Sie bemerkte, wie Veronika sie ansah, und fühlte sich irgendwie ertappt. Sie empfand viel zu viel für Maël. Und sicherlich sah ihre Freundin ihr das an. Doch sie schwieg, und dafür war ihr Sylvia von Herzen dankbar.

Während sie noch mehr Kaffee bestellten, beschloss Sylvia insgeheim, ihrer Freundin nichts von Holgers geschäftlichen Schwierigkeiten zu erzählen. Vero war ihm gegenüber ohnehin voreingenommen. Außerdem war das allein seine Angelegenheit, und nachdem er klipp und klar erklärt hatte, dass er nicht auf ihr Erbe baute, ging es sie auch nichts weiter an. Er hatte ihre Hilfe zurückgewiesen. Nun konnte Sylvia nur hoffen, dass ihm die ganze Geschichte nicht um die Ohren flog. Ohne die Sachlage genauer zu kennen, war es ihr nicht möglich herauszufinden, ob der Verkauf der Finca ihn aus seiner Situation retten konnte oder nicht. Sie musste ihm endlich wieder vertrauen. Warum fiel ihr das nur so schwer?

Als sie beschlossen aufzubrechen, bestand Sylvia darauf, die Rechnung zu bezahlen. Dann erhoben sich die beiden Freundinnen und schlüpften in ihre Jacken.

»Eines wollte ich dir immer schon mal sagen«, erklärte Veronika auf einmal, als sie sich vor der Tür umarmten. »Wenn irgendetwas sein sollte, du kannst jederzeit bei mir wohnen.«

Sylvia lachte verwirrt. »Wie meinst du das? Was sollte denn sein?« Veronika zuckte mit den Schultern. »Du hättest zudem doch gar keinen Platz!«, spottete Sylvia.

»Und ob ich Platz habe!«, protestierte Veronika. »Für dich räume ich jederzeit mein Arbeitszimmer. Ich kann genauso gut im Schlafzimmer übersetzen. Doch, Sylvia«, insistierte sie, als sie sah, wie diese abwehren wollte, »es ist mir ernst. Sollte es noch schwieriger werden mit Holger, ich meine, zu schwierig, dann komm einfach zu mir. Versprochen?«

Sylvia betrachtete ihre Freundin voller Zuneigung. »Versprochen«, antwortete sie gerührt. »Aber dieser Tag wird hoffentlich nie kommen.«

»Sag niemals nie!«

Veronika lachte, stieg auf ihr Fahrrad und war auch schon weg.

Sylvia schlenderte durch die Straßen, kam an einem Blumengeschäft vorbei und entdeckte im Schaufenster weiße Rosen, die sie im ersten Augenblick für Kamelien hielt. Sie blieb stehen, und obwohl sie ihren Irrtum erkannt hatte, betrat sie den Laden und nahm ein Dutzend davon. Dann kaufte sie noch ein paar Lebensmittel ein, sie würde endlich einmal wieder ein schönes Abendessen zubereiten. Als sie nach Hause kam, zog ihre Zugehfrau gerade den Mantel an.

»Ich habe einen einzelnen Ohrring gefunden«, sagte sie zu Sylvia. »Zwischen den Polstern vom Sofa. Ich habe ihn auf die Spiegelkommode gelegt.«

Sylvia bedankte sich, während sie überlegte, welcher Ohrring das wohl sein könnte. Noch hatte sie keinen vermisst. Sie ging in die Küche und arrangierte die Rosen in ihrer schönsten Vase, schüttete das frisch gemahlene Kaffeepulver in die Vorratsdose, sodass sein Duft die ganze Küche erfüllte, arrangierte die Früchte in der Obstschale und räumte die Lebensmittel in den Kühlschrank. Heute Abend würde sie Doraden in Salzkruste im Ofen backen, das mochte Holger so gern. Dazu peruanische schwarze Kartoffeln mit einem besonders nussigen Aroma und einen Salat aus grünem Spargel mit Pinienkernen und Blutorangenfilets. Sylvia liebte es zu kochen, leider hatte sie viel zu selten Zeit dafür.

Als sie in ihr Zimmer ging, fiel ihr Blick auf den Ohrring auf der Kommode. Sie sah ihn sich genauer an und stellte fest, dass er nicht ihr gehörte. Er hatte die Form eines Herzens, ein Design, das Sylvia nie und nimmer tragen würde. Noch dazu war das Schmuckstück nur vergoldet – an der Spitze schimmerte es silbern. Sylvia fragte sich, wie der Ohrring in die Polsterfalten ihres Sofas gelangen konnte. Wahrscheinlich hatte ihn Sandra irgendwann verloren, während sie auf Sylvia gewartet hatte. Ja, so musste es gewesen sein. Sylvia meinte sich sogar zu erinnern, an Sandra diese Herzohrringe schon einmal gesehen zu haben.

Apropos Sandra, dachte sie, in den nächsten Tagen werde ich endlich ihr Angebot wahrnehmen und mich von ihr verwöhnen lassen.

Sie musste sich noch mit dem Gedanken vertraut machen, dass sie so viel Freizeit hatte. Aber hatte sie das? Noch immer waren da etliche ungelesene E-Mails. Und so verbrachte sie die nächsten Stunden vor dem Computer, bis es Zeit war, sich um das Abendessen zu kümmern.

Sie bereitete alles vor – kochte die Kartoffeln, richtete die Zutaten für den Salat, verrührte Aprikosenessig mit Arganöl und einer Messerspitze Chili zu einem Dressing. Dann begrub sie den Fisch unter ausreichend grobem Salz und wärmte den Ofen vor. Sylvia wusste nicht, wann Holger nach Hause kommen würde, aber sie wollte vorbereitet sein, ohne dass das Essen verdarb. Schließlich setzte sie sich wieder an ihren Computer und beantwortete Nachrichten, machte schon wieder Termine, hielt sich aber strikt die nächsten zehn Tage frei. Schließlich musste sie zurück in die Bretagne. Nicht zuletzt, um den geliehenen Porsche nach München zu holen.

Als sie bemerkte, dass sie hungrig war, sah sie endlich auf die Uhr. Es war kurz vor zehn. Enttäuschung machte sich in ihr breit. Sicherlich hatte Holger bereits gegessen, wenn er so spät kam. Ihr Stolz verbot es Sylvia, ihn anzurufen. So weit käme es noch, dass sie ihn fragte, wann er nach Hause kommen würde. Plötzlich hatte sie wieder die Szene vor Augen, als er sie in der vergangenen Nacht ins Bett geschickt hatte wie ein Schulmädchen, zornig und verletzt. War er ihr immer noch böse? Hatte sie das verdient, war sie tatsächlich zu weit gegangen? Doch selbst Thomas Waldner hatte ihr dringend geraten herauszufinden, wie es um Holger wirklich stand.

Sylvia seufzte, ging in die Küche, naschte zwei von den kalten Kartoffeln im Stehen, gab das Dressing über den Salat und aß ein paar Gabeln voll. Dann hatte sie keinen Hunger mehr. Sie sah sich in ihrer sündhaft teuren, eleganten Küche um, in der es an nichts fehlte, und fragte sich, wann sie das letzte Mal hier mehr gemacht hatte als ein Sonntagsfrühstück oder einen Kaffee. Sie dachte an die Küche von Solenn und Lucie, an den großen Tisch mit der Holzplatte, der man ihre Geschichte ansah. Ihre eigene Küche hatte keinerlei Geschichte. Und dank ihrer Zugehfrau blitzte und blinkte sie nur so.

Sylvia versuchte sich vorzustellen, wie auf der Kamelieninsel jetzt alle um den Tisch herum versammelt waren. Solenn schnitt vielleicht gerade eine Apfel-Tarte auf, womöglich schenkte sie allen ein Glas *lambig* ein. Schließlich hatten sie etwas zu feiern. Doch dann erschrak Sylvia. Wusste Solenn denn überhaupt schon, dass der Verkauf nicht stattfinden würde? Wer sollte es ihr gesagt haben? War es nicht ihre Aufgabe, ihnen die gute Nachricht zu überbringen?

Sylvia suchte ihr Handy und wählte Solenns Nummer.

»Jardin aux Camélias, *bonsoir*«, meldete sie sich, und Sylvia wurde bewusst, wie sehr sie die spröde Bretonin vermisste.

»Ich bin es«, meldete sie sich, »Sylvia.«

»*Bonsoir*, Sylvie.«

»Ich wollte euch wissen lassen ... es ist alles gut. Die Insel wird nicht verkauft.«

Es war still in der Leitung. Etwas knackte. Dann ein Rauschen. Vielleicht war es der Wind. Oder das Geräusch des Meeres. Auf einmal überkam Sylvia eine unglaubliche Sehnsucht, dort zu sein, bei diesen Menschen, diesen Geräuschen ...

»Bist du dir sicher?«, fragte Solenn nachdrücklich durch das Rauschen hindurch.

»Aber ja, Solenn.«

Einen Augenblick schien Solenn zu zögern. Dann sagte sie: »Es heißt, am Montag sei der Notartermin. Für den Verkauf.«

»Es wird keinen Verkauf geben«, antwortete Sylvia, »vielleicht gab es mal diesen Termin. Aber es ist nicht mehr aktuell. Ihr könnt beruhigt sein. Hörst du mich?«

»Ich höre dich«, sagte Solenn. Ihre Stimme klang skeptisch. »Und ich hoffe, es stimmt, was du sagst. Gute Nacht, Sylvie.«

Dann legte sie auf. Und Sylvia blieb zurück mit einer Unruhe im Herzen, die sie sich nicht erklären konnte.

Es war halb elf, als sie sich einen Ruck gab und trotzig den Fisch in den seit Stunden warmen Ofen schob. Sie war hungrig, sie würde jetzt essen, ob Holger nach Hause kam oder nicht. Und gerade, als der zarte Duft der in ihrer Salzkruste gebackenen Doraden durch die Küche zog, gerade als Sylvia auf dieses untrügliche Zeichen hin, dass der Fisch durch war, die Form aus dem Ofen nahm und vorsichtig die weiße Kruste zerbrach, kam Holger zur Tür herein.

»Abendessen ist fertig«, sagte sie. »Hast du Hunger?«

Holger stand verwirrt in der Küchentür, sog schnuppernd das Aroma ein, das er so liebte, sah die Kartoffeln und den wundervollen Salat, und ein Strahlen ging über sein Gesicht.

»Einen Bärenhunger«, sagte er. Und dann ging er zu Sylvia, nahm sie in die Arme und küsste sie.


In dieser Nacht sprachen sie nicht über Geschäfte. Als Sylvia den Chablis einschenkte, dachte sie daran, dass sie nun auf ihre Weise, ohne darüber zu sprechen, die Rettung der Kamelieninsel feierte. Tante Lucie konnte beruhigt schlafen, die Bagger und Planierraupen würden sich von der Küste zurückziehen. Später lag sie in Holgers Armen und konzentrierte sich darauf, jeden Gedanken an Maël beiseitezuschieben.

Schließlich kam sie zu dem Schluss, dass es mit Holger einfach anders war. Die Liebe zu ihm war wie ein gleichmäßiger Fluss, dessen Strömung mitunter stärker war und an anderen

Tagen schwächer. Die Sache mit Maël war das wilde Meer gewesen, aufschäumend, abgrundtief. Sie war dankbar dafür, dass sie diese Erfahrung hatte machen dürfen. Doch nun kehrte sie zum wirklichen Leben zurück. Zu ihrem Leben mit Holger.

## 10
### *Der Termin*

»Lass uns einfach mal ein Wochenende verbringen wie andere Liebende auch«, hatte Holger am Samstagmorgen gesagt, als sie in seinem Arm erwacht war.

»Wie verbringen denn andere Liebespaare ihr Wochenende?«, hatte Sylvia lachend gefragt.

»Sie fahren nach Venedig und setzen sich in eine Gondel«, flüsterte Holger an ihrem Ohr.

Also hatten sie sich in Holgers Porsche Spyder gesetzt und waren nach Venedig gebraust. Sylvia verkniff sich die Frage, ob sie es sich angesichts der angespannten finanziellen Lage überhaupt leisten konnten, in einem der ersten Hotels der Lagunenstadt abzusteigen. Sie gab sich alle Mühe, endlich ihren Denkapparat abzustellen, und fragte sich, warum das auf der Kamelieninsel so einwandfrei geklappt hatte, ihr in Gegenwart ihres Mannes dagegen so schwerfiel. Holger hatte auf einer Gondelfahrt bestanden, und es war wirklich ein Erlebnis gewesen. Als sie unter der Rialto-Brücke hindurchgefahren waren, hatte Holger sogar einen Korb mit einer Flasche Frizzante aus dem Veneto und zwei Gläser hervorgezaubert. So romantisch hatte Sylvia ihren Mann noch nie erlebt.

Tatsächlich hatte sie für einige Stunden ihre Sorgen vergessen, und als sie am Samstagabend in einer verträumten Trattoria fernab der Touristenwege an einem Tisch direkt am Wasser eines der malerischen Kanäle saßen, gefüllte, frittierte Zucchiniblüten als Antipasto und Risotto Nero mit zartem Tintenfisch aßen, war Sylvia einfach nur glücklich. Das hätten wir schon längst einmal wieder tun sollen, dachte sie, als sie am Sonntagnachmittag wieder zurück nach München fuhren.

Am Abend jedoch stellte Holger auf einmal seinen kleinen Reisekoffer in den Flur und gab Sylvia einen Kuss. »Ich muss los«, sagte er.

»Wo fährst du denn jetzt noch hin?«, fragte Sylvia erstaunt. Mit keinem Wort hatte ihr Mann erwähnt, dass er, eben erst von Venedig zurück, wieder verreisen musste.

»Nach Andalusien«, sagte er. »Drück mir die Daumen. Wenn alles gut geht, wird die Finca morgen überschrieben.«

Holger war schon fort, als Sylvia auf einmal einfiel, wie schön es doch gewesen wäre, ihn auch auf dieser Reise zu begleiten. Schließlich hatte sie Urlaub. Venedig hatte sich ein bisschen wie ein später Honeymoon angefühlt. Warum ihn nicht verlängern? In Andalusien war sie außerdem noch nie gewesen. Sie wollte schon Holgers Nummer wählen, als ihr etwas viel Besseres einfiel. Sie rief seine Sekretärin an.

»Ich bitte um Entschuldigung, dass ich Sie am Sonntag störe, Lena. Aber ich wüsste gern, welchen Flug mein Mann heute Abend nach Andalusien nimmt.«

Sie konnte hören, wie Lena Weinhalter zögerte. »Frau von Gaden... seien Sie mir bitte nicht böse, aber... ich... ich darf Ihnen nichts mehr sagen. Ihr Mann war fürchterlich wütend, dass ich Ihnen neulich diese Auskunft gegeben habe.«

»Welche Auskunft denn?«

»Na die über diesen Ashton-Davenport, der die Insel kauft.«

»Oh, das tut mir leid«, antwortete Sylvia unangenehm berührt. Holger hatte seiner Sekretärin Ärger gemacht, weil sie ihr die Adresse genannt hatte? »Ich wollte wirklich nicht, dass

Sie Schwierigkeiten bekommen. Diesmal ist es aber ganz ungefährlich, das können Sie mir glauben. Ich würde meinen Mann ja selbst fragen. Aber ich möchte ihn gern überraschen«, fuhr Sylvia fort. »Wissen Sie, ich würde ihm gern hinterherfliegen. Ich war noch nie in Spanien, und ...«

»Aber er fliegt doch gar nicht nach Spanien«, unterbrach Lena sie und stockte dann. Offenbar hatte sie Angst, schon wieder zu viel gesagt zu haben.

»Er fliegt nicht nach Andalusien? Sind Sie sicher? Ja wohin muss er denn dann?«

Einen Moment lang zögerte Lena, dann gab sie auf. »Also der Ort heißt ganz komisch: Quimper. Mit Q vorne. Und es ist fürchterlich umständlich, dahin zu fliegen. Man muss über Paris und dort stundenlang auf den Anschluss warten. Deshalb fliegt Ihr Mann schon heute Abend. Dann kriegt er nämlich morgen früh den Weiterflug und kommt rechtzeitig zum Notarbüro Leclerc. Aber das ist in Frankreich, Frau von Gaden. Nicht in Spanien.«

Sylvia saß da wie erstarrt. Das konnte unmöglich wahr sein.

»Sind Sie sicher? Ich meine ... fliegt er wirklich nach Quimper?«

Sie erkannte kaum ihre eigene Stimme wieder.

»Aber ja, ich hab schließlich das Ticket gebucht.«

»Wann genau kommt mein Mann in Quimper an?« Lena nannte ihr seine Flugdaten, mechanisch kritzelte Sylvia sie auf einen Block. »Und die Vertragsunterzeichnung ist also morgen bei Leclerc?«

Sylvia hatte ins Blaue gesprochen und bekam prompt die Bestätigung.

»Um elf morgen früh. O mein Gott, Frau von Gaden, ich hoffe, das kostet mich nicht meinen Job.«

»Ganz bestimmt nicht«, sagte Sylvia, »machen Sie sich keine Sorgen. Vielen herzlichen Dank, Lena! Mein Mann wird sich freuen. Auf Wiedersehen!« Und dann legte sie auf.

Eine Weile saß sie da wie betäubt. Als hätte ihr jemand einen Keulenhieb versetzt. Dann brach die Wut heiß in ihr auf wie die Lava aus einem Vulkan. Er hatte sie schon wieder belogen. Er wollte nach wie vor die Insel verkaufen. Um Gottes willen, was hatte sie nur getan! Sie hatte sich von Holger hereinlegen lassen. Das ganze Getue mit Venedig, die schönen Stunden ... War das alles nur ein Ablenkungsmanöver gewesen? Damit er anschließend hinter ihrem Rücken ... Nein, das ging zu weit.

Sylvia sah auf die Uhr. Es war kurz vor acht. In fünfzehn Stunden würde das Schicksal der Insel endgültig besiegelt. Sie hatte genau fünfzehn Stunden, um das zu verhindern. Das Flugzeug, das Holger nahm, konnte sie nicht mehr erreichen. Sie hatte kein Auto, der geliehene Porsche stand auf der Insel. Mit zitternden Händen wählte sie Veronikas Nummer.

»Wir müssen in die Bretagne«, sagte sie ansatzlos, als ihre Freundin sich meldete. »Jetzt sofort.«

Veronika zögerte nur einen Herzschlag lang. Dann sagte sie: »Ist gut. In einer Stunde bin ich bei dir.«

»Nein, du musst schneller kommen.«

Veronika stutzte nur kurz, bevor sie sagte: »Bin schon unterwegs.«

Sylvia kippte ihre Reisetasche aus, die sie in Venedig dabeigehabt hatte, und stopfte frische Wäsche hinein. Ihren Kosmetikbeutel. Wollsocken, zwei dicke Pullover und ihre Windjacke. Im letzten Moment legte sie noch eine weiße Bluse und ein elegantes Etuikleid aus cremefarbenem Kaschmir-Jersey dazu, man konnte ja nie wissen. Sie packte den Inhalt des Kühlschranks in einen Korb und leerte die Obstschale. Sie rannte in ihr Arbeitszimmer, holte ihr Notebook und den Schnellhefter mit den Kopien der Vollmachten, die sie Holger über die Insel und den Verkauf eingeräumt hatte. Dann verließ sie die Wohnung und wartete nervös auf und ab gehend unten vor dem Haus. Kurze Zeit später bog Veronikas Mini um die Ecke. Sylvia warf ihre Tasche auf den Rücksitz und stellte den Essenskorb dazu. Dann setzte sie sich neben Veronika, die sie forschend ansah.

»Was ist passiert?«

»Das erzähl ich dir, wenn wir auf der Autobahn sind. A 8 Richtung Stuttgart fürs Erste. Morgen früh um elf müssen wir in Quimper sein.«

Veronika warf ihr einen besorgten Blick zu. Dann fuhr sie los. »Okay«, sagte sie. »Am besten, du gibst mal die Adresse ins Navi ein.«

Fieberhaft tippte Sylvia die Daten von Quimper in das Gerät. Das suchte und prüfte wie immer Tausende von Straßen, ehe es das Ergebnis anzeigte. »Ankunft: 10:34 Uhr.«

»O mein Gott ...« Sylvia stöhnte, »wir können es tatsächlich noch schaffen.«

»Das heißt, ohne Pause durchfahren.«

»Ja, ich fürchte, das heißt es.«

Veronika sah sie erneut prüfend an, doch sie stellte keine Fragen mehr. Und Sylvia liebte sie dafür.

Irgendwann zwischen Augsburg und Stuttgart konnte sie endlich sprechen. Sie erzählte Veronika, wie alles begonnen hatte. Sie sprach von ihrer Tante, ihren Kindheitserinnerungen und dass Lucie irgendwann einfach verschwunden war, als hätte es sie nie gegeben. Davon, wie sie erst wenige Wochen zuvor mitten in einer besonders stressigen Arbeitsphase von dem Erbe erfahren hatte. Wie froh sie gewesen war, als Holger sich angeboten hatte, ihr das abzunehmen, und dass sie ihm alle notwendigen Vollmachten für den Verkauf erteilt hatte. In blindem Vertrauen – im wahrsten Sinne des Wortes. Bis sie auf einmal durch einen Zufall vier Wochen freibekommen und beschlossen hatte, sich ihr Erbe selbst anzusehen.

Danach schwieg sie vollkommen erschöpft. Erst am Nachmittag waren sie von Venedig zurückgekehrt. Sie wurde den empörenden Gedanken nicht los, dass Holger ihr das ganze wunderschöne Wochenende lang etwas vorgemacht hatte, in dem Wissen, am Sonntagabend einfach zu verschwinden. »Nach Andalusien.« Vermutlich gab es keinen Interessenten für die Finca. Möglicherweise existierte die Finca nicht mal. Inzwischen hielt Sylvia vieles für möglich.

»Warum versuchst du nicht, ein bisschen zu schlafen«, schlug Veronika vor. »Zwei Stunden schaffe ich bestimmt noch, dann kannst du mich ablösen. Wenn du morgen früh in Topform sein willst, ruhst du dich besser ein bisschen aus.«

Sylvia stellte den Sitz so weit nach hinten, wie es der Mini zuließ, und schloss gehorsam die Augen. Veronika hatte ja so recht. Doch an Schlaf war nicht zu denken, da war sich Sylvia sicher. Bilder aus Venedig vermischten sich mit Eindrücken aus der Bretagne. Holger saß in einer Gondel, die mit weißen Kamelien gefüllt war und auf den wütenden Wellen des Atlantiks gefährlich schwankte. Solenn rannte über die Landbrücke auf die Insel zu, da näherte sich langsam eine meterhohe Welle, die sie unweigerlich mit sich reißen würde. Sylvia versuchte, sie zu warnen, doch sie brachte keinen einzigen Laut heraus. Dann stand sie in Solenns Küche, Maël reichte ihr eine Blüte, doch als Sylvia sie annehmen wollte, glitt sie ihr zwischen den Fingern hindurch und zerschellte auf dem Steinboden in winzige Scherben. »Ich hab nicht gewusst«, sagte sie entsetzt, »dass sie so zerbrechlich sind«.

Sylvia schreckte auf, als der Wagen abbremste.

»Stau!«, sagte Veronika.

»O nein«, flüsterte Sylvia und rieb sich die Augen. »Wo sind wir?«

»Kurz vor Karlsruhe«, antwortete Veronika. Sylvia fühlte sich wie erschlagen, ihr linkes Bein war eingeschlafen. »Soll ich dich ablösen?«

Veronika schüttelte den Kopf. »Erst wenn wir da durch sind.«

Der Stau kostete sie kostbare zehn Minuten, dann hatten sie die Baustelle passiert. An einer Raststätte kurz vor der französischen Grenze tauschten sie die Plätze. Während Sylvia den Wagen über einsame *autoroutes* durch die Dunkelheit steuerte, rollte sich Veronika neben ihr auf dem Beifahrersitz zusammen und schlief gleich darauf tief und fest.

Sylvia musste daran denken, wie sie vor gut einer Woche hier entlanggefahren war. Damals wäre sie nicht im Traum auf die Idee gekommen, dass Holger in solchen Schwierigkeiten steckte und allen Ernstes plante, sie zu hintergehen. Sie hatte weder von der Kamelieninsel gewusst noch Maël gekannt.

Maël...

Während der beiden Tage in Venedig war es ihr fast gelungen, sein Bild aus ihren Gedanken zu verbannen. Und doch nur fast. Eigentlich, so gestand sie sich jetzt ein, hatte er stets hinter all ihren Gedanken gelauert. So als hätte ein Hauch von seinem Schatten jeden ihrer Schritte begleitet, egal, wo sie gewesen war, in München oder in Venedig.

Sie hatten sich nicht einmal voneinander verabschieden können. Jetzt erst kam es Sylvia in den Sinn, dass Maël genau das vorgehabt haben könnte, als er an jenem Abend, bevor der Sturm losgebrochen war, an ihre Tür geklopft hatte. Sie hatte ihm nicht geöffnet, weil sie viel zu große Angst vor sich selbst gehabt hatte, vor dem, was sie zu tun bereit gewesen wäre. Das sah sie jetzt klar. Und während Veronika neben ihr schlief wie ein Kätzchen, gestand sich Sylvia endlich ein, dass die Gefühle, die sie für diesen Mann, den sie kaum kannte, hegte, viel tiefer waren, als sie bis jetzt wahrhaben wollte.

Veronika regte sich. Sie hob ihren verstrubbelten Lockenkopf und rieb sich die Augen.

»Wo sind wir?«, fragte sie und gähnte herzhaft.

»Irgendwo zwischen Metz und Verdun«, antwortete Sylvia.

»Dann bin ich wohl wieder dran«, meinte Veronika und richtete sich auf. »Kannst du da vorne bitte rausfahren? Ich muss mal.«

»Klar.«

Sie hielten kurz an einem Rastplatz und fuhren dann zügig weiter.

»Magst du mir jetzt erzählen«, sagte Veronika, als sie über die so gut wie leere nächtliche Autobahn in Richtung Paris brausten, »wieso genau wir morgen früh um elf in der Bretagne sein müssen?«

Sylvia sah sie erschrocken an. »Ach du meine Güte«, rief sie, »das hab ich dir ja noch gar nicht gesagt...«

»Nein«, meinte Veronika mit einem Lachen, »jedenfalls nicht, solange ich wach war.«

»Wir müssen verhindern«, erklärte Sylvia, »dass Holger die Kamelieninsel an einen Investor verkauft, der alles plattmachen will. Wir müssen verhindern, dass Tante Lucies Erbe einem Golfressort inklusive Luxushotel zum Opfer fällt.«

Veronika sah sie entsetzt an. »Das ist ein Scherz, Sylvia. Oder?«

Sylvia schüttelte den Kopf. Tränen stiegen in ihr auf, brannten heftig hinter ihren trockenen, müden Augen.

»Ich wollte es lange auch nicht glauben. Aber Holger macht ganz offensichtlich ernst.«

»Holger? Warum sollte er das denn tun?«

Sylvia kämpfte tapfer mit den Tränen, doch auf einmal wurde sie ihrer nicht mehr Herr. Mit einem Schluchzen entluden sich ihre Enttäuschung, ihre Wut und ihr Schmerz, sodass Veronika erschrocken auf dem Seitenstreifen anhielt und ihre Freundin in die Arme schloss.

»Wir müssen ... wir müssen weiterfahren«, schluchzte Sylvia in Veronikas Armen.

»Ja, ja, gleich«, tröstete diese sie und streichelte Sylvia den Rücken, holte ein Päckchen Papiertaschentücher aus dem Handschuhfach, entfaltete eines und reichte es ihrer Freundin. Schließlich fuhr sie weiter.

»Holger hat sich offenbar verspekuliert«, erklärte Sylvia mit zitternder, tränenerstickter Stimme. »Er hat unfassbar hohe Schulden gemacht und bleibt auf drei Wahnsinnsimmobilien sitzen. Er braucht das Geld vom Verkauf der Insel. Ich habe ihm gesagt, dass ich meine Meinung geändert habe und nicht mehr bereit bin, die Insel zu verkaufen. Aber ... aber ... Holger ...« Sylvia konnte nicht weitersprechen.

»Und morgen früh um elf will er sie verhökern?«, half Veronika nach. »In Quimper?«

Sylvia nickte. »Ja ...«

Veronika blickte finster durch die Windschutzscheibe. »Was für ein Schuft«, zischte sie. Und dann trat sie das Gaspedal entschlossen durch.


Es lief ziemlich gut bis Paris. Morgens um drei umfuhren sie Frankreichs Hauptstadt auf der A 86 ohne Probleme und ohne die üblichen Staus. Sylvia dachte voller Groll daran, dass hier irgendwo in einem bequemen Hotelzimmer Holger schlief, während Veronika und sie seit Stunden abwechselnd am Steuer saßen. Veronika hatte keine Schwierigkeiten, von einer Sekunde auf die andere in Tiefschlaf zu verfallen, und je weiter die Nacht voranschritt, desto leichter fiel es auch Sylvia. Doch die meiste Zeit hielten ihre Gedanken sie wach, und wenn sie mal einschlief, schreckte sie bald wieder hoch.

»Was willst du tun, wenn wir in Quimper sind?«, wollte Veronika irgendwann wissen.

»Ich werde dem Notar sagen, dass ich meine Meinung geändert habe und Holger nicht in meinem Sinne handelt. Wenn ich persönlich anwesend bin, spielen die Vollmachten keine Rolle mehr.«

»Und du bist sicher, dass der Termin um elf Uhr ist?«

Sylvia dachte nach. »Das hat mir Lena gesagt, Holgers Sekretärin.«

Veronika sah skeptisch aus.

»Und du glaubst, sie sagt dir die Wahrheit?«

»Sie hat sich verplappert. Eigentlich hätte sie mir das gar nicht erzählen dürfen. Ich kenne Lena schon lange. Sie kann einfach nicht lügen. Holger hat sich oft genug bei mir darüber beschwert, dass sie auch den Kunden gegenüber viel zu viel herausplappert... Sag mal, was ist denn das für ein Geräusch?«

Aus dem Motorraum kam ein leises Klopfen.

»Das ist nichts«, beschwichtigte Veronika sie. »Das hat er schon seit einer Weile. Ich war damit in der Werkstatt. Doch die meinten, ich soll mir nichts dabei denken.«

Schweigend fuhren sie weiter. Sylvia sah wahrscheinlich zum hundertsten Mal in dieser Nacht auf die Uhr. Es war Viertel vor vier. Ihre Lider wurden bleischwer.

»Ich glaub«, murmelte sie, »ich mach noch mal ein bisschen die Augen zu.«

»Tu das«, ermunterte Veronika sie. Doch Sylvia hörte sie schon nicht mehr. Ihr war, als säße sie in »ihrem« Zimmer auf der Insel. Es klopfte an der Tür. Wieder und wieder. Leise und stetig. Sylvia öffnete die Tür, doch hinter ihr war eine zweite, eine alte, schwere Holztür, und danach eine weitere und immer so fort. Das Klopfen wurde lauter, drängender, Sylvia riss eine Tür nach der anderen auf. Wie mühsam das war, die Türen ließen sich immer schwerer öffnen. Und dann war das Klopfen ganz nah und wurde schneller und holpriger, und sie stemmte sich mit ihrem ganzen Körper gegen die mächtige Tür. Dann sah sie, dass sie aus Eisen war. Metall schlug auf Metall, ein Dröhnen und Schlagen... Sylvia schreckte auf. Sie wurde von grellen Lichtern geblendet.

»Was für ein Glück«, hörte sie Veronika sagen, »dass hier eine Tankstelle ist! Wollen wir hoffen, dass eine Werkstatt angeschlossen ist.«

Der Wagen kam mit einem Ruck zum Stehen, und da erst begriff Sylvia, dass das Pochen und Schlagen aus dem Motorraum kam.

»Oh lieber Gott«, sagte sie, als Veronika schon aus dem Auto gesprungen war und sich mit einem Mann im Overall, augenscheinlich ein Mechaniker, unterhielt, »mach, dass das nicht wahr ist. Wo sind wir eigentlich?«

»Die letzte Ausfahrt hieß Le Mans.«

Es dauerte nicht lange, dann hatten sie Gewissheit: Der Mini hatte einen Motorschaden.

»Mit dem kommen wir gerade noch bis in die Halle«, erklärte der Mechaniker.

»Wie lange brauchen Sie, um ihn wieder flottzukriegen?«

Der Mann starrte Veronika an, als hätte er sich verhört. Dann fing er an zu lachen.

»Hören Sie, Madame, es ist vier Uhr morgens. Normalerweise ist um diese Zeit überhaupt niemand in der Werkstatt. Ich bin nur rein zufällig hier. Und für Ihren Mini müssen wir wahrscheinlich den Motor auseinandernehmen. Das dauert nicht Stunden, sondern Tage. Vielleicht muss der Motor sogar ausgetauscht werden. Aber ein neuer muss erst bestellt werden ...«

»Das dauert viel zu lange«, unterbrach Sylvia ihn. »Wir müssen sofort weiter, verstehen Sie? Am Vormittag müssen wir in Quimper sein ...«

»Quimper in der Bretagne? Vergessen Sie's!«

»Verkaufen Sie uns einen Wagen!«, sagte Veronika. Es hörte sich fast wie ein Befehl an.

»Was für einen Wagen?«

»Egal. Ihren. Oder den da. Ist das nicht ...?«

»Das ist eine *déesse*, meine Göttin.«

»O ja, ein Citroën DS, nicht?«

Der Mechaniker nickte stolz. »Ich hab sie wieder auf Vordermann gebracht. Na ja, und darüber ist es ein bisschen später geworden ...«

»Läuft sie?«

»Gerade fertig geworden.«

»Was soll sie kosten?«

Jetzt erst sah der Mechaniker Sylvia an. Offenbar hatte Veronika ihn völlig in Bann geschlagen, er konnte kaum die Augen von ihr wenden.

»Madame, die *déesse* ist nicht zu verkaufen. Ich habe sieben Monate lang an ihr herumgebastelt. Sie ist aus der letzten Serie von 1975, danach wurde die Produktion eingestellt. Von diesen Modellen gibt es noch ...«

»Ich zahle jeden Preis«, unterbrach ihn Sylvia. »Oder für einen anderen Wagen. Wir müssen weiter, verstehen Sie? Dringend. Sofort.«

»Bitte«, flehte Veronika. »Helfen Sie uns! Sonst passiert ein Unglück.«

Der Mechaniker sah wieder Veronika an, und es schien, als würde es ihm verdammt schwerfallen, ihr die Bitte abzuschlagen. Wunderbar, dachte Sylvia, Veronika gefällt ihm. Und er ihr auch. Was kann uns Besseres passieren!

»Wirklich«, sagte Veronika, »wir sind in einer echten Notsituation. Sie müssen uns helfen!«

Der Mann fuhr sich über die Bartstoppeln und schien zu überlegen. »Ich kann die *déesse* nicht verkaufen, unmöglich, *mesdames*. Aber wenn Sie wollen ... und ... wenn es wirklich so dringend ist ... dann bring ich Sie hin. Ich wollte ohnehin eine Probefahrt mit ihr machen.«

Veronika warf Sylvia einen triumphierenden Blick zu. »Das wäre unglaublich nett von Ihnen«, antwortete sie dann. »Wollen Sie das wirklich tun?«

»Ich komme für das Benzin auf«, sagte Sylvia schnell, »und ich bezahle Ihnen den Verdienstausfall. Und ...«

Der Mechaniker wehrte gutmütig ab und begann sich verlegen die Hände an einem Baumwolllappen sauber zu reiben.

»Ist schon in Ordnung. Wie gesagt. Ich wollte ohnehin eine längere Strecke mit ihr fahren. Warum nicht nach Westen.«

»Müssen Sie nicht arbeiten morgen früh?«, wollte Veronika wissen.

»Ach wissen Sie, der Laden gehört mir. Und wenn ich zumache, mach ich eben zu.«

»Und Sie meinen«, fragte Sylvia ängstlich, »Sie könnten ... gleich mit uns losfahren?«

»Wie wäre es noch mit einer schnellen Tasse Kaffee?«, schlug der Mechaniker vor. »Wenn ihr die ganze Nacht durchgefahren seid, könnt ihr sicher einen vertragen. Ich heiße übrigens Laurent.«

»Wie alt ist der Wagen?«, wollte Veronika freimütig wissen, nachdem sie sich vorgestellt hatten und aus der ratternden

Werkstattkaffeemaschine einen Mocca tranken, der so dickflüssig wie Motoröl war. »Bist du sicher, dass er uns nicht hängen lässt?«

»Keine Sorge«, meinte Laurent, »der bringt euch bis ans Ende der Welt.«

»Das hoffe ich«, meinte Sylvia, »denn genau dort müssen wir hin.«

»Du machst es dir hinten bequem«, sagte Veronika zu Sylvia, »ich sorg dafür, dass Laurent schön wach bleibt. In Quimper musst du fit sein, also leg dich hin und mach die Augen zu.«

Sylvia musste lächeln, als sie den Eifer ihrer Freundin bemerkte. Dass Laurent in Veronikas Gegenwart einschlafen würde, war keineswegs zu befürchten, ganz im Gegenteil, er schien hellwach. Er zog sich um und zauberte sogar noch ein Kissen und eine Wolldecke aus seinem Büro hervor, damit baute er für Sylvia auf der Rückbank ein Lager. Erleichtert ließ sie sich darauf nieder, während Laurent die *déesse* auf die Autobahn steuerte. Er schien sich mit Veronika bestens zu unterhalten. Zwischen den beiden hat es gefunkt, dachte Sylvia, und dann dachte sie gar nichts mehr, sondern schlief tief ein.


Sie wachte auf, weil etwas fehlte – das Motorgeräusch. Der Wagen stand auf dem Parkplatz einer Raststätte, von Veronika und Laurent keine Spur. Sylvia sah auf ihre Armbanduhr und war mit einem Mal hellwach. Es war kurz vor zehn. Wie weit waren sie gekommen?

Eilig kletterte sie aus dem Wagen und blickte sich um. Dann atmete sie erleichtert auf. Veronika kam aus dem Schnellrestaurant, in einem Pappträger balancierte sie drei Kaffeebecher.

»Guten Morgen, Langschläferin«, begrüßte sie Sylvia gut gelaunt. Trotz der tiefen Augenringe schien sie frisch und munter.

»Wo sind wir?«, fragte Sylvia.

»Es ist nicht mehr weit bis Quimper«, antwortete Veronika und reichte Sylvia einen Kaffee. »Wir schaffen es locker bis elf. Aber wenn ich dir einen Rat unter Freundinnen geben darf: Schnapp dir dein Schminktäschchen und geh kurz auf die Toilette! Ich will, dass du einen guten Eindruck machst, wenn du den Kerl vom Spielfeld fegst!«

Sylvia erwiderte Veronikas Grinsen, folgte dem Rat der Freundin und holte außer ihrem Kulturbeutel auch die weiße Bluse aus ihrer Tasche. Als sie in der Damentoilette in den Spiegel sah, musste sie lachen, so zerzaust war sie. Rasch putzte sie sich die Zähne, reinigte sich das Gesicht und zog die frische Bluse an. Dann schminkte sie sich sorgfältig und bürstete sich das Haar, bis es glänzte. Zuerst wollte sie es hochstecken, so wie sie es immer tat, wenn sie geschäftlich unterwegs war. Dann entschied sie sich anders. Ihre Haare legten sich weich um ihr Gesicht und fielen locker auf ihre Schultern. Sie sah ihrem Spiegelbild fest in die Augen.

»Du schaffst das!«, sagte sie laut zu sich selbst. Dann ging sie zurück zum Wagen.

Veronika hatte Laurent offenbar darüber informiert, in welcher Mission sie unterwegs waren.

»Weißt du eigentlich«, fragte er, als sie weiterfuhren, »wo genau in Quimper wir hinmüssen?«

»Lena nannte das Notarbüro Leclerc«, antwortete Sylvia. Veronika zückte ihr Smartphone. »Office Notarial François et Hervé Leclerc«, sagte sie nach einer Weile. »Rue René Madec...«

»Leider hat meine *déesse* kein Navi...«

»Kein Problem«, meinte Veronika, ganz in ihrem Element, »sobald wir in Quimper sind, kann ich uns mit meinem Smartphone leiten. Wir sind übrigens gleich da. Noch zehn Kilometer.« Sie drehte sich zu Sylvia um und sah sie verschwörerisch an. Ihre Augen blitzten. »Aber eines musst du mir versprechen«, sagte sie, »wenn du diese Schlacht geschlagen hast, zeigst du mir die Insel.«

»Uns ...«, fiel ihr Laurent ins Wort, »... uns wollte Veronique sagen.«

Sylvia musste lachen. Ihr wurde ganz warm ums Herz bei dem Gedanken, die Insel so bald schon wiederzusehen.

»Aber natürlich«, antwortete sie. Dann begann sie sich davor zu wappnen, was sie in Quimper erwartete. Und je näher sie der Provinzhauptstadt kamen, desto aufgeregter wurde sie. »Es ist schon zwanzig vor elf«, rief sie, als sie die Stadtgrenze passierten, »wir müssen schneller fahren.«

Veronika schaute konzentriert auf ihr Handy und leitete Laurent durch die Außenbezirke in die Altstadt.

»Jetzt achthundert Meter diesen Fluss entlang«, sagte sie gerade, »und in die nächste Straße rechts einbiegen. Dann sind wir da.« Sie drehte sich zu Sylvia um. »Nur die Ruhe«, sagte sie, »so pünktlich werden sie wohl nicht beginnen.«

»Was ist denn da vorne los?«, fragte Laurent plötzlich.

Sylvia beugte sich vor, um besser sehen zu können. Vor ihnen blockierte eine dichte Menschenmenge die Straße.

»Eine Demo! Das hat uns noch gefehlt!«

Die Menschen schienen ausgerechnet die Straße zu blockieren, in die sie einbiegen mussten. Viele von ihnen hielten Transparente in die Höhe.

»Wogegen protestieren die denn?«, wollte Veronika wissen.

Und dann sah sie es.

*Éco-Monstre – pas chez nous. Nos Îles ne sont pas à vendre!*, las sie auf einem der Transparente. ÖKO-MONSTER – NICHT BEI UNS. UNSERE INSELN SIND NICHT ZU VERKAUFEN!

»Ich fasse es nicht«, rief Veronika, »die protestieren gegen den Verkauf! Das ist ja großartig! Ich wette ...«

Dann ging ihre begeisterte Stimme in den lauten Sprechchören der Demonstranten unter. Der Citroën hatte vorsichtig seine lange, elegante Schnauze zu ihnen vorgereckt, doch die Menge wich nicht zurück. Laurent kurbelte sein Fenster herunter und sprach mit einem Mann, der am nächsten stand. Doch der Bretone schüttelte entschlossen den Kopf.

»Wir lassen hier niemanden durch«, schrie er gegen den Lärm an, »vor allem keine Fremden.«

»*Écoutez, Monsieur*«, rief Veronika, so laut sie konnte. »Hier im Wagen sitzt die Frau, die den Verkauf verhindern wird. Wenn Sie sie nicht durchlassen, kann sie die Insel nicht retten.«

Der Mann und einige Umstehenden bückten sich und versuchten, einen Blick ins Heck des Wagens zu erhaschen.

»Wer soll das sein? Wer ist die Frau?«, fragte der Mann misstrauisch.

Da beschloss Sylvia, die Initiative zu ergreifen. Sie stieg aus. Sofort schrie eine Frau in der Nähe schrill auf.

»Das ist sie! Das ist Lucies Nichte! Ich erkenne sie genau. Sie war neulich in der Metzgerei. Sie ist es, die die Insel verkaufen will. Haltet sie fest! Sie darf auf keinen Fall zum Notar!«

»Haltet sie«, schrie es wild durcheinander, und schon fassten Arme nach Sylvia, zogen sie sanft, aber entschlossen in einen Kreis von Menschen, die sie wütend anstarrten.

»Wenn Lucie das wüsste«, schrie ihr eine aufgebrachte alte Frau ins Gesicht. Sie trug eine seltsame Tracht, über einem schwarzen Taftkleid eine weiße Schürze, die über und über mit Weißstickerei verziert war. Und die seltsamste Kopfbedeckung, die Sylvia je gesehen hatte – eine bestimmt einen halben Meter hoch aufragende Krone aus weißer Spitze, die aussah wie eine extravagante Kochmütze. Unter dem Zorn seiner Trägerin schwankte sie gefährlich hin und her. »Schäm dich! Du bist es nicht wert, ihre Nichte zu sein!«

»Aber Sie irren sich, Madame«, stammelte Sylvia, »ich will die Insel nicht verkaufen. Ich bin die Einzige, die sie retten kann ...«

»Unsinn!«, fuhr eine andere Frau in Tracht sie an. »Du hast schon Solenn angelogen. Uns täuschst du nicht!«

Auch Veronika stieg nun aus und stürzte sich mutig ins Getümmel. Es gab ein Schubsen und Gedränge, offenbar wollte jeder einen Blick auf die verhasste Erbin erhaschen. Viele schrien ihr den Groll, den sie für Sylvia empfanden, direkt ins Gesicht. Verzweifelt sah Sylvia auf ihre Uhr. Es war kurz vor elf. Wenn nicht ein Wunder geschah, war die Insel verloren.

»Wo ist Solenn?«, rief Sylvia in die Menge, als sie begriff, dass es ihr nicht gelingen würde, die Demonstranten zu überzeugen. »Ich muss Solenn sprechen. Wo ist sie?«

Stille kehrte ein. Dann fuhr ein Raunen durch die Menge. Schließlich öffnete sich ein Korridor zwischen den Menschen, und Solenn schritt hindurch wie eine Königin. Zwei Meter vor Sylvia blieb sie stehen und blickte sie mit unbewegter Miene an.

»Was willst du von mir?«

»Begleite mich zum Notar. Bitte!«

»Wozu?«

»Damit wir das verhindern können, wogegen ihr protestiert. Während ihr mich hier festhaltet, wird bei Notar Leclerc der Vertrag unterschrieben.«

»Aber nicht ohne dich, oder?«

Sylvia machte einen Schritt auf Solenn zu. Sofort reckten sich Arme, um sie zurückzuhalten.

»Solenn, bitte, du musst mir zuhören. Nicht ich bin gekommen, um die Insel zu verkaufen. Sondern jemand ... dem ich vertraut habe. Ich habe ihm umfassende Vollmachten gegeben. Ja. Das war ein Fehler, das sehe ich ein. Leider kann ich das nicht mehr rückgängig machen, den Verkauf kann ich aber verhindern. Verstehst du? Nur ich kann das. Geh mit mir hin. Dann kannst du dich davon überzeugen, dass ich die Wahrheit sage. Wir müssen nur sofort los, verstehst du? Wir haben keine Zeit mehr zu verlieren ...«

»Genug!«, schrie ein Mann hinter Sylvia.

»Hör ihr nicht zu!«, rief eine der Frauen mit zitternder Spitzenkrone.

Doch Solenn hob nur ihre Hand in die Richtung der Schreier, und sofort war es wieder still. Sie schien einen Augenblick nachzudenken. Dann fragte sie: »Und wer ist dieser Mann, dem du die Vollmachten erteilt hast?«

Sylvia fühlte, wie ihr die Hitze ins Gesicht stieg. Dann holte sie tief Luft und sagte gerade so laut, dass Solenn sie hören konnte:

»Mein Ehemann.«

Solenns Augen blitzten zornig auf. Dann hatte sie sich wieder im Griff. Sie denkt an Maël, begriff Sylvia, und ihr Herz fühlte einen brennenden Schmerz. Sie denkt, ich hätte nur mit ihm gespielt ...

»Komm«, sagte Solenn und ergriff hart ihre Hand. »Lass uns gehen.«

Und dann rief sie in einer Sprache, die Sylvia nicht verstand, etwas in die Menge. Sofort gaben die Menschen den Weg frei, und Sylvia ging entschlossen hinter Solenn her. Ihre Hand tat ihr weh, doch das Einzige, was im Augenblick zählte, war, dass sie so schnell wie möglich zu Leclerc kommen mussten, um das Schlimmste zu verhindern.


Im selben Moment, in dem Sylvia und Solenn in das repräsentative Büro des Notars Hervé Leclerc stürmten, vorbei an der verdutzten Empfangsdame und ungeachtet des Protestes der Sekretärin, ertönte ein lauter, satter Knall. Das Erste, was Sylvia sah, war das Blitzen der Champagnergläser im Gegenlicht der Mittagssonne, die durch zwei hohe Fensterflügel auf die drei Männer in dunklen Anzügen schien. Perlende Flüssigkeit floss in die Kelche. Sylvia musste sich zusammenreißen, um nicht laut loszuschreien.

Alle Gesichter wandten sich ihr zu. Sie holte tief Luft. Dies war der Moment, auf den es ankam.

»Gestatten, Sylvia von Gaden«, sagt sie mit klarer, deutlicher Stimme. »Ich bin hier, um klarzustellen, dass ich die Insel keinesfalls verkaufen werde!«

Es war so still, dass Sylvia das leise, prickelnde Geräusch hören konnte, mit dem die winzigen Champagnerbläschen aufperlten und zerplatzten. Sie sah von einem der Männer zum anderen. Da war der Notar, sichtlich bestürzt mit ungläubig gerunzelter Stirn. Der braun gebrannte, schlanke Herr im dunkelgrauen Maßanzug, den Sylvia um die fünfzig schätzte, musste ein Vertreter des Investors sein, dieses Sir James Ashton-Davenport. Sylvia nahm an, dass er nicht persönlich erschienen war. Der Fremde starrte sie an wie eine Erscheinung und schien fast amüsiert, gerade so, als wäre sie als Showeinlage gebucht, um diesen langweiligen Termin ein bisschen aufzupeppen. Und da war Holger mit steinerner Miene, der Einzige, der sie nicht ansah, sondern seinen Blick starr auf das

Glas in seiner erhobenen Hand gerichtet hielt. Offenbar hatten die drei gerade miteinander anstoßen wollen.

Als Erster bewegte sich Leclerc. Behutsam stellte er sein Glas auf seinem Schreibtisch ab und wandte sich Sylvia zu.

»*Madame*«, sagte er, dann, mit einem Blick auf Solenn, korrigierte er sich. »*Mesdames*... Ich bin untröstlich, aber... der Vertrag wurde soeben rechtskräftig geschlossen. Die Papiere liegen alle vor. Mr Brown hat im Namen seines Mandanten Unterschrift geleistet und Herr von Gaden für Sie... Aber... ich verstehe nicht, haben Sie Ihrem Mann die Vollmachten denn nicht selbst erteilt?«

Sylvias Herz setzte einen Schlag lang aus und begann dann wie verrückt zu pochen. Zu spät. Sie waren zu spät gekommen.

»Meine Vollmachten sind nicht mehr aktuell«, sagte sie. »Ich habe meine Meinung geändert und meinem Mann dies auch ausdrücklich mitgeteilt. Er hat mich...«... belogen, wollte sie sagen, doch ihre Stimme brach. Wie sollte sie vor all diesen fremden Menschen und vor allem vor Solenn das Desaster ihrer Ehe ausbreiten?

Auf einmal kam Leben in Holger. Es sah sie an mit einem Blick, der Steine hätte erweichen können.

»Aber... Liebes, ich verstehe nicht«, sagte er scheinheilig, »du hast mich doch beauftragt...«

»*Monsieur le Notaire*«, unterbrach ihn Solenn mit ihrer tiefen, ruhigen Stimme, »wenn die Erbin mit dem Verkauf nicht einverstanden ist, dann muss der Vertrag rückgängig gemacht werden.«

Leclerc blickte verwirrt von Solenn zu Sylvia. Er schien sich wie ein Aal zu winden. »Das ist schwierig«, sagte er, »schließlich ist bereits eine Anzahlung geflossen. Dieser Vertrag ist schon im Vorfeld bindend gewesen. Und die Papiere sind alle vollkommen in Ordnung, ich habe mich natürlich davon überzeugt. Eine Annullierung des Vertrags ist nur möglich, wenn alle Beteiligten einverstanden sind. Mr Brown?«

Er wandte sich fragend zu Holger und Ashton-Davenports Repräsentanten um. Holger schüttelte unmerklich den Kopf. Brown nahm davon nicht einmal Notiz.

»Dazu sehe ich keine Veranlassung, Herr Notar«, sagte er in bestem Französisch, allerdings mit einem starken britischen Akzent. »Sie sagten selbst, die Vollmachten der Dame seien in Ordnung und der Vertrag rechtskräftig. Mein Auftraggeber hat bereits zwei Millionen als Anzahlung geleistet. Es tut mir schrecklich leid, Frau von Gaden. Ich konnte nicht wissen, dass Sie Ihre Meinung geändert haben. So leid es mir tut – Geschäft ist Geschäft.«

»Wir werden klagen«, sagte Solenn an den Investor gewandt. »Sie werden mit uns Bretonen nicht glücklich werden. Niemals werden wir zulassen, dass auf der Insel Ihre Pläne verwirklicht werden. Und wenn wir bis zur letzten Instanz ...«

»Die Baugenehmigungen sind bereits alle bis ins Letzte erteilt«, fiel ihr der Brite ins Wort. »Glauben Sie, Sir James Ashton-Davenport macht eine solche Investition, ohne Planungssicherheit zu haben? Ich muss mich jetzt leider verabschieden!«

Er stellte sein volles Glas auf dem Tisch ab, ergriff eine Aktentasche aus feinstem Kalbsleder und machte Anstalten zu gehen. Doch Sylvia stellte sich ihm in den Weg und sah ihm in die Augen.

»Mr Brown«, sagte sie so verbindlich wie nur irgend möglich, »ich bitte Sie. Seien Sie ein Gentleman, und lassen Sie uns über diesen Vertrag noch einmal sprechen. Sie glauben nicht, wie sehr mir das am Herzen liegt.«

Sie hielt ihren Blick fest in seine Pupillen gerichtet, und für einen Augenblick leuchteten seine hellen Augen ein wenig auf. Amüsiert. Doch dann wurde sein Blick wieder geschäftsmäßig, verschlossen, ja, hart.

»Und Sie glauben nicht«, sagte er mit geschmeidiger Stimme, »wie leid es mir tut, einer so charmanten Dame eine Bitte abzuschlagen. Aber leider sind mir die Hände gebunden. Wenn Sie mich jetzt entschuldigen würden. Ich muss zu meinem Flugzeug.«

Damit verließ er den Raum. Sylvia hatte das Gefühl, der Boden würde unter ihr nachgeben. Dann fiel ihr Blick auf Holger. Holger, der immer noch das Champagnerglas in der Hand hielt und sie ansah, als bräche sie ihm das Herz.

»Sylvia«, sagte er wie ein Lehrer zu einem besonders begriffsstutzigen Kind. »Du hast mir keine andere Wahl gelassen. Ich weiß nicht, was mit dir los ist, du bist wie von Sinnen. Begreif doch, ich *musste* das tun. Es ist zu unserem Besten ...«

Jäher Zorn stieg in Sylvia auf. In wenigen Schritten war sie bei ihm und schlug ihm das Glas aus der Hand. Es flog in hohem Bogen durch den Raum und zerschellte auf dem steinernen Mosaikboden.

»Vielleicht zu deinem Besten«, fauchte sie. »Und du gibst hier vor Zeugen zu, dass du gegen meinen ausdrücklichen Willen gehandelt hast?«

»Ich gebe überhaupt nichts zu«, konterte Holger. »Außer dass du dich sehr merkwürdig benimmst. Komm zu dir, Sylvia! Komm zurück in dein Leben und hör mit diesem bretonischen Schwachsinn hier auf!«

Sylvias erster Impuls war, ihn zu ohrfeigen. Doch dann entschied sie sich anders. Das war unter ihrer Würde. Sie wandte sich einfach ab.

»Händigen Sie mir meine Vertragskopie aus!«, sagte sie kalt zu Leclerc.

Der Notar hob die Hände. »Madame von Gaden«, sagte er, »den Vertrag hat Ihr Mann ... Aber natürlich, wenn Sie es wünschen, lass ich Ihnen eine beglaubigte Abschrift ausstellen...«

»Sie sollten sich schämen«, hörte Sylvia Solenns empörte Stimme. »Ich habe Sie gewarnt, Leclerc. Wären Sie Bretone, Sie hätten sich niemals für so etwas hergegeben. Aber Sie sind ja nicht von hier. Glauben Sie mir, das werden Sie noch bereuen.«

Sylvia warf Holger einen letzten Blick zu.

»Es ist vorbei, Sylvia«, sagte er leise und versöhnlich. »Komm. Lass uns nach Hause fahren.«

Doch Sylvia drehte sich auf dem Absatz um. Gemeinsam mit Solenn verließ sie das Notariat.

## 11
## *Der Exodus*

Als Solenn die schwere Haustür der Kanzlei aufriss, war Sylvia einen Moment lang vom Sonnenlicht geblendet. Taumelnd trat sie auf den Treppenabsatz, von dem ein paar Granitstufen hinunterführten, und als Sylvia die große Menschenmenge mit all den erwartungsvollen Gesichtern, die ihnen gespannt entgegenblickten, erkennen konnte, wurde ihr schwindlig. Auf einmal war Maël bei ihnen, blass und sorgenvoll.

»Wie ist es ausgegangen?«, fragte er Solenn, doch sein Blick hing an Sylvia.

»Wir kamen zu spät«, sagte Solenn. »Sylvias Mann hatte den Kaufvertrag bereits geschlossen.«

Ein jäher Ausdruck von Entsetzen, Enttäuschung und Schmerz flog über Maëls Gesicht, und als er seinen Blick von ihr abwandte, wusste Sylvia, dass dies nicht allein der Tatsache geschuldet war, dass die Insel verloren war. Es waren die Worte »Sylvias Mann«, die ihn getroffen hatten, und als er ihr nun den Rücken zukehrte und die Stufen hinunter- und zurück zu einer Menschengruppe ging, in der Sylvia Rozenn und Pierrick, Gwen und die Gärtnerin Coco samt Gurvan erkannte, war sie sich sicher, dass es ein Abschied für immer war. Ich hätte es ihm sagen müssen, dachte sie, während sie verzweifelt die Tränen niederkämpfte, er hätte es nicht auf diese Weise erfahren dürfen.

Doch nun war es geschehen. Alles war verloren. Als die

Menge das begriffen hatte, erhoben sich wütende Pfiffe. Fremde Menschen schleuderten Sylvia Schmähworte entgegen und verstellten ihr und Solenn die Stufen.

»Hört auf damit!«, rief Solenn, und tatsächlich wurde es augenblicklich ruhiger. »Lasst Lucies Nichte in Frieden! Sie hat einen Fehler gemacht. Aber sie ist nicht die Schuldige.« Nun war es mucksmäuschenstill auf dem Platz. Alle hingen an Solenns Lippen. »Der Vertrag ist unterschrieben, die Insel verkauft. Aber wir werden weiterkämpfen. Wir werden den Investor daran hindern, die Insel zu zerstören. Er mag sie auf dem Papier besitzen. Aber sie wird ihm niemals gehören.«

Lauter Jubel brach unter den Demonstranten los.

»Auf nach Paris«, schrien ein paar der älteren Frauen in bretonischer Tracht, deren Spitzenhauben wie kleine Leuchttürme aus der Menge ragten.

»Auf nach Paris«, nahm die Menge den Schlachtruf auf. Und dann stimmte Solenn ein Lied an, in das alle mit einfielen. Die Worte, wenn Sylvia sie auch nicht verstand, schienen getragen und mächtig, klar und schwer wie die Menhire, wie der bretonische Himmel und die Menschen, die unter ihm lebten.

*O Breizh, ma Bro, me gar ma Bro.*
*Tra ma vo mor vel mur n he zro.*
*Ra vezo digabestr ma Bro! ...*

Das Lied hatte viele Strophen. Einige Bretonen hielten beim Singen die Augen geschlossen, andere hatten ihre Hand auf ihr Herz gelegt. Das Singen nahm sichtlich die Spannung aus der Menge, und als das Lied zu Ende war, wandten die Menschen sich ab, standen in Grüppchen zusammen oder gingen nach

Hause. Zurück blieb Solenn mit ihren Freunden und Mitarbeitern. Und Sylvia.

»Du wirst nun sicherlich wieder nach Deutschland fahren«, sagte Solenn.

Sylvia schüttelte den Kopf. »Nein«, sagte sie entschlossen. »Mein Platz ist bei euch. Ich will euch helfen bei eurem Kampf. Das alles hätte nicht passieren dürfen.« Solenn zog die Augenbrauen zusammen und sah sie forschend an. »Das heißt«, fügte Sylvia scheu hinzu, »wenn ihr mich überhaupt dabeihaben wollt. Ich könnte verstehen, wenn ...«

Doch da wurde Solenns Gesicht weich. »Du bist uns willkommen«, sagte sie leise. »Lucie hat dich geliebt. Du bist für mich Familie, egal, was passiert ist. Wenn du bleiben möchtest, dann bleib! Schön wird es allerdings ab jetzt nicht mehr sein auf der Insel.«

Und damit wandte sie sich ihren Leuten zu.

Auf einmal waren Veronika und Laurent an Sylvias Seite. Sie sahen enttäuscht und besorgt aus.

»Ihr habt es schon gehört, nicht?«

»Warum haben die dich auch so lange festgehalten!«, murrte Veronika. »Du hättest das alles ganz bestimmt noch verhindern können ...«

»Lass es gut sein«, bat Sylvia, die auf einmal merkte, dass sie am Ende ihrer Kräfte war. »Ihr beide wart großartig. Ohne euch wäre ich überhaupt nicht hier. Ich ... ich glaube, ich muss mich mal irgendwo hinsetzen ...«

»Auf jeden Fall«, stimmte Veronika zu, »wir brauchen jetzt alle was Ordentliches zu essen.«

»Lass uns woandershin fahren«, bat Sylvia, »hier werde ich nirgendwo Ruhe haben.«

Sie fuhren ein Stück landeinwärts, und je weiter sie der Küste den Rücken kehrten, desto mehr veränderte sich die Landschaft. Uralte, moosbewachsene Bäume säumten die Straße und schlossen ihre Kronen über ihnen, sodass es schien, als ob sie durch einen lichten hellgrünen Tunnel fuhren. Schließlich passierten sie eine alte Steinbrücke und erreichten ein Dorf mit einem kleinen Restaurant. Hier machten sie halt.

Sie bestellten eine Flusskrebssuppe und eine große, duftende Pastete, zum Nachtisch mit gesalzener Butter bestrichene karamellisierte Crêpe, eine Spezialität des Hauses, dazu Kaffee. Sylvia kam es so vor, als würde sich die Welt um sie drehen, und sie fragte sich, wie Veronika es schaffte, so putzmunter zu sein. Als jedoch das Essen kam, schwiegen sie alle und machten sich darüber her.

»Was meinst du«, fragte ihre Freundin sie, als der erste Hunger gestillt war, »wollen wir nach dem Essen wieder zurück nach Le Mans fahren? Laurent meint, in ein, zwei Tagen ist der Mini wieder flott.«

Sylvia nickte. »Das ist vernünftig. Fahrt ihr beide nur. Ich bleibe hier.« Veronika sah sie überrascht an. »Auf der Insel steht noch der Wagen, mit dem ich neulich hergefahren bin«, erklärte Sylvia. »Und außerdem ... Ich glaube, ich werde hier gebraucht. Ich hab ihnen diese Suppe hier eingebrockt, und ich finde, ich kann mich jetzt nicht einfach so davonstehlen.«

Veronika sah sie nachdenklich an. »Glaubst du denn«, fragte sie, »du kannst noch etwas tun? Wenn ich helfen soll, dann bleibe ich bei dir ...«

Doch Sylvia schüttelte den Kopf. »Vero«, begann sie mit einem Lächeln, das von Herzen kam, »du bist die beste Freundin, die man überhaupt haben kann. Was du für mich getan hast, ist einfach unglaublich. Aber da muss ich, glaube ich, allein durch. Ich habe jede Menge Mist gebaut. Ich muss wenigstens versuchen, etwas davon wiedergutzumachen.«

Veronika nickte nachdenklich. »Und was ist mit Holger?«, fragte sie dann.

Sylvia starrte auf ihren Teller. Auf einmal hatte sie keinen Hunger mehr. Sie sah wieder das abscheuliche Lächeln auf Holgers Gesicht. Sah das Champagnerglas wie in Zeitlupe im hohen Bogen durch den Raum fliegen und in tausend funkelnde Scherben zerschellen...

»Was soll mit ihm sein?«, sagte sie schließlich. »Er hat erreicht, was er wollte.« Sylvia erschrak selbst vor dem sarkastischen Klang ihrer Stimme.

Veronika sah sie mitfühlend an. »Er ist ein Arschloch. Entschuldige. Aber das ist er.«

Sylvia faltete ihre Serviette zusammen und legte sie neben ihren Teller. »Vermutlich hast du recht«, sagte sie.

Im Moment allerdings fühlte sie sich außerstande, länger darüber nachzudenken, was das alles für ihr Leben bedeutete. Ein Erdbeben, dachte sie, ein Tsunami. Was davon übrig bleiben würde, das stand in den Sternen.


Es war Nachmittag, als Laurent und Veronika sie auf die Insel brachten. Am Festland, unweit der Landbrücke, sahen sie bereits die Armada, die nur darauf wartete, die Insel in Besitz zu nehmen: riesige Bagger, Planierraupen und andere Baumaschinen. Sylvia bekam Gänsehaut. Es war Ebbe, als sie über den Damm fuhren, und das Wasser schlug behäbig gegen die Fundamente der Straße. Keine Spur mehr von dem Sturm, der erst wenige Tagen zuvor hier getobt hatte. Wer hätte gedacht, dass sie in so niedergeschlagener Stimmung zurückkehren würde. Wie hatte sie sich von Holger nur dermaßen hereinlegen lassen können? Warum um alles in der Welt hatte sie damals all diese Papiere unterschrieben, die ihr jetzt zum Verhängnis geworden waren? Diese Fragen hatte sie sich in den letzten Tagen schon oft gestellt, doch noch fest daran geglaubt, dass ihr Wort bei Holger etwas zählte. Und dass sie sich auf ihn verlassen konnte.

Auf der Insel trafen sie eine Geschäftigkeit an, die sie überraschte. Drei Lkws standen auf dem Parkplatz, gut zwei Dutzend Menschen waren damit beschäftigt, sie zu beladen – hauptsächlich mit Pflanzen, deren Wurzelballen in dicke Stoffe gebunden waren. Es waren die Kamelien, für die die Insel berühmt geworden war.

Mein Gott, dachte Sylvia, der Exodus hat schon begonnen.

Entschlossen stieg sie aus dem Wagen und nahm ihr Gepäck. Da war er wieder, der Wind, der ihr das Haar um den Kopf peitschte. Da waren die Gerüche nach Meer, Algen und Jod. Die Natur war dieselbe geblieben. Ansonsten war nichts, wie es gewesen war.

»Soll ich nicht doch lieber bei dir bleiben?«, fragte Veronika, die zu ihr kam und sich mit großen Augen umsah. »Laurent kann genauso gut allein zurückfahren und sich um meinen Wagen kümmern.«

Doch Sylvia schüttelte den Kopf. »Vero, das ist lieb von dir. Aber wie ich schon sagte, da muss ich jetzt allein durch.«

Veronika nickte. Überzeugt sah sie nicht aus. »Versprich mir, dass du mich anrufst, wenn etwas sein sollte. Oder falls du es dir anders überlegst.«

»Ich verspreche es dir«, antwortete Sylvia, und dann schloss sie ihre Freundin fest in ihre Arme. »Danke«, sagte sie in den roten Haarschopf hinein, der sie an der Nase kitzelte. »Danke für alles, Vero!«

Sylvia sah Laurent und Veronika lange nach, dann ging sie

durchs Tor und ins Haus. Solenn saß am Küchentisch. Ihr Gesicht war aschfahl.

»Was ist passiert?«, fragte Sylvia.

Solenn schob ihr ein amtlich aussehendes Schreiben über den Tisch hin. »Die werfen uns raus«, sagte sie. »Wir waren kaum zurück, da wurde mir das hier zugestellt.«

Sylvia überflog das Schreiben. Es war ein Räumungsbescheid mit einer Frist von drei Tagen. Drei Tage hatten Solenn und ihre Leute Zeit, um ihr Lebenswerk zu verlassen.

»Deshalb die Lkws...«, murmelte Sylvia.

»Wir haben alles mobilisiert, was möglich ist. Aber in drei Tagen können wir unmöglich alle Pflanzen evakuieren.«

»Wir müssen Widerspruch einlegen«, sagte Sylvia. »Hast du einen Anwalt?«

Solenn schüttelte den Kopf. »Wir haben nie einen gebraucht. Bei uns ging immer alles redlich ab. Und außerdem... Ich hab die Mittel nicht dafür, Sylvia. Durch den Umzug kommen dermaßen viele Kosten auf mich zu. Einen Anwalt kann ich mir schlichtweg nicht leisten.«

»Aber ich kann es«, entgegnete Sylvia. »Wir nehmen den besten, den es hier gibt. Wenn wir den Kampf aufnehmen wollen, dann brauchen wir einen Fachmann.«

Solenn sah Sylvia mit einem Ausdruck von Trostlosigkeit an, der ihr fast das Herz brach. »Ich bin so müde«, sagte sie. »Seit Lucie tot ist... ist alles so... Ich weiß gar nicht, wie ich mich noch aufrecht halten soll, Sylvia. Alle denken, ich wäre so stark. Aber... ich weiß überhaupt nicht mehr, wofür ich eigentlich kämpfen soll.«

Sylvia setzte sich neben sie und legte behutsam eine Hand auf Solenns Rücken. »Für euer Lebenswerk«, sagte sie sanft, »für alles, wofür Lucie gelebt hat. Für eure Träume. Und für eure Liebe.«

Zu Sylvias Bestürzung brach Solenn in Tränen aus. Sie stützte beide Ellbogen auf dem Tisch auf und barg ihr Gesicht in ihren Händen. Der Anfall war so heftig, dass er Solenns gesamten Körper erschütterte. Sylvia saß ganz still da, strich Solenn über den Rücken und zwang sich, ruhig weiterzuatmen. Am liebsten hätte sie mitgeweint. Doch sie hielt sich zurück. Und auf einmal ahnte sie, dass sich die immer so gefasst wirkende Bretonin seit dem Tod ihrer geliebten Lucie nie diese Schwäche erlaubt hatte. Immer hatte sie funktionieren müssen. Sie hatte ihr Letztes gegeben. Erst am Morgen noch war sie stark geblieben, obwohl das Schlimmstmögliche eingetreten war. Sie hatte zur Menge gesprochen und Sylvia sogar noch in Schutz genommen. Sie hatte Kampfgeist gezeigt und den anderen ein Ziel genannt: Paris. Doch wer war für *sie* Stütze und Halt? Wer sprach Solenn Mut zu, war an ihrer Seite, wenn sie nicht mehr konnte?

Endlich verebbte Solenns Schluchzen. Sie holte tief Luft, zog ein Taschentuch aus ihrer Arbeitsschürze und wischte sich die Tränen ab. »Entschuldige«, sagte sie leise.

»Wofür?«, fragte Sylvia. Sie wartete, bis Solenn sich gefasst hatte. Und ehe der Älteren die Situation peinlich werden konnte, fragte sie: »Was meinst du, welchen Anwalt sollen wir anrufen?«


Später beim Abendessen fühlte Sylvia, dass die anderen ihrem Blick konsequent auswichen. Maël war erst gar nicht bei Tisch erschienen, sie hatte es auch nicht erwartet. Und wenn sie ehrlich war, musste sie zugeben, dass sie erleichtert war, ihm nicht unter die Augen treten zu müssen. Gwen hatte verweinte Augen, sie tat so, als wäre Sylvia gar nicht da, Pierrick starrte schlecht gelaunt vor sich hin und sagte kaum ein Wort.

Coco dagegen warf Sylvia immer wieder feindselige Blicke zu.

»Wo werden die Kamelien denn hingebracht?«, fragte Sylvia nach dem Essen, als sie mit Solenn wieder allein war.

»Wir haben auf dem Festland ein Grundstück gepachtet«, erklärte ihr Solenn, »schon vor einer Weile, als das Gerücht mit dem Verkauf umging. Für alle Fälle. Es ist nicht ideal und viel zu klein, aber Maël meint, dass die Kamelien dort fürs Erste gut aufgehoben sind. Einige Dutzend können wir bei meiner Schwester zwischenlagern. Rozenn hat mir auch angeboten, bei ihr zu wohnen.«

Sie schwieg. Auch Sylvia wurde es schwer ums Herz. Bernard Millet, der Anwalt, für den sie sich entschieden hatten, hatte ihr wenig Hoffnung gemacht. Was Sylvia nicht gewusst hatte, war, dass Ashton-Davenport Solenn schon vor einigen Wochen den bevorstehenden Auszug angekündigt hatte. Wertvolle Zeit und juristisch relevante Fristen waren verstrichen. »Sollen sie doch kommen und uns von der Insel tragen«, hatte Coco beim Abendessen trotzig gemeint. Doch Sylvia wusste, dass das nichts für Solenn war.

»Komm«, sagte Solenn, erhob sich und nahm ihre dunkelblaue Strickjacke vom Haken, »gehen wir noch ein bisschen vor die Tür, solange wir noch hier sein können.«

Schweigend spazierten sie gemeinsam durch den Garten. Sylvia wunderte sich nicht, als Solenn den Weg zu Lucies Grab einschlug. Es war ein milder Frühlingsabend. Von den Beeten stieg der Geruch nach Erde auf und vermischte sich mit den Aromen der See.

Was wird aus Lucies Grab werden?, fragte Sylvia sich traurig. Sie konnte sich nicht vorstellen, dass hier in Kürze Hotelbetrieb herrschen würde.

»Ich hab einmal einen Bebauungsplan gesehen für das Resort«, sagte Solenn, als hätte sie Sylvias Gedanken gehört. »Diese Stelle soll so erhalten bleiben, wie sie ist. Dieser ganze Winkel hier.« Solenn beschrieb mit der Hand einen Halbkreis. »Auch das Haus und die alten Kamelienbäume davor. Der Rest wird gerodet, um dem Hotelbau Platz zu machen. Das alte Haus wollen sie in den Neubau integrieren. Und ganz bis hinunter zur Mauer, wo der Garten endet, werden Bungalows entstehen.«

Sylvias Kehle begann zu brennen. Das alles war ihre Schuld. Sie hatte es zu verantworten, sie allein.

»Was ist eigentlich genau mit dem Testament geschehen, das Lucie verfasst hat?«, fragte sie auf einmal.

Solenn warf ihr einen Seitenblick zu. »Es ist einfach verschwunden«, sagte sie dann. »Dieses schreckliche Ding in Lucies Kopf hat dafür gesorgt, dass sie nach und nach ein wenig merkwürdig wurde. Sie vergaß Dinge. Brachte vieles durcheinander. Das Testament ist nicht das einzige Dokument, das sie in ihren letzten Wochen ›besonders gut aufräumte‹, wie sie es nannte.«

»Ich nehme an«, sagte Sylvia, »ihr habt gründlich danach gesucht?«

Solenn lachte kurz trocken auf. »O ja«, sagte sie, »das kannst du mir glauben. Wir haben jedes Schriftstück, jede Schublade, jeden Schrank und jeden Winkel auf den Kopf gestellt. Nichts. Vielleicht hat sie es am Ende verbrannt. Ich weiß es nicht. Es wird wohl für immer ihr Geheimnis bleiben.«

Sylvia wurde noch vor der Morgendämmerung wach. Solenn und sie waren sehr früh zu Bett gegangen, und sie hatte geschlafen wie ein Stein. Jetzt fühlte sie sich erfrischt und voller Tatendrang.

Nach einer ausgiebigen Dusche trat sie ans Fenster. Es war noch dunkel, doch am östlichen Horizont begann ein auberginefarbener Streifen zu leuchten. Im Nu wurde aus der samtigen Nacht ein tiefdunkles Blau. Sylvia beschloss, hinaus in diesen zauberhaften Morgen zu gehen, stieg leise die Treppe hinunter und verließ das Haus durch die Küche. Ihre Schritte knirschten im Kies, als sie die Allee unter den Kamelien in Richtung Süden ging.

Und dann bot sich ihr ein entsetzliches Bild. Wo vorher Kamelie an Kamelie gestanden hatte, gähnten Löcher im Boden. Abgerissene Blätter zeugten von einem hastigen Aufbruch. Die verbliebenen Exemplare wirkten verwirrt und traurig, so als fragten sie sich, wo ihre Geschwister geblieben waren.

Weiter unten, wo die Sträucher immer jünger wurden, sah es noch schlimmer aus. Ganze Reihen fehlten, an anderer Stelle hatte man die Jungpflanzen bereits ausgegraben und ihre Wurzelballen eingepackt. Sie standen in Gruppen zusammen, bereit zum Abtransport. Es war ein Bild der Zerstörung, und auf einmal merkte Sylvia, dass ihre Wangen feucht wurden. Tränen liefen ihr über das Gesicht.

Eine Bewegung nicht weit von Lucies Grab ließ sie zusammenschrecken. Maël. Noch hatte er sie nicht gesehen. Sylvias Herz klopfte zum Zerspringen. Was sollte sie ihm sagen?

Da – auf einmal stockte Maël. Er hatte sie erkannt. Abrupt drehte er sich um und ging in entgegengesetzter Richtung davon, dorthin, wo die Felder schon abgeräumt waren. Sylvia fragte sich nicht, was er dort wollte. Ihr war klar, dass er ihr auswich. Beschämt machte sie sich auf den Rückweg. Was immer Maël dort unten zu tun hatte, sie wollte ihn mit ihrer Gegenwart nicht behelligen.

Sie verstand ihn. Auch wenn sie im ersten Moment den

Wunsch verspürt hatte, sich ihm zu erklären. Doch was gab es schon zu erklären? Dass sie in einer Ehe voller Lügen lebte, hatte sie noch vor einer Woche nicht geahnt. Und dennoch hatte sie sich auf Maël eingelassen. Hatte stets den richtigen Zeitpunkt verpasst, um ihm die Wahrheit zu sagen. Im Grunde, so gestand sie sich jetzt endlich ein, hatte sie es gar nicht gewollt. Sie hatte nicht gewollt, dass Maël wusste, dass sie verheiratet war. Und jetzt bekam sie die Quittung dafür.

Sylvia verließ den umfriedeten Garten, und sofort nahm der Wind von ihr Besitz. Sie band sich ihr Tuch um den Kopf und ging ein Stück den Weg hinauf, den sie schon zweimal mit Maël gefahren war – einmal zur Plantage und das andere Mal zu der verschwiegenen Stelle mit dem Felsenbecken. Sie kämpfte gegen den Westwind an und erklomm die Anhöhe, schließlich erreichte sie die Stelle, von der aus sie die gesamte Insel überblicken konnte.

Im Osten glühte ein prächtiger Sonnenaufgang, dessen Widerschein dicke, wattige Wölkchen rosarot färbte. Doch die Idylle trog. Trotz der frühen Morgenstunde war auf dem Gelände in der Senke, wo die Kamelien gezüchtet und in großen Mengen angebaut waren, emsiger Betrieb. Sylvia erkannte Cocos Haarschopf, sie schien einige Helfer einzuweisen. Vom Damm her näherten sich die ersten Kleintransporter der Insel, Pick-ups und Lastwagen – eine bunte Mischung aus Fahrzeugen. Offenbar waren es freiwillige Helfer, jeder mit dem fahrbaren Untersatz, der ihm zur Verfügung stand. Bald schon hörte Sylvia das Geräusch näher kommender Motoren, die einen Gang heruntergeschaltet wurden, um die Anhöhe zu bezwingen.

Sylvia wandte sich um und schlug auf gut Glück einen Weg ein, der vom Zufahrtsweg zur Plantage abbog. Sie wollte vermeiden, dass man sie hier sah. Auch wenn Solenn so großmütig war, sie nicht zu verurteilen für das, was sie getan hatte, so konnte sie nicht damit rechnen, dass andere ebenso dachten. Jäh tauchte vor Sylvias geistigem Auge die Begegnung mit Maël im Kameliengarten auf, und ihr Herz zog sich schmerzhaft zusammen, als sie daran dachte, wie er sich von ihr abgewendet hatte. Sie schritt energisch aus und merkte erst nach einer Weile, welchem Weg sie hier folgte. Als sie schon fast die äußerste Felsnase erreicht hatte, begriff sie, dass linker Hand der Pfad abzweigte, der zu dem Naturfelsbecken führte.

Sylvias Gesicht brannte, und ihr Herz begann einen schmerzhaften, stolpernden Galopp, als sie sich daran erinnerte, was hier erst wenige Tage zuvor zwischen ihr und Maël geschehen war. In diesem Augenblick schob sich die gleißend helle Sonnenscheibe über den Horizont und blendete sie. Ganz plötzlich legte sich der Wind. Direkt vor ihr stieß ein großer schwarzer Seevogel senkrecht die Steilküste hinunter und verschwand in den Fluten. Die Felsen, sonst von einem hellen, kalten Grau, färbten sich golden im Licht der Morgensonne. Da sah Sylvia den Vogel wieder auftauchen, sich aus den Wellen erheben, im Schnabel seine silbrig glitzernde Beute.

Sylvia sah sich um. Über dem offenen Atlantik schimmerte das Wolkenband wie Perlmutt, und während es langsam weiter nach Südwesten trieb, wechselte es jeden Augenblick seine Farben. Der Himmel war von einem samtigen Violett, je höher die Sonne stieg, desto mehr verloren dieses an Intensität.

Die Insel, der Himmel und das Meer – alles erschien Sylvia an diesem Morgen von einer solchen Schönheit, dass es wehtat. Sie dachte an Holger und an ihr gemeinsames Leben, und alles, was ihr so wichtig gewesen war in den vergangenen zehn Jahren, erschien ihr nichtig und unbedeutend. Wie sollte es weitergehen mit ihnen? Hatte ihre Ehe eine Zukunft? Sie sah keine.

Wie konnte sie zu einem Mann zurückkehren, der sie derart betrogen hatte?

Aber was blieb ihr sonst? Wo sollte sie hin, wenn die letzten Kamelien die Insel verlassen hatten? Sie hatte keine Ahnung. Noch nie in ihrem Leben hatte sie sich so heimatlos gefühlt wie an diesem Morgen ...

Sylvia gab sich einen Ruck. Sie konnte es sich nicht leisten zu jammern, sie hatte kein Recht dazu. Energisch wandte sie sich um und ging den Weg, den sie gekommen war, zurück. Als sie auf dem Hauptweg angelangt war, fuhr ein Fahrzeug nach dem anderen an ihr vorbei, leer ging es bergauf, abwärts waren sie alle voll beladen. Das grüne Laub von Kamelienstäuchern schwankte gefährlich, wenn sie durch eines der Schlaglöcher fuhren. Abgerissene Blütenblätter, rot, weiß und rosafarben, wehten im staubigen Fahrtwind, blieben in den niedrigen Sträuchern, die den Weg säumten, hängen.

Im Hof vor dem Haus hatte sich eine Gruppe Männer und Frauen um Solenn versammelt, schon von Weitem erkannte Sylvia an den ausladenden Gesten, dass eine heftige Diskussion im Gang war. Ihr Herz schlug schneller. Sollte sie lieber wieder gehen? Aber nein, dachte sie, das wäre feige.

»Nein«, hörte sie Solenn entschlossen sagen, als sie näher trat, »davon halte ich nichts. Ihr könnt die Landbrücke gern blockieren. Aber ich bleibe nicht hier und warte ab, bis man mich mit Gewalt fortbringt.«

»Dann gibst du also auf?«, fragte einer der Männer enttäuscht und provozierend zugleich.

»Solenn hat recht«, warf eine der älteren Frauen ein. »Das können wir ihr nicht zumuten. Aber wir können dennoch versuchen, die Bagger aufzuhalten.«

»Und ob wir das tun werden«, rief ein Mann.

»Ich werde meine Schulklassen herbringen«, verkündete

eine Frau in den Vierzigern. »Die sollen ruhig mit den Baggern kommen. Das möchte ich sehen, dass die es wagen, sechzig Schulkinder niederzumähen.«

Die anderen lachten grimmig und ballten die Fäuste.

»Jemand sollte die Presse verständigen«, sagte Sylvia und trat in die Runde. »Diese Bilder sollten in alle Zeitungen kommen. Und ins Fernsehen. Wenn wir nach Paris ziehen wollen, wird uns das eine große Hilfe sein.«

Sofort verstummten die Einheimischen und musterten Sylvia befremdet.

»Dass Sie es wagen«, begann einer der Männer, »hier überhaupt noch...«

»Sei still, Brioc«, unterbrach ihn Solenn streng. »Sylvia ist hier, um mir zu helfen...«

»Zu helfen? Sie? Sie hat den Schlamassel doch angerichtet!«

»Ich verstehe sehr gut«, sagte Sylvia und bemühte sich, das Zittern in ihrer Stimme zu unterdrücken, »dass Sie wütend auf mich sind. Aber ich war mit dem, was mein Mann getan hat, nicht einverstanden. Und jetzt möchte ich wenigstens ein wenig wiedergutmachen...«

»Wiedergutmachen?«, schrie der Mann, den Solenn Brioc genannt hatte, »Sie können gar nichts wiedergutmachen. Sie haben eine Katastrophe verursacht, eine...«

»Aber Brioc, *s'il te plaît*«, fiel ihm die Lehrerin eindringlich ins Wort, »hör auf zu schreien! Wenn du mich fragst, gehört viel mehr Mut dazu hierzubleiben, nach all dem, was geschehen ist. Was würdest du an ihrer Stelle tun? Dich im hintersten Winkel verkriechen, nehme ich an. Wir alle würden das tun.« Brioc riss seinen Mund auf, überlegte es sich dann anders und schwieg. »Wenn Sie uns wirklich helfen wollen, Madame«, fuhr die Lehrerin an Sylvia gewandt fort, und ihre graublauen Augen blitzten, »dann sind Sie willkommen in unserer Runde.«

»Sie heißt Sylvia«, sagte Solenn nachdrücklich, »und sie gehört zu uns. Sie ist Lucies Nichte, und ich lasse nicht zu, dass ihr sie ...«

»Ist ja schon gut«, murrte Brioc, dann gab er sich einen Ruck und reichte Sylvia die Hand.

»Brioc Lenneck. Hafenmeister.«

»Und ich bin Morgane Prigent«, sagte die Lehrerin und reichte Sylvia ebenfalls die Hand. »Ich leite die Grundschule. Mit deinem Vorschlag, was die Medien betrifft, gebe ich dir übrigens vollkommen recht. Das ist wahrscheinlich das Letzte, was dieser Investor brauchen kann: eine schlechte Presse. Ich ruf mal meinen Bruder an. Wozu hat man einen Journalisten in der Familie?«

»Éric?«, fragte der Hafenmeister, »aber ist der nicht in Paris?«

»Eben, genau deshalb!«, konterte Morgane mit einem zufriedenen Lächeln. »Aber jetzt los. Wir haben lange genug geredet. Es gibt noch viel zu tun!«

Während die anderen zu den Feldern aufbrachen, ging Morgane gemeinsam mit Solenn und Sylvia ins Haus.

»Was willst du alles mitnehmen?«, fragte die Lehrerin.

Solenn seufzte. »Ich kann doch nicht das ganze Zeug mit zu Rozenn schleppen«, sagte sie und sah sich ratlos um. »Sie hat doch keinen Platz.«

Dann verstummte sie. Eine Fliege schlug summend gegen eine Fensterscheibe. Von draußen hörte man das rhythmische Tosen der Wellen, die gegen die Felsen brandeten.

»Was hältst du davon«, begann Sylvia, »einen Lagerraum zu mieten, einen Schuppen oder so? Wo du deine Möbel und Sachen unterstellen kannst, bis du weißt, wo ...«

Sylvia brach ab. Es tat viel zu weh, an die Zukunft zu rühren.

»Der alte Quéméneur hat doch diese riesige alte Scheune«, sagte Morgane. »Soviel ich weiß, steht die leer. Wenn du willst, frag ich ihn, ob er sie dir vermietet.«

Solenn stieß verächtlich Luft durch ihre Nase aus. »Ausgerechnet der«, sagte sie.

»Ach«, widersprach Morgane, »lass doch die alten Geschichten. Lucie würde nicht wollen, dass du wegen damals nachtragend bist.«

»Er hat...«, fuhr Solenn auf.

»Ich weiß!«, unterbrach die Lehrerin sie. »Aber ich nehme an, es tut ihm leid. Gib ihm eine Gelegenheit, sich als freundlich zu erweisen.«

Solenn wandte sich ab und zuckte mit den Schultern. »Von mir aus«, sagte sie, und Morgane wandte sich erleichtert zum Gehen.

»Vielleicht könntest du einen Umzugswagen organisieren?«, bat Sylvia. »Wir haben nicht viel Zeit, und da lassen wir besser Profis ran. Ich komme dafür auf«, sagte sie besänftigend in Richtung Solenn, die protestieren wollte. »Ich denke, die freiwilligen Helfer sind mit den Kamelien ausgelastet.«

Morgane nickte zustimmend und machte sich auf den Weg.

»Für dich hat man das hier abgegeben«, sagte Solenn zu Sylvia und reichte ihr einen dicken, großen Umschlag. *Office Notarial François et Hervé Leclerc* stand auf dem Absenderfeld. Sylvia riss ihn auf. Es war die Abschrift des Kaufvertrags. Unwillig schob sie ihn zurück in den Umschlag. »Und jemand hat für dich angerufen«, fuhr Solenn fort. »Aus Deutschland. Ein Monsieur Waldner. Du sollst dich melden. Ruf ihn vom Büro aus an, es klang sehr wichtig.«

»Was ist passiert«, fragte Thomas.

»Holger hat Ernst gemacht«, erklärte Sylvia. »Er hat die Insel gegen meinen Willen verkauft. Ich bin ihm nachgereist, aber ich...«, Sylvia musste schlucken, wieder kamen ihr fast die Tränen, als sie an die entwürdigende Szene beim Notar dachte. »Ich kam zu spät.«

Thomas Waldner murmelte etwas Unverständliches, es hörte sich an wie ein unterdrückter Fluch. »Und was ist mit dem Kaufpreis?«

»Laut Vertrag wird er in fünf Tagen fällig. Aber es gab eine Anzahlung in Höhe von zwei Millionen.« Sie hörte Thomas aufstöhnen. »Glaubst du«, fragte Sylvia, und ihr klopfte das Herz bis zum Hals, »er würde so weit gehen und mit diesem Geld seine Schulden begleichen?«

»*Du* bist mit ihm verheiratet«, antwortete Thomas düster, »nicht ich. Aber eigentlich traue ich ihm das nicht zu. Das wäre immerhin Unterschlagung.«

»Ich weiß einfach nicht mehr«, sagte sie, und wieder kamen ihr die Tränen, »was ich von ihm halten soll. Da bin ich zehn Jahre mit einem Menschen verheiratet und dann... Kannst du nicht mit ihm reden? Schließlich bist du auch sein Anwalt und Steuerberater.«

»Nicht mehr«, antwortete Thomas. »Heute Morgen ließ er mich wissen, dass er meine Hilfe nicht mehr benötige. Er hat mich gefeuert, Sylvia. Ich weiß nicht, was das für dich bedeutet.« Sylvia war sprachlos. »Wann kommst du nach München zurück?«, fragte er.

»Noch nicht so bald«, antwortete Sylvia ausweichend.

»Das ist nicht gut, Sylvia. Gerade jetzt solltest du vor Ort sein.«

»Kannst du das nicht für mich übernehmen, Thomas?«, bat Sylvia. »Ich werde hier gebraucht.«

»Du solltest dringend mit Holger reden!«

»Reden! Reden! Reden hat nicht viel gebracht, außer dass er mich belogen hat«, brach es aus Sylvia heraus. »Ich hab mit ihm geredet, und er hat mir versprochen, die Insel nicht zu verkaufen. Er hat behauptet, es gebe einen Interessenten für die Finca in Spanien. Dieser Mann war in der Lage, mir ins Gesicht zu lügen, er müsse nach Andalusien. In Wirklichkeit ist er nach Quimper geflogen, um die Sache hinter meinem Rücken...«

Sylvia konnte nicht weitersprechen. Sie, die immer die Fassung wahrte und alles im Griff hatte. Ausgerechnet sie saß in Solenns Büro und brachte vor haltlosem Schluchzen kein Wort heraus.

»Das ist wirklich furchtbar, Sylvia«, sagte Thomas mitfühlend. »Aber ihr seid verheiratet. Vielleicht hat er nur eine besonders schwierige Phase...«

»Hör auf«, bat Sylvia und putzte sich die Nase. »Du redest gerade so, als wäre Holger ein Teenager, und seine Hormone spielten verrückt...«

»Jeder Mensch kann mal beruflich Pech haben«, versuchte der Freund Sylvia zu beschwichtigen. »Du solltest einen kühlen Kopf bewahren, das tust du doch sonst immer. Komm zurück, Sylvia! Ihr müsst das irgendwie miteinander klären.«

Thomas nahm auch die Aufgabe, die er als Trauzeuge zu erfüllen hatte, so ernst wie alles andere, was er tat. Gegen ihren Willen musste Sylvia lächeln.

»Du klingst fast«, meinte sie, »als wärst du auf seiner Seite. Dabei hat er dich gefeuert. Oder etwa nicht?«

»Doch, das hat er«, sagte Thomas traurig. »Noch ein Grund, sich Sorgen zu machen.«

Sylvia versuchte, sich zu konzentrieren. Auf einmal verstand sie ihre Klienten, wenn sie vor einer drohenden Insolvenz den Kopf verloren. Es war alles andere als einfach, bei all den persönlichen Enttäuschungen vernünftig zu bleiben.

»Bitte, ruf du bei Holger an«, sagte sie schließlich. »Fordere ihn auf, die Anzahlung und auch das restliche Geld, sollte es fließen, auf eines meiner Konten zu überweisen!«

»Das mach ich«, erklärte Thomas. »Mail mir den Kaufvertrag! Dann nehme ich mit dem Käufer Kontakt auf und kläre das.«

»Danke«, sagte Sylvia. »Und am besten lässt du ihn wissen, dass ich den Vertrag auflösen möchte.«

»Ich werde alles versuchen«, versprach Thomas.

Nach dem Telefonat half Sylvia Solenn beim Packen. Morgane war mit der guten Nachricht zurückgekehrt, dass Quéméneur Solenn seine Scheune selbstverständlich kostenlos zur Verfügung stellen würde, solange sie sie benötigte. Außerdem hatte sie einen Lieferwagen voller Umzugskartons mitgebracht. Und nun faltete Sylvia diese Kartons auf, als hinge ihr Leben davon ab, und füllte sie mit dem Inhalt der Küchenschränke. Solenn nahm sich das Büro vor. Spät in der Nacht, als sie sich nicht mehr auf den Beinen halten konnten, saßen sie gemeinsam in der Küche, die Flasche mit dem *lambig* auf dem Tisch. Beide waren zwar todmüde, aber viel zu aufgewühlt, um schlafen zu gehen.

»Ich werde dir helfen, einen neuen Standort für die Gärtnerei zu finden«, versprach Sylvia. Solenn sah sie zweifelnd an. »Ich weiß«, fuhr Sylvia fort und rieb sich die brennenden Augen, »nichts wird so sein wie diese Insel. Aber irgendwie muss es doch weitergehen.«

»Muss es das?« Sylvia warf Solenn einen erschrockenen Blick zu. »Für mich hat eigentlich alles aufgehört, als Lucie starb. Ohne sie ist es hier einfach ... ich weiß auch nicht ... Die Insel und Lucie, das gehörte für mich so sehr zusammen. Und jetzt, wo wir wegmüssen, hab ich das Gefühl, wirklich am Ende angekommen zu sein.«

»Aber ... aber ...«, stammelte Sylvia bestürzt, »was willst du sonst tun?« Solenn zuckte mit den Schultern und nahm einen Schluck von dem Apfelschnaps. »Und was soll aus den Kamelien werden?«

»Maël wird sich um sie kümmern. Er ist jung. Ich bin müde, Sylvia. Du hast keine Ahnung, wie kraftlos ich mich fühle.«

»Das ist nur wegen dieser Geschichte«, beteuerte Sylvia. »Das ist meine Schuld. Lucie würde nicht wollen, dass du aufgibst.«

Solenn nickte traurig. »Da hast du recht«, sagte sie und seufzte. Dann sah sie Sylvia an, und ein kleines, scheues Lächeln erschien auf ihrem Gesicht. »Du bist ihr so unglaublich ähnlich, Sylvia, weißt du das eigentlich? Wenn ich dich ansehe, dann meine ich, Lucie vor mir zu sehen, wie sie vor zwanzig, dreißig Jahren war. Darum kann ich dir auch nicht böse sein, egal, was passiert ist. Damals, als ich sie traf, war ich an einem Tiefpunkt angelangt. Es waren keine einfachen Zeiten für eine Frau, die Frauen liebt. Die Bretagne ist ein sehr konservatives Fleckchen Erde. Die Menschen setzen auf Traditionen, auf das, was immer schon galt. Heute ist das ganz anders, über die vielen Jahre haben sie uns schätzen gelernt und akzeptieren uns, so wie wir sind. Ich meine, wie wir waren. Jetzt bin ich wieder an einem Tiefpunkt. Lucie ist nicht mehr da.«

Sylvia schluckte. Sie hatte Solenn als stolze, verschlossene Frau kennengelernt. Und jetzt hatte sie sich ihr anvertraut. Aber *ich* bin da, wollte Sylvia sagen. Ich will auch dir eine Nichte sein, wenn du es erlaubst, Solenn. Sie wagte es nicht.

Solenn wirkte, als würde sie gleich wieder in Tränen ausbrechen. Doch sie beherrschte sich, schob ihre Hand langsam über den Tisch und drückte die von Sylvia.

»Danke«, sagte sie. »Danke, dass du dageblieben bist. Morgane hat recht. Es gehört ganz schön viel Mut dazu.«

Sie ließ Sylvias Hand los und richtete sich auf, schien wieder voller Kraft. Vielleicht nicht mehr ganz so stark und selbstsicher wie an jenem Tag, als Sylvia sie zum ersten Mal gesehen hatte, doch mit jedem Atemzug schien sie innerlich zu wachsen.

»Wir sollten schlafen gehen«, schlug Sylvia vor. »Morgen wartet ein langer Tag auf uns.«

Solenn nickte und erhob sich. »Gute Nacht, Sylvia. Bis morgen früh.«

Und dann ging sie zur Tür, sah sich noch einmal kurz zu Sylvia um, lächelte und verließ die Küche. Kurze Zeit später hörte Sylvia die Tür im Erdgeschoss, die zu Solenns und Lucies privaten Räumen führte. Sie atmete auf. Solenn schien die Krise überwunden zu haben. Doch wer weiß, dachte Sylvia, das Schwerste steht ja noch bevor.

## 12
## *Lucies Vermächtnis*

Der folgende Tag verging viel zu schnell. Morgane hatte noch mehr Freiwillige rekrutiert, und Sylvia hatte die Koordination der vielen Helfer im Haus übernommen, Listen und Pläne angefertigt, damit Solenn sich später in Quéméneurs Scheune zurechtfand, wenn sie etwas von ihren dort verstauten Sachen brauchte.

»Wir ordnen dort am besten alles so ähnlich an wie hier«, schlug sie Morgane vor, »und lassen Gänge zwischen den Kistenreihen frei, damit man später besser an die Sachen herankommen kann.«

»Ich kann auch gleich in die Scheune einziehen«, scherzte Solenn.

Sylvia atmete erleichtert auf. Die Bretonin hatte ihren trockenen Humor wiedergefunden, und das war gut.

Am Mittwochabend saßen sie in der leer geräumten Küche, einzig der große Tisch und ein paar Stühle standen noch in dem nun fremd wirkenden Raum, den ein paar junge Mädchen netterweise ausgefegt und nass durchgewischt hatten. Nur die dunkleren Flecken auf dem Steinboden zeugten noch davon, wo jahrzehntelang Möbel gestanden hatten. Irgendjemand hatte wohl auch den Schnaps in eine Kiste gepackt, und so zauberte Solenn von irgendwo eine Flasche Rotwein samt Korkenzieher und zwei Gläsern hervor.

»Ich hoffe«, sagte sie, während sie die Flasche öffnete, »er ist noch gut. Lucie hat ihn vor Jahren gekauft und für einen besonderen Anlass beiseitegestellt.«

Die fast schwarze Flüssigkeit lief ölig in die Gläser. Der Wein schmeckte nach reifen, dunklen Beeren, er hatte ein ausgezeichnetes Aroma.

»Was war das eigentlich zwischen dir und Maël?«

Heiß fuhr es Sylvia mitten ins Herz. Da war sie, die Frage, die sie so sehr gefürchtet hatte. »Das war ... irgendwie ... stärker als ich, Solenn«, sagte sie leise. »So etwas ist mir noch nie passiert ... Ich ...«

Sie fühlte, wie sie rot wurde, und sah beschämt zur Seite. Stille breitete sich zwischen ihnen aus. Noch immer hielt Solenn erbarmungslos den Blick auf sie gerichtet.

»Ich möchte dir etwas erzählen«, sagte die Bretonin schließlich, »über Maël. Es war vor vielen Jahren, wir hatten uns hier gerade eingerichtet, Lucie und ich. Da war auf einmal dieser Junge da. Das erste Jahr sprach er kein Wort. War scheu, jedoch aufmerksam, wenn es um die Pflanzen ging. Wir nannten ihn Pierricks Schatten, weil er ihm überallhin folgte. Und auch von meiner Seite wich er nicht, als ich die ersten Kulturen pflanzte.«

Sylvia horchte auf. Sie erinnerte sich, dass Rozenn ihr etwas Ähnliches erzählt hatte.

»Wir haben ihn adoptiert«, fuhr Solenn fort. »Nicht auf dem Papier. Ein lesbisches Paar hätte dazu niemals die Erlaubnis bekommen, nicht damals. Aber uns bedeuteten Papiere nichts. Maël gehörte einfach hierher, er gehörte zu uns, das hatte er noch vor uns begriffen. Irgendwann begann er zu sprechen, doch er erzählte nie auch nur ein Wort über das, was ihm in den ersten zwölf Jahren seines Lebens widerfahren war. Und wir haben nie gefragt. Dass er viele Gründe hatte, von zu Hause wegzulaufen, wurde mir klar, als ich seine leibliche Mutter ausfindig machte und mit ihr ein Arrangement traf. Bei uns hatte er ein Zuhause gefunden und bekam die Liebe, die er brauchte: respektvoll und niemals aufdringlich.«

Solenn nahm einen Schluck Wein und ließ ihn gedankenverloren über ihre Zunge gleiten, ehe sie weitersprach.

»Wir ließen ihn, wie er war, und förderten ihn, wo er es wollte. Er war unglaublich lernbegierig und brachte die Gabe mit, wie man mit Pflanzen umzugehen hat. Die Kamelien gedeihen ihm unter den Händen, als verstünde er ihre Sprache.« Solenn lächelte, und wieder erfüllte ein inneres Licht die Bretonin und verzauberte ihre Züge. »Er fasste Vertrauen und öffnete sich. Dann verliebte er sich in ein Mädchen, eine Touristin aus Paris. Wir Älteren glauben ja oftmals, alles besser zu wissen als die Jungen. Und Lucie schalt mich, ich würde mich aufführen wie eine eifersüchtige Mutter. Aber ich behielt leider recht. Dieses Mädchen spielte nur mit ihm. Der Zauber der Insel, die Romantik, die viele mit den Kamelienblüten verbinden, was weiß ich, was es war. Es dauerte nicht lange, da war es schon wieder vorbei. Nicht für Maël. Er litt fürchterlich. Verfiel wieder in Schweigen. Monatelang sprach er nicht und verschloss sich in sich selbst. Bis ich ihm vorschlug, an einer der besten Universitäten der Welt Botanik zu studieren.«

Sylvia blickte erstaunt auf. »Er hat studiert?«

Solenn lächelte frostig. »Ja«, antwortete sie kühl. »Er ist nicht der ungebildete Gärtner, den du vielleicht in ihm vermutet hast. Maël hat promoviert, er hätte die Universitätslaufbahn weiterverfolgen können, dann wäre er heute Professor und würde in London oder in den USA lehren und forschen. Aber er hat sich dazu entschlossen, auf die Insel zurückzukehren.« Solenn presste die Lippen aufeinander. Und Sylvia fühlte sich noch schuldiger als zuvor. »Seit er das von deinem Mann gehört hat«, fuhr Solenn dann fort, »ist er wieder verstummt.

Er spricht nur das Nötigste. Ich kann direkt fühlen, wie er sich in sich selbst zurückzieht.« Sylvia dachte an jenen Morgen, als sie ihm in der ersten Dämmerung im Garten begegnet war. An den Ausdruck in seinem Gesicht vor der Tür des Notars, als Solenn ihm von ihrem Mann erzählte. »Für *ihn* scheint es ernst gewesen zu sein«, sagte Solenn, »was auch immer zwischen euch passiert ist.« Sie stand auf. »Gute Nacht, Sylvia«, sagte sie, wandte sich zur Tür, die in den Hof führte, und öffnete sie.

»Aber«, rief Sylvia ihr nach, »wo gehst du denn hin?«

Ein kalter Luftzug fuhr in den leeren Raum, Sylvia fröstelte.

»Es ist meine letzte Nacht an diesem Ort. Ich will bei Lucie sein.«

Dann war Solenn fort, und die Tür fiel ins Schloss.


In dieser Nacht fand Sylvia keinen Schlaf. Immer wieder hörte sie Solenns Worte: *Für* ihn *scheint es ernst gewesen zu sein* ... Und immer wieder stellte sich Sylvia die Frage, die Solenn wohl gedacht, aber nicht ausgesprochen hatte: Und was war es für *dich*?

Ruhelos warf sie sich von einer Seite auf die andere. Dachte sie an Maël, begann ihr Körper zu glühen vor Verlangen. War es das? Pures Verlangen? Etwas rein Körperliches? Aber war Maël nicht schon seit dem Tag ihrer Ankunft hier auf der Insel unentwegt in jedem ihrer Gedanken präsent, heimlich, beharrlich, sanft und selbstverständlich? So als wäre es schon immer so gewesen, als hätten sie sich gekannt, noch bevor sie Holger getroffen hatte, auch vor Robert, vor aller Zeit? Was war das? War das Liebe?

Irgendwann gab Sylvia auf. Sie erhob sich, schlüpfte in ihre Mohairjacke und machte Feuer im Kamin. Das letzte Mal, dachte sie, die letzte Nacht. Sie ging ans Fenster und versuchte, Solenn in der Dunkelheit zu erkennen, doch falls sie tatsächlich dort unten bei Lucie war, schützten die Zweige der alten Kamelienbäume sie vor ihren Blicken. Unruhe befiel Sylvia. Musste sie sich Sorgen um Solenn machen? Würde sie vielleicht einen Weg wählen, für immer zu bleiben? War es möglich, dass Solenn daran dachte, sich etwas anzutun?

Ich sollte hinuntergehen und nachsehen, fuhr es Sylvia durch den Kopf. Und doch tat sie es nicht. Sie fühlte, dass sie kein Recht hatte, diesen letzten Abschied zu stören. Solenn war eine stolze Frau. Diese Nacht gehörte ihr und Lucie ganz allein.

Sylvia dachte an das, was nun kommen würde. Der Auszug aus dem Paradies. Morgen würden sie nur noch ihr Gästezimmer und Solenns und Lucies privaten Bereich ausräumen, alles andere war getan. Dann hieß es Abschied nehmen.

Niedergeschlagen kroch sie zurück in ihr Bett. Und fiel kurz darauf in einen unruhigen Schlaf.

Ein heftiges Rumpeln weckte sie auf. Es war schon hell, ein trüber Morgen war angebrochen, und im Erdgeschoss wurde bereits gearbeitet.

Als Sylvia die Treppe hinunterging, sah sie, dass die Tür zu Lucies und Solenns privatem Bereich weit offen stand. Die Möbelpacker schleppten eine schwere, alte Kommode heraus.

»Diese Sachen bleiben hier«, hörte Sylvia Solenns ruhige, entschlossene Stimme. »Der Schrank ist ohnehin eingebaut. Und das Bett... Ich nehme an, ich brauche ein neues.«

Dann erschien sie an der Tür und nickte Sylvia zur Begrüßung zu. Sie war blass und hatte dunkle Ringe unter den Augen, doch sie wirkte so gefasst wie immer.

»Kannst du mir helfen, das Bild abzuhängen?«, bat sie. »Es ist ziemlich schwer.«

Sylvia blickte zu dem Gemälde auf. Lucies Blick schien wie immer rätselhaft, irgendwie wissend, so als hätte sie das alles schon lange vorhergesehen. Es war ein Brustporträt vor einer Gartenlandschaft. Auf dem Kopf trug Lucie einen Strohhut mit elegant geschwungener Krempe, in der Hand hielt sie eine rosafarbene Kamelie. Alles Licht schien auf ihrem Gesicht zu liegen und auf dieser Blüte. Auch wenn es vielleicht kein Meisterwerk war, so hatte das Bild doch einen großen natürlichen Reiz. Der Maler schien die Porträtierte gut getroffen zu haben.

Gemeinsam hoben sie die Leinwand, die in einen schweren Eichenrahmen eingebaut war, an und lösten es aus der Aufhängung.

»Es ist wunderschön«, sagte Sylvia. »Wer hat es gemalt?«

»Hendrik van Outen ist ein holländischer Maler. Er hatte ein Haus in der Nähe von Avens ... Das alles ist schon viele Jahre her. Ich weiß nicht einmal mehr, ob er immer noch in die Bretagne kommt. Er war ein großer Verehrer von Lucie.« Solenn lächelte, als sie das Bild betrachtete. »Er arbeitete in der Technik der alten niederländischen Meister. Lucie saß ihm ein paarmal Modell. Bis es ihr zu langweilig wurde. Als Dank schenkte er uns dieses Bild.«

Solenn ging in ihr Zimmer und kam mit einem großen Bettlaken zurück. Sylvia half ihr, das Gemälde sorgfältig in das Leintuch zu hüllen, damit es keinen Schaden nahm. Doch auf einmal hielt Solenn in ihren Bewegungen inne.

»Möchtest du das Bild haben?«, fragte sie unvermittelt.

»Aber ... aber nein«, stammelte Sylvia. »Es gehört dir, Solenn.«

»Im Grunde nicht«, antwortete die Bretonin trocken, »schließlich hast du alles geerbt, auch das Bild.«

»Aber Solenn«, widersprach Sylvia peinlich berührt, »nein, das geht doch nicht. Das Bild ist eine Erinnerung an Lucie...«

Doch Solenn schüttelte den Kopf. »Meine Erinnerungen an Lucie«, sagte sie, »gehen weit über ein Bildnis von ihr hinaus.« Sie holte tief Luft. Sylvia konnte sehen, wie sie einen Kampf mit sich ausfocht. »Weißt du«, fuhr die Bretonin schließlich fort, »was Lucie vor ihrem Tod gesagt hat in einem ihrer letzten klaren Momente? Lass los, Solenn! Keine Reliquien. Keine Verehrung von toten Dingen. Denn in diesen toten Dingen bin ich nicht. Geh weiter, wenn ich nicht mehr hier bin. Das Leben ist ein Fluss. Vergiss das nie!« Wieder atmete Solenn heftig ein und wieder aus, dann sah sie Sylvia an und lächelte. »So als hätte sie alles kommen sehen. Und darum: Bitte nimm du das Bild an dich. Bei meiner Schwester kann ich es ohnehin nirgendwo aufhängen. Und der Gedanke, dass es in Quéméneurs Scheune zwischen all dem Krempel herumsteht, behagt mir gar nicht.«

Sylvia sah Solenn unsicher an. War es der großen Liebe ihrer Tante wirklich ernst? »Ich mache dir einen Vorschlag«, sagte sie behutsam. »Ich verwahre es für dich. Und wenn du es eines Tages wiederhaben möchtest, dann...«

»Ist gut, Sylvie. So soll es sein.«

Solenn erhob sich, strich noch einmal liebevoll über den Leinenstoff, dann wandte sie sich ab und ging hinaus.

Sylvia blieb allein zurück. Sie wusste nicht so recht, was sie mit dem Gemälde machen sollte. Vorerst lehnte sie es gegen die Wand in der Ecke hinter dem Kamin. Hier war es geschützt, keiner konnte darüber stolpern. Später würde sie Pierrick bitten, es in den Kofferraum ihres Wagens zu legen. Doch wohin sollte sie das Bild bringen? Wohin sollte sie selbst fahren, wenn in ein paar Stunden hier alles geräumt sein würde?

Solenn zog zu ihrer Schwester. Alle anderen kehrten nach Hause zurück. Wo Maël hinging, wusste sie nicht. Und sie?

Sylvia verließ das Haus durch die große, schwere Haustür, die sonst immer geschlossen gewesen, deren Flügel jetzt aber beide geöffnet worden waren, um die Möbel und Kisten leichter hinaustragen zu können. Sie führte direkt auf den Parkplatz außerhalb des umfriedeten Bereichs. Sylvia ging an dem offenen Umzugswagen vorbei, in dem die Möbelpacker die Ladung mit Gurten sicherten. Ihre Füße trugen sie den Weg hinunter zur Anlegestelle, wo sie vor Tagen mit Pierrick das Boot bestiegen hatte. Als sie die anderen nicht mehr sehen konnte, setzte sie sich auf einen großen grauen Felsbrocken.

»Komm nach Hause«, hatte Thomas gesagt. »Ihr müsst das irgendwie miteinander regeln.« Er hatte recht. Und doch fühlte Sylvia, dass sie nicht bereit dazu war. Noch nicht. Irgendetwas hielt sie noch fest auf der Insel. Aber was? Bald würden alle diesen Ort verlassen haben. Das Haus war leer geräumt, die Felder kahl. Und wenn auch im Garten aus Zeit- oder Platzgründen viel zu viele Kamelien in der Erde belassen werden mussten, so war doch die alte Pracht dahin. Trotzdem wehrte sich jede Faser in Sylvia dagegen zu gehen. Nein. Sie würde bleiben. Wenigstens noch eine Nacht. Ganz allein würde sie auf ihre Weise Abschied nehmen. Abschied von einem Ort, den sie verspielt hatte. Abschied von einer Frau, die sie versäumt hatte kennenzulernen.


»Bist du sicher?«, fragte Solenn, als Sylvia ihr ihren Entschluss mitteilte. Sie sah sie eindringlich an, ihre Stirn war gerunzelt.

»Ganz sicher«, antwortete Sylvia mit fester Stimme.

»Warum?«, wollte die Bretonin wissen.

Sylvia zuckte mit den Schultern. »Es ist ein Gefühl«, sagte

sie, »ich kann es dir nicht erklären. So als hätte ich hier noch etwas zu erledigen.«

Solenn dachte eine Weile über ihre Worte nach. »Denk daran«, sagte sie schließlich, »was Lucie gesagt hat. Wir sollen loslassen.« Sylvia nickte. »Wir alle müssen irgendwie unser Leben weiterleben«, fuhr Solenn fort. »Auch du. Vermutlich solltest du zu deinem Mann zurückkehren. Liebst du ihn?«

Sylvia sah Solenn erschrocken an. Eigentlich hatte sie geglaubt, sich an die direkte, manchmal sogar etwas brüske Art, in der Solenn ihre Fragen zu stellen pflegte, gewöhnt zu haben.

»Ich weiß es nicht«, sagte sie schließlich. »Ich dachte schon. Aber jetzt bin ich mir überhaupt nicht mehr sicher.«

Solenn sah sie unverwandt an, so als wartete sie auf weitere Erklärungen.

»Im Moment weiß ich nicht einmal mehr«, gestand Sylvia, »was das ist, Liebe. Ob ich es jemals gewusst habe.«

Und in Gedanken fuhr sie fort: Wenn ich dich so sehe... Ich meine, jeder kann es sehen, jeder kann es fühlen, wie sehr du Lucie geliebt hast und wohl immer noch liebst... mit einer solchen Unbedingtheit... Nein, dachte sie, auf diese Weise habe ich Holger nie geliebt.

»Wenn sie da ist«, sagte Solenn mit einem Lächeln, »dann wirst du es wissen. Sie wird dich mit einer solchen Selbstverständlichkeit überfallen, von dir Besitz ergreifen, dass dir Hören und Sehen vergeht. Sie wird stärker sein als du und dein Verstand. Und sie wird dich dazu bringen, das Richtige zu tun. Auch wenn es falsch erscheint.«

Dann wandte sich Solenn von ihr ab und den verbliebenen Fahrzeugen zu. Alles war bereit für die Abfahrt. Neben dem alten Peugeot stand Maël. Er sah zu ihnen herüber und tat gleichzeitig, als sähe er sie nicht. Er wartete. Auf Solenn.

»Bleib nicht zu lange«, ermahnte Solenn sie. »Wenn sie erst mit den Arbeiten am Damm begonnen haben, kommst du mit deinem Wagen nicht mehr weg von der Insel.« Sylvia nickte. »Leb wohl, Sylvie«, sagte Solenn und nahm sie in die Arme, drückte ihr sanft rechts und links einen Kuss auf die Wange. Dann drehte sie sich um, ging hinüber zu Maël und stieg in den Peugeot.

Es war der letzte Wagen, der die Insel verließ. Lange sah Sylvia dem Konvoi nach. Zuerst wurde der Motorenlärm vom Geräusch der Brandung verschluckt. Dann wurden die Fahrzeuge immer kleiner, bis eines nach dem anderen ans Festland fuhr und hinter den Baufahrzeugen, die hier bereits auf ihren Einsatz warteten, verschwand. Sylvia war allein. Allein mit dem Wind, dem Meer, dem Geruch nach Algen und Jod, den Seevögeln, den Kamelienbäumen und dem alten, leeren Haus. Und mit Lucies Grab.

Die Sonne verschwand hinter einer schiefergrauen Wolkendecke. Sylvia fröstelte. Noch immer stand ihr der Weg offen. Die Flut hatte zwar schon eingesetzt, doch die Landbrücke würde noch rund zwei Stunden lang befahrbar sein. Doch sie schüttelte energisch den Kopf. Nein. Sie würde jetzt nicht kneifen. Sie würde bleiben, so wie sie es beschlossen hatte.


Sie machte einen langen Spaziergang durch den Garten, besuchte jeden zurückgebliebenen Kamelienstrauch. Nur wenige standen noch in Blüte, die Saison der Winterblüher neigte sich ihrem Ende zu. Sylvia beendete ihren Rundgang bei Lucies Grab, doch es war zu kühl geworden, um sich auf die Bank zu setzen. Die roten Kamelienblüten der Sträucher, die den Grabstein umgaben, waren fast alle verwelkt.

Sylvia riss sich los und ging zurück ins Haus. Es war ein seltsames Gefühl, dieses riesige Gebäude ganz für sich zu haben. Sie ging die Treppe hinauf und betrat das Gästezimmer, das sie bewohnt hatte. Auch dieser Raum war leer geräumt, nur die weißen Leinenvorhänge mit ihren kostbaren Weißstickereien schien man vergessen zu haben. Sie erinnerten in dem kahlen Zimmer an ein Totenhemd.

Auf einmal fiel Sylvia ein, dass sie sich überhaupt nicht überlegt hatte, wo sie in dieser Nacht schlafen sollte. Sie verließ das frühere Gästezimmer, und nach kurzem Zögern öffnete sie eine Tür nach der anderen. Es gab noch drei Räume auf diesem Stockwerk, alle waren sie leer. Dann stieg Sylvia wieder hinunter ins Erdgeschoss. Die Tür zu Solenns und Lucies Wohnbereich stand noch immer weit offen. Ein dreieckiger Fetzen Papier lag auf der Schwelle, wie ein Pfeil, der hineinwies. Schließlich überwand sie ihre Scheu und betrat diese Räume. Dabei ertappte sie sich, dass sie auf Zehenspitzen ging.

Sylvia erkundete das Ensemble von drei Räumen und einem kleinen Bad. Da war ein Zimmer, das die beiden Frauen wahrscheinlich als Wohnzimmer benutzt hatten – sie erkannte Anschlüsse für Fernseher und Radio an einer Wand. In einer Ecke des Raumes stand ein niedriger Tisch mit einer hübschen Mosaikplatte. Einige Steine hatten Risse. Vermutlich hatte Solenn den Tisch deshalb zurückgelassen. Rechts und links davon gingen zwei Türen ab, und hinter der einen fand Sylvia einen alten Schreibtisch mit zwei durchgesessenen Drehstühlen, an der Wand ein leer geräumtes Regal und in einer Ecke eine Stehlampe mit zerbeultem Schirm. Mechanisch drückte sie den Schalter, und mit einem Flackern glühte die Birne auf.

Im dritten Zimmer befand sich ein riesiges altes Himmelbett mit Musselinvorhängen, die wohl früher einmal weiß gewesen, jetzt aber völlig vergilbt waren. Das zarte Streublümchenmuster, das sich in der Tapete wiederholte, war fast vollständig verblasst.

In der Wand gegenüber befand sich ein Einbauschrank aus dunklem Holz, und in der Ecke neben einem offenen Kamin stand ein alter Sessel, dessen verschlissener Bezug auf einer Seite eingerissen war. Sylvia setzte sich vorsichtig auf den Sitz, er hielt ihr Gewicht aus. Der private Wohnbereich von Lucie und Solenn war als Letztes geräumt worden, und keiner hatte sich die Mühe gemacht, hier zu putzen. Sylvia holte einen Besen aus der Küche, den man ebenfalls zurückgelassen hatte, weil er schon fast keine Borsten mehr hatte. Sie fegte sorgfältig die Räume aus, dann schleppte sie das schwere Bild aus der Diele ins Schlafzimmer, lehnte es an die Wand dem Sessel gegenüber und wickelte es aus. Sofort fühlte sich Sylvia nicht mehr so allein. Lucies Blick, der dem Betrachter immer zu folgen schien, tat Sylvia gut.

Lange saß Sylvia so da, fest in ihre Mohairjacke gewickelt. Ihr war, als wäre sie aus der Zeit gefallen. Hier gab es weder Handyempfang noch Internet, auch die Festnetzleitung war inzwischen tot. Draußen hob sich langsam, aber stetig der Meeresspiegel, und schon bald würden die ersten Wellen über den Fahrdamm schwappen. Sie war ganz allein auf diesem Fleckchen Erde. Draußen brach die Dämmerung herein, und im Zwielicht des schwindenden Tages schien Lucies Gesicht auf dem Gemälde umso lebendiger.

Sylvia stand auf und streckte sich. Sie holte die Stehlampe aus dem früheren Arbeitszimmer und beschloss, ein Feuer im Kamin anzuzünden. Auf dem Sims fand sie tatsächlich eine Streichholzschachtel. Sie erinnerte sich, dass in ihrem Gästezimmer noch ein Korb mit ein paar Holzscheiten stand, und ging, ihn zu holen. Bald darauf knisterte ein Feuer im Kamin. Sylvia betrachtete es zufrieden und wärmte sich die Hände. Ob

Solenn wohl auch eine alte Wolldecke dagelassen haben könnte? Sie stand auf, um im Wandschrank nachzusehen.

Da waren etliche leere, verbogene Bügel. Nur wenige Kleidungsstücke hatte Solenn hängen lassen: eine mottenzerfressene graue Strickjacke, einen abgewetzten Popelinemantel, der vor dreißig Jahren einmal modern gewesen sein mochte. Sylvia öffnete eine weitere Schranktür und durchsuchte die Fächer, fand alte Pullover und stockfleckige Tischdecken, eine Pappschachtel mit vergilbten Spitzenresten, einen Handarbeitskorb mit ineinander verhedderten Garnrollen samt einem Nadelkissen, einen hübschen Fingerhut aus Porzellan, außerdem Häkelnadeln aller Größen. Unter dem Korb einen Stapel mit uralten Handarbeitsheften, die wahrscheinlich Lucie gehört hatten. Sylvia konnte sich Solenn beim besten Willen nicht mit einer Häkelarbeit vorstellen. Als Sylvia eine der Zeitschriften herausholte und durchblätterte, fielen die Seiten auseinander, so brüchig war das Papier.

Über der Kleiderstange befand sich ein weiteres Fach, doch es war zu hoch, Sylvia konnte nicht sehen, ob sich dort oben noch etwas verbarg. Kurz entschlossen zog sie den niedrigen Tisch aus dem angrenzenden Raum ins Schlafzimmer, prüfte vorsichtig, ob er sie trug, und stieg dann hinauf. Es war zu dunkel, Sylvia konnte nichts erkennen. Vorsichtig tastete sie sich mit der Hand in die Tiefe des Schrankes vor und bekam etwas Weiches, Flauschiges zu fassen – tatsächlich eine Decke. Als sie sie aus dem Schrank holte, fiel ein Strohhut mit breiter Krempe zu Boden, ein fein geflochtener, eleganter Damenhut mit einem blassrosa Seidenband, das hinten zu einer Schleife gebunden war. Das Flechtwerk der Krempe hatte sich an einer Stelle ein Stück weit aufgelöst, doch irgendetwas rührte Sylvia an dem Hut. Er kam ihr seltsam bekannt vor, und als sie von dem Tisch herunterstieg und an der Innenseite der

Schranktür einen Spiegel entdeckte, setzte sie ihn kurz entschlossen auf. Er passte ihr genau. Und auf einmal fiel ihr ein, woher sie den Hut kannte: Es war derselbe, den Lucie auf dem Gemälde trug.

Sylvia blickte auf, verglich ihr eigenes Spiegelbild mit dem Porträt und konnte nicht umhin, einen Laut der Verwunderung von sich zu geben. Hatte sie ohnehin schon große Ähnlichkeit mit ihrer Tante, so sah sie mit dem Hut fast aus wie Lucies Zwillingsschwester. Lucie schien sie aufmerksam anzusehen, eindringlich, und Sylvia konnte sich des Eindrucks nicht erwehren, dass sie ihr etwas sagen wollte. Etwas Wichtiges ... Doch was?

Verwirrt nahm sie den Hut vom Kopf und betrachtete ihn von allen Seiten. Sie wollte ihn eben zurück in den Schrank legen, als ihr auffiel, dass sich das Seidenband auf der vorderen Seite unnatürlich wölbte. Sylvia befühlte den glatten Stoff. Etwas steckte darunter. Aber was?

Vorsichtig schob sie einen Finger unter das Band und ertastete Papier. Sie versuchte, es herauszuziehen, doch es gab nicht nach. Hatte Tante Lucie es etwa eingenäht?

»Was hat das zu bedeuten, Tante Lucie?«, fragte Sylvia leise.

Sie beschloss, der Sache auf den Grund zu gehen. Die vernünftige Sylvia in ihr stellte sich neben sie. Ist dir eigentlich klar, dass du gerade sehr merkwürdige Dinge tust?, fragte sie kritisch. Du bleibst allein auf einer verlassenen Insel, kramst in alten Schränken und fragst dich, was unter dem Band eines kaputten Hutes verborgen sein mag. Doch die andere Sylvia in ihr holte den Handarbeitskorb aus dem Schrank, fand eine Schere und trennte vorsichtig das Seidenband von der Krempe. Ein letzter Schnitt, dann glitt ein sorgfältig der Länge nach mehrfach auf die Breite des Hutbands zusammengefaltetes

Stück Papier zu Boden. Sylvia hob es auf, und ihr Herz begann heftig zu klopfen. Sie hatte keine Ahnung, warum.

Sie faltete das Papier behutsam auf, strich es glatt und hielt es in den Lichtkegel der Stehlampe, um besser lesen zu können. Im Schein der alten Glühbirne schienen die Buchstaben vor ihren Augen zu tanzen. Sylvia sank auf den alten Sessel. Das oberste Blatt war in einer ordentlichen Handschrift beschrieben. *Testament*, stand dort.

Sylvia war wie betäubt. Lucie schien sie amüsiert zu mustern.

»Das hast du wirklich ›besonders gut aufgeräumt‹!«, flüsterte Sylvia. »Du hast es in deinen alten Hut eingenäht!«

Vermutlich hatte Solenn auf der Suche nach dem Dokument das gute Stück mehrmals in den Händen gehalten, ohne die Wölbung des Seidenbands zu bemerken. Oder der Hut war schon länger in den hintersten Winkel des riesigen Schrankes gerutscht und übersehen worden. Und jetzt war es zu spät.

War es das? Sylvia sprang auf und starrte auf das Dokument in ihren Händen. Würde das Auftauchen eines Testaments nicht alles ändern? Wenn Solenn recht hatte, und Sylvia hatte keinen Grund, daran zu zweifeln, dass sie ihre Lebensgefährtin als Erbin eingesetzt hatte, dann … Ja, was dann? Dann … war der Verkauf doch gar nicht rechtens gewesen, oder?

Sylvia rückte die Stehlampe näher an den Sessel heran, setzte sich wieder hin und begann zu lesen.

*Mein letzter Wille*

*Ich, Lucie Hofstetter, verfüge hiermit, dass all mein beweglicher und unbeweglicher Besitz, meine Konten und vor allem die Insel, bekannt als »Insel der Kamelien«, im Katasteramt von Quimper eingetragen unter der Flurnummer 84993 b, samt aller sich darauf befindenden Immobilien und der Kameliengärtnerei nach meinem Tod in das Eigentum von Madame Solenn Marï Lambaol übergeht. Monsieur Maël Riwall und Monsieur Pierrick Tanguy sollen lebenslanges Wohnrecht auf der Insel erhalten. Außerdem bestimme ich hiermit Monsieur Maël Riwall nach dem Tod von Solenn Marï Lambaol als deren Nacherben – das heißt, mein Besitz soll nach ihrem Versterben vollständig auf ihn übergehen.*

*Meiner Nichte Sylvia Hofstetter, die in München lebt, vermache ich die Verkaufsrechte an der Kamelie mit dem Namen Sylviana, die nach ihr benannt ist. Dies ist mein ausdrücklicher letzter Wille, den folgende Personen auf diesem Dokument mit ihrer Unterschrift bezeugen:*

*Madame Morgane Prigent, Direktorin der Grundschule*
*Monsieur Brioc Lenneck, Hafenmeister*
*Madame Rozenn Draoulec, Keramikerin*


Es folgte Lucies schwungvolle Unterschrift und die der Zeugen mit Ort und Datum. Sylvia sah keinen Grund, die Gültigkeit des Testaments anzuzweifeln.

Sie musste unbedingt Solenn von diesem Fund berichten! Damit gab es womöglich noch Hoffnung. Schließlich hatte Sylvia die Insel zum Zeitpunkt des Verkaufs überhaupt nicht gehört! Sie sprang auf und lief hinaus in die Diele, öffnete die schwere Tür zum Parkplatz und rannte zur Auffahrt der Landbrücke. Zu spät. Die Fahrbahn stand bereits eine gute Handbreit unter Wasser, Wellen schlugen über ihr zusammen, der Weg war abgeschnitten. Enttäuscht kehrte sie zurück ins Haus. Erst am kommenden Morgen würde der Damm wieder befahrbar sein. Eine lange Nacht lag zwischen ihr und der Möglichkeit, die gute Nachricht zu überbringen.

Aufgewühlt durchquerte Sylvia die verlassenen Räume des Hauses und lauschte dem Hall ihrer Schritte. Es schien ihr, als wäre es in eine Art Schlaf verfallen, seit die Menschen, die hier gelebt hatten, fort waren. In ihrer Vorstellung sah sie das Haus und die Außenanlagen wieder voller Leben. Und sie selbst? Würde sie dann dazugehören?

In ihrem Kopf wirbelte alles durcheinander, es wurde höchste Zeit, dass sie endlich Klarheit in ihre Gedanken brachte. Sie brauchte einen vernünftigen Plan, eine Strategie. Und dafür musste sie sich ein Bild darüber machen, wie die Fakten standen. Sie musste wieder die kühl denkende Sylvia von Gaden werden, die sie gewesen war.

Der Kaufvertrag ... Noch immer kannte sie nicht den genauen Inhalt. Sylvia lief zu ihrer Reisetasche und zog mit fliegenden Händen den Umschlag hervor, in dem Leclerc ihr die Vertragskopie hatte zukommen lassen. Dann packte sie ihr Notebook aus, nahm alles mit zu dem Sessel am Feuer und machte sich an die Arbeit. Absatz für Absatz ging sie das amtliche Dokument durch.

Als sie bei der letzten Seite angekommen war, ließ Sylvia das umfangreiche Vertragswerk sinken. Sie hatte nun schwarz auf weiß, was im Grunde die ganze Zeit schon klar gewesen war, was sie nur nicht hatte wahrhaben wollen: Nicht Holger war Ashton-Davenports Vertragspartner, sondern sie. Holger hatte die Insel lediglich in ihrem Namen verkauft, er hatte als Makler fungiert, weiter nichts. Sylvia war die Verkäuferin, und auch sie war offiziell die Empfängerin der Anzahlung von zwei Millionen Euro. Dass Holger eines seiner Konten angegeben hatte und nicht Sylvias, spielte dabei keine Rolle. So euphorisch sie der Fund des Testaments auch gestimmt hatte, so jäh war der Absturz in die Erkenntnis, dass sie ganz allein die Verantwortung für den Verkauf von etwas, das ihr gar nicht gehört hatte, trug. Sollte der Vertrag tatsächlich für null und nichtig erklärt werden, dann wäre sie es, die die Anzahlung von zwei Millionen an Sir James Ashton-Davenport zurückzahlen müsste.

»O mein Gott«, murmelte sie in die Stille des alten Hauses hinein.

Sie saß im früheren Schlafzimmer ihrer Tante in dem ausrangierten Sessel und starrte vor sich hin. Lucies Porträt schien auf einmal ganz weit weg, eine tote Farbschicht auf einer alten Leinwand, mehr nicht.

Draußen heulte der Wind ums Haus. Der Atlantik trieb donnernd seine Wellen gegen die Insel. Sie konnte förmlich hören, wie der Wasserstand stieg. Eine alte Furcht befiel sie, die sie erst seit wenigen Jahren endlich besiegt zu haben glaubte. Es war die Furcht davor, wieder mittellos zu sein. Wieder bei null anfangen zu müssen.

Als Studentin hatte es ihr nichts ausgemacht, von Joghurt, Äpfeln und Knäckebrot zu leben. Damals hatte sie ein Ziel vor Augen gehabt und war sich sicher gewesen, dass die Entbehrungen nur eine Frage der Zeit waren. Heute war Sylvia in einem Alter, in dem man ihrer Meinung nach »in seinem Leben angekommen« sein sollte. Sie hatte hart gearbeitet, eisern gespart. Gemeinsam mit Holger hatte sie vor wenigen Jahren die sündhaft teure Wohnung am Englischen Garten gekauft, ohne einen Kredit zu benötigen, das war ihr wichtig gewesen. Niemals wollte sie Schulden machen, das war noch nie notwendig gewesen, und das kam für sie auch in Zukunft nicht infrage. Das Penthouse war ihre Rückversicherung, eine ausgezeichnete Wertanlage. Doch würde das ausreichen?

Ihr Erspartes hatte dafür gesorgt, dass sie seit einigen Jahren ruhig schlief. Dieses Polster schien ausreichend für schlechte Zeiten. Erst vor Kurzem hatte sie sich ausgerechnet, dass sie zwanzig Jahre lang von ihren Rücklagen leben könnte, wenn sie nicht allzu anspruchsvoll war. Sie brauchte sich keine Sorgen mehr zu machen, hatte sie sich gesagt. Und genau das war es, was sie immer angestrebt hatte. Schon als Kind hatte sie sich geschworen, als Erwachsene nie mittellos zu werden. Deswegen hatte sie in der Schule eisern gelernt und das beste Abitur ihres Jahrgangs gemacht, sie hatte nicht umsonst zwei Studiengänge gleichzeitig absolviert. Seit ihrem vierzehnten Lebensjahr hatte sie sich ihr Geld selbst verdient, um von niemandem abhängig sein zu müssen. Später hatte sie sich sogar ihren Ehemann nach dieser Strategie ausgesucht. Und ausgerechnet der hatte nun dafür gesorgt, dass sie in einen Abgrund aus Schulden fiel?

*Aber warum denn?*, glaubte sie auf einmal Holgers Stimme zu hören. *Dazu besteht doch überhaupt kein Grund. Keiner weiß, wo das Testament geblieben ist. Keiner wird dir jemals einen Vorwurf machen. Solenn hat dir verziehen, irgendwann wird Gras über die Sache gewachsen sein. Du kannst ihr ja bei der Suche nach einem neuen Standort unter die Arme greifen, kannst sie finanziell unterstützen. Man wird dir dankbar sein dafür. Du wirst doch nicht so dumm sein und dich bis in alle Ewigkeit finanziell ruinieren, jetzt, da alle die Insel bereits verlassen haben?*

Sylvia hielt sich die Ohren zu, doch diese Stimme war in ihrem Kopf. Sie konnte den Verkauf nicht anfechten. Es wäre ihr Ruin, ein Schlag von der Sorte, von dem sie sich nie erholen würde, egal, wie hart sie arbeitete. In diesem Leben würde sie nie wieder auf die Beine kommen, so viel stand fest.

Die verkohlten Scheite im Kamin fielen in sich zusammen. Noch ein-, zweimal züngelten die rötlichen Flammen auf, dann glühte es nur noch schwach. Draußen tobte der Atlantikwind. Sylvia stand auf und legte vorsichtig ein Scheit in die Glut, sah zu, wie erst zögernd, dann immer gieriger neue Flammen auflöderten und an dem Holz zu lecken begannen. Sie wandte sich zu dem alten Couchtisch mit den zerbrochenen Fliesen um. Dort lag Tante Lucies Vermächtnis. Eine einzige Bewegung, und das Papier würde in Flammen aufgehen. Dann wäre es, als hätte es das Testament nie gegeben. Niemand würde danach fragen. Es war verschollen, warum also die Sache von Neuem aufrollen? Warum an alte Wunden rühren?

Sylvia stöhnte auf. Sie konnte das nicht. *Warum nicht?*, fragte die hässliche Stimme in ihr. *Es ist doch so einfach.* Lucies Porträt schien wieder erwacht, so als verfolgte sie höchst interessiert jede von Sylvias Bewegungen. Sylvia musste dem Drang widerstehen, das Gemälde mit dem Leintuch zu verhüllen. Oder es zur Wand zu drehen.

Und dann wurde sie auf einmal schrecklich zornig. Was hatte ihr Lucie da nur angetan! Wieso hatte sie sich die Mühe gemacht, ihr Testament in ihren alten Strohhut einzunähen und es im hintersten Winkel des Schrankes zu verstecken? Warum hatte sie es nicht Solenn zur Verwahrung gegeben oder dieser Dorfschullehrerin? Dann wäre Sylvia das alles erspart geblieben. Eines schönen Tages hätte sie einen Brief erhalten, in dem sie darüber unterrichtet worden wäre, dass sie eine Kamelie geerbt habe, die ihren Namen trug. Sylvia lachte kurz und trocken auf. Dann auf einmal schlug sie die Hände vors Gesicht, sank auf den Sessel und begann haltlos zu weinen. Sie weinte und weinte, und irgendwann schlief sie erschöpft ein.

Sylvia wachte auf, weil sie fror. Sie musste sich erst besinnen, wo sie überhaupt war. Sie saß noch immer in dem Sessel, die

Wolldecke war ihr von den Knien gerutscht. Das Feuer brannte nicht mehr. Auf dem alten Tisch lag das Testament.

Sylvia streckte sich stöhnend, ihr linkes Bein, das sie untergeschlagen hatte, war eingeschlafen und kribbelte schmerzhaft, als das Blut wieder durch die Adern zu strömen begann. Sie hatte großen Durst. Am liebsten hätte sie sich einen Tee gekocht, doch das war ja nicht möglich. So schleppte sie sich ins Badezimmer und trank kaltes Wasser aus der Leitung. Ihr Magen meldete sich vernehmlich. Sylvia erinnerte sich an ihre Notration Schokolade, die sie immer in ihrer Reisetasche hatte. Sie aß die halbe Tafel auf, danach griff sie entschlossen nach dem Testament, um es noch einmal durchzugehen. Auf einmal sah sie, dass sich unter dem ersten Blatt ein zweites befand. Sie befeuchtete Zeigefinger und Daumen, um die beiden Seiten voneinander zu lösen. Es war ein Brief, über dem geschrieben stand: *Liebe Solenn, bitte leite diesen Brief an meine Nichte in München weiter. Danke & in Liebe, deine Lu.*

Sylvia hielt die Luft an. Anscheinend waren Lucies Botschaften aus dem Jenseits noch nicht zu Ende. Sie nahm wieder im Sessel Platz und begann zu lesen:

*Liebe Sylvia,*

*viel zu lange haben wir nichts voneinander gehört. Wie du sicherlich weißt, hat die Familie Hofstetter nach meiner Scheidung den Kontakt zu mir abgebrochen. Vielleicht hätten sich mit der Zeit die Emotionen wieder beruhigt, doch als mein Vater erfuhr, dass ich mich dazu entschlossen hatte, mein Leben an der Seite einer Frau zu verbringen, hat er mich wissen lassen, dass ich für ihn gestorben bin. Auch deine Mutter hat sich dieser Haltung leider angeschlossen, was mich lange Zeit geschmerzt hat. Du warst damals noch ein Kind, und ich hoffte immer, dass wir einander einmal neu begegnen könnten, wenn du erst erwachsen sein würdest und dir dein eigenes Bild von mir und meinem Leben machen könntest.*

*Doch du hast auf meine Briefe nie geantwortet, was mich sehr betrübt hat. Ich habe dich in deinen Kinderjahren, als es mir noch vergönnt war, an deinem Leben teilzuhaben, in mein Herz geschlossen und kann bis heute nicht glauben, dass du dich dem Urteil unserer Familie blind angeschlossen hast. Und dass du mir nicht einmal die Chance einräumen würdest, mich, mein Leben und den Menschen, den ich über alles liebe, kennenzulernen. Mit der Zeit reifte in mir die Erkenntnis, dass du dein eigenes Leben lebst und einfach keine Zeit für deine alte Tante hast. Und so lernte auch ich, die alten Geschichten ruhen zu lassen.*

*Ich bin ...*

An dieser Stelle waren einige Worte ausgestrichen worden, dann ging es weiter.

*... Sylvia, ich werde bald sterben. In meinem Kopf wächst der Tod heran. Schon jetzt reißt er Löcher in mein Leben. Ich mache mir Sorgen, was sein wird, wenn ich nicht mehr hier sein werde. Solenn und ich ...*

Wieder waren einzelne Worte durchgestrichen und unleserlich gemacht

*... wir sind wie zwei Hälften einer Nuss. Es wird schwer für sie sein. Sie ist zwar eine starke Frau, und auf manche Menschen wirkt sie hart, doch tief innen sitzt ein weicher Kern, der ist ganz zart und verletzlich. Und darum bitte ich dich, liebe Sylvia, wenn du kannst, dann steh ihr bei.*

*Ich hätte mir so gewünscht, dass du uns einmal besuchen kommst. Dann hätte ich dich gebeten, einen Blick auf den Betrieb zu werfen. Du bist eine erfolgreiche Unternehmensberaterin, und ich weiß, aus der Kameliengärtnerei könnte*

*man viel mehr machen. Solenn und mir hat es immer genügt, wie es war. Wir hatten unser Auskommen, mehr wollten wir gar nicht. Doch die Kamelien sollen auch in Zukunft Bestand haben, über mein Leben hinaus blühen und gedeihen und von hier in die ganze Welt hinausgehen.*

*So gern hätte ich dich kennengelernt, liebe Sylvia. Von allen warst du mir immer die Liebste. Und ich bin sicher, dass du mir meine Bitte nicht übel nimmst. Dafür danke ich dir schon heute.*

*Von Herzen, deine Tante Lucie*


Sylvia starrte auf die Zeilen, die im Gegensatz zum Testament so aussahen, als wären sie mit Mühe verfasst worden. Immer wieder gab es Passagen, die in sicherer Handschrift geschrieben waren, dann gab es Zeilen, die aus der Reihe zu rutschen schienen und zahlreiche kleinere und größere Streichungen. Sylvia konnte direkt fühlen, welche Anstrengung es ihre Tante gekostet haben musste, wie sie mit sich gerungen hatte. Und ihr Herz tat ihr weh, wenn sie daran dachte, wie wenig es sie doch gekostet hätte, Lucie auf ihre Briefe zu antworten. Schließlich nahm sie sich auch einmal die Woche Zeit für ein längeres Telefonat mit Veronika. Warum war sie nie auf die Idee gekommen, herauszufinden, wo genau sie lebte, und Kontakt aufzunehmen? Und natürlich wäre es nicht ein Ding der Unmöglichkeit gewesen, ihrer Bitte Folge zu leisten und herzukommen.

Was für ein bitteres Gefühl Reue war, dessen wurde sich Sylvia in dieser Nacht bewusst. Das Gefühl, etwas unwiederbringlich versäumt zu haben, etwas, das man nie wiedergutmachen konnte. Dazu kam die traurige Erkenntnis, wie wichtig es auch für sie gewesen wäre, den Kontakt zu ihrer einzigen noch lebenden Verwandten zu pflegen. Das Gefühl der Verlorenheit und des Verlustes, das Sylvia bei der Nachricht von Lucies Tod kurz überfallen hatte, kehrte nun mit aller Macht zurück und füllte Sylvia ganz und gar aus. Doch jetzt war es zu spät. Sie konnte nichts mehr tun.

Außer einer Sache. Lucie hatte sie gebeten, Solenn beizustehen.

Sylvia strich mit der rechten Hand sanft über das Papier. Dies war Lucies eigentliches Vermächtnis. Für sie war es selbstverständlich, dass ihre Lebensgefährtin das Unternehmen weiterführen würde. Und sie ahnte, dass sie dabei Unterstützung nötig haben würde.

Auf einmal war Sylvia ganz ruhig. Sie sah auf ihre Armbanduhr, es war halb drei. Sorgfältig verstaute sie das Testament und den Brief ihrer Tante in dem Umschlag mit dem Kaufvertrag und schob ihn mitsamt ihrem Notebook in die Computertasche. Dann zog sie ein frisches T-Shirt aus ihrer Reisetasche, steckte eines der Kissen hinein und legte sich auf das Bett. Kaum hatte sie die Wolldecke über sich gebreitet, schlief sie auch schon ein. Der Sturm in ihr hatte sich gelegt. Sie wusste, was sie zu tun hatte. Und dafür sollte sie besser ausgeruht sein.

## 13

*Die Demonstration*

Als Sylvia am nächsten Morgen das Haus verließ, in der einen Hand ihre Reisetasche und in der anderen den Computer, ging gerade die Sonne über dem Festland auf. In den Kamelienbäumen sangen Vögel um die Wette, so als wollten sie Sylvia Mut zurufen. Sie sah sich noch einmal um und trat dann durch die kleinere Tür im Tor, ging zu ihrem Wagen, in dessen Kofferraum bereits Lucies Porträt sicher im Schutz des Leintuchs und der Wolldecke ruhte. Nach kurzem Zögern kehrte Sylvia noch einmal ins Haus zurück und holte den alten Strohhut aus dem Schrank. Dann schloss sie die Tür.

Der Atlantik hatte sich zurückgezogen, der frei liegende Uferbereich verströmte den inzwischen so vertrauten Geruch nach Algen und Tang. Sylvia blinzelte gegen die Strahlen der noch tief stehenden Sonne an und bemerkte, dass auf der landseitigen Auffahrt zum Damm bereits rege Betriebsamkeit herrschte. Sie setzte ihre Sonnenbrille auf, startete den Wagen und machte sich auf den Weg. Und je näher sie dem Festland kam, desto deutlicher konnte sie erkennen, was sich dort tat.

Eine große Menschenmenge strömte auf den Damm. Mit Transparenten und Spruchbändern zogen sie ihr singend entgegen. Sylvia drosselte das Tempo und lehnte sich aus dem Seitenfenster, um besser sehen zu können. Es waren Scharen von Kindern – offenbar hatte Morgane ihre Ankündigung wahr gemacht und ihre Schulklassen hergeführt. Zwei Knirpse von vielleicht sechs Jahren reckten stolz ein Transparent in die Höhe, auf dem stand: *Mach meine Heimat nicht kaputt!*

»Guten Morgen, Sylvie!« Morgane löste sich aus der Schar der Kinder.

Sylvia stieg aus, um die Schulleiterin zu begrüßen. »Geht es denn schon los?«, fragte sie besorgt und versuchte zu erkennen, was sich am Ufer tat.

»Noch nicht«, meinte Morgane. »Aber wir sind bereit. Und das Beste ist: Siehst du die da drüben?«

Morgane wies auf zwei größere Fahrzeuge, die sich auf der Böschung vor der Auffahrt des Fahrdamms platziert hatten.

»Ja. Was ...?«

»Das sind Übertragungswagen vom staatlichen Fernsehen!«, erklärte Morgane mit Stolz in der Stimme. »Mein Bruder hat alle mobil gemacht. Die ganze Hauptstadtjournaille ist hier. Und die lokale Presse sowieso.« Morgane blickte kämpferisch drein. »Sollen sie nur kommen«, rief sie. »Wir sind bereit.«

Sylvia nickte anerkennend. »Ihr müsst sie möglichst lange aufhalten«, sagte sie ernst.

»Natürlich müssen wir das.« Morgane sah Sylvia aufmerksam in die Augen. »Gibt es ... ich meine ... sagst du das aus einem bestimmten Grund?«

Sylvia biss sich auf die Unterlippe. Sie sah hinüber zu den Baufahrzeugen, bei denen sich noch nichts regte. Es war erst kurz vor sieben, wahrscheinlich kamen die Arbeiter erst um acht.

»Ja«, antwortete sie schließlich. »Ich hab das Testament gefunden.«

Morgane starrte sie ungläubig an. »Wie bitte? Sprichst du etwa von ... von Lucies Testament?«

»Genau von dem«, sagte Sylvia und fühlte, wie ihr ein Stein vom Herzen fiel.

Jetzt gab es kein Zurück mehr, kein Zögern. Sie hatte Fakten geschaffen. Und es war gut so.

Ein junger Mann, der dieselben graublauen Augen hatte wie Morgane, trat zu ihnen.

»Darf ich dir Éric vorstellen, meinen Bruder?«, sagte Morgane. »Er schreibt für den *Figaro*.«

Morgane sah gedankenvoll von Sylvia zu ihrem Bruder und zurück, während die beiden sich begrüßten.

»Ist Solenn auch hier?«, fragte Sylvia.

Morgane schüttelte den Kopf. »Es geht ihr nicht so gut«, erklärte sie, »verständlicherweise. Und wir haben gesagt, sie soll bei ihrer Schwester bleiben. Wenn nachher wirklich die Bagger versuchen, auf den Damm zu gelangen... Den Anblick wollten wir ihr ersparen.«

»Ich muss zu ihr«, sagte Sylvia.

»Ja, das musst du.« Morgane nickte. »Aber ... möchtest du Éric vielleicht vorher ein kurzes Interview geben? Ich meine ... es gibt ja Neuigkeiten!«

Sylvia zögerte. Der junge Journalist sah sie interessiert an.

»Ich denke«, sagte Sylvia, »zunächst sollte Solenn es erfahren.«

»Da hast du recht«, stimmte Morgane ihr zu. »Du kennst den Weg zu Rozenn?«

Sylvia schüttelte den Kopf. Gleich rief Morgane einen Teenager zu sich.

»Yvonne fährt mit dir und zeigt dir den Weg«, entschied Morgane.

Das Mädchen stieg überglücklich unter den neidvollen Blicken ihrer Freundinnen in den roten Porsche. Die Schüler bildeten eine Gasse, durch die Sylvia vorsichtig hindurchfuhr. Je näher sie dem Festland kamen, desto beeindruckter war Sylvia von den vielen Menschen jeden Alters, die zusammenströmten.

»Da vorne biegst du links ab«, erklärte ihr Yvonne und manövrierte sie durch die überfüllten Straßen.« *Finger weg von unserer Insel!* erhaschte Sylvia einen Satz auf einem der Spruchbänder und *Bretonen, verteidigt die Bretagne!* auf einem anderen.

Rozenn wohnte in der Nähe der Menhire, die Sylvia auf ihrem Spaziergang zufällig gefunden hatte, an jenem Tag, als sie zum ersten Mal von Holgers Lügen erfahren hatte. Damals hätte ich ihn noch aufhalten können, fuhr es ihr durch den Kopf. Wenn ich gewusst hätte, wozu er fähig ist, hätte ich ... Doch sie unterbrach selbst diese nutzlosen Gedanken. Erklärte sie ihren Klienten nicht stets, dass es wertvolle Energie raubte, sich Vorwürfe wegen etwas zu machen, das in der Vergangenheit lag und nicht mehr zu ändern war? Man musste nach vorne schauen und retten, was zu retten war, solange noch Zeit dafür da war. Und genau das würde sie jetzt tun ...

»Siehst du die Palme da vorne?«, unterbrach Yvonne ihre Gedanken. »Direkt vor ihr geht es rechts rein zu Rozenns Töpferei.«

Sylvia hatte in der Bretagne hier und dort schon Palmen gesehen, doch jedes Mal überraschte sie ihr Anblick in dieser nördlichen Region. Maël hatte ihr erklärt, dass der Golfstrom für das milde Klima verantwortlich war, das die üppige Vegetation und auch das Gedeihen der Kamelien hier begünstigte. Und doch erschien es ihr immer wieder wie ein Wunder. Sie bog in die Einfahrt ein, die Yvonne ihr gezeigt hatte, und entdeckte unter blühendem Weißdorn senfgelb, ochsenblutrot und kobaltblau glasierte Blumenkübel, Amphoren und Krüge unterschiedlicher Größe, aus denen Hauswurz, Lavendel und Bergenien quollen, dazwischen ein getöpfertes Hinweisschild mit Rozenns Namenszug.

»Wie kommst du eigentlich wieder zurück?«, fragte Sylvia ihre kleine Begleiterin. »Zu Fuß ist es doch viel zu weit!«

Yvonne lachte nur. »*Pas de problème*«, sagte sie und stieg an der Einfahrt aus. Sie beugte sich zu Sylvias Fenster hinunter und fügte hinzu: »Jeder fährt heute zur Demo. Jemand nimmt mich sicherlich mit.« Und schon riss sie den Arm hoch, ein Wagen hielt an, Yvonne stieg ein und fuhr winkend davon.

Kies knirschte unter den Reifen des Wagens, als Sylvia langsam die Auffahrt hinauffuhr. Rozenns Haus stand ein paar Hundert Meter von der Straße entfernt auf einer kleinen Anhöhe, es sah aus wie das verwunschene Heim einer Gartenfee. Über und über war es mit Glyzinien zugewachsen, die gerade dabei waren, ihre blassvioletten, traubenförmigen Blütendolden zu öffnen. Sie bildeten einen zauberhaften Kontrast zu der grauen Natursteinfassade aus Granit. Die in sorgfältigen Spalieren an der Hauswand entlanggeführten Kletterpflanzen ließen lediglich die blau gestrichene Eingangstür und die Fensterläden frei. Links und rechts neben den Treppenstufen, die zur Haustür emporführten, trieben in halbrunden Rabatten üppige Hortensien bereits die winzigen Ansätze ihrer Blütendolden. Auf der Wiese zu beiden Seiten der Auffahrt blühten Maiglöckchen und Leberblümchen um die Wette. Als Sylvia aus dem Wagen stieg, entdeckte sie einige wunderschöne Kamelien, die im Schutz der Weißdornhecke noch immer Blüten trugen.

Die Haustür öffnete sich, und Rozenn trat heraus. »Willkommen«, sagte sie und bat Sylvia herein. »Wir frühstücken gerade. Bitte komm hier entlang!«

Der harmonische Eindruck, den das Anwesen von außen erweckte, setzte sich in seinem Inneren fort. Auch hier, wie auf dem Haus auf der Insel, waren die meisten Wände unverputzt und zeigten die rohen Granitsteine, die diese Landschaft prägten. Der Boden war mit Holzdielen belegt, und überall standen Gefäße, die sicherlich aus Rozenns Töpferwerkstatt stammten. Von der lichtdurchfluteten Küche führte eine verglaste Flügeltür hinaus auf eine Terrasse, doch Sylvia hatte keinen Blick für die Schönheit des rückwärtigen Gartens, durch den ein Weg zur Werkstatt am hinteren Ende des Grundstücks führte. Sie sah nur Solenn, die blass und mit dicken, dunklen Rändern unter den geröteten Augen am Küchentisch saß. Sie wirkt wie ein Baum, fuhr es Sylvia durch den Kopf, den man im hohen Alter noch verpflanzt hat. So selbstsicher die Bretonin auf der Kamelieninsel immer gewirkt hatte, so kraftlos erschien sie an diesem Morgen in der Küche ihrer Schwester, als Sylvia sie begrüßte.

»Wie war die Nacht auf der Insel?«, fragte Rozenn, während sie ein weiteres Gedeck auf den Tisch stellte und Sylvia Kaffee einschenkte. »Du musst hungrig sein«, fuhr sie fort, »soweit ich das verstanden habe, bist du ohne Proviant zurückgeblieben?«

Sylvia nickte und griff dankbar nach einem Croissant. »Das stimmt«, antwortete sie und sah Solenn an, die sie traurig beobachtete. »Aber es hat sich gelohnt zu bleiben.« Sie biss in das Croissant und überlegte, wie sie es am besten sagen sollte. Doch dann entschloss sie sich, nicht mehr länger mit der Neuigkeit zu warten. Sie zog den Umschlag aus ihrer Computertasche. »Ich habe nämlich etwas gefunden.« Sylvia lächelte Solenn zu. »Etwas, das du verloren geglaubt hast.«

Sie zog das Testament aus dem Umschlag und reichte es Solenn. Die starrte erst das Papier an, dann Sylvia. »Was ist das?«, fragte sie, als traute sie ihren Augen nicht recht.

»Es ist Lucies Testament«, sagte Sylvia.

Solenn starrte auf das sich von den vielen Faltungen wölbende Blatt, schüttelte ungläubig den Kopf, griff danach und strich es mit dem Arm liebevoll glatt.

»Das ... das ist ...«. stammelte sie, und zu Sylvias Bestürzung traten Tränen in Solenns Augen, »Ich kann es kaum glauben.« Wieder und wieder schüttelte sie den Kopf. Dann blickte sie Sylvia mit ihren dunklen Augen an, die feucht schimmerten: »Wo um alles in der Welt hast du das gefunden?«

»Es war in Lucies Strohhut eingenäht«, erklärte Sylvia. »Unter dem Seidenband. In dem Hut, den sie auch auf dem Gemälde trägt.«

»Dieser alte Hut!«, rief Solenn aus. »Du liebe Zeit! Ja, an dem hat sie sehr gehangen. Auch als er kaputt war, trug sie ihn noch im Garten. Ich habe ihn lange nicht gesehen. Wo hat er denn gesteckt?«

»Er war ganz hinten im Einbauschrank«, erklärte Sylvia, »im oberen Fach. Ich habe ihn entdeckt, als ich nach einer Wolldecke gesucht habe. Als ich die Decke herauszog, fiel er herunter. Ich hab ihn mitgebracht, er liegt im Wagen.«

Solenn kramte nach einem Taschentuch und wischte sich die Augen ab. Ein ums andere Mal schüttelte sie den Kopf und blickte auf Lucies *Letzten Willen*. Sylvia und Rozenn wechselten einen Blick und ließen ihr Zeit, sich zu fassen.

»Dass du es gefunden hast ...«, sagte Solenn schließlich mit tränenschwerer Stimme und schloss die Augen. »Auch wenn es jetzt zu spät ist ...«

»Ich bin mir da nicht sicher«, unterbrach Sylvia sie, »und deswegen würde ich gern den Anwalt konsultieren. Ich könnte mir vorstellen, dass der Verkauf auf dieser Grundlage angefochten werden kann. Schließlich hat mir die Insel nicht gehört. Und was einem nicht gehört, kann man nicht verkaufen. Oder?« Sie griff nach einem zweiten Hörnchen.

Solenn blickte sie mit großen Augen an. »Du ... du meinst ...«, stammelte sie, dann brach ihre Stimme.

»Wie gesagt«, antwortete Sylvia, »wir müssen das nachprüfen lassen. Aber es müsste ausreichen, um die Baumaßnahmen vorerst zu stoppen. Wenn du willst, rufen wir sofort Monsieur Millet an. Was meinst du?«

Solenn sprach nicht gleich. Der Auszug von der Insel hatte sie sichtlich mitgenommen. »Ich hab die ganze Nacht kein Auge zugemacht«, bekannte sie schließlich. »Es ist so unglaublich still hier, kein Wind und kein Meeresrauschen. Es ist, als würde ein Pulsschlag fehlen, der zu meinem Leben gehörte. Ich hatte das Gefühl, einen großen Fehler gemacht zu haben. Und doch hatte ich keine andere Wahl...«

Unwillkürlich griff Sylvia nach Solenns Hand und drückte sie.

»Es wird alles wieder gut werden«, sagte sie, während ihr Herz wie wild zu schlagen begann. Die Furcht vor dem, was ihr selbst bevorstand, nahm ihr immer wieder fast den Atem. Wie Wellen ebbte die Panik in ihr auf und ab. Sylvia war klar, sie steuerte auf ihr eigenes Verderben zu. Doch darauf konnte sie jetzt keine Rücksicht nehmen. Sie hatte die Wahl, eine Riesenpleite zu schultern oder vermögend zu bleiben und ihres Lebens nicht mehr froh zu werden. Sich selbst im Spiegel nicht mehr in die Augen sehen zu können. Sie hatte ihre Entscheidung getroffen. Jetzt galt es, wenigstens für Solenn zu retten, was noch zu retten war. »Sollen wir den Anwalt anrufen?«, fragte sie.

Solenn nickte. Rozenn brachte das Telefon, und Sylvia begann die Nummer zu wählen. Zum Glück war der Anwalt gleich zu sprechen. Sylvia schilderte ihm die Sachlage und lauschte dem Schweigen, das sekundenlang in der Leitung herrschte.

»Ich muss mir die Dokumente ansehen«, meinte Millet dann. »Am besten, Sie kommen zu mir. In einer Stunde hätte ich Zeit für Sie, ein Mandant hat gerade abgesagt.«

»Seht euch das an«, rief Rozenn aus dem angrenzenden Wohnzimmer, als Sylvia aufgelegt hatte. »Das müsst ihr unbedingt sehen!«

Rozenn hatte den Fernseher angeschaltet. Eine Planierraupe war im Bild, die auf eine Menschenmenge zusteuerte, die laut jenes Lied sang, das Solenn vor dem Notariat angestimmt hatte.

»Das sind Morganes Schulkinder«, rief Solenn. »Und sie singen unsere Hymne!«

Die Planierraupe kam zum Stehen. Erwachsene hoben Kinder auf das schwere Gerät. Sylvia entdeckte wieder die beiden kleinen Jungen, die das Spruchband in die Höhe reckten: *Mach meine Heimat nicht kaputt!* Im Nu war die Baumaschine von Kindern bevölkert. Der Fahrer stieg entnervt aus seiner Kabine – und ehe er sichs versah, hatte ihm eine junge Mutter ihr Kleinkind auf die Schultern gesetzt.

»Der Protest gegen die Baumaßnahmen bei der Insel der Kamelien, einem landschaftlichen Kleinod im Süden der Bretagne, läuft bislang vollkommen friedlich ab«, erklärte ein Reporter. »An diesem Morgen verhindern rund sechshundert Menschen den Beginn der Bauarbeiten.«

Dann wurde Morgane eingeblendet, und der Reporter hielt ihr sein Mikrofon hin.

»Der Bau eines monströsen Urlaubsressorts auf der Insel verstößt nach unserer Auffassung gegen alle umweltschutzrelevanten Faktoren«, erklärte Morgane mit blitzenden Augen. »Ein gigantischer Golfplatz würde Zehntausende von Nistplätzen seltener Seevögel zerstören, von der einmaligen Flora der Insel ganz zu schweigen.«

Dann folgten Bilder vom Zufahrtsdamm, der in seiner vollen Länge mit Demonstranten besetzt war. Während die Stimme des Reporters von den Plänen der Hotelkette berichtete, deren Sitz in England sei, sah man eine alte Hubschrauberaufnahme der Insel, dann wieder friedliche Demonstranten in der landesüblichen Tracht. Auf einem Transparent konnte man lesen: *Solenn! Wir kämpfen für dich!* Dann war der Beitrag zu Ende.

Sylvia wandte sich Solenn zu, die noch immer fassungslos und gerührt zugleich auf den Bildschirm starrte. »Komm«, sagte sie leise, »wir müssen los. Unseren Beitrag leisten, damit die Menschen dort nicht umsonst demonstrieren!«


Wenig später saßen Sylvia und Solenn vor Bernard Millets Schreibtisch in Quimper und sahen nervös zu, wie der Anwalt Seite um Seite des Kaufvertrags durchsah. Schließlich setzte er seine Lesebrille ab und sah Sylvia nachdenklich an.

»Ist Ihnen klar«, sagte er, »dass Sie gegen Ihre eigenen Interessen handeln, wenn Sie den Kaufvertrag anfechten?«

Sylvia nickte. »Wir brauchen eine einstweilige Verfügung gegen das Bauvorhaben des Käufers«, ergänzte sie. »Dort stehen schon die Bagger bereit, um den Zufahrtsdamm zu verbreitern. Sie müssen unbedingt aufgehalten werden!«


Am frühen Nachmittag stießen Solenn und Sylvia zu den Demonstranten, die immer noch den Fahrdamm gegen die Baufahrzeuge verteidigten. Gemeinsam gaben sie ein Interview, in dem sie eine Kopie von Lucies Testament hochhielten und berichteten, wie Sylvia es in dem verlassenen Haus gefunden hatte. Diese Neuigkeit gab den Küstenbewohnern neuen Auftrieb. Längst hatten sie organisiert, dass sich vor allem die Kinder und ältere Menschen alle paar Stunden in ihrem Zuhause aufwärmen konnten, denn auf dem Damm blies der Wind erbarmungslos. Die zweite Schicht, die kam, stimmte umso engagierter traditionelle bretonische Lieder an: *La Jument de Michao* oder *Dans les Prisons de Nantes*. Letzteres erzählte die Geschichte eines zu Unrecht in Nantes gefangen genommenen jungen Mannes. Ausgerechnet die Tochter des Gefängniswärters verliebte sich in ihn und ließ ihn heimlich frei.

Gegen drei Uhr nachmittags schien es auf einmal ernst zu werden. Zwei Bagger und ein Lastwagen rollten zu der blockierten Planierraupe, wie um ihr Verstärkung zu bringen. Sie rollten langsam und unaufhörlich in die Menschenmenge hinein, und erste, spitze Schreie ertönten. Solenn bekam es mit der Angst zu tun und wollte schon zum Rückzug aufrufen, als Sylvia die Filmteams mitten in der Menge entdeckte. Unter dem Blitzlichtgewitter der Zeitungsfotografen zogen sich die Fahrzeuge daraufhin bald wieder zurück – bejubelt von der Menge.

»Stellt euch vor«, rief ihnen Brioc, der Hafenmeister, zu, »eben hat mir Lorrick von der Gendarmerie erzählt, dass die Firma, die die Insel gekauft hat, Anzeige erstatten will. Der Damm sei angeblich Privatbesitz und müsse geräumt werden. Worauf Lorrick erklärte, der Damm sei immer noch Eigentum der Gemeinde, und auf Gemeindeeigentum dürften sich die Bürger aufhalten, solange sie wollten. Nur auf der Insel nicht. Und soviel er wisse, sei die Insel menschenleer.«

»Habe ich Lorrick hier nicht irgendwo gesehen?«, schrie Solenn zurück.

Brioc nickte grinsend. »Auch ein Polizist ist ein freier Bürger, oder etwa nicht?«

Gegen fünf kam Bernard Millet persönlich mit der einstweiligen Verfügung. In aller Eile wurde von einem der Tonleute des Filmteams ein Mikrofon aufgebaut. Es war mucksmäuschenstill, als Millet seine Erklärung verlas.

»Wie dem Gericht heute mitgeteilt wurde, beruhte der Verkauf der Insel der Kamelien auf falschen Voraussetzungen. Das inzwischen vorliegende Testament der einstigen Besitzerin Lucie Hofstetter, an dessen Gültigkeit kein Zweifel besteht, weist eindeutig Solenn Marï Lambaol als rechtmäßige Erbin der Insel aus. Dem Verkauf, der im Namen von Sylvia von Gaden, der Nichte und vermeintlichen Erbin von Lucie Hofstetter, erfolgte, fehlt somit nach Meinung des Regionalgerichts die rechtliche Grundlage. Meine Mandantin Solenn Marï Lambaol ficht den Verkauf außerdem an. Bis ein unabhängiges Gericht über den Fall entschieden hat, das wurde heute vom Regionalgericht verfügt, dürfen keine Arbeiten, weder am Damm noch auf der Insel, vorgenommen werden.«

Der Rest der Erklärung ging im allgemeinen Jubel unter. Die Küstenbewohner, die von nah und fern hergekommen waren, um ihre Solidarität zu zeigen, fielen einander um den Hals. Irgendjemand verteilte bunte Luftballons unter den Schulkindern, die sie aufbliesen und weiterreichten, einige besonders Mutige begannen sogar, die Baufahrzeuge mit ihnen zu schmücken. Auf einmal erklang von überall her Musik. Zu den Gesängen gesellten sich die Klänge von Dudelsäcken und einem Instrument, das aussah wie eine altertümliche Oboe. Bewegung kam in die Menge. Sylvia stand mit Solenn bei Monsieur Millet im Windschatten der Übertragungswagen und sah mit großen Augen zu, wie sich Demonstranten die Hände reichten und Halbkreise bildeten. Sie bewegten sich im Rhythmus der Musik, ja, begannen zu tanzen.

Dann griff jemand nach Sylvias Handgelenk. Es waren Morgane und Brioc, die sie und Solenn hinunter in den Reigen der Tanzenden zogen, und zwischen jungen, modisch gekleideten Frauen und alten Bretoninnen in Tracht mit ihren merkwürdigen, hoch aufragenden Spitzenhauben begann auch Sylvia sich im Takt der schwungvollen Weisen zu bewegen. Sie sah auf die Beine ihrer Nachbarinnen, versuchte, die Schrittfolge mitzumachen, und es war einfacher, als sie dachte. Als sie aufsah, blickte sie direkt in die Linse einer Fernsehkamera. Verwirrt senkte sie den Kopf. Ob Holger im fernen München sie gerade in den Nachrichten sah?

Doch dieser Gedanke verwehte sofort, als sie den Kopf wieder hob und direkt in ein Augenpaar sah, das ihr die Röte ins Gesicht trieb. Es waren die grünblauen Augen von Maël. Und ja, sie lächelten.

## 14

*Der Engländer*

Das spontane *Fest Deizh*, wie Solenn es nannte, nahm an Fahrt auf, und es sah ganz so aus, als würde sich aus den ersten Gesängen und Tänzen ein richtiges Volksfest entwickeln. Sylvia beobachtete aus den Augenwinkeln, wie sich Maël langsam einen Weg durch die Menschenmenge bahnte und auf sie zuhielt. Doch dann sah sie, wie ihn eine lachende junge Frau von hinten umarmte, am Arm zu sich herumwirbelte und mit sich fortzog. Sylvia verspürte einen Stich in der Herzgegend. Was hatte sie geglaubt? Maël war ein attraktiver Mann in den besten Jahren. Sicherlich schwärmten viele Frauen für ihn ...

Unwillkürlich zog sie sich aus dem fröhlichen Treiben zurück.

»Frau von Gaden?« Sylvia blickte sich um. Hinter ihr stand ein Mann, den sie im ersten Moment nicht erkannte, doch dann fiel ihr wieder ein, wo sie sich begegnet waren: Es war Brown, Ashton-Davenports Rechtsvertreter, der bei Leclerc den Vertrag unterzeichnet hatte. »Kann ich Sie einen Augenblick sprechen?« Sylvia nickte und folgte ihm ein paar Schritte eine Böschung hinauf. »Sir James schickt mich«, erklärte Brown. »Er bittet Sie, sein Gast zu sein.« Sylvia starrte den Briten verständnislos an. »Er lädt Sie zu sich nach Cornwall ein. Zu einem Gespräch.«

Sylvia runzelte unwillig die Stirn. »Sagen Sie Mr Ashton-Davenport«, antwortete sie, »wenn er mit mir sprechen möchte, weiß er, wo er mich findet.« Und damit wandte sie sich ab.

»Bitte warten Sie«, drängte Brown. »Handeln Sie nicht vorschnell! Das Recht ist auf unserer Seite. Daran wird auch dieses dubiose Testament nichts ändern. Sie können Prozesse führen, Jahr um Jahr, so lange, bis Ihnen die Mittel ausgehen. Am Ende werden wir recht bekommen. Ihre Vollmachten sind rechtsgültig. Und zum Zeitpunkt des Verkaufs waren Sie von den französischen Behörden einwandfrei zur Erbin erklärt worden. Das alles lässt sich nicht wegdemonstrieren, Frau von Gaden.«

»Und warum möchte Mr Ashton-Davenport mich dann treffen?«

Brown schien mit sich zu ringen. »Ich fürchte«, antwortete er dann, »Sie haben ein falsches Bild von ihm. Das alles da«, fügte er hinzu und wies mit einer ausladenden Armbewegung auf das Volksfest am Ufer, »wird ihm nicht gerecht. Er hat einen ganz legalen Kauf getätigt. Und jetzt wird er hier zum Bösewicht gemacht. Sie sollten ihm eine Chance geben und seine Sicht der Dinge anhören.«

»Und ich nehme an«, fügte Sylvia hinzu, »das alles da, wie Sie es nennen, ist nicht gut für sein Image. Fotos von kleinen Kindern auf seinen Baumaschinen in der internationalen Presse sieht er vermutlich nicht so gern.«

Brown sah sie finster an. »Schon möglich. Er möchte Sie gern unter vier Augen sprechen. Ohne Aufsehen.«

Sylvia blickte über die feiernde Menge hinweg. Ihre Augen suchten nach Maël, doch er war nirgendwo zu sehen. Dann wanderte ihr Blick weiter über den Atlantik hinweg zur Insel. Ein Fenster reflektierte offenbar die Nachmittagssonne und warf einen Lichtstrahl zu ihr herüber, als wollte es Sylvia zuzwinkern.

»Ich überleg es mir«, sagte Sylvia. »In spätestens zwei Stunden gebe ich Ihnen eine Antwort.«

Brown neigte zustimmend den Kopf und reichte ihr seine Karte. »Rufen Sie mich an«, sagte er. »In Quimper steht Sir James' Privatmaschine bereit. In einer Stunde bringt sie Sie nach Cornwall.«

Und damit wandte er sich um und ging davon.


»Was wollte der von dir?«, fragte Solenn, als Sylvia zu ihr trat.

»Wir müssen mit Millet Kriegsrat halten«, antwortete Sylvia.

»Dann sollten wir uns beeilen«, meinte Solenn, »er will gerade gehen.«

Ein paar Minuten später saßen sie in der Limousine des Anwalts. Während Millet die beiden Frauen zu Rozenns Töpferhaus brachte, berichtete Sylvia von Sir James Ashton-Davenports Einladung.

»Du solltest nicht allein gehen«, meinte Solenn besorgt. »Maël soll dich begleiten.«

»Nein«, sagte Millet. »Das würde keinen guten Eindruck machen. Maël Riwall ist schließlich im Testament ebenfalls begünstigt. Unser Kontrahent würde ihn mit Recht als parteiisch einschätzen.«

»Und Sie?«, fragte Sylvia. »Wäre es nicht gut, Sie kämen mit? Ich meine, als Rechtsbeistand?«

»Sie haben mich als Anwalt von Madame Solenn engagiert«, erwiderte Millet. »Auch das würde entsprechend gedeutet werden. Nein«, sagte Millet, »ich fürchte, Sie müssen das allein machen. Ich kann Ihnen nur einen Rat geben: Unterschreiben Sie nichts, und treffen Sie keine bindenden Verabredungen, ohne vorher Rücksprache mit mir zu nehmen.«

»Natürlich nicht«, versicherte ihm Sylvia. Sie hatten Rozenns Haus erreicht. Sylvia öffnete gerade die Autotür, als ihr noch etwas einfiel. Da schwirrte etwas in ihrem Kopf herum, schon die ganze Zeit, und jetzt fiel es ihr endlich wieder ein. »Ach übrigens ... Vorhin hat Brioc erwähnt, dass der Fahrdamm der Gemeinde gehört und er deswegen nicht geräumt werden kann. Stimmt das, Solenn?«

Solenn sah sie überrascht an. »Das hat nie eine Rolle gespielt«, meinte sie nachdenklich. »Wir haben dafür gesorgt, dass er instand gehalten wurde. Dafür hat uns die Gemeinde häufig Maschinen ausgeliehen ... Niemand hat je danach gefragt, wem er gehört. Warum fragst du das, Sylvia?«

»Welchen Wert hat eine Immobilie«, fragte Sylvia nachdenklich, »wenn man nicht zu ihr gelangen kann?«

Ein kleines Lächeln breitete sich in Solenns Gesicht aus.

Millet nickte anerkennend. »Wir müssen Einsicht ins Grundbuchamt beantragen«, entschied er. »Und prüfen, ob der Zufahrtsweg zur Insel tatsächlich nicht mitverkauft wurde.«

Im Obergeschoss des Töpferhauses hatte Rozenn ein paar Gästezimmer ausgebaut, die sie während der Saison an Touristen vermietete. Eines davon, ganz in Blau gehalten, hatte sie für Sylvia vorbereitet. Es lag neben dem von Solenn und bot einen fantastischen Blick über den Atlantik. Doch Sylvia ahnte, dass für Solenn die direkte Sicht auf ihre verlorene Heimat eher schmerzhaft sein musste.

»Was wirst du tun?« Solenn stand in der Tür zu Sylvias Zimmer, offenbar unschlüssig, was sie mit sich anfangen sollte.

»Ich werde Brown anrufen und ihm sagen, dass ich Davenports Einladung annehme.«

Solenn sah sie sorgenvoll an. »Ich hoffe«, sagte sie, während sie sich zum Gehen wandte, »du tust das Richtige. Etwas, das du später nicht bereust.«

Dann wandte sie sich ab und ging hinunter ins Erdgeschoss. Wenig später sah Sylvia, wie sie im Garten mit einer Heckenschere bewaffnet energisch Rozenns Sträuchern zu Leibe rückte.

Am späten Nachmittag ging Sylvia mit Brown an Bord der Boeing 747–81 VIP, die sie mitten ins Herz des Imperiums von Sir James Ashton-Davenport bringen sollte. Sie waren die einzigen Passagiere, doch zu Sylvias Erleichterung ließ der Anwalt sie allein. Sie war so erschöpft, dass sie sofort nach dem Start einschlief und erst wieder aufwachte, als die Maschine zum Landeanflug ansetzte. Ein Bentley wartete auf dem Rollfeld auf sie, und nach einer etwa halbstündigen Fahrt knirschte der Kies einer langen, eleganten Auffahrt unter seinen Reifen. Beeindruckt betrachtete Sylvia das schlossähnliche Anwesen mit unzähligen Erkern und Türmchen, das respekteinflößend vor ihr aufragte. Ein Diener in Livree kam gemessenen Schritts die geschwungene Steintreppe herunter und nahm Sylvia die Reisetasche ab. In der Diele empfing sie eine elegante Dame in einem grauen Kostüm.

»Willkommen auf Parceval Manor«, sagte sie förmlich. »Ich hoffe, Sie hatten einen ruhigen Flug?« Sylvia bejahte höflich. »Wenn es Ihnen recht ist«, fuhr die Hausdame fort, »dann zeige ich Ihnen jetzt Ihre Suite. In einer halben Stunde erwartet Sie Sir James zum Abendessen.«

Sylvia folgte der Hausdame durch ein Entree mit einem Mosaikfußboden aus vielfarbigem Marmor, über Treppenfluchten mit kunstvoll geschnitzten Holzgeländern, durch weitläufige Flure mit Gobelins an den Wänden. Endlich blieb ihre Begleiterin vor einer Doppeltür stehen, deren Ornamente mit Blattgold belegt waren.

Die Hausdame stieß die beiden Flügeltüren auf. Sylvia hielt den Atem an. Offenbar legte Sir James es darauf an, sie zu beeindrucken. Der Wohnraum der Suite war ungefähr so groß wie ihr Münchner Penthouse, er umfasste gut und gern zweihundert Quadratmeter. Der Boden war mit verschiedenfarbigem Marmor ausgelegt, wobei ein zartes Rosé vorherrschte. Entsprechend waren die Wände mit Seidentapeten in einem Rosenholzton bespannt. Die Chaiselongue und der Sessel, sie standen in der Nähe eines gigantischen Kamins, waren in Silbergrau gehalten.

»Der Marmor stammt aus Indien«, sagte die Hausdame nicht ohne Stolz. »Sir James' Vater hat ihn von dort mitgebracht. Zum Schlafzimmer geht es hier entlang«, fuhr sie fort und ging mit entschlossenen Schritten zu einer Tür neben dem Kamin.

Sylvia folgte ihr, und als sie eintrat, bemerkte sie, dass ihre Reisetasche bereits auf einer Gepäckablage auf sie wartete. Sie stand direkt neben einem gigantischen Himmelbett, das einer fünfköpfigen Familie bequem Platz geboten hätte. In diesem Raum war alles in zartem Grün gehalten, die Wände zeigten Wandmalereien mit Gartenmotiven, jede stellte eine andere Jahreszeit dar – dem Bett gegenüber ein üppiger Sommer mit allerlei Blumen, Schmetterlingen und Vögeln ...

»Wunderschön ...«, murmelte Sylvia.

»Ich hoffe«, sagte die Hausdame, »Sie werden sich wohlfühlen. Das Badezimmer ist gleich hier nebenan. Sollten Sie etwas brauchen, dann lassen Sie es mich bitte wissen. Hier ist die Klingel. Sir James liegt viel daran, dass Sie diesen Aufenthalt genießen. In einer halben Stunde werde ich Sie abholen.«

Sylvia erlaubte es sich nur kurz, sich in den prächtigen Räumen umzusehen. Dann ging sie ins Bad, um sich frisch zu machen. Im Gegensatz zu den beiden anderen Räumen war es modern eingerichtet. Es glich eher einer kleinen Wellnesslandschaft als einem Badezimmer.

Frisch geduscht und mit gewaschenem und in Form geföhntem Haar schlüpfte sie in das elegante und doch so schlichte Etuikleid aus cremefarbenem Kaschmir-Jersey und legte eine schlichte Kette aus erlesenen Perlen an. Sie hatte diese Kette vor vielen Jahren von ihrem ersten Honorar als Unternehmensberaterin für ihre Mutter gekauft, in jenem Juweliergeschäft, in dem diese ihr Leben lang gearbeitet hatte. Ihre ganze Kindheit und Jugend über hatte Sylvia bedauert, dass ihre Mutter, die wie sie selbst einen ausgeprägten Sinn für schöne Dinge besaß, Tag für Tag fremden Menschen diese kostbaren Stücke präsentieren musste, ohne je sich selbst so etwas leisten zu können. Nie würde Sylvia den überwältigten Ausdruck in ihren Augen vergessen, als sie damals das Etui mit der Perlenkette geöffnet hatte ...

Und dann war ihre Mutter ausgerechnet bei der Arbeit so unglücklich die Treppe hinuntergestürzt, dass sie wenige Tage später ihren schweren Schädelverletzungen erlag. Seither hielt Sylvia die Perlenkette so wie alle anderen Schmuckstücke, die sie ihrer Mutter im Laufe der Jahre geschenkt hatte, in besonderen Ehren. Jedes Mal, wenn sie diese Kette umlegte, war sie sich des langen, steinigen Weges bewusst, der hinter ihr lag. An diesem Abend allerdings erschienen ihr die Perlen ihrer Mutter wie eine Warnung, eine Mahnung, das so hart Errungene nicht leichtfertig zu verspielen. Es war, als raunte ihr die Mutter ins Ohr, nicht unbesonnen zu handeln. Denk daran, schien sie zu sagen, wie es mir ergangen ist. Mach nicht dieselben Fehler!

Sylvia starrte ihr Spiegelbild an. Große Augen von einem

klaren, dunklen Blau blickten sie aus einem ebenmäßigen Gesicht sorgenvoll an. Sie riss sich von ihrem eigenen Anblick los, tuschte ihre Wimpern, legte ein wenig Rouge auf und fuhr die Herzform ihrer Lippen mit einem warmen Rotton nach, der ihre natürliche Hautfarbe zum Leuchten brachte. Fertig. Sie probte einen unbefangenen, selbstsicheren Blick. Schon besser!, lobte sie sich selbst. Jetzt bloß nicht nervös werden.

Im selben Augenblick klopfte es an der Tür. Es war die Hausdame, die Sylvia durch einen Seitentrakt in den hinteren Teil des Anwesens geleitete. Staunend sah Sylvia, dass sich an das alte Gebäude eine Art Gewächshaus von riesigen Dimensionen anschloss, eine moderne Konstruktion aus Stahl und Glas.

Die Hausdame stieg vor Sylvia eine metallene Wendeltreppe empor. Im Obergeschoss tippte sie eine Zahlenkombination in ein Tastenfeld ein. Lautlos glitt eine dicke Glastür vor ihnen auf. Sie betraten einen merkwürdigen, dämmrigen Raum, der irgendwie zu schweben schien.

Die einzige Lichtquelle waren die Kerzen eines vielarmigen Leuchters in der Mitte eines runden Tisches. Weißer Damast, kostbares Kristall und silbernes Besteck schimmerten auf dem für zwei Personen eingedeckten Tisch. Am anderen Ende des Raumes, mit dem Rücken zu ihr, erkannte Sylvia die Silhouette eines Mannes.

»Sylvia von Gaden, Sir«, sagte die Hausdame leise und zog sich zurück.

Erst jetzt nahm Sylvia die fremdartigen Geräusche wahr – ein vielstimmiges Schnalzen, Keckern und Rufen von Vögeln, wie sie in Europa nicht heimisch waren. Sie bemerkte die hohe Luftfeuchtigkeit und den Geruch tropischer Pflanzen. Ein großes weißes Etwas mit einer korallenfarbigen Haube segelte über sie hinweg und verschwand wieder in der Dämmerung, in die der Raum im Hintergrund versank.

»Willkommen, Mrs von Gaden«, sagte der Mann und wandte sich zu ihr um. Sir James Ashton-Davenport trat zum Tisch. Er war ausgesprochen groß, hatte eine sportliche Figur und bewegte sich mit einer lässigen Selbstsicherheit, die Sylvia schon öfter bei Engländern der besseren Gesellschaft hatte bewundern können. Sir James streckte Sylvia die Hand hin. Sie ergriff sie und fühlte eine kühle, seidenweiche Handfläche und einen kurzen, entschlossenen Druck. »Schön, dass Sie hier sind!«, fügte Sir James hinzu. »Darf ich Ihnen mein Amazonien zeigen?«

Er machte eine einladende Armbewegung und bat Sylvia, ihm in die Dämmerung zu folgen. Zwanzig Schritte weiter erreichten sie eine Balustrade, und Sylvia blickte direkt in die Wipfel tropischer Bäume und Kletterpflanzen, die gut zwanzig Meter tiefer ihre Wurzeln in den Boden senkten. Sie erkannte, dass sie auf einem Zwischengeschoss standen, einer Art Empore, die in das Gewächshaus hineinreichte und sich in einem schmaleren Steg über den Urwald fortsetzte. Noch mehr Vögel flogen kreischend heran, Papageien und Kakadus, auch ein Schwarm Nymphensittiche flatterte auf und veranstaltete einen Riesenlärm.

»Ich hoffe«, sagte Sir James an ihrer Seite, »Sie fürchten sich nicht vor Vögeln.«

»Aber nein«, antwortete Sylvia mit einem Lächeln ganz wider ihren Willen. So etwas hatte sie bislang nur in botanischen Gärten erlebt.

Sie beugte sich über das Geländer und entdeckte in den Astgabeln der tropischen Bäume Orchideen, die ihre verschwenderischen Blütenrispen in Kaskaden vor ihr ausbreiteten, eine farbenprächtiger als die andere.

»Ich esse hier gern zu Abend«, fuhr Sir James fort. »Es erinnert mich an meine Kindheit. Mein Vater war im diplomatischen Dienst, ich bin in allen möglichen tropischen Ländern aufgewachsen.« Sir James betätigte eine Fernbedienung, die er in seiner Jackentasche bei sich trug, und wie von Zauberhand wurde es aus gut verborgenen Lichtquellen ganz langsam heller. Das grün gefleckte Zwielicht gewann an Kontur. Sylvia betrachtete ihren Gastgeber und stellte fest, dass er jünger war, als sie geglaubt hatte. Sie hatte sich auf einen älteren Herrn eingestellt – neben ihr stand ein gut aussehender Mann in den Vierzigern und musterte sie interessiert aus bernsteinfarbenen Augen. Sein dunkles Haar war an den Schläfen ergraut. Zwischen seinen Augenbrauen stand eine steile Falte, um seinen vollen Mund lag ein entschlossener Zug. »Lassen Sie uns etwas essen«, unterbrach Sir James das Schweigen, in dem sie sich kurz gegenseitig gemustert hatten, und wandte sich zum Tisch. Ein Diener kam lautlos herein, er schob einen Servierwagen an den Tisch. »Ich möchte Sie nicht mit einem langwierigen, vielgängigen Dinner langweilen«, fuhr Sir James fort. »Mir ist klar, dass Sie in Frankreich besser speisen als hier auf unserer armen Insel, die ja nicht gerade berühmt für ihre Kulinarik ist. Auch haben wir anderes zu tun, nicht wahr?« Sylvia schwieg noch immer. Sir James sollte ruhig sagen, was er von ihr wollte. Sie hatte alle Zeit der Welt und würde abwarten. »Was ich geordert habe, ist eine kleine Rundreise durch die Kontinente, auf denen ich gelebt habe. Nehmen Sie sich einfach von dem, was Ihnen zusagt.«

Sylvia setzte sich auf den Stuhl, den Sir James ihr zurechtrückte. Der Diener schob ihr den Servierwagen entgegen, und sie erkannte Schüsseln mit Reis und mehreren indischen Currys, Schälchen mit arabischen Vorspeisen und Platten mit südamerikanischen Empanadas. Lecker duftende Fleischspieße und frittierte Langustinos. Auch eine Auswahl an Sushi war dabei. Sylvia spürte auf einmal, wie hungrig sie war. Sie entschied sich für einen weißen Wein und bat außerdem um eine

Karaffe Wasser. Sir James plauderte über seine Leidenschaft für den Amazonas, erzählte von seinen Reisen und erklärte das ausgeklügelte System der Belüftung, Befeuchtung und Heizung des Tropenhauses, während Sylvia schweigend aß und der angenehmen, dunklen Stimme lauschte.

Bei einer Tasse Mokka, zu dem der Diener kandierte Früchte reichte, die laut ihrem Gastgeber direkt aus dem Iran importiert worden waren, fragte sie schließlich: »Warum haben Sie mich gebeten herzukommen, Sir James? Doch nicht, um mir Ihre Treibhaustechnik zu erläutern?«

Der Engländer hielt in seiner Bewegung inne und musterte sie amüsiert. Er war es wohl nicht gewohnt, dass man seine Spielregeln durchbrach und selbst in die Offensive ging, doch er schien es ihr nicht übel zu nehmen. Überhaupt hatte Sylvia seit nun fast einer Stunde damit zu tun, das Bild, das sie sich von dem Investor gemacht hatte, mit dem charmant und selbstsicher plaudernden Mann in Einklang zu bringen, der ihr hier gegenübersaß und wie ein glückliches Kind von seinem Spielplatz erzählte.

»Warum ich Sie hergebeten habe?«, wiederholte er ihre Frage und lehnte sich nun seinerseits zurück. »Weil ich Sie gern verstehen möchte.«

»Sie wollen mich verstehen?«

»Ja, in der Tat«, antwortete Sir James und nahm einen Schluck aus seiner Mokkatasse, »das wäre äußerst angenehm. In der Regel kann ich die Beweggründe meiner Gegner nachvollziehen. Jeder hat gute Gründe, wenn er etwas will. Jeder wird von etwas angetrieben, das er sich und anderen erklären kann. Aber Sie, Frau von Gaden ... Wenn ich ehrlich bin, ich habe nicht die geringste Ahnung, welche Interessen Sie verfolgen. Ihre eigenen sind es jedenfalls, wenn ich richtig informiert bin, nicht. Und das macht es so spannend. Oder auch irritierend, wenn Sie so wollen. Es gibt nichts Beunruhigenderes, hat mein Vater immer gesagt, als einen Feind, dessen Beweggründe du nicht kennst.« Sylvia konnte nicht umhin zu lächeln. Doch es war ein trauriges Lächeln. »Und deshalb frage ich Sie«, fuhr der Engländer fort, »warum verkaufen Sie mir zuerst etwas, um es später zurückzufordern?«

»Nach einem Besuch auf der Insel entschied ich mich gegen den Verkauf. Der Kaufvertrag hätte nie unterschrieben werden dürfen. Mein Mann hat sich über meinen Willen hinweggesetzt.«

Sir James nickte langsam, seine Augen wurden schmal und die Falte zwischen seinen Brauen tiefer. »Halten Sie es nicht für unfair«, fragte er, »Ihre Eheprobleme auf meinem Rücken auszutragen?«

Sylvia beschloss, nicht auf diesen Seitenhieb einzugehen. »Der Verkauf basiert auch in einer anderen Hinsicht auf falschen Voraussetzungen«, fuhr sie stattdessen fort. »Wie Sie sicher erfahren haben, hat sich herausgestellt, dass ich nicht die rechtmäßige Erbin der Insel bin. Ein Testament ist aufgetaucht, das alles in einem völlig neuen Licht zeigt. Und deshalb ist unser Vertrag hinfällig.«

Sir James schwieg. Sylvias Worte schienen in der von Feuchtigkeit geschwängerten Luft zu schweben wie die Vögel, die hin und wieder mit rauschenden Flügelschlägen über ihre Köpfe hinwegflatterten.

»Sehen Sie«, sagte Sir James endlich, »und genau das ist es, was ich nicht verstehe. Die zuständige französische Behörde hat Ihnen einen gültigen Erbschein ausgestellt. Für ein Erbe in Millionenhöhe. Und Sie tun alles dafür, dass Ihnen dieses Vermögen wieder weggenommen wird. Warum kämpfen Sie nicht stattdessen darum? Nach allem, was ich bisher darüber in Erfahrung bringen konnte, ist es mehr als fraglich, dass Sie als

Erbin angefochten werden könnten.« Er hielt kurz inne und sah Sylvia eindringlich an. »Warum wollen Sie unbedingt fünfzehn Millionen Euro verlieren? Erklären Sie mir das!« Sylvia holte tief Luft. Auf einmal empfand sie die Dschungelatmosphäre als unangenehm. Ihr Gastgeber schien es zu bemerken, denn wenig später wehte eine frische, kühle Brise heran. Sylvia sah in die Höhe und erkannte eine Luke im Glasdach, die sich geöffnet hatte. »Bitte, Frau von Gaden«, setzte Sir James nach, »ich möchte das wirklich gern verstehen!«

Sylvia dachte an die Abende mit Solenn, an Lucies Grab, an das Gefühl von Frieden und Glück, das sie im Garten der Kamelien empfunden hatte. Sie dachte an Maël und das Strahlen in seinen Augen, als er sich über die Blüte gebeugt hatte, auf die er so viele Jahre gewartet hatte. Sie dachte an die einsame Nacht auf der Insel, in der ihr Lucie so nah gewesen war, gerade so, als hätte sie mit ihr gewacht und sie dazu gebracht, das Testament zu finden. War das tatsächlich erst vergangene Nacht gewesen? Sie dachte an die entschlossenen Gesichter der Demonstranten, an die Kinder und die Alten, die alles gaben, um für den Erhalt der Insel zu kämpfen. Und schließlich dachte Sylvia an Solenn, traurig und entwurzelt, die wie eine Verzweifelte im Garten ihrer Schwester den Pflanzen zu Leibe rückte, und an ihre Worte zum Abschied: Ich hoffe, du tust das Richtige. Etwas, das du später nicht bereust. Und dann dachte sie an Holger, an seine verzweifelte Lage. Wenn er mich wenigstens gebeten hätte, dachte sie, aber er hat versucht, mich zu betrügen. Er hat kein Vertrauen zu mir. Und ich keines mehr in ihn.

Sylvia sah ihren Gastgeber an, der immer noch auf eine Antwort wartete. »Ich fürchte«, sagte sie schließlich, »da gibt es nichts zu verstehen. Ich habe persönliche Gründe, die ich nicht erläutern möchte.«

Wieder wurde es still zwischen ihnen.

»Haben diese persönlichen Gründe mit Ihrer verstorbenen Tante zu tun?«, fragte Sir James nach einer Weile. »Oder mit deren Lebensgefährtin? Vielleicht kann ich ja helfen. Wenn es darum geht, dass mehr Geld benötigt wird, könnten wir in Verhandlung treten.«

Sylvia sah den Engländer überrascht an. Dann schüttelte sie den Kopf. »Es geht nicht um Geld«, erwiderte sie.

»Worum geht es dann?«

»Die Insel soll so bleiben, wie sie ist«, erklärte Sylvia. »Keine Bagger, keine Planierraupen, kein Golfplatz, keine Hotelanlage, kein Massentourismus. Keine Zerstörung dieser grandiosen Natur. Es ist die Insel der Kamelien. Und das soll sie weiterhin sein. Darum geht es.«

Sylvia merkte sehr wohl, dass sie sich hatte aus der Reserve locken lassen und dass ein trotziger, ja, fast aggressiver Unterton in ihrer Stimme mitschwang. Sir James schien das nicht zu stören.

»Ich möchte Ihnen etwas zeigen«, sagte er, als hätte er nur auf das passende Stichwort von ihr gewartet. Wieder hatte er eine Fernbedienung in der Hand, und auf einmal leuchtete ein riesiger Bildschirm auf, den Sylvia vorher nicht bemerkt hatte. Sie sah Aufnahmen von wunderschönen tropischen Landschaften. »Sie sprechen von Zerstörung«, hörte sie Sir James sagen, »ich spreche von Umgestaltung. Was ich Ihnen hier zeige, ist mein Golfressort in Mexiko. Hier sehen Sie die Landschaft, wie sie vorher war. Und nun den jetzigen Zustand. Unsere Bauten und Gartenanlagen sind perfekt in das ursprüngliche Habitat integriert. Sehen Sie? Man kann fast nicht mehr unterscheiden, was immer schon da war und was neu gestaltet wurde.« Der Bildschirm erlosch. »Sie täuschen sich«, fuhr Sir James fort. »Ich möchte das Gegenteil von Zerstörung. Meine Vision ist es,

Naturschönheiten für viele Menschen zugänglich zu machen. Sagen Sie mir, Frau von Gaden, wie viele Bewohner lebten in den vergangenen Jahren auf der Insel der Kamelien? Vier? Fünf? Vielleicht zehn? Warum sollen nicht viele andere ebenso diesen herrlichen Flecken Erde genießen können, um sich zu regenerieren, wieder zu sich selbst zu kommen, um sich an den heilenden Kräften dieser Insel zu erfreuen?«

Sylvia konnte nicht umhin, fasziniert zu sein von der Leidenschaft, die diesen kühlen Engländer auf einmal ergriffen hatte. Und schon wieder flackerte der Bildschirm auf. Sylvia sah die Kamelieninsel aus der Vogelperspektive, sah, wie sich die Kamera der Insel näherte, über sie hinwegflog, sie aus verschiedenen Perspektiven zeigte. Ihr Herz klopfte wild, als sie Lucies und Solenns Haus sah, den in voller Blüte stehenden Kameliengarten und Pierricks Häuschen, das sich unter das Grün zu ducken schien. Dann wanderte die Kamera weiter über die Insel hinweg, erfasste die Pflanzungen auf den Feldern und schließlich die Bucht mit dem Natursteinbecken ...

»Und jetzt zeige ich Ihnen«, fuhr Sir James fort, »wie es einmal aussehen wird.« Das Bild der Insel gefror. In einer Computersimulation legten sich nach und nach die neuen Gebäude und Anlagen über das ursprüngliche Standbild. Es stimmte, so wie es hier dargestellt wurde, würde man tatsächlich nur an wenigen Stellen eingreifen. Doch Sylvia ließ sich nicht täuschen. Ihr war klar, dass der grüne Teppich, der in der Simulation auf einmal weite Teile der Insel bedeckte, nicht einfach so aus dem Nichts sprießen würde. Geröll, Gestein und die ursprüngliche Vegetation müsste abgetragen werden, Spezialerde aufgetragen, um ein perfektes Green möglich zu machen. Gigantische Mengen von Wasser waren vonnöten, um den Rasen in den Zustand zu versetzen, wie ihn Golfer gerne hätten ... »Sie sprechen von Massentourismus«, unterbrach Sir

James ihre Überlegungen, »aber in jedem meiner Resorts gibt es für gerade so viele Gäste Unterkünfte, wie es der jeweilige Ort vertragen kann. Denn meine Gäste sollen sich eins mit der Natur fühlen und nicht übereinander stolpern. Ihre Sorgen sind also vollkommen unbegründet.« Die Bilder verloschen. Das Licht im Raum wurde wieder heller. Sir James nahm sich eine kandierte Aprikose und aß sie genüsslich auf. Er schien sich seiner Sache sicher. Er konnte nicht ahnen, dass er keine Chance hatte. Und fast tat er Sylvia leid. »Nennen Sie mir Ihren Preis«, sagte Sir James und sah ihr in die Augen.

»Meinen Preis?«, fragte Sylvia verblüfft. »Wofür?«

»Ach«, sagte Sir James, »da ist so vieles, worüber wir sprechen könnten. Beispielsweise habe ich noch keinen Manager für die Insel. Wäre das nicht eine Herausforderung für Sie? Dann müssten Sie sich nicht von dem Ort trennen, an dem Ihre Tante begraben liegt. Sie könnten sich davon überzeugen, dass alles so bleibt, wie Sie es wünschen – jedenfalls fast. Es gibt natürlich gewisse Parameter, die geändert werden müssen...«

»Aber...«

Sir James hob die Hand. »Oder in einer meiner anderen Destinationen. Ich habe Erkundigungen über Sie eingezogen, Sie sind eine überaus qualifizierte Frau, Sylvia von Gaden, Ihre Referenzen sind ausgezeichnet. Wer weiß, vielleicht werden Sie eines Tages in meine Geschäfte mit einsteigen. Ich habe viele Pläne, viele Visionen...«

»Sir James, ich...«

»Einen Moment noch. Bitte hören Sie sich an, was ich zu sagen habe. Das Schicksal von Madame Solenn Lambaol ist mir nicht gleichgültig. Auch wenn es mich im Grunde nichts angeht. Ich bin bereit, hier und jetzt einen Scheck über drei Millionen auszustellen, wenn Sie mir ein Zeichen geben. Ganz unabhängig davon, welche Geschäfte wir in Zukunft miteinander machen könnten.«

»Nein«, sagte Sylvia.

»Gut«, konterte Sir James ungerührt. »Dann eben fünf Millionen. Und dafür schaffen Sie mir das hier vom Hals.« Auf dem Bildschirm flammten Bilder von Baumaschinen auf, die fast untergingen in einem Meer aus Menschen. Kinder turnten auf einer Planierraupe herum und befestigten bunte Luftballons, wo auch immer sie etwas zum Festbinden fanden. *Mach meine Heimat nicht kaputt,* war auf einem Transparent zu lesen. Dann sah Sylvia sich selbst mit Solenn ein Interview geben und Lucies Testament in die Kamera halten. »Das muss ein Ende haben«, sagte Sir James entschlossen. »Ich wiederhole: Schaffen Sie mir die Demonstranten vom Hals! Und helfen Sie mir, den Bürgermeister davon zu überzeugen, mir die Landbrücke zu verkaufen.«

Auf einmal war es totenstill im Raum. Nicht einmal die Vögel gaben mehr einen Laut von sich. Sylvia wagte kaum zu atmen. Also stimmte es. Die Landbrücke war im Besitz der Gemeinde geblieben. »Welchen Wert hat eine Immobilie«, hatte sie noch vor wenigen Stunden gefragt, »wenn man nicht zu ihr gelangen kann?«

Das war Sir James' wunder Punkt. Er brauchte sie. Ganz allein deswegen hatte er den Aufwand betrieben, sie hierher zu holen. Alles andere war Gerede gewesen. Small Talk. Auf den sie fast hereingefallen wäre.

»Sie überschätzen mich, Sir James«, sagte sie schlicht. »Selbst wenn ich es wollte, ich könnte diese Menschen nicht dazu bewegen, mit ihrem Protest aufzuhören. Das sind Bretonen. Sie haben ihren eigenen Kopf. Es gibt ein Sprichwort in Frankreich, das heißt: *Têtu comme un breton* – dickköpfig wie ein Bretone. Dass man mich nicht im Atlantik ersäuft hat, hab ich allein Solenn Lambaol zu verdanken. Die Menschen dort mögen es einfach nicht, wenn Fremde kommen und über ihr Land verfügen. Ich fürchte, mit Geld werden Sie nichts erreichen.«

Es war, als hätte sich die Temperatur im Gewächshaus mit einem Schlag abgekühlt. Das Schweigen, das zwischen ihr und dem Engländer nun herrschte, war eisig. Die Minuten verstrichen. Sylvia wollte sich gerade erheben und darum bitten, zurück zu ihrem Zimmer gebracht zu werden, als Sir James das Schweigen brach.

»Am Ende ist es immer Geld, das die Welt bewegt, Frau von Gaden«, sagte er kalt. »Selbst die Abwesenheit von Geld ist eine Macht, die Sie nicht werden leugnen können.« Sylvia sah ihn beunruhigt an. »Sie sind eine schöne Frau mit einem Sinn für Schönes«, fuhr Sir James fort, »das sieht man auf den ersten Blick. Wie werden Sie es ertragen, wenn Ihre Perlen und viele andere Dinge, die Ihnen lieb und wert sind, gepfändet werden? Wissen Sie, was es heißt, arm zu sein?«

In diesem Augenblick flatterte ein riesiger Schmetterling auf den Tisch zu, ein blau schillernder, fast handtellergroßer Himmelsfalter. Sylvia glaubte zu träumen. Er gaukelte eine Weile um ihren Kopf und setzte sich dann auf ihre Hand, die auf dem Tisch ruhte. Die rauen Beinchen kitzelten auf ihrer Haut, während der Falter seine Flügel öffnete und schloss, immer wieder, und im Wechsel mal die irisierend blaue Oberseite seiner Schwingen zeigte und dann wieder seine braune Unterseite mit den eulenartigen Augen, die Fressfeinde einschüchtern sollten.

Sylvia spürte Sir James' Blick auf sich ruhen. Er schien sie aufmerksam zu beobachten. Während sie das Wunder dieses zarten Geschöpfes auf ihrer Hand bestaunte, war sich Sylvia durchaus bewusst, dass all diese Schönheit einzig und allein dem unermesslichen Reichtum zu verdanken war, über den Sir James Ashton-Davenport offensichtlich verfügte. Und sie wusste auch, dass sie selbst schon bald von solchen Dingen weiter entfernt sein würde als der Mond von der Erde.

Da erhob sich der Himmelsfalter und stürzte sich wie magnetisch angezogen in eine der Kerzenflammen. Es zischte, dann fiel er leblos auf die Tischdecke. Sylvia schrie kurz auf und schlug die Hand vor den Mund. Der beißende Geruch nach verbranntem Chinin stieg ihr in die Nase. Dann sah sie in die vollkommen ungerührten Bernsteinaugen ihres Gegenübers, die sie mit abschätzender Neugier beobachteten, als wäre sie eine Figur in einer Versuchsanordnung. Und in genau diesem Augenblick geschah etwas in ihr, etwas Unwiderrufliches.

Mit einem Mal sah sie in aller Deutlichkeit, wie falsch das alles war – dieser künstliche Paradiesgarten, erschaffen aus der Laune eines einzigen Menschen, der weder Aufwand noch Geld gescheut hatte, um mitten im englischen Cornwall in einer Illusion zu leben statt in der Realität. Machte ihn sein Reichtum glücklich, all sein Geld, mit dem er offenbar um sich werfen konnte nach Lust und Laune? War er nicht viel mehr ein einsamer Monarch in seinem selbst erschaffenen Miniaturreich? Speiste hier zu Abend und sah ungerührt zu, wie einer der schönsten Schmetterlinge der Welt in seinen Kerzenflammen den Tod fand? War es das, was Geld aus einem machte?

Was hatte Lucie in ihrem Brief an Sylvia geschrieben? *Solenn und mir hat es immer genügt, wie es war. Wir hatten unser Auskommen, mehr wollten wir gar nicht.* Ihre Tante hatte damals schon gewusst, dass man vieles mit Geld kaufen kann, nur eines nicht: Glück und Zufriedenheit, das Gefühl von Frieden mit sich und der Welt. Und echte Liebe.

Sylvia sah in diesem Augenblick sich selbst all die Jahre an der Seite ihres Mannes Holger, sah sich einem Glück hinterherrennen, das sie doch nie gefunden hatte. Sie hatte fest daran geglaubt, dass ein ausreichendes finanzielles Polster sie für immer vor ihren Ängsten retten würde, nur um zu erkennen, dass sie sich getäuscht hatte.

Und mit einem Mal hatte Sylvia keine Angst mehr vor dem, was nun kommen würde. Hatte sie sich eben noch gefühlt wie der Himmelsfalter, der sich nach dem gleißenden Licht einer Kerzenflamme gesehnt und in ihr den Tod gefunden hatte, so fühlte sie sich nun gelassen und stark. Nein. Sie brauchte das alles nicht. Sie war schon immer klargekommen, lange bevor sie vermögend geworden war. Sie würde das schaffen – falls nötig auch ohne Perlen, ohne Luxuswohnung und ohne unerschöpflichen Bankkredit. Sie war nicht wie ihre Mutter, die ihre Schwester verstoßen hatte, nur weil sie ihren eigenen Weg gewählt hatte, der den allgemeinen Normen nicht entsprach. Lucie hatte schon viel früher verstanden, dass das wahre Glück anderswo zu finden war. Nämlich dort, wohin sie das Herz geführt hatte.

»Ich denke«, antwortete Sylvia schließlich, »ich weiß besser als Sie, was es heißt, arm zu sein, Sir James. Und deshalb habe ich keine Angst davor.«

## 15
### *Die Rückkehr*

Sylvia bat darum, ihr Frühstück in ihrer Suite einnehmen zu dürfen. Der Diener brachte ihr Toast, Orangenmarmelade, Eier und starken englischen Tee mit Milch. Auf dem Servierwagen befand sich außerdem ein großer hellgrauer Umschlag mit Sir James' Wappen. Sylvia fixierte ihn mit gemischten Gefühlen. Was beabsichtigte wohl Sir James, ihr auf diesem Wege mitzuteilen?

Sie nahm den Umschlag, riss ihn auf und zog ein mehrseitiges Dokument daraus hervor – *Auflösungsvertrag* stand auf dem Titelblatt. Rasch überflog sie die Seiten. Es bestand kein Zweifel, Sir James bot ihr an, den Kaufvertrag zu lösen.

Sie atmete tief durch und schloss kurz die Augen. Nun also ging es los. Was würde Holger sagen? Dann entfaltete sie das an sie gerichtete Begleitschreiben und begann zu lesen.

*Sehr geehrte Sylvia von Gaden,*
*ein guter Unternehmer muss in der Lage sein zu erkennen, wann es besser ist, sich aus einem Geschäft zurückzuziehen. Auch wenn ich Ihre Gründe nicht nachvollziehen kann, so respektiere ich sie und füge mich Ihrem Wunsch nach Auflösung unseres Vertrags. Wegen der Details soll sich Ihr Anwalt mit Mr Brown in Verbindung setzen.*
*Es war interessant, Sie kennenzulernen*
*Sir James Ashton-Davenport*

Als der Bentley Sylvia zurück zum Flughafen brachte, war es noch früh am Morgen. Schon eine Stunde später landete sie auf dem Rollfeld von Quimper. Sylvia nahm ein Taxi, und als sie das Töpferhaus betrat und Solenn wie am Tag zuvor am Küchentisch antraf, hatte sie auf einmal das Gefühl, in eine Zeitschleife geraten zu sein. War sie wirklich in England gewesen, oder hatte sie das alles nur geträumt? Konnte das Dokument in ihrer Hand wahrhaftig den Albtraum, in den sie geraten war, beenden? Alles erschien ihr so unwirklich.

Der Jubel, der ausbrach, als sie Solenn und Rozenn von den neuesten Entwicklungen berichtete, verbreitete sich nach und nach wie ein Lauffeuer an der gesamten Küste. Während Bernard Millet in Rozenns Wohnzimmer Sir James' Entwurf des Auflösungsvertrags unter die Lupe nahm, begann Sylvia in dem blauen Gästezimmer, in dem sie nie geschlafen hatte, ihre Sachen zu packen.

»Ich muss nach Hause«, erklärte sie der konsternierten Solenn, als sie ihr Gepäck in den Flur stellte.

»Den Vertragsentwurf nehmen Sie besser mit«, riet ihr Millet. »Das muss Ihr Anwalt übernehmen.«

Sylvia nickte und nahm die Papiere an sich. Thomas Waldner würde alles andere als begeistert sein. Und Holger erst ...

»Willst du nicht noch ein bisschen bleiben?«, fragte Solenn. »Ich kann das alles noch überhaupt nicht fassen ...«

Sylvia zog die Bretonin an sich und drückte sie. »Leider nicht, Solenn. Aber ihr wisst ja, was jetzt zu tun ist: zurück auf die Insel. Tut mir leid, die ganze Aufregung. Ich hoffe, die Leute werden dir wieder helfen ...«

»Das werden sie«, rief Rozenn von der Küchentür aus. »Ganz gewiss werden sie das.«

Sylvia überlegte, ob sie Solenn bitten sollte, Maël etwas auszurichten. So gern hätte sie ihn noch einmal gesehen. Hätte ihm gesagt, dass ... Ja, was denn nur? Sie biss sich auf die Unterlippe und wandte sich ihrem Gepäck zu, damit Solenn nicht in ihrem Gesicht die widerstreitenden Gefühle lesen konnte. Nein, sie musste los. Sie hatte das Fiasko, in das sie Solenn gestürzt hatte, wieder in Ordnung gebracht. War es nicht das Beste, wenn Maël sie vergaß und sie ihn?

Aber warum brannte es dann so schmerzhaft in ihrer Brust?

»Du bist auf der Insel immer willkommen«, sagte Solenn leise, als Sylvia sich bereits zur Tür gewandt hatte. Sylvia lächelte ihr zu und nickte traurig. »Das meine ich ernst«, fügte Solenn hinzu, so als hätte sie Sylvias Zweifel gespürt. »Du gehörst zur Familie, Sylvia. Vergiss das nie!«


Erst auf dem Autobahnzubringer in Richtung Paris kamen die Tränen. Sylvia konnte nicht aufhören zu weinen und wusste doch nicht genau, warum. Vielleicht weil sie schon so lange keine Familie mehr gehabt hatte, weil sie nicht geahnt hatte, wie sehr ihr eine fehlte? Weil sie Maël nie wiedersehen würde? Weil sie keinen anderen Ort auf der Welt kannte, an dem sie sich so mit sich eins gefühlt hatte wie auf der Kamelieninsel?

Das war alles ein bisschen viel die letzten paar Wochen, sagte sie sich. Sie fuhr an einem Rastplatz von der Autobahn, trank einen doppelten Espresso, beseitigte auf der Toilette die Spuren ihrer Tränen und fuhr weiter. Sie fuhr und fuhr, Stunde um Stunde. Der Porsche fraß Kilometer um Kilometer, und als Sylvia auf der Höhe des kleinen Städtchens war, in dem sie auf der Hinfahrt übernachtet hatte, erinnerte sie sich an die Hochzeit, zu der sie spontan eingeladen worden war, und als sie nachrechnete, dass das erst zwei Wochen her war, konnte sie es kaum glauben. Ihr kam es vor wie Jahre, während ihr die Zeitspanne, die sie inzwischen mit Holger verheiratet war, wie ein kurzer Traum erschien. Was hatte sie eigentlich getan in all der Zeit? Was erlebt? Ständig war sie unterwegs gewesen, immer in Hektik, und doch war alles irgendwie gleich gewesen. Sie dachte an das junge Brautpaar, an Chantal und Frédéric, die heute aus ihren Flitterwochen zurückkehren würden. Wie würde ihnen der Alltag bekommen?

Kurz erwog sie, im selben Hotel haltzumachen, doch sie fühlte sich noch munter genug weiterzufahren. Jenseits der großen Städte waren die französischen Autobahnen wie ausgestorben. Hin und wieder passierte Sylvia eine Mautstation und fütterte die Automaten mit Münzen und Scheinen, dann tauchte der schnittige rote Sportwagen wieder ein in die Weiten der Felder und lichten Laubwälder der französischen Provinz.

Auf der Höhe von Metz hielt sie an, um zu tanken und eine Kleinigkeit zu essen. Appetit hatte sie keinen, doch sie zwang sich zu einer Quiche und einem Salat, von dem sie die Hälfte stehen ließ. Und schon saß sie wieder im Wagen, fuhr wie in Trance. Etwas in ihr hatte auf Autopilot geschaltet, und als sie den Wagen über die französisch-deutsche Grenze und über den Rhein lenkte, beschloss sie, bis nach München durchzufahren. Auch wenn sie mitten in der Nacht ankommen würde, sie hatte keine Lust mehr auf ein anonymes Hotelzimmer, auf ein Bett, in dem sie keine Ruhe finden würde, auf ein Hinauszögern der unausweichlichen Begegnung mit ihrem Mann.

Holger.

Wie gut hatte sie ihn zu kennen geglaubt. Sie hatte gedacht, er würde sie beschützen vor ... Ja, wovor eigentlich? Und nun hatte er ihr mehr geschadet, als sie es je für möglich gehalten hätte. Oder tat sie ihm womöglich unrecht?

Während sie durch die einbrechende Dämmerung glitt, die

alles in blaues, unwirkliches Licht tauchte, fragte sie sich auf einmal, was er überhaupt in ihr sah. Sylvia kannte Holger nur als seriösen Geschäftsmann. Konnte nicht auch er einmal Pech haben? War sie es, die ihn enttäuschte? Die ihm nicht erlaubte, sich mit ihrem Erbe zu konsolidieren?

Aber es war nicht mehr ihr Erbe. Vor wenigen Tagen noch hatte sie sich gewünscht, die Insel behalten zu dürfen und mit Solenn und Maël gemeinsam dort etwas Großartiges auf die Beine zu stellen. Jetzt hatte sie alles hergegeben. »Weggeworfen«, würde Holger sagen, sie konnte es förmlich hören, wie er es ihr ins Gesicht schleuderte, dieses Wort – wie eine Ohrfeige. Hatte sie ihn verraten? Aber warum nur hatte er sie nicht einfach gefragt, statt sich zu nehmen, was ihm nicht gehörte? Und was war mit den zwei Millionen geschehen, die Sir James bereits bezahlt hatte? Sylvia wagte nicht zu hoffen, dass sie von dem Geld je etwas sehen würde. Sicherlich hatte Holger es sofort dazu benutzt, sein Schuldenloch, so groß wie ein Vulkankrater, damit zu stopfen.

Auf der Höhe von Stuttgart begannen die Staus. Was um alles in der Welt suchten all diese Menschen um elf Uhr in der Nacht auf der Autobahn? Zwischen Ulm und Augsburg verspürte Sylvia endlich die Müdigkeit, die nach so vielen Stunden Fahrt unausweichlich war. In ihrem linken Ohr war ein Sirren, so als hätte sich dort ein ganzer Schwarm Insekten eingenistet. Sie hielt an einer Raststätte mit dem festen Vorsatz, eine Weile die Augen zu schließen, fand aber lediglich zwischen Lkws einen Parkplatz, die sich wie eine Elefantenschule aneinanderdrängten. Die Fahrer pilgerten mit ihren Kulturbeuteln zu den Toiletten, standen in Grüppchen beieinander und richteten sich für die Nacht ein. Hier würde sie kein Auge zutun. Statt zu schlafen, holte sie sich im Bistro einen scheußlichen Kaffee. Das Koffein machte sie jedoch wieder ausreichend wach, um weiterzufahren.

Es war nach zwei Uhr nachts, als sie endlich München erreichte. Sylvia sehnte sich nach ihrem Bett, alles, was sie wollte, war schlafen. Doch als sie die Tür zu ihrer Wohnung aufschloss und in den Flur trat, befiel sie ein merkwürdig beunruhigendes Gefühl. Irgendetwas war nicht in Ordnung. Sylvia blinzelte. Wenn sie nur nicht so schrecklich müde wäre. Dann sah sie es. An der Garderobe hing ein fremder Mantel. Nein, nicht fremd. Sie kannte ihn, er gehörte ihrer Freundin Sandra. Dann entdeckte sie Sandras Schuhe, gleich drei Paar standen dort säuberlich aufgereiht. Sylvia hielt einen Moment inne, holte tief Luft und ging entschlossen ins Wohnzimmer.

Es roch nach Sandras Parfum. Auf dem Couchtisch standen zwei benutzte Weingläser, angetrocknete Reste klebten wie Blutstropfen an ihren Rändern. Der Anblick kam ihr seltsam bekannt vor. Als sie das letzte Mal überraschend nach Hause gekommen war, hatten ebenfalls zwei Weingläser auf dem Couchtisch gestanden, daneben eine frisch geöffnete Flasche.

»Woher hast du gewusst, dass ich komme?«, hatte Sylvia gefragt. Und war auf das Gerede von der »Intuition« ihres Gatten hereingefallen. Holger hatte nicht im Geringsten mit ihrem Kommen gerechnet. Er hatte auf jemand anderen gewartet. Auf Sandra. Hatte er nicht kurz nach ihrer Ankunft ein so »dringendes« wie kurzes Telefonat getätigt?

Auf der Couch lag ein zusammengeknülltes dunkelviolettes Etwas. Sylvia hob es mit spitzen Fingern auf – ein geschmackloses kunstfaseres Oberteil mit applizierten Pailletten. Sie ließ es wieder fallen, stützte sich einen Moment schwer auf die Sofalehne. Auf einmal kam ihr der Ohrstecker in den Sinn, den ihre Zugehfrau zwischen den Polstern gefunden hatte. Wie naiv sie doch gewesen war zu glauben, Sandra hätte ihn verloren, während sie auf sie gewartet hatte.

Schließlich raffte Sylvia sich auf und ging zur Eingangstür, riss diese weit auf und schlug sie dann mit aller Kraft ins Schloss. Der Knall tat seine Wirkung. In Holgers Schlafzimmer erhoben sich leise flüsternde Stimmen. Dann öffnete sich die Tür.

»Was ... was machst *du* denn hier?«, stammelte Holger, während er sich den seidenen Bademantel zuband, ein Geschenk von Sylvia zum vergangenen Weihnachtsfest. »Um diese Zeit? Wieso hast du nicht angerufen?«

Sylvia würdigte ihn keiner Antwort. Der offenen Schlafzimmertür zugewandt rief sie: »Steh auf, Sandra, zieh dir etwas an, und komm heraus!«

Es dauerte einige Zeit, dann erschien die Frau, die Sylvia für ihre Freundin gehalten hatte. Sie hatte ein trotziges Gesicht aufgesetzt, vermied es aber, Sylvia in die Augen zu sehen.

»Pack deine Sachen und verschwinde«, sagte Sylvia, so ruhig sie konnte.

In ihren Ohren war wieder das Sirren wie schon Stunden zuvor auf der Fahrt. Ihr Herz schlug hart gegen ihre Rippen. Sie achtete nicht auf Holger, der permanent auf sie einredete, Dinge sagte wie, sie solle sich bitte nicht aufregen und er könne alles erklären. Sie behielt die Frau im Auge, der sie so sehr vertraut hatte, dass sie ihr sogar ihren Wohnungsschlüssel gegeben hatte. Sie sah zu, wie Sandra ihre in der gesamten Wohnung verstreuten Habseligkeiten einsammelte und in eine abgewetzte Reisetasche stopfte.

»Den Wohnungsschlüssel bitte«, sagte Sylvia, als Sandra sich schon zum Gehen wandte.

Die Frau, der sie aus purem Mitleid immer wieder Arbeit gegeben hatte, holte den Schlüssel aus ihrer Handtasche und legte ihn Sylvia in die Hand. Jetzt erst sah sie ihr in die Augen.

»Du musst dich nicht wundern«, sagte Sandra, »dass sich

dein Mann das, was er braucht, anderswo holt, wenn du ihn permanent allein lässt.«

Sylvia sah in das blasierte und doch so verletzliche Gesicht, und auf einmal tat ihr Sandra schrecklich leid. Wahrscheinlich hatte sie keine Ahnung, dass sie eine Affäre mit einem Bankrotteur unterhielt. Mit Sicherheit glaubte sie, das große Los gezogen zu haben. Wenn es nicht so entsetzlich traurig gewesen wäre, hätte es direkt komisch sein können.

»Geht das schon lange so?«, fragte sie.

Sylvia sah, wie Holger abwehrend die Hände hob.

»Na ja, das kommt drauf an, was du lange nennst«, antwortete Sandra schnippisch. »Ein halbes Jahr vielleicht?«

Dann drehte sie sich um und verließ die Wohnung.


»Es ist nicht so, wie du denkst.«

Sylvia sah Holger an und wusste nicht, was sie darauf sagen sollte. Ihr Mann hatte seit einem halben Jahr ein Verhältnis mit ihrer Freundin und kam ihr mit einer solchen Floskel?

Sie dachte an Robert, daran, wie sie ihn mit der anderen auf dem Sofa angetroffen hatte. Beide nackt, ineinander verschlungen, schwitzend, keuchend. Sie hatte sich all die Jahre Mühe gegeben, dieses Bild aus ihrer Erinnerung zu verdrängen, weil es sie einst fast in den Wahnsinn getrieben hätte. Der Schmerz war damals so heftig gewesen, dass sie nicht gewusst hatte, wie sie ihn überleben sollte.

Doch heute fühlte Sylvia nichts weiter als eine große Ernüchterung. Das war es also. Sie hatte Holger betrogen. Und er sie. Ihr bisheriges Leben war nichts weiter als ein Kartenhaus gewesen. Und jetzt war es eingestürzt. So einfach war das.

»Sylvia«, sagte Holger fast flehend, »das da hat mit uns nichts zu tun. Das mit Sandra, das ist ... Ich meine, das war etwas rein Körperliches. Ich hätte das nicht tun sollen. Aber es ändert nichts zwischen dir und mir.«

Und was ist da zwischen dir und mir?, wollte Sylvia fragen, doch sie brachte es nicht über die Lippen. Sie fühlte sich außerstande, hier und jetzt in diesem völlig übermüdeten Zustand eine Diskussion zu beginnen. Sie würde das Falsche sagen und es hinterher bereuen.

»Ich bin müde«, brachte sie schließlich mühsam hervor. »Es war eine lange Fahrt. Ich muss schlafen. Wir reden morgen.«

Holger nickte. Er wirkte verletzt, breitete die Arme aus, aber nicht, um sie zu umarmen, es war eine resignierte und doch auch theatralische, fast einstudiert wirkende Geste.

»Wie du willst«, sagte er, ließ die Arme wieder sinken, drehte sich um und ging in Richtung seines Schlafzimmers. An der Tür blieb er noch einmal stehen. »Weißt du, Sylvia«, sagte er, ohne sie anzusehen, »das ist es, was mich über die Jahre wirklich zermürbt hat: Du bist immerzu müde. Du kommst nach Hause, bist erledigt und musst unbedingt sofort schlafen.« Er drehte sich zu ihr um und sah ihr direkt ins Gesicht. Sylvia erschrak vor dem harten Ausdruck in seinem Gesicht. »Bis morgen also«, fügte er hinzu und wandte sich endgültig von ihr ab. »Ich wünsche dir eine gute Nacht!«


Sylvia schaffte es gerade noch, die Kleider abzulegen, und kaum dass sie sich in ihrem Bett ausgestreckt hatte, fiel sie in einen ohnmachtsähnlichen Schlaf. Sie schlief tief und traumlos. Als sie aufwachte, war es schon später Vormittag. Sie stellte sich unter die Dusche, das warme Wasser tat ihr gut. Als sie blindlings nach ihrer Waschlotion griff, erwischte ihre Hand ein fremdes Plastikfläschchen. Sylvia wischte sich das Wasser aus den Augen und sah es sich genauer an. Das war mit Sicherheit nicht ihres. Dann erkannte Sylvia die Marke, die Sandra als Kosmetikerin vertrat.

Neuer Zorn wallte in ihr auf. War es nicht genug, dass sich diese falsche Schlange ins Bett ihres Mannes eingeschlichen hatte? Musste sie auch noch ihre Dusche benutzen und mit ihrer Anwesenheit besudeln? Schließlich hatte auch Holger ein Bad direkt neben seinem Schlafzimmer.

Sylvia stellte das Wasser ab und warf das Ding in den kleinen Mülleimer, der unter dem Waschbecken stand. Dann stutzte sie, öffnete den Behälter erneut. Sie hatte richtig gesehen. Er enthielt zwischen zerknüllten Kleenextüchern ... ein gebrauchtes Kondom.

Vielleicht war es der Anblick dieses widerlichen Stück Gummis, der dafür sorgte, dass Sylvia auf einmal ganz genau wusste, was sie zu tun hatte. Sie würde sich von Holger trennen, und das so schnell wie möglich.

Ich muss sofort mit Thomas sprechen, dachte sie und griff nach ihrem Badehandtuch. Überall in ihrem Badezimmer entdeckte sie weitere Spuren von Holgers Affäre: dunkle Haare in ihrem Waschbecken. Lippenstiftflecken an ihren weißen, flauschigen Handtüchern. Und spätestens als sie Sandras Parfum an ihrem Kimono wahrnahm, wurde ihr klar, dass sie sich hier nicht mehr zu Hause fühlte. Umso besser, dachte sie. Der unausweichliche Verkauf der Wohnung würde ihr leichtfallen. Denn wovon sollte Holger seine Schulden bezahlen, wenn die Sir-James-Millionen ausblieben? Noch wusste ihr Mann davon nichts. Es wurde Zeit, dass er es erfuhr.

Sie zog sich an und machte sich entschlossen auf die Suche nach Holger, doch er war nicht da. Ihr wurde bewusst, dass Sonntag war, und sie rief Thomas Waldner an, bat um ein Treffen. Den Porsche würde sie gleich am kommenden Morgen zurückbringen. Besser, der so großzügig ausgeliehene Flitzer stand wieder beim Händler, ehe die finanzielle Situation der von Gadens die Runde machte.

Sylvia stand unschlüssig in der Garderobe. In einer Schale aus Walnussholz auf der Schuhkommode lag der Schlüssel, den Sandra ihr zurückgegeben hatte.

Was, wenn sich Sandra einen Nachschlüssel hatte machen lassen?

Doch diesen Gedanken schob Sylvia gleich wieder von sich, als ihr ein anderer durch den Kopf schoss. Holger hatte ihr jeden erdenklichen Beweis geliefert, dass sie ihm nicht trauen durfte. Heute Morgen war er nicht hier, obwohl sie so viel miteinander zu klären hatten. Es sah ganz so aus, als hätte er ihre Beziehung längst aufgegeben. Das Einzige, dachte Sylvia bitter, was ihn in den letzten Wochen noch an mir interessiert hat, war mein Erbe. Wohin, so fragte sie sich besorgt, führte seine Skrupellosigkeit ihn jetzt noch?

Sylvia wurde sich mit aller Deutlichkeit bewusst, dass sie in der Vergangenheit viel zu gutgläubig und zu saumselig gewesen war. Damit musste jetzt Schluss sein. Sie schlug in den Gelben Seiten nach und fand, was sie suchte. Zwei Stunden später war das Wohnungsschloss ausgewechselt. Sollte doch zur Abwechslung Holger eine Überraschung erleben.

Auf dem Weg zur Kanzlei ihres Freundes fühlte Sylvia seit Langem wieder die Kraft und Entschlossenheit in sich, die sie so lange vermisst hatte. Es war ein herrlicher Tag. Die Menschen trugen ein Lächeln auf ihren Gesichtern, der Himmel über München strahlte. Sylvia wusste, dass das, was vor ihr lag, nicht einfach sein würde. Doch sie hatte keine Angst mehr davor. Sie würde einen Schlussstrich ziehen, der längst überfällig war. Zum ersten Mal war sie zuversichtlich. Wer weiß, dachte sie, als sie Thomas Waldners Büro erreichte, wie das alles ausgehen wird.

Eines jedoch stand für sie fest: Wenn sie das hier überstanden hatte, würde sie nur noch tun, wozu ihr Herz ihr riet.

Es war später Nachmittag, als Sylvia die Kanzlei verließ. Sie war erschöpft und doch erfüllt von einem Gefühl der Freiheit und Euphorie. Allerdings verspürte sie nicht die geringste Lust, nach Hause zu gehen. Eigentlich, wenn sie es sich recht überlegte, hatte sie im Moment ja auch kein Zuhause mehr.

Unwillkürlich schlug sie den Weg ins Lehel ein, zu Veronikas Wohnung. Unterwegs rief sie ihre Freundin an.

»Sylvia!«, hörte sie Veronikas begeisterte Stimme. »Ich hab dich im Fernsehen gesehen! Stimmt es, dass du die Insel vor dem Investor gerettet hast?«

»Der Kauf wird gerade rückgängig gemacht«, sagte Sylvia. »Wo bist du? Etwa noch bei Laurent?«

»Genau«, antwortete Veronika fröhlich, »und ich werde auch noch ein bisschen bleiben.«

Sylvia lächelte, Vero hörte sich richtig glücklich an.

»Hat er deinen Mini etwa noch immer nicht hingekriegt?«

Veronika lachte. »Doch, doch«, antwortete sie. »Wenn du wüsstest, was Laurent sonst noch alles hinkriegt ... Aber erzähl, wo bist du?«

»In München«, erklärte Sylvia. »Und ich wollte dich fragen, ob dein Angebot noch steht.«

»Welches Angebot?«

»Vero, kann ich eine Weile bei dir wohnen?«

Einige Sekunden blieb es still in der Leitung. »Aber natürlich«, sagte Veronika dann. »Der Schlüssel liegt unter dem Blumentopf im Hinterhof, so wie immer.«

»Danke«, sagte Sylvia und merkte, dass ihr trotz all ihrer Entschlossenheit die Stimme zitterte.

»Ist es so schlimm?«

»Nein«, antwortete Sylvia tapfer. »Ich trenne mich nur von meinem Mann. Das ist alles. Und unsere Wohnung kommt so schnell wie möglich unter den Hammer.«

»Na, da bin ich aber erleichtert«, konterte Veronika trocken. »Ich meine, dass weiter nichts ist. Es wird höchste Zeit, dass du den Mistkerl verlässt.«

»Kann ich auch ein paar Wochen bei dir bleiben?«

»Ach weißt du«, meinte Veronika, »ich hab so das Gefühl, dass ich von jetzt an ohnehin die meiste Zeit hier in Frankreich sein werde.«

»Tatsächlich?«

»Du hast ja keine Ahnung, wie dankbar ich dir bin«, fuhr Veronika fort. »Dass du mich damals gezwungen hast, mit dir in die Bretagne zu fahren, war das Beste, was mir je widerfahren konnte. Laurent und ich, wir hätten uns sonst niemals kennengelernt...«

»Dann hat dieses ganze Desaster also am Ende doch noch einen Sinn gehabt«, meinte Sylvia nachdenklich.

Inzwischen war sie im Innenhof angekommen, hob den Blumentopf an und fand Veronikas Ersatzschlüssel. So wie früher. So wie immer.

*16*

*Das Wiedersehen*

Dass sie ihrer Eingebung gefolgt war und das Schloss der gemeinsamen Wohnung am Englischen Garten hatte auswechseln lassen, erwies sich in den folgenden Tagen als richtig. Damit hatte Holger nicht im Geringsten gerechnet, ebenso wenig mit der Tatsache, dass die rettenden Millionen nicht flossen. Dass Sylvia es tatsächlich geschafft hatte, den Verkauf der Insel zu verhindern, schien ihn völlig aus der Bahn zu werfen. Als er jedoch die Konsequenzen ihrer Verhandlungen mit Sir James in vollem Umfang begriff, begann der Krieg. Ein Krieg, den Sylvia nicht wollte und den sie dennoch führen musste.

Während der nächsten Wochen schaltete Sylvia auf Autopilot, wie sie es nannte. Sie hatte ein Ziel, sie wollte sobald wie möglich wieder zurück auf die Insel. Jeder weitere Tag in München zeigte es ihr aufs Neue: Sie hatte mit der Insel den Ort gefunden, an dem sie leben wollte, den Ort, wo ihr Frieden wohnte. Jeden Tag wurde ihr klarer, wie sehr ihr die Menschen dort fehlten. Und ganz besonders einer – Maël.

»Wann kommst du?«, schrieb Solenn.

Sylvia, die lieber heute als morgen gefahren wäre, zwang sich zur Geduld. Sie wollte frei sein, wenn sie zurückkehrte. Ungebunden. Und alles, was der Vergangenheit angehörte, geregelt wissen. Sie wusste, nur dann hatte sie eine Chance auf einen Neubeginn.

Der Verkauf der gemeinsamen Wohnung fiel Sylvia erstaunlich leicht. Sie hätte nie gedacht, wie wenig es ihr bedeutete, sie samt ihrer wertvollen und sorgfältig ausgesuchten Einrichtung aufzugeben. Mehr noch, sie war erleichtert, als sie zweieinhalb Millionen dafür bekamen. Davon erhielt Sylvia die Hälfte. Zusammen mit ihren Ersparnissen reichte es gerade so, Sir James' Anzahlung zurückzahlen.

»Nun fängst du wieder bei null an«, sagte Thomas bedauernd, als alles geregelt war und Sylvia die Scheidung eingereicht hatte. »Das ist wirklich nicht gerecht. Du weißt, dass du Holger eigentlich auf Veruntreuung verklagen könntest?«

Doch Sylvia schüttelte nur den Kopf. Sie wollte Holger nicht verklagen. Ganz egal, wie sie jetzt zueinander standen, sie waren einmal ein Team gewesen. Nur weil Holger irgendwann damit begonnen hatte, aus dem Team auszusteigen, würde sie ihren Grundsätzen nicht untreu werden.

»Was würde schon dabei herauskommen?«, fragte sie Thomas mit einem traurigen Lächeln. »Meine Mutter pflegte zu sagen: Einem nackten Mann kannst du nicht in die Tasche greifen. Soll ich mich von seinem Insolvenzverwalter ganz unten auf die Liste seiner Gläubiger setzen lassen? Nein, Thomas. Ich möchte das alles einfach nur hinter mir lassen. Und das so schnell wie möglich.«

Sehnsüchtig sah sie zum Fenster hinaus. Inzwischen war es September geworden, und Sylvia fragte sich, wie lange sie wohl noch ausharren musste.

»Wenn du fahren möchtest«, sagte Thomas, dem ihre Stimmung nicht verborgen blieb, »dann kannst du das ruhig tun. Im Grunde haben wir jetzt alles in die Wege geleitet. Und auf den Scheidungstermin warten kannst du auch in Frankreich. Hauptsache, du bleibst erreichbar, wenn ich dich brauche.«

Sylvia sah ihn ungläubig an.

»Meinst du wirklich?«, fragte sie.

»Fahr«, sagte Thomas und lächelte. »Ich kann dir doch ansehen, wie sehr du darauf brennst.«


Je näher Sylvia der Atlantikküste kam, desto verwirrender wurden ihre Gefühle. Bilder aus der Vergangenheit tauchten völlig unerwartet in ihr auf und verschwanden wieder. Pierrick mit seiner Schubkarre. Die Menhire im Platzregen. Der Geschmack von salzigem Karamell. Cocos karottenroter Haarschopf. Und immer wieder Maël: Maëls Stimme. Maëls Hände. Maëls Art, seinen Kopf zu wenden. Seine Lippen auf den ihren, sein keuchender Atem. Maël war ihr so nah, als säße er direkt neben ihr. Ob sie ihm willkommen war? Das war die Frage, die sie seit Monaten am meisten quälte.

»Du bist uns willkommen ... Du bist für mich Familie ...«, hatte Solenn gesagt.

Sylvia lenkte den Wagen auf einen Rastplatz und suchte sich eine Parklücke. Familien saßen an den Picknicktischen auf den Grünflächen oder vertilgten hastig belegte Brote neben ihren Autos, während sie sich streckten und reckten. Die Urlaubszeit ging zu Ende, und die Menschen kehrten in ihr Zuhause zurück.

Als Sylvia von der Toilette zurückkam, wurde ihr auf einmal klar, dass sie, im Gegensatz zu all diesen Menschen, kein Zuhause mehr hatte. Alles, was sie noch besaß, einschließlich Tante Lucies Gemälde, befand sich im Kofferraum des betagten Kombis, den sie sich von ihrem letzten Geld gekauft hatte. Ihr Herz begann in Panik zu rasen. Was, wenn sie auf der Insel nicht willkommen war? Doch dann beruhigte es sich wieder, und als sie den Wagen zurück auf die Autobahn steuerte, machte sich das Gefühl einer großen Leichtigkeit breit. Sie war unterwegs. Wo sie ihr Weg schlussendlich hinführen würde, war ungewiss. Die Zukunft war ein unbeschriebenes Blatt, und sie konnte selbst entscheiden, was eines Tages darauf geschrieben stehen würde. Dieser Zustand war so überwältigend neu für Sylvia, dass sie sich erst noch daran gewöhnen musste.

War dies das Gefühl von Freiheit?

Ein herrlicher Altweibersommertag neigte sich seinem Ende entgegen. In den Gärten quollen die Dolden grünlich weißer, rosafarbener und vor allem blauer Gartenhortensien über Mauern und Zäune, berankten Fassaden und Scheunen. Hecken von blühendem Oleander säumten die Straße, dann wieder lange Reihen Schmucklilien mit ihren sichelförmigen Blättern, aus denen sich die sternförmigen, kugeligen Blüten an ihren langen Stielen erhoben, so blau wie der Himmel, der sich in einer unglaublichen Intensität über das immer flacher werdende Land spannte.

Lange bevor sie ihn sah, konnte Sylvia den Atlantik riechen. Sie hatte das Fenster heruntergelassen und das Tempo gedrosselt, sog die Luft in sich ein, die nach Erde und würzigen Kräutern schmeckte – und immer deutlicher prickelnd nach Salz und Frische. Und dann tauchte es vor ihr auf, das Meer. Nahezu träge lag es da, die weißen Segel unzähliger Boote flirrten im späten Sonnenlicht. Motorjachten zogen türkisfarbene, weiß geränderte Streifen kreuz und quer über das tiefe Blau des Wassers. Auf den Trottoirs und Plätzen der Dörfer, die Sylvia passierte, standen Bistrotische mit Stühlen, Geschäfte mit den letzten bunten Utensilien des Sommers und Postkartenständern setzten fröhliche Akzente.

Die Sonne war gerade untergegangen, als Sylvia die Landbrücke erreichte, die zur Kamelieninsel führte. Die Auffahrt war erneuert worden, die Fahrbahn hatte einen frischen Belag erhalten. Sylvia entdeckte sogar eine Ampel, die den einspurigen Verkehr regelte. Sie stand gerade auf Rot, und eine ganze

Kolonne von Fahrzeugen näherte sich von der Insel her dem Festland. Sylvia stieg aus dem Wagen und sah nach dem Wasserstand. Die Flut drängte bereits heran, jedoch nicht mit der wilden Wucht des Frühjahrs, sondern scheinbar ohne Eile. Und doch wusste Sylvia, dass ihr nicht mehr viel Zeit blieb.

Endlich hatte das letzte Fahrzeug das Festland erreicht, und die Ampel sprang auf Grün. Sylvia stieg wieder ein und fuhr los, und es schien ihr, als führe sie direkt über das Wasser. Ihr war, als wäre sie in einen ihrer Träume versetzt, so unwirklich lag ihr Ziel vor dem glühenden Abendrothimmel vor ihr.

Dann war die Landbrücke zu Ende, und Sylvia steuerte ihren Wagen auf die Insel, hinauf zum großen Tor. Einen Moment lang blieb sie einfach so sitzen, starrte auf ihre Hände, die das Lenkrad umfasst hielten. Ihr Herz schlug heftig gegen ihre Brust. So viel Zeit war vergangen. Wenn sie an die selbstsichere und doch so unbedarfte Sylvia dachte, die hier das allererste Mal angekommen war, fest davon überzeugt, sich verfahren zu haben, dann konnte sie kaum glauben, dass das wirklich sie gewesen sein sollte. Sie hatte sich verändert. Ebenso musste es Solenn ergangen sein und Maël nicht minder. Sie gab sich einen Ruck. Es brachte nichts, in der Vergangenheit zu wühlen. Es wurde Zeit herauszufinden, was sie einander heute bedeuteten. Oder auch nicht.

Als sie aus dem Wagen stieg, hieß der Wind sie willkommen wie ein alter Bekannter. Spielerisch fuhr er durch ihr Haar und zerrte an ihrer Bluse. Mit dem Schwinden des Sonnenlichts schien der Atlantik zu erwachen und sein wahres Wesen zu zeigen, wild und ungestüm. Brausend rollten die Wellen heran, schlugen gegen die Felsen, die den Naturhafen, einige Hundert Meter unter ihr, begrenzten.

Das Tor war geschlossen, Solenn schien keine Besucher mehr zu erwarten. Sylvia blickte zurück und sah, dass der

Besucherparkplatz vergrößert worden war. Im selben Augenblick flammte im großen Haus ein Licht auf. Sylvia atmete tief durch und ging auf die Holztür im Tor zu, drückte die Klinke runter. Sie gab nach. Sylvia durchschritt den Hof und klopfte an die Küchentür.

»Komm schon rein«, hörte sie und öffnete die Tür. »Und mach die Tür gleich wieder zu, Pierrick. Es windet so stark heute Abend.«

Solenn stand mit dem Rücken zur Tür in der Küche und stellte gerade den verbeulten Wasserkessel auf den Herd, den Sylvia damals eigenhändig in einer der Umzugskisten verstaut hatte. Es duftete nach allen Essenzen des Meeres. Sylvia sog die Aromen der Fischsuppe ein, die sachte auf dem Gasherd simmerte. Der Tisch war für fünf Personen gedeckt. Ob einer der Suppenteller für Maël bestimmt war?

»*Bonsoir*, Solenn«, sagte sie.

Solenn wandte sich erstaunt zu ihr um, und ein Strahlen ging über ihr Gesicht. Mit raschen Schritten kam sie auf Sylvia zu, legte kurz ihre rechte Hand an Sylvias Wange. Sie fühlte sich rau an, warm und vertraut.

»Hast du es endlich hinter dir!«, sagte Solenn leise.

Sylvia nickte. Tränen traten ihr in die Augen. Die gesamte Anspannung der vergangenen Monate wich mit einem Mal von ihr. Solenn griff nach ihrer Hand und zog sie zum Tisch.

»Komm, komm setz dich. Du musst müde sein. Willst du einen Tee? Oder lieber ein Glas Wein?«

Sylvia öffnete den Mund, doch sie brachte keinen Ton heraus. Sie sah sich in der Küche um, alles war wie damals und doch nicht ganz. Die Wand hatte einen frischen, malvenfarbenen Anstrich bekommen. Vor den Fenstern hingen neue Gardinen.

»Wir haben die Gelegenheit genutzt«, erklärte Solenn heiter, die Sylvias Blicke bemerkte, »und ein bisschen renoviert. Das eine oder andere ist auch auf den Müll gewandert. Weißt du, freiwillig hätte ich die alten Möbel nie mehr von ihrer angestammten Stelle bewegt. Jetzt bin ich wirklich froh.«

Die Bretonin schenkte Sylvia und sich selbst ein Glas goldgelben Weißwein ein.

»Auf deine Rückkehr!«, sagte sie und hob ihr Glas. »Ich freue mich so, dich zu sehen!«

Sylvia hörte Stimmen, Gelächter, Schritte, die sich vom Hof her näherten. Dann wurde die Tür aufgerissen, Pierrick stapfte herein, gefolgt von Gurvan, Coco und einem jungen Mann mit grünlichen Haaren und Piercings in einer Augenbraue. Kein Maël. Kam er vielleicht später? Oder überhaupt nicht mehr?

Die jungen Leute verstummten bei Sylvias Anblick und rissen weit die Augen auf. Nur Pierrick schien nicht überrascht.

»Da bist du ja«, sagte er gutmütig und schlug ihr freundschaftlich auf die Schulter.

Auch Coco und Gurvan begrüßten sie nun und stellten ihr den neuen Lehrling vor. Solenn holte ein sechstes Gedeck für Sylvia aus dem Geschirrschrank. Diese wagte es nicht, nach Maël zu fragen, auch später nicht, als sie gemeinsam mit Solenn die Küche aufräumte und das Geschirr abtrocknete, während die Bretonin ihr von der Gärtnerei erzählte und wie gut die Geschäfte liefen, seit die Kamelieninsel im Frühjahr durch alle Medien gegangen war.

»Unser Umsatz hat sich fast verdoppelt«, berichtete Solenn. »An manchen Tagen reicht nicht mal mehr der Besucherparkplatz aus, obwohl wir ihn schon vergrößert haben. Ich werde mehr Leute einstellen müssen. Obwohl viele Besucher einfach nur kommen, um sich umzuschauen und oben auf den Klippen ein Picknick zu machen. Manchmal weiß ich nicht, wo mir der Kopf steht.«

Solenn schrubbte den letzten Topf sauber, spülte ihn mit heißem Wasser nach und stellte ihn umgedreht auf das Abtropfgitter. Dann trocknete sie sich die Hände ab und wandte sich Sylvia zu.

»Ich bin so froh, dass du da bist, Sylvie. Du musst doch hoffentlich nicht gleich wieder fort?«

Sylvia schüttelte den Kopf und lächelte. »Ich konnte es kaum erwarten, wieder hier zu sein«, gestand sie. »Wenn es dir recht ist, bleibe ich gern. Wenigstens ein paar Wochen.«

Solenn warf ihr einen kurzen, prüfenden Blick zu, als wollte sie etwas sagen. Doch dann überlegte sie es sich anders. Sie holte eine Flasche *lambig* aus der Vorratskammer, und während sie sich den köstlichen Apfelschnaps schmecken ließen, erzählte sie von den neuesten Entwicklungen der Gärtnerei.

»Weißt du«, sagte Solenn schließlich, »obwohl wir wirklich zufrieden sein können, liege ich manchmal nachts wach im Bett und frage mich, wie wir das alles hinkriegen sollen. Es gäbe so vieles, was wir verändern müssten. Morgane sagt, wir sollten ein Bistro eröffnen und Verkaufsniederlassungen auf dem Festland. Mir wird ganz schwindlig, wenn ich sie so reden höre. Was ich bräuchte, wäre jemanden wie dich an meiner Seite, Sylvie, jemanden mit deiner Erfahrung und Kompetenz. Ich weiß, ich sollte dich nicht gleich am ersten Abend damit überfallen, wahrscheinlich hast du auch Besseres vor, als hier am Ende der Welt zu leben, aber ...«

Sylvia legte ihre Hand auf die der Bretonin.

»Nein, Solenn«, sagte sie, »ich habe nichts Besseres vor. Und ich kann mir auch nichts Schöneres vorstellen. Wir schaffen das gemeinsam. Wir machen aus der Kamelieninsel etwas ganz Besonderes.«

Solenn lehnte sich zurück und atmete ganz tief ein und aus. Ein Strahlen ging über ihr Gesicht, ihre Erleichterung war mit Händen zu greifen. Die Anspannung fiel sichtlich von ihr ab.

»Dann wird alles gut«, sagte sie mit einer Sicherheit in der Stimme, die Sylvia erstaunte.

Würde wirklich alles gut werden?

Eine Weile hing ein intensives Schweigen zwischen ihnen. So viele Gedanken und ungesagte Worte gingen Sylvia durch den Kopf. Sie biss sich auf die Lippen, überlegte, wie sie ihre drängendste Frage stellen könnte, um nicht ... Ja, was denn? Um ihre Enttäuschung nicht zu sehr zu zeigen, falls die Antwort negativ ausfiel? Doch was hatte sie zu verlieren?

»Wo ist eigentlich Maël?«

Solenn sah sie an und lachte schallend. »*Oh, mon Dieu*«, rief sie endlich aus. »Ich dachte schon, du würdest niemals fragen.« Dann sah sie Sylvia ernst an. »Maël ist auf einer Konferenz in London. Er ist ein gefragter Experte und nutzt die Gelegenheiten zum Austausch unter Kollegen. Übermorgen kommt er zurück.«

Sylvia nagte an ihrer Unterlippe. »Und«, begann sie dann erneut, »glaubst du, er wäre damit einverstanden, dass ich hier mitarbeite?«

Solenns Augen blitzten amüsiert auf. »Weißt du was?«, entgegnete sie. »Das fragst du ihn am besten selbst.«

Und damit stand sie auf, ging mit Sylvia hoch in das Gästezimmer, half ihr dabei, das Bett zu beziehen, und wünschte ihr eine gute Nacht.

Den nächsten Tag verbrachte Sylvia mit Gwen im Büro und ließ sich die Arbeitsabläufe, so wie sie bisher organisiert waren, erklären. Sie hatte beschlossen, gleich mit der Arbeit zu beginnen, und analysierte nun auch die Buchhaltung und Steuererklärungen der vergangenen Jahre. Es tat gut, etwas Vernünftiges zu tun, das anwenden zu können, was sie am besten konnte. So verging der zweite Tag, ohne dass sie ständig daran denken musste, dass sie bald Maël gegenüberstehen würde – ein Gedanke, der ihr Herz veranlasste, in Galopp zu verfallen.

Es war bereits Abend, als Sylvia die Ordner beiseiteräumte. Die Besucher hatten die Insel verlassen, das Wasser stieg wieder an. Mit einem Gefühl der Enttäuschung wurde ihr bewusst, dass Maël noch immer nicht gekommen war. Vielleicht lag es an ihrer Gegenwart? Wollte er sie nicht sehen?

Sylvia schloss die Tür des Büros ab und trat hinaus auf den Hof. Sie hatte sich noch nicht einmal die Zeit genommen, den Garten zu besuchen, und so lenkte sie ihre Schritte den Weg entlang zu Lucies Bank. Hier war alles wie immer – das Geräusch der anlandenden Wellen hinter der Mauer, das Geschrei der Seevögel, der Geruch nach Erde und Meer. Sylvia setzte sich, und sofort nahm wieder dieser Friede von ihr Besitz, diese namenlose Ruhe. Sie schloss die Augen und atmete gleichmäßig ein und aus, und nach einer Weile hatte sie das Gefühl, endlich angekommen zu sein. Ganz egal, wie Maël reagieren würde, dies war der Ort, am dem sie sein wollte. Hier. Nirgendwo sonst.

Sie stand auf und ging über die gepflegten Kieswege zum unteren Teil des Gartens. Um diese Zeit war hier eigentlich niemand. Zu ihrem Erstaunen erblickte sie doch eine Gestalt ganz am Ende der Anlage bei den niedrigeren Sträuchern.

Unter Millionen von Menschen hätte Sylvia ihn wiedererkannt – es war Maël. Er stand gebückt da, konzentrierte sich auf eine junge Kamelie. Jetzt richtete er sich auf, wandte sich zum Festland, als suchte er etwas oder als wartete er auf jemanden. Sylvias Herz schlug so laut, dass sein Pochen in ihren Ohren widerhallte. Sie hatte das Gefühl, dass es meilenweit zu hören war. Sollte sie rufen? Oder einfach abwarten?

Auf einmal wandte Maël sich um, als hätte er ihren Blick gespürt. Im späten Abendlicht schien sein Gesicht zu leuchten. Er sah sie an, und dann war es Sylvia, als bliebe die Zeit stehen. Auf einmal waren all ihre Befürchtungen wie weggeblasen. Sie schaute Maël in die Augen, und obwohl sie noch so weit voneinander entfernt waren, spürte sie ihn bereits. Auf ihren Lippen. In ihrem Herzen.

Und dann setzte die Zeit wieder ein, Maël kam mit raschen Schritten auf sie zu. Am Ausdruck in seinen Augen erkannte Sylvia, dass Solenn ihm von ihrer Anwesenheit nichts verraten hatte. Im nächsten Augenblick hielten sie sich in den Armen.

»Sylvie«, flüsterte er und drückte sie an sich, strich ihr über das Haar, über den Rücken, fuhr mit den Fingern ihre Augenbrauen, die Linie ihrer Nasenflügel und der Lippen nach. »Endlich. Warum hast du mich so lange warten lassen?«

Und dann sagte er gar nichts mehr. Er ließ auch ihr keine Gelegenheit für eine Antwort, denn seine Lippen verschlossen die ihren – weich und warm, so als wollte er sie nie wieder loslassen.

*Epilog*
*Sylviana*

Die Braut warf den Strauß entschlossen in die Luft. Er flog über die Schar der Brautjungfern hinweg, die ihre Arme nach ihm reckten, drehte sich um sich selbst und beschrieb in der Luft einen leichten Bogen. Und hätte Sylvia ihn nicht im Reflex aufgefangen, wäre das traumhaft schöne Gebinde aus cremefarbenen Kamelien vermutlich direkt auf ihrem Kopf gelandet.

»Das hast du mit Absicht gemacht!« Sylvia lachte, als sie Veronika in die Arme schloss und ihr von ganzem Herzen gratulierte.

»Natürlich«, antwortete diese, »nur wusste ich nicht, dass ich so ein Ass im Werfen bin!«

»Du bist in jeder Hinsicht ein Ass«, gab Sylvia liebevoll zurück, ehe sie Laurent umarmte und ihn ermahnte, stets gut zu ihrer Freundin zu sein, andernfalls würde er es mit ihr zu tun bekommen.

»Ich werde mein Bestes geben«, antwortete Laurent gut gelaunt. Und mit Blick auf den Brautstrauß fügte er hinzu: »Ihr seid als Nächste dran. Das Schicksal hat gesprochen.«

Maël legte den Arm um Sylvias Schultern und zog sie sanft an sich. Sofort durchströmte sie eine Welle der Zärtlichkeit. Seit einem Jahr lebten sie nun schon gemeinsam in Maëls Haus auf der Kamelieninsel. Ihre Tage waren angefüllt mit Arbeit und ihre Nächte mit Leidenschaft. Mitunter fragte sich Sylvia, ob das immer so bleiben würde. Zu frisch waren noch die Wunden, die das Scheitern ihrer Ehe mit Holger geschlagen hatten. Doch je länger sie auf der Insel war, desto mehr begriff sie, dass Maël ein vollkommen anderer Mensch war als Holger, und anders war auch das Zusammensein mit ihm. Alles war so viel einfacher. Während sie mit Holger um jedes Detail hatte diskutieren müssen, waren Maël und sie sich in fast allem einig. Und wenn es doch etwas zu klären gab, hörten sie einander aufmerksam zu. Auch ohne viele Worte fanden sie immer eine Lösung. Das tat so unendlich gut.

Das Schönste an Maëls Liebe zu ihr ging Sylvia allerdings erst nach und nach auf – sie war ohne Bedingungen. Er liebte sie so, wie sie war. Ob vermögend oder mittellos – es war ihm einfach egal. Und das erfüllte Sylvia immer wieder mit Staunen.

Mit der Zeit löste sich die Anspannung, die sie seit vielen Jahren fest im Griff gehabt hatte. Wie einfach das Leben doch sein konnte! Jetzt erst wurde Sylvia bewusst, wie viel Energie für die wirklich wichtigen Dinge des Lebens übrig blieb, wenn man nicht ständig kämpfen musste. Und schließlich verstand sie auf einmal, warum es so einfach war: Sie und Maël konkurrierten nicht miteinander. Sie arbeiteten beide für dasselbe Ziel – den Erhalt und Ausbau des Jardin aux Camélias.


Als Sylvia am Morgen nach der Rückkehr von Veronikas Hochzeit mit Laurent erwachte, fiel ihr Blick auf den Brautstrauß auf ihrer Kommode. Sie hatte die Kamelien taufrisch am Hochzeitsmorgen geschnitten und in einer Spezialbox mit nach Le Mans genommen. Nun hatten sie wieder den Weg zurück auf die Insel gefunden.

Der Brautstrauß ... Ausgerechnet bei ihr war er gelandet.

Ob sie noch einmal heiraten würde? Am Tag ihrer Scheidung hatte sie es sich noch nicht vorstellen können. Doch das Leben auf der Insel löschte jeden Tag ein Stück mehr die Enttäuschungen, den Groll und den Schmerz, die das Trennungsjahr mit sich gebracht hatten. Die Aufgabe, aus der Kamelieninsel ein Erfolgsprojekt zu machen, erfüllte sie mit Glück und Begeisterung. Noch standen sie ganz am Anfang, doch in ihren Visionen konnte Sylvia alles genau vor sich sehen: das Besucherzentrum, das den Gästen nicht nur die Kamelien, sondern auch die Insel selbst als Lebensraum nahebringen würde, das Bistro samt Laden mit besonderen Produkten rund um die Kamelie, bis hin zu den Filialen auf dem Festland, womöglich in ganz Europa. Das war ehrgeizig, Sylvia war sich dessen bewusst, doch sie wusste auch, dass große Visionen notwendig waren, um ungewöhnliche Ziele zu erreichen.

Noch fehlte es an vielem, an Personal und vor allem an Kapital, und mitunter dachte Sylvia wehmütig an ihr verlorenes Vermögen zurück. Wie gut hätten sie es jetzt für die Insel brauchen können! Und doch ... Es fühlte sich richtig an, dass sie ihr neues Leben bei null begonnen hatte. Das alte lag hinter ihr. Und es war nicht ihre Art, der Vergangenheit hinterherzuweinen.

Beim Frühstück bat Maël sie, an diesem Morgen mit ihr zu den Pflanzungen im hinteren Teil der Insel zu kommen.

»Ich möchte dir etwas zeigen«, sagte er.

»Eine neue Züchtung?«, fragte sie gespannt.

Doch Maël lächelte nur geheimnisvoll. Er sah aus wie ein kleiner Junge, der eine wunderbare Überraschung vorbereitet hatte und es kaum erwarten konnte, sie vorzuführen.

Während sie über die Insel fuhren, dachte Sylvia an das neue Computerprogramm, das sie eingeführt hatte, und fürchtete für einen kurzen Moment, dass es damit vielleicht Probleme gab. Doch dann wäre Maël nicht so entspannt. Als sie den Pfad hinunter in die Senke fuhren, fiel Sylvias Blick auf die neuen Gewächshäuser, die sie gebaut hatten, und auf die Erweiterung des Verwaltungstrakts, wo bald das Besucherzentrum entstehen würde. Immer häufiger wünschten die Besucher mit ernsten Kaufabsichten, das Herz der Kamelienzucht zu besuchen. Sylvia arbeitete gerade mit einer jungen Künstlerin an einer Dokumentation über die Geschichte der Kamelie, ihre Varietät und Besonderheit. Um diese Veränderungen finanzieren zu können, nahm sie immer wieder Aufträge ihrer früheren Stammklienten an, die sie gebeten hatten, sie nicht im Stich zu lassen. Auch wenn sie die Insel ungern verließ, so waren ihre Honorare für die Investitionen doch dringend notwendig. Auch Maël nutzte jede Einladung zu Gastvorträgen bei Symposien und Kongressen, obwohl er viel lieber auf der Insel blieb.

Sie erreichten den Parkplatz der Plantage. Es war früh am Tag, noch gab es keine Besucher. Coco, Gurvan und die anderen Angestellten konnten ungestört ihrer Arbeit nachgehen.

»Komm«, sagte Maël und führte Sylvia zu den Gewächshäusern, wo Solenn bereits auf sie wartete. Die Bretonin sah feierlich aus, Sylvia bemerkte, dass sie ihre beste Bluse trug.

»Heute ist doch nicht etwa Weihnachten, oder?«, fragte Sylvia und lächelte.

»Nein«, antwortete Solenn. »Weihnachten nicht, aber Lucies Geburtstag. Und deswegen haben wir diesen Tag ausgewählt...«

»Es war schließlich ihre Idee«, sagte Maël leise. »Und jetzt kommt herein!«

Sylvia wurde bewusst, dass sie in diesem Teil der Gewächshäuser noch nie gewesen war. Die Türen waren immer verschlossen, und sie hatte sich nie gefragt, warum das so war. Das Glashaus stand voller kniehoher Sträucher, die sich wie Küken um eine prächtige Kamelie in ihrer Mitte drängten, einen gut und gern zweieinhalb Meter hoch gewachsenen Stamm, dessen Rinde silbergrau schimmerte. Die dichte, dunkle Krone stand voller Blüten.

Sylvia hielt die Luft an, als sie diese Pracht erblickte. Sie kannte sich inzwischen gut aus und wusste, dass es Kamelien in unterschiedlichsten Blütenformen gab – von ganz einfachen fünfblättrigen Wildsorten bis zu üppig gefüllten Exemplaren. Es gab Blüten, die an Rosen erinnerten, und andere, die Pfingstrosen ähnelten. Es gab pomponartige Sorten, die wie Dahlien geformt waren, und gefiederte Arten. Doch was hier zwischen dunkelgrünen Blättern blühte, war anders als alles, was sie kannte. Schon die Farbe war berückend. Innen waren die dicht gefüllten Blüten von einem so dunklen Violett, dass sie fast schwarz wirkten. Aus diesem nachtdunklen Herz leuchteten lange, dichte schneeweiße Staubgefäße wie Sterne. Und außen wurde die ungewöhnliche Blüte von ebenso strahlend weißen Blütenblättern eingefasst, als trüge die Kamelie einen Kragen.

»Ist sie nicht prachtvoll?«, fragte Solenn.

»Ein Traum«, flüsterte Sylvia, die sich nicht sattsehen konnte. »Ist das eine neue Sorte? So etwas Schönes hab ich noch nie gesehen. Hat sie einen Namen?«

Maël und Solenn wechselten zufriedene Blicke. »Sie heißt Sylviana«, sagte Solenn. »Und wenn du dich an das Testament unserer lieben Lucie erinnerst, dann weißt du auch, dass sie dir gehört. Sie ist nach dir benannt, und Lucie hat sie dir vermacht. Samt aller Vermarktungsrechte.« Sylvia schluckte. Sie erinnerte sich natürlich an das Testament, diesen Passus hatte sie jedoch vollständig vergessen. »Es ist eine der ersten Züchtungen von Maël. Du warst noch ein ganz junger Kerl, nicht?«

Solenn knuffte Maël liebevoll in die Seite. Dann wandte sie sich wieder an Sylvia. »Lucie hat damals beschlossen, dass sie eines Tages dir gehören solle. Da war dieser Baum noch ein kleiner Strauch, der einzige seiner Art, und er trug eine einzige Blüte. Maël hat ein bisschen an ihm herumgezaubert, deshalb gibt es inzwischen all diese Stecklinge, die kleinen Sylvianas, wie wir sie nennen.«

Noch immer war Sylvia sprachlos. Sie stellte sich ihre Tante vor, wie sie ungefähr in ihrem Alter an ihre Nichte gedacht hatte. Sie rechnete nach – damals war sie selbst fünfzehn Jahre alt gewesen.

»Und sie hat ihre Meinung nie geändert?«, fragte sie.

»Nie«, antwortete Solenn.

»Kurz vor ihrem Tod«, erzählte Maël, »kam Lucie hierher. Es war das letzte Mal. Da hat sie mir anvertraut, warum es ihr so wichtig ist. Eines Tages, sagte sie, wird Sylvie kommen. Und dann soll sie ein Andenken an mich haben. Ich weiß, sie braucht kein Geld, sie ist erfolgreich und kann für sich selbst sorgen. Aber wer besitzt schon so eine schöne Pflanze?«

Sylvia betrachtete den Kamelienbaum, seine ungewöhnlich elegante Rinde, die herrlichen Blüten. Tränen stiegen ihr in die Augen.

»Lucie hatte natürlich recht«, sagte Solenn, »du kannst sehr gut für dich selbst sorgen. Aber wir sehen alle, wie sehr du dich quälst, wenn du wieder einmal deine alten Klienten beraten musst. Sylviana ist das Kapital für deine Eigenständigkeit. Wenn jemand eine solche Rarität richtig auf den Markt bringen kann, dann bist du das.«

Sylvia ging ein paar Schritte auf »ihre« Kamelie zu, umfasste eine der Blüten mit ihren Händen und versenkte ihr Gesicht in ihr. Ein leiser Duft nach Moschus und Zitrone stieg ihr in die Nase.

»Sie duftet sogar!«, rief sie aus. Maël nickte. »Wie hast du das nur hinbekommen?«

Maël sah verlegen zu Boden. »Sie ist mir einfach passiert«, sagte er bescheiden. »Anfangs sah sie nicht einmal so hübsch aus, stimmt's, Solenn? Erst mit der Zeit und der richtigen Pflege hat sie sich so entwickelt.«

Sylvia betrachtete nachdenklich den Baum. »Wenn wir diesen Baum als Unikat anbieten würden«, sagte sie nach einer Weile, »und die Ableger als unverkäuflich für uns behalten, was meinst du, wie viel würde ein Sammler dafür bieten? Für eine Kamelie, von der nur ein einziges Exemplar weltweit auf dem Markt ist?« Maël hob die Schultern. »Wir könnten eine Auktion machen«, sprach Sylvia ihre Überlegungen aus. »Wir informieren weltweit nur die solventesten Kunden. Und den Erlös investieren wir in die Gärtnerei. Was haltet ihr davon?«

Es war ziemlich still geworden im Gewächshaus. Sylvia konnte das Summen einer Fliege hören, die einen Ausweg suchte. Sie hatte die Belüftungsschlitze wohl noch nicht gefunden.

»Aber sie gehört dir«, wandte Solenn ein. »Lucie hat sie ausdrücklich *dir* vermacht. Sie ist nicht für den Betrieb.«

»Ich kann aber doch über sie bestimmen...« Sylvia sah Maël in die Augen, dann Solenn. »Lucie hat das selbst gesagt«, fügte sie leise hinzu. »Ich kann für mich sorgen. Und wir haben doch alle dasselbe Ziel. Oder nicht?«


An diesem ungewöhnlich milden Septemberabend war es still zwischen Sylvia und Maël, aber gerade in diesem Schweigen war für beide spürbar, wie nahe sie einander waren. Es bedurfte keiner großen Worte, und doch durchbrach Maël irgendwann die Stille.

»Es ist Vollmond«, sagte er, »wollen wir noch ein bisschen ans Wasser gehen?« Tatsächlich schien der Mond so hell und brachte den weißen Kies derart zum Leuchten, dass sie keine Lampe benötigten, als sie Hand in Hand den Kameliengarten durchquerten, zum Tor hinaus und hinunter zur Anlegestelle gingen. Er spiegelte sich auf dem Wasser, sein lanzenförmiger Widerschein schien eine fragile, von den Wellen in Bewegung gehaltene Brücke aus Licht zwischen dem Festland und der Insel zu sein. Die Wellen schlugen sachte gegen die Boote und brachten sie von glucksenden Geräuschen begleitet zum Tanzen. Es war absolut windstill. »Sollen wir ein bisschen hinausfahren?«, fragte Maël.

Schon saßen sie in seinem Boot und lösten das Tau. Mit sicheren Ruderschlägen manövrierte Maël das Boot aus dem Naturhafen hinaus und lenkte es mitten in die zitternde Bahn aus Mondlicht, dann zog er die Ruder ein. Maël ergriff Sylvias Hand. Sie fühlte, dass er etwas sagen wollte, und sah ihm in die Augen. Er räusperte sich, zögerte, holte dann tief Luft.

»Ich kann dir nicht viel mehr bieten«, sagte er schließlich und hielt ihre Hand noch fester, »als ein Leben zwischen Himmel, Meer und dem bisschen Erde hier, in der unsere Kamelien gedeihen. Und dennoch frage ich dich: Willst du meine Frau werden, Sylvie?«

Sylvia dachte an den Tag, an dem sie diesen Mann zum ersten Mal gesehen hatte, an ihr zitterndes Herz, und ihr wurde klar, dass es damals schon alles gewusst hatte. Sie sah den vollen Mond und erinnerte sich an jenen vor undenklichen Zeiten, damals, als sie mit Holger auf der Einweihungsparty dieses Filmstars gewesen war. Sie dachte an die vielen sinnlosen Jahre, die sie ohne Maël verbracht hatte, immer auf der Jagd nach noch mehr Geld und einer trügerischen Sicherheit, die in kürzester Zeit zu einem Nichts zerronnen war. Sie dachte an das so ganz andere Glück, das sie auf diesem Fleckchen Erde endlich gefunden hatte, so unerwartet wie unfassbar. Und niemals wieder würde sie es loslassen. Dieses Glück nicht und vor allem nicht diesen wundervollen Mann.

»Ja, Maël«, sagte sie, »das will ich.«

Da drehte er sie sachte im Boot um, sodass sie sich mit ihrem Rücken an seine Brust lehnen konnte. Er schloss seine Arme sanft um sie, und gemeinsam betrachteten sie den leuchtenden Mond und sein schimmerndes Licht auf den tanzenden Wellen und fühlten sich immer mehr wie ein einziges denkendes, fühlendes Wesen, zwei Seelen, die sich schon lange zu kennen schienen und nun endlich miteinander vereint waren.

Für immer und ewig.

ENDE

*Danksagung*

Das Schreiben eines Romans ist eine Reise für sich. Zahlreiche Besuche in der Bretagne, meine Begeisterung für die Landschaft und die dort heimische Pflanzenwelt regten mich zu Sylvias Geschichte an. Auch wenn man die Kamelieninsel auf geografischen Karten vergebens sucht, so gibt es doch mehrere bretonische Orte, die für dieses kleine Paradies Pate standen.

Besonders dankbar bin ich Marie-Noël Reniero, einer waschechten Bretonin im andalusischen Exil, die mir meine Fragen zur Denkweise und zum Gefühlsleben ihrer Landsleute sowie zu deren Festen und Traditionen geduldig beantwortete und so manche Anregung beisteuerte.

Nora Bachmann hat mich in allen Fragen der Insolvenz ganz wunderbar beraten und viel Zeit aufgewendet, um mir alle meine Fragen zu beantworten. Dafür den allerherzlichsten Dank.

Meiner Agentin Petra Hermanns möchte ich für ihren Rückhalt und ihren Einsatz für meine Arbeit danken. Von Anfang an glaubten die Lektorinnen Melanie Blank-Schröder und Friederike Achilles von Bastei Lübbe an Sylvias Geschichte, und Margit von Cossart redigierte sie so einfühlsam wie kompetent. Allen dreien gebührt mein herzlichster Dank.

Und nicht zuletzt möchte ich meinem Mann für seine bedingungslose Liebe danken, eine wunderbare Fähigkeit, die er mit Maël gemeinsam hat.

*Die Geschichte um die Kamelien-Insel geht weiter …*

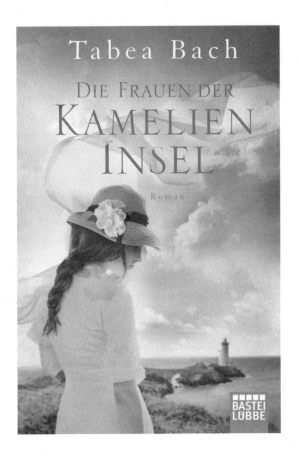

# 1
## *Das Fest*

Die Glocken von *Sainte-Anne* ertönten in ihrem schönsten Festtagsgeläut. Ein lauer Wind trug ihre Klänge weit hinaus über das bretonische Meer und hinüber zur Kamelieninsel, wo schon alles bereit war für das große Hochzeitsfest.

Weiße Kamelien schmückten den Altar, vor dem Sylvia und Maël sich gerade das Ja-Wort gegeben hatten. Der Priester sprach die letzten Segnungen, und mit einem tosenden Akkord setzte die Orgel zum Nachspiel ein.

Eine Welle von Glück durchflutete Sylvia. Nun hatten sie es also wirklich getan, obwohl sie nach der entsetzlichen Trennung von Holger vor fast drei Jahren geglaubt hatte, nie wieder einem Mann vertrauen zu können. Doch mit Maël war alles anders. Es war die tiefe, selbstverständliche Liebe zwischen ihnen, die alles einfach machte.

Sie fühlte seinen Blick und wandte sich ihm zu. Das Leuchten in seinen Augen brachte ihr Herz zum Tanzen, erst recht, als er sie sanft an sich zog und küsste.

Raum und Zeit schienen sich aufzulösen, und für einen Augenblick, der Sylvia ewig erschien, gab es nur sie beide: Maël und sie. Dann setzte die Zeit wieder ein, sie lösten sich voneinander und wandten sich strahlend vor Glück ihren Gästen zu.

Die Kirche war bis auf den letzten Sitz gefüllt, und hinter den mit weißen Bändern und Blüten geschmückten Bänken drängten sich noch mehr Menschen. Man hatte das Portal offen gelassen, damit diejenigen, die in der Kirche keinen Platz mehr gefunden hatten, das große Ereignis von draußen mitverfolgen konnten.

Sie fing das Lächeln ihrer besten Freundin und Trauzeugin Veronika auf, die in der ersten Reihe neben ihrem Mann Laurent saß, ihre zwanzig Wochen alte Tochter Lilianne im Tragetuch haltend. Und sie sah, wie sich Solenn mit einem Taschentuch über die Augen fuhr, Maëls Ziehmutter und Besitzerin der Kamelieninsel, eine bodenständige Bretonin, die normalerweise nicht so schnell aus der Fassung geriet. Für Sylvia war die Lebensgefährtin ihrer verstorbenen Tante Lucie trotz des Altersunterschieds zu einer echten Herzensfreundin geworden.

Während sie dem Ausgang entgegen schritten, blickte Sylvia hinauf zu der Fensterrosette aus buntem Glas über dem Ausgang. Einen Moment lang musste sie daran denken, wie sie vor fast drei Jahren zum allerersten Mal diese Kirche besucht hatte. Damals war der schmucklose Bau mit seinen trutzigen Säulen aus grauem Granitgestein eine Kirche unter vielen für sie gewesen. Sie war als Touristin gekommen, auf den Spuren von Tante Lucie, die allerletzte ihrer Verwandten, die drüben auf der Insel gemeinsam mit Solenn die Gärtnerei geführt hatte. Damals hatte Sylvia nicht ahnen können, dass diese Reise ihr gesamtes Leben auf den Kopf stellen würde...

Maël drückte ihre Hand, so als könnte er ihre Gedanken spüren. In den vergangenen beiden Jahren waren sie einander so vertraut geworden, dass der eine oftmals fühlen konnte, was der andere gerade dachte und auch den kleinsten Stimmungswechsel wahrnahm. Sie sah zu ihm auf und lächelte. Ja, sie liebte einfach alles an ihm: die Art, wie er sein dichtes, dunkles Haar aus der Stirn zu streichen pflegte, seinen vollen Mund, das energische Kinn mit dem Grübchen und die feinen Lachfältchen in seiner stets sonnengebräunten Haut. Vor allem aber waren es seine

Augen, die immer wieder dafür sorgten, dass sie Schmetterlinge im Bauch spürte. Denn diese Augen vereinten die Farben des Meeres und die des Himmels in sich und konnten wie das Wetter ihre Schattierungen wechseln, je nach seiner Stimmung. Im Augenblick leuchteten sie in einem grünlichen Blau.

Maël erwiderte ihren Blick. Sylvia wusste, was er ihr sagen wollte: Jetzt war nicht die Zeit, an all die Schwierigkeiten zurückzudenken, die heute gottlob weit hinter ihnen lagen. Heute war es Zeit, zu feiern und glücklich zu sein.

Als sie aus der Kirche traten, schloss Sylvia für einen Moment geblendet die Augen, dann hatte sie sich an das helle Sonnenlicht gewöhnt. Der Platz war voller Menschen, die in der Kirche keinen Platz mehr gefunden hatten. Das ganze Dorf war zu ihrer Hochzeit gekommen, Hochrufe brandeten ihnen entgegen, Blütenblätter regneten sanft auf sie herab und bildeten einen weiß-rosa Teppich zu ihren Füßen.

Dann verebbte die Orgel in letzten, rauschenden Kadenzen, während sich aus der Rathausgasse die unverkennbaren, näselnden Klänge der Sackpfeife *biniou* und der *bombarde*, der traditionellen Oboe, näherten. Dieses Duo durfte bei keinem bretonischen Fest fehlen. Einige der Hochzeitsgäste sahen in ihrer lokalen Tracht ungemein festlich aus: die Männer in ihren goldverzierten, doppeltgeknöpften Samtjacken über den weißen Hemden und den runden Hüten, die Frauen in ihren reich bestickten schwarzen Röcken und den weißen Spitzenkragen und -hauben. Manche begannen sich im Takt der Musik zu wiegen, und immer mehr Menschen fielen in das alte Hochzeitslied auf *brezhoneg* ein, dieser für Sylvia noch immer unverständlichen, aus dem Keltischen stammenden Sprache der Bretonen.

Maël führte Sylvia die wenigen Stufen hinunter auf den Kirchplatz, wo sie lachend das Spalier der Kinder durchschritten, sodass jedes Einzelne Gelegenheit hatte, seinen Blütensegen über sie zu werfen. Sylvia konnte die vielen anerkennenden Blicke spüren, die ihrem äußerst schlicht geschnittenen Hochzeitskleid galten, dessen einziger Schmuck der Oberstoff aus wundervoller bretonischer Spitze war, an der viele einheimische Frauen mitgewirkt hatten. Ihr halblanges, dunkelblondes Haar trug sie zu einem einfachen Knoten im Nacken geschlungen, in dem eine einzelne, weiße Kamelie steckte, und so lenkte nichts von Sylvias natürlicher Schönheit ab, von ihrem reinen Teint und vor allem von ihren ausdrucksvollen, kornblumenblauen Augen.

Ja, sie war angekommen an diesem Fleckchen Erde. Hier am äußersten Rand Europas hatte Sylvia nicht nur eine Heimat gefunden, sondern auch die Liebe ihres Lebens. Als die älteren Frauen des Städtchens sie besucht hatten, um zu fragen, ob es ihr gefallen würde, in einem Kleid aus einheimischer Spitze zu heiraten, hatte sie sich riesig über dieses ehrenvolle Angebot gefreut. Voller Dankbarkeit hatte sie verstanden, dass dies bedeutete, dass man sie, die Fremde, wirklich aufgenommen hatte. Erst später kam ihr zu Ohren, dass ein paar skeptische Küstenbewohner darauf gewettet hatten, dass Sylvia sicher viel lieber ein elegantes Kleid aus Paris an ihrem Hochzeitstag tragen wolle. Nun, diese Skeptiker hatten ihren Einsatz verloren, sehr zur Freude der Spitzenklöpplerinnen, die fortan ihre Ehre darin gelegt hatten, Sylvia zu einem wahren Feenkleid zu verhelfen. Entsprechend rege wurde das Brautkleid nun von allen Seiten kommentiert.

Schließlich teilte sich die Menge vor Sylvia und Maël, und nach alter Tradition setzte sich das Brautpaar an die Spitze einer Art Prozession, direkt gefolgt von den Musikanten, denen sich zunächst die Trauzeugen und die engsten Verwandten anschlossen, ehe sich alles, was Beine hatte, in Bewegung setzte und ihnen hinunter zum Hafen folgte.

Dort angekommen glaubte Sylvia ihren Augen nicht zu trauen. Sie hatte gewusst, dass sie heute nicht wie üblich die schmale Landbrücke mit dem Auto überqueren würden, um zur Insel zu gelangen, sondern wie in alten Zeiten mit Schiffen übersetzen würden. Doch beim Anblick der mit Blumen und Bändern prächtig geschmückten Flotte der Fischerboote verschlug es ihr tatsächlich die Sprache.

Am reichsten verziert war allerdings nicht einer der beeindruckenden Schoner, sondern ein kleiner, bescheidener Fischkutter: Es war *La Brise*, das Boot des alten Pierrick, der schon immer auf der Kamelieninsel gelebt hatte und bereits Sylvias Tante Lucie zur Hand gegangen war. Heute hatte Sylvia allerdings Mühe, Pierrick in seiner Festtagstracht aus schwarzem Samt, die über und über mit goldfarbenen Stickereien verziert war, überhaupt zu erkennen. Erst als er seinen runden, schwarzen Hut hob, um ihr damit zuzuwinken, und ein breites Lächeln sein Gesicht in die wohlbekannten Falten legte, begriff sie, wer sie als frisch gebackene Ehefrau auf die Insel bringen würde.

»*Gourc'hemmenoù!*«, rief er und reichte ihr die Hand, um ihr ins Boot zu helfen. »Meinen herzlichsten Glückwunsch!«

»Weißt du noch, als du mich damals ans Festland gebracht hast?«, fragte Sylvia ihn, während sie seine Hand ergriff, mit der anderen den langen Rock ihres Kleides raffte und beherzt an Bord sprang.

»Zum Glück ist es heute nicht so stürmisch«, erwiderte Pierrick mit einem Grinsen. »Aber wie ich dich kenne, würdest du selbst im Brautkleid mitten im schlimmsten Wetter zur Insel übersetzen, stimmt's?«

»Oh ja«, pflichtete ihm Solenn bei, die zu ihnen in den Kutter gestiegen war und ganz hinten beim Ruder Platz nahm. »Ich weiß nicht, woher sie das hat. Lucie jedenfalls bekam man nur im allerhöchsten Notfall in ein Boot.«

Sylvia lächelte. Wenn bei Flut die Landbrücke zur Kamelieninsel unpassierbar wurde, war es kein Problem für sie, in einem der Boote der Gärtnerei zum Festland überzusetzen. Heute jedoch stand sie strahlend mit Maël am Bug und überließ Pierrick das Steuer, der *La Brise* unter großem Jubel umsichtig aus dem Hafen lenkte.

Es war ein prächtiger Anblick, wie die geschmückten Boote nach und nach ihre Anlegestellen verließen und Kurs aufs offene Meer nahmen. Fröhliche Rufe gingen hin und her, die Seeleute spornten einander an, und Sylvia entdeckte Veronika mit Laurent und der kleinen Lili an Bord eines Schoners, der sie auf der rechten Seite flankierte, während die Dorfschullehrerin Morgane mit ihrem eigens aus Paris angereisten Bruder René und dem Hafenmeister Brioc auf der anderen Seite Fahrt aufnahmen.

Es war ein wunderschöner Tag im August, mild und heiter. Die See war glatt wie ein Spiegel, der Himmel wolkenlos, hoch über ihnen zogen ein paar Möwen ihre Kreise, während am Horizont die Insel nach und nach aus dem Wasser heraufzusteigen schien, Kontur annahm, bis schließlich das prächtige Herrenhaus und die hohe, steinerne Umfriedung des *Jardin aux Camélias*, des Kameliengartens, immer deutlicher zu erkennen waren. Dieser herrliche Tag ließ nicht vermuten, welch heftige Stürme an dieser Küste toben konnten und dabei viele Meter hohe Wellen ganz plötzlich auf die Insel stürzen ließen. Heute zeigte sich die Bretagne von ihrer lieblichsten Seite, und Sylvia war von Herzen dankbar dafür.

Am Landungssteg wurden sie bereits erwartet. Rozenn, Solenns Schwester, hatte zusammen mit Coco und den anderen Mitarbeitern der Gärtnerei dafür gesorgt, dass alles für den Empfang bereitstand.

Unter den uralten Kamelienbäumen, windgeschützt im

Schatten der Mauern, waren riesige Tafeln festlich gedeckt. An diesem Tag hatten Maël und Sylvia ausnahmslos das gesamte Städtchen eingeladen, und wie es aussah, war kein einziges Boot im Hafen zurückgeblieben.

Rozenn schloss Sylvia fest in ihre Arme, um ihr zu gratulieren. Die freundliche, rotblonde Mittsechzigerin hatte drüben auf dem Festland eine Töpferei und vermietete nebenher ein paar Zimmer an Sommergäste. Heute hatte sie sich bereit erklärt, für einen reibungslosen Ablauf des Festes zu sorgen und den engagierten Küchenchef und die älteren Schülerinnen von Morgane, die beim Servieren und Abräumen helfen würden, zu koordinieren.

Weiß leuchteten die Tischtücher unter dem Dach aus dunkelgrün glänzendem Kamelienlaub, weiß und grün waren auch die Blumengestecke auf den Tischen, und dort, wo das Brautpaar Platz nehmen würde, überspannte ein Baldachin aus Zweigen und Blüten die beiden Stühle.

»Lass dich umarmen, Sylvia«, rief Veronika, die mit ihrem Mann ebenfalls an Land gegangen war. Ohne große Umstände legte sie die kleine Lili in Maëls Arme. Dann zog sie ihre Freundin an sich und hielt sie für ein paar Sekunden ganz fest.

»Ich wünsche euch beiden alles Glück dieser Welt«, sagte sie, und Sylvia bemerkte gerührt, dass Tränen in Veronikas Augen glänzten.

»Danke, Vero«, sagte sie und sah ihrer Freundin lächelnd in die Augen. »Es ist so schön, dass ihr kommen konntet!«

»Aber ich bitte dich«, rief Veronika und schüttelte ungestüm ihre rote Lockenpracht. »Glaubst du, ich lass dich heiraten, ohne dass ich ein Auge darauf habe?«

Beide lachten. Während der schwierigsten Zeit ihres Lebens war Veronika für sie wie ein Fels in der Brandung gewesen.

Das hatte die beiden Frauen, die seit dem Studium miteinander befreundet waren, noch fester zusammengeschweißt.

»Schau dir mal deinen Mann an«, rief Vero überrascht aus, als sie sah, wie Maël die kleine Lili liebevoll auf und ab wiegte, sodass die Kleine vor Begeisterung quiekte und mit ihren Händchen versuchte, seine Nase zu erwischen. »Sag mal, Maël«, wandte sie sich verwundert an ihn, »woher weißt du, wie man ein Baby hält?«

»Wer mit Kamelien umgehen kann«, erwiderte Maël fröhlich, »der weiß auch, wie man eine kleine Prinzessin halten muss. Nicht wahr, Lili?«

Die Kleine jauchzte laut auf und ruderte begeistert mit ihren kleinen Armen.

»Mit Laurent musste ich das erst noch üben, als Lili kam. Stimmt's, Laurent?«

»Das will alles gelernt sein«, meinte Laurent gutmütig lachend und nahm Maël behutsam das Kind ab. »Komm zu deinem grobmotorischen Papa, Lili.« Die Kleine krähte vor Vergnügen, als Laurent ihr ein paar Küsse in die Halsbeuge gab.

Eine ganze Stunde lang nahmen Sylvia und Maël Glückwünsche entgegen, während Champagner und kleine Appetithappen gereicht wurden, mit Lachs gefüllte Pfannkuchenröllchen, gratinierte Artischockenböden mit Sardellenfüllung und winziges Käsegebäck direkt aus dem Ofen.

Schließlich begab man sich zu Tisch. Nach altem bretonischen Brauch musste »ein Greis« eine Rede halten, und nach vielen Scherzen über sein wahres Alter, das niemand so genau kannte, stand der alte Pierrick auf. Alle wurden still.

»*Ma chère Sylvie, mon cher Maël*«, begann er. »Es ist nicht meine Art, viele Worte zu machen. Außerdem kennt hier jeder eure Geschichte. Aber eines muss heute laut und deutlich gesagt sein: Euch hat das Schicksal zusammengeführt.

Vor vielen Jahren bist du auf diese Insel gekommen, Maël, wie ein herrenloses Hündchen. Zwölf Jahre warst du alt, und doch hat dich deine Nase zielsicher dorthin geführt, wo deine Bestimmung auf dich gewartet hat: zu den Kamelien. In Solenn und Lucie hast du zwei Mütter gefunden, die dir das gaben, was du am dringendsten gebraucht hast: Liebe und ein Zuhause.

Als Lucie starb, schien es, als habe sich das Glück von der Kamelieninsel abgewendet. Die Gärtnerei stand vor dem Aus. Aber dann hat ausgerechnet jene Frau, von der wir alle dachten, dass sie schuld an dem Unglück sei, letztendlich die Rettung gebracht.

Heute bist du eine von uns geworden, Sylvia. Du hast ein Leben in Luxus aufgegeben, um unser einfaches Leben zu teilen. Denn du bist eine kluge Frau, die weiß, dass der kostbarste Glanz in einem Menschenleben nur eines sein kann: eine aufrichtige, wahrhaftige Liebe. Und darum wollen wir heute alle unser Glas auf euch beide erheben, auf Sylvia, auf Maël und auf die Liebe, die euch für immer verbinden möge. Auf dass ihr eins bleibt und niemand euch trennen kann. Nicht einmal ein Haar soll jemals zwischen euch beide passen!«

Unter großem Beifall erhoben die Gäste ihre Gläser zum Wohle der Brautleute. Keinen hielt es auf seinem Stuhl, jeder wollte einen Blick auf den alten Pierrick und das Hochzeitspaar erhaschen, und noch lange würde man über die Tränen sprechen, die in Sylvias Augen glitzerten und über das Strahlen im Gesicht des Bräutigams.

Dann wurde das Essen aufgetragen, und nach alter Sitte spielten die Musiker während des Servierens der einzelnen Gänge jedes Mal eine andere Tanzweise.

Zur Vorspeise gab es *Coquilles Saint-Jacques à la nage*, Jakobsmuscheln im eigenen Sud, und eine *Godaille*, den landestypischen Fischeintopf. Sylvia hatte sich diese einfache Fischermahlzeit gewünscht, war dies doch das Gericht, das Maël an ihrem allerersten Abend nach Sylvias überraschender Ankunft auf der Insel mit ihr geteilt hatte. Den Hauptgang bildete Lammkeule mit Artischocken, und zum Nachtisch reichte man den obligatorischen bretonischen Butterkuchen *Kouign amann* und natürlich Maëls Lieblingsgericht, den *Far Breton*, eine Art Eierauflauf, gefüllt mit in Rum eingelegten Backpflaumen, lauwarm serviert. Wer danach noch Platz in seinem Magen fand, langte kräftig beim Käse zu oder naschte von den berühmten Erdbeeren aus Plougastel.

Die Sonne stand schon tief, als die allerletzten Teller abgeräumt wurden. Einige der älteren Dorfbewohner begannen, sich auf einem aus Brettern gezimmerten Tanzboden zum Klang der Sackpfeife und der Klarinette an den Händen zu fassen, um den *An Dro* zu tanzen.

»Wie wäre es mit einem *Lambig*?«, fragte Brioc Lenneck, der Hafenmeister, und stellte ein Tablett mit hauchfeinen, tulpenförmigen Schnapsgläsern samt einer Flasche ohne Etikett auf den Brauttisch.

»Oh ja, danke«, meinte Sylvia. »Der kommt jetzt genau richtig. Vero, das ist der beste Apfelschnaps weit und breit. Keiner brennt ihn so gut wie er. Aber glaubst du, Brioc würde irgendjemandem sein Geheimnis verraten?«

»Das Geheimnis liegt in der Geduld, liebe Sylvie«, lachte der von Wind und Wetter gebräunte Hafenmeister verschmitzt. »Je länger der *Lambig* in seinem Fass liegen darf, desto besser wird er.«

»Und natürlich kommt es auch auf das Fass an«, ergänzte Solenn. »Aus welchem Holz es ist, wie alt und was zuvor darin lagerte, nicht wahr? Man sagt, dass Brioc seine Fässer besser bewacht als den Hafen.«

Alle lachten und Brioc wiegte geheimnisvoll seinen Kopf, während er noch ein paar Gläser füllte.

»Das sind doch gut und gerne dreihundert Gäste, oder?«, bemerkte Veronika beeindruckt. Die kleine Lili war auf ihrem Arm eingeschlafen, satt und erschöpft, denn Veronika hatte sie gerade gestillt.

»Vierhundertdreißig«, erklärte Rozenn zufrieden und ließ sich aufseufzend auf einen Stuhl fallen. »Und das Essen hat zum Glück gereicht, vom Kuchen ist sogar noch jede Menge übrig. Wo steckt eigentlich Maël?«

»Ich habe ihn dort hinten mit Coco und Gurvan gesehen«, gab Morgane zur Antwort, die sich ebenfalls zu ihnen gesellt hatte. »Sie bauen die Anlage auf, für später, wenn die alte Sackpfeife endlich Feierabend macht. Geht sie euch allmählich auch so auf die Nerven wie mir? Oh ja, *merci beaucoup*, Brioc, einen Schnaps kann ich jetzt vertragen.«

»Sie spielen noch bis die Sonne untergeht«, erklärte Solenn schmunzelnd. »Dann kehren die Älteren aufs Festland zurück, und der Garten gehört der Jugend.«

Solenn sollte Recht behalten. Kaum senkte sich die Dämmerung über die Insel, wurden Sackpfeife und Klarinette eingepackt, und eine Reihe von Gästen trat den Heimweg an. Scheinwerferlicht in wechselnden Farben flammte nach und nach auf und verwandelte den *Jardin aux Camélias* in ein geheimnisvolles Märchenreich.

Gurvan erwies sich tatsächlich als ein äußerst versierter DJ, unermüdlich legte er mitreißende Musik im genau richtigen Stimmungswechsel auf, sodass die Hochzeitsgesellschaft überhaupt nicht merkte, wie die Stunden vergingen, bis schließlich schon der Morgen graute. Als die Sonne über den östlichen Horizont kroch und den neuen Morgen in ein rosenfarbenes Licht tauchte, bewegten sich nur noch Sylvia und Maël langsam und engumschlungen zu den Klängen eines alten, französischen Liebesliedes auf der Tanzfläche. Es war die kratzige Aufnahme des Chansons *Hymne an die Liebe*, eine uralte Schellackplatte, die Gurvan zum Abschluss auf den Plattenteller gelegt hatte.

Edith Piaf sang: ... *Solange die Liebe am frühen Morgen meine Tage durchflutet, solange mein Körper unter deinen Händen zittert, alle Sorgen sind für mich ohne Bedeutung, wenn du mich nur liebst ...*

Je höher die Sonne stieg, desto intensiver schienen sich ihre Strahlen zu purem Gold zu verdichten, verwandelten zunächst die Kronen der Kamelienbäume, erfassten schließlich Sylvias Haar, zauberten eine Gloriole um Maëls Kopf, und alle, die ihre Augen noch offen halten konnten, sahen voller Staunen, wie das frühe Licht die beiden Liebenden umhüllte wie ein glänzender Mantel.

... *Wenn eines Tages jedoch das Leben dich mir entreißt*, sang die Piaf, *wenn du sterben oder weit von mir sein solltest, es wäre bedeutungslos, wenn du mich nur liebst ... Wir hätten die Ewigkeit für uns, dort in der unendlichen Weite des blauen Himmels ... denn Gott vereint die, die sich lieben.*

Die letzten Takte verklangen.

Auf einmal war es still nach all den Stunden voller Musik und die Geräusche des Morgens traten hervor. Von Ferne hörte man das Plätschern der Wellen. In den Wipfeln der Bäume begann ein Vogel zu singen. Aus der Küche des großen Hauses drang leises Klappern von Geschirr herüber und Sylvia atmete den Duft von frischem Kaffee.

»Ich kann es kaum fassen«, flüsterte sie an Maëls Ohr. »Ein neuer Tag hat begonnen. Wo ist bloß die Nacht hin?«

»Das ist der erste Sonnenaufgang, den wir als Mann und Frau erleben«, raunte er zurück.

Sie schmiegte sich noch einmal an ihn, benommen vor Glück und schwindelig von der durchtanzten Nacht. Dann sahen sie sich lächelnd in die Augen und verließen schließlich gemeinsam die Tanzfläche.

Solenn kam mit zwei großen Kannen in jeder Hand vom Haus herüber, und ihre Schwester brachte ein Tablett mit *bols*, diesen typisch französischen Porzellanschalen, aus denen man hier seinen Kaffee zu trinken pflegte. Sie stellten alles auf den Brauttisch und begannen, für jeden einen *bol* zu füllen.

»Wer hat Lust auf Butterkuchen?«, fragte Morgane, erhob und streckte sich. »Davon muss noch ziemlich viel übrig sein. Auch vom *Far Breton*, Maël, den magst du doch so gern. Wer kommt mit und hilft mir tragen?«

»Ich glaube«, meinte Maël, »ihr kommt jetzt sicher ganz gut ohne uns klar?« Und mit einem zärtlichen Blick auf seine Frau fügte er hinzu: »Wir beide ziehen uns nämlich jetzt ein bisschen zurück. Nicht wahr, Sylvie?«

Als Antwort ergriff Sylvia seine Hand und zog ihn lachend mit sich davon. Als sie den Kiesweg erreichten, der durch den Garten hinunter zu ihrem Haus führte, zog sie ihre eleganten Riemchensandalen aus, hob ihr Kleid ein wenig an, um nicht auf den Saum zu treten, und ohne ein Wort zu sagen, rannten beide gleichzeitig ausgelassen los.

Vor dem Haus angekommen hielten sie atemlos inne. Maël öffnete die Tür, dann nahm er Sylvia entschlossen auf seine Arme und trug sie behutsam über die Schwelle. Er trug sie bis ins Schlafzimmer, dort legte er sie vorsichtig auf das Bett.

»Auf immer und ewig«, sagte er, als er ihr half, das Kleid auszuziehen.

»Auf immer und ewig«, antwortete sie und küsste ihn.

Am Nachmittag zeigte Sylvia Veronika und Laurent die wenige Kilometer entfernte, eigentliche Insel-Gärtnerei, wo in einer natürlichen Senke, von Felsen windgeschützt, die Kamelien für den Verkauf heranwuchsen.

»Ich möchte euch etwas ganz Besonderes zeigen«, sagte Sylvia, als sie den Geländewagen abstellte und ihre Freunde an den Feldern entlang zu den Gewächshäusern führte. »Ihr wisst ja, dass Maël hier die neuen Sorten züchtet, für die wir berühmt sind. Vor vielen Jahren, da war er noch ein Teenager, ist ihm eine besonders schöne Kamelie gelungen. Tante Lucie hat sie *Sylviana* getauft und mir nach ihrem Tod die Vermarktungsrechte an ihr vermacht.«

Sie erreichten eines der älteren Gewächshäuser. Sylvia suchte aus einem umfangreichen Bund den passenden Schlüssel heraus.

»Ist das ein Sicherheitsschloss?«, erkundigte sich Laurent überrascht. »Dieses Gewächshaus scheint besser gesichert zu sein als meine Werkstatt.«

»Aus gutem Grund«, erklärte Sylvia ernst. »Dieser Baum ist ein Vermögen wert. Kommt, seht selbst.«

Sie gelangten zu einer zweiten Tür, die ebenfalls verschlossen war. Dahinter erhob sich ein Glashaus, dessen Kuppeldach gut und gerne fünf Meter hoch war. Im Zentrum der Rotunde stand ein schlanker Baum mit einer silbergrau schimmernden, glatten Rinde. Seine Krone war kompakt, die Blätter tiefdunkelgrün und glänzend, als seien sie von einer Lackschicht überzogen.

»Seht«, meinte Sylvia stolz und wies auf ein paar spektakuläre, handtellergroße Blüten. Weiß und dunkelviolett leuchteten sie aus dem nachtgrünen Laub. Wie in einem Spitzenkragen ruhte die amethystfarbene, dicht gefüllte Blüte in einem Kranz aus weißen Blütenblättern. Ganz innen schimmerten silberweiße Staubgefäße wie Sterne aus einem Nachthimmel.

»Ein Traum«, flüsterte Veronika. »Ich muss im Frühjahr wiederkommen, wenn sie in voller Blüte steht.«

»Im Frühling wird sie nicht mehr hier sein«, erklärte Sylvia mit einem Seufzen. »Wir werden den Baum verkaufen. Mit dem Erlös wollen wir das Besucherzentrum bauen, von dem ich euch erzählt habe. *Sylviana* ist unser Kapital. In diesem Herbst noch beginnt eine Versteigerung, wie sie die Geschichte der Kamelie noch nie gesehen hat. Es gibt nur dieses einzige Exemplar weltweit. Ich bin gespannt, was es einbringen wird.«

Sylvia zeigte ihren Gästen noch weitere hinreißend schöne Exemplare, doch keine Kamelie war so prachtvoll wie die *Sylviana*.

»Tut es dir nicht leid, diesen wundervollen Baum zu verkaufen?«, fragte Vero ihre Freundin, als sie wieder zurück zum Herrenhaus fuhren. »Sie ist immerhin eine Erinnerung an deine Tante!«

Sylvia schwieg einen Moment, dann schüttelte sie entschlossen den Kopf.

»Lucie war äußerst pragmatisch«, erklärte sie. »Ich bin mir sicher, sie wäre begeistert von der Idee mit dem Besucherzentrum. Ich sehe das alles schon vor mir: das Bistro, in dem sich die Kunden stärken können, schließlich kommen sie alle von weit her hier zu uns ans Ende der Welt. Dann den Laden mit Produkten rund um die Kamelien: Tees, Kosmetik, Bücher und allerlei Geschenkartikel. Und das Info-Zentrum, in dem man alles über die Geschichte der Kamelie erfahren kann, wie sie aus Japan nach Europa kam, welche Pflege sie braucht und vieles mehr. Sollen wir darauf verzichten, um den Baum zu behalten? Nein, ich denke, es ist die richtige Entscheidung.«

»Es ist wirklich ein schöner Gedanke«, fuhr Veronika versonnen fort, »eine besondere Pflanze einem Menschen zu widmen. Offenbar hat deine Tante dich sehr gern gehabt.«

Sylvia nickte traurig. Noch immer schmerzte es sie, dass sie sich zu Lucies Lebzeiten nie die Zeit genommen hatte, sie hier in ihrem Reich zu besuchen. Damals hatte Sylvia als erfolgreiche Unternehmensberaterin ein hektisches Leben geführt und alles, was nicht mit ihrer Arbeit in Zusammenhang stand, auf später verschoben. Später. Bis es zu spät gewesen war, und Lucie im besten Alter an einem Hirntumor gestorben war ...

»Wir wollten dich und Maël etwas fragen«, riss Veronika sie aus ihren Gedanken, als sie wieder vor dem Haupthaus angekommen waren. »Vielleicht haben wir noch einen Augenblick Zeit miteinander, bevor wir nachher ja schon fahren?« Ihre Stimme klang ganz anders als sonst, geradezu feierlich.

»Aber sicher«, antwortete Sylvia verwundert. »Jederzeit. Soll Maël dabei sein? Schau, dort drüben steht er.«

Kurz darauf saßen sie in Solenns gemütlicher Küche. Lili lag schon wieder in Maëls Arm und machte mit gespitzten Lippen kleine, glänzende Spuckebläschen.

»Wir wollten euch fragen, ob ihr Lust habt, Lilis Taufpaten zu werden«, ergriff Veronika das Wort und sah ihre Freundin prüfend an. »Ich weiß«, fügte sie hinzu, »du hast nicht viel Zeit, Sylvia. Aber ich kann mir niemand Besseren für meine Lili vorstellen ...«

»Aber Vero«, unterbrach Sylvia sie hastig und strahlte. »Natürlich will ich das. Sehr gerne sogar!«

»Auf jeden Fall«, fiel Maël ein. »Es ist uns eine große Ehre. Ehrlich gesagt überlege ich schon die ganze Zeit, wie wir es anstellen könnten, Lili hierzubehalten, ohne dass ihr es merkt.«

Veronika und Laurent lachten, und auch Sylvia stimmte mit ein, während sie Maël einen heimlichen, verwunderten Blick zuwarf. Von Kindern hatten sie nie gesprochen, die ganzen beiden vergangenen Jahre war dies nie Thema gewesen.

»Dazu müsst ihr euch schon selbst anstrengen«, antwortete Veronika und streckte die Arme nach ihrer Tochter aus. »Das ist auch überhaupt nicht schwierig. Falls du Tipps brauchst, wende dich vertrauensvoll an uns.«


Dann wurde es Zeit, Abschied zu nehmen. Nach Le Mans, wo Veronika und Laurent lebten, waren es gut zwei Stunden Autofahrt.

»Wir sehen uns bei der Taufe«, rief Veronika ihrer Freundin gut gelaunt aus dem geöffneten Autofenster zu. »Ich melde mich, sobald ich den Termin habe. Ach, ich freu mich so. Es war ein traumhaftes Fest, Sylvia. Aber jetzt muss ich erst einmal eine Woche lang durchschlafen, wenn Lili mich lässt.«

Lange winkten Sylvia und Maël der *déesse* hinterher, diesem legendären Citroën-Modell aus den Siebzigerjahren, das Laurent mit viel Liebe immer wieder restaurierte.

»Die kleine Lili ist ja bezaubernd«, sagte Sylvia lächelnd und wandte sich Maël zu. In seinen Augen spiegelten sich die Farben des Meeres.

»Wäre es nicht schön«, fragte er, während er sie an sich zog, »wenn wir auch ein Kind hätten?«

Sylvia stockte der Atem. Sie war siebenunddreißig Jahre alt, und ein Kind war in ihrer Lebensplanung bislang nicht vorgekommen. Immer hatte sie nur ihre Karriere im Sinn gehabt. Auch jetzt, wo sie für die kaufmännische Leitung der Kameliengärtnerei verantwortlich war, arbeitete sie rund um die Uhr.

»Ich habe nie daran gedacht«, gestand sie.

»Ich weiß«, antwortete Maël mit einem leichten Lächeln.

»Ich ehrlich gesagt auch nicht. Wenn man aufwächst wie ich, hält man es vermutlich für keine gute Idee, Kinder in die Welt zu setzen.«

Er schwieg nachdenklich und sah in den westlichen Himmel. Dort begannen sich Wolken zu wattigen Gebilden aufzutürmen.

»Aber jetzt hast du Lili auf dem Arm gehabt«, sagte Sylvia liebevoll, »und sie hat dich verzaubert.«

Maël sah ihr fest in die Augen. »Du bist die erste und einzige Frau, mit der ich mir das vorstellen kann«, sagte er und fuhr ihr mit dem Zeigefinger zärtlich über die Linie ihres Nackens. »Und nicht nur das. Ich fände es einfach wunderbar.«

Sylvia schloss die Augen. Ihr schwindelte bei dem Gedanken an ein eigenes Kind. Würde sich damit nicht alles verändern?

*Der Roman ist ab Herbst 2018 im Buchhandel erhältlich.*

*Große Frauenunterhaltung vor traumhafter bretonischer Küste*

Tabea Bach
DIE FRAUEN DER
KAMELIEN-INSEL
Roman
ISBN 978-3-404-17724-0

Nach einem rauschenden Hochzeitsfest auf der Kamelieninsel wünschen sich Sylvia und Maël – bislang vergeblich – ein Kind. Da steht plötzlich Maëls einstige große Liebe Chloé vor der Tür mit ihrem siebenjährigen Sohn, den sie zur Überraschung aller als Maëls Kind vorstellt. Doch das ist nicht alles: Chloé will Maël zurückgewinnen. Kann Sylvia um ihre große Liebe kämpfen, ohne sich zwischen Vater und Sohn zu stellen? Und dann droht der Kameliengärtnerei auch noch das Aus, eine Gefahr, die Sylvia und Maël nur gemeinsam abwenden können.

Bastei Lübbe